Über dieses Buch Anaïs Nin, Muse, Geliebte, Freundin und vertraute Beraterin vieler großer Männer wie Antonin Artaud, Salvador Dali, Lawrence Durrell, Max Ernst oder Henry Miller, der sie ein »schillerndes Sternenwesen« oder ein »Genie der Einfühlung« nannte, hat ihr Leben lang dafür gelebt, gedacht, geschrieben, sich selbst und anderen Menschen zur Selbstverwirklichung zu verhelfen. »Sanftmut des Zorns« ist gleichsam Quintessenz ihrer großen Erfahrungen, die sie mit sich und anderen Menschen gemacht hat.
Das Buch enthält Vorträge und Interviews von Anaïs Nin, in denen sie sich mit großem Freimut und sehr persönlich geäußert hat. Es bietet damit dem Leser, der kaum die Möglichkeit gehabt hätte, Anaïs Nin in ihrer faszinierenden persönlichen Ausstrahlung im direkten Vortrag oder im Spiel von Frage und Antwort zu erleben, eine Form der Kommunikation an, die »sich auch als eine große zusammengesetzte Rede lesen läßt«. Auch hier geht es wieder um Themen, die Anaïs Nin besonders intensiv beschäftigt haben: die rein menschlichen Beziehungen – das Streben nach Selbstverwirklichung – die Kreativität – den Künstler als Zauberer – die »Entschleierung« der Frau und ihre Rolle in unserer Zeit – die Neubelebung der Welt durch die Frauen, die sich von ihren Träumen lösen und sich dem Leben bewußt stellen... Ein Buch, das Frauen und Männer herausfordert, vorurteilslos über sich nachzudenken.

Die Autorin Anaïs Nin wurde 1903 als Tochter eines spanischen Klaviervirtuosen in Paris geboren, lebte bis 1940 in Europa, vorwiegend in Paris, dann in Amerika. Sie starb 1977 in Kalifornien. Sie hat Modell gestanden, gemalt, getanzt und geschrieben – annähernd zehn Romane und viele Essays. Seit 1931 war sie eng mit Henry Miller befreundet, den sie stark beeinflußte. Berühmt wurde sie vor allem durch ihr Hauptwerk: Tagebücher im Umfang von 15000 Manuskriptseiten. Im Fischer Taschenbuch Verlag sind bisher erschienen: Tagebuchaufzeichnungen von 1944–1947 (Bd. 2184), von 1947–1955 (Bd. 2253) und von 1955–1966 (Bd. 5100); ferner erschienen: »Unter einer Glasglocke«. Erzählungen (Bd. 5145) und »Die neue Empfindsamkeit«. »Über Frau und Mann« (Bd. 5209).

Anaïs Nin

Sanftmut des Zorns

Was es heißt, Frau zu sein

Vorträge, Seminare und Interviews
herausgegeben von
Evelyn J. Hinz

Fischer Taschenbuch Verlag

Titel der amerikanischen Originalausgabe:
»A Woman Speaks«
Einzig berechtigte Übersetzung aus dem Amerikanischen
von Germaine Nobis und Gertraude Wilhelm

Ungekürzte Ausgabe
Fischer Taschenbuch 5242
Mai 1982
Fischer Taschenbuch Verlag GmbH, Frankfurt am Main
Lizenzausgabe mit freundlicher Genehmigung
des Scherz Verlages, Bern und München

Gesamtherstellung: Hanseatische Druckanstalt GmbH, Hamburg
Umschlagentwurf: Jan Buchholz/Reni Hinsch
Printed in Germany
980-ISBN-3-596-25242-3

Inhalt

Einleitung der Herausgeberin 7
Ein neuer innerer Schwerpunkt 16
Absage an die Verzweiflung 22
Frauen verändern die Welt 51
Die Frau legt den Schleier ab 96
Sich vom Traum führen lassen 133
Das eigene Leben bewußt gelebt 167
Der Künstler als Magier 201
Vertrauliches Gespräch 241
Dank 287

Einleitung

Anaïs Nin erinnerte ihre Zuhörer gern daran, daß sie als Kind so schüchtern war, daß sie buchstäblich kein Wort hervorbrachte, wenn sie mit jemand sprechen mußte, der nicht zu ihrer engsten Familie gehörte. Darum habe einmal eine Verwandte, der bei ihrem Besuch das Schweigen der kleinen Anaïs auffiel, ihre Mutter bemitleidet, weil sie ein nicht ganz normales Kind zur Welt gebracht hätte. Das übliche Echo auf diese Anekdote war ungläubiges Lachen, denn es gab sicher kaum jemand, der so frei, gewandt und überzeugend vor einer Zuhörerschaft sprechen konnte wie Anaïs Nin. Diese Frau verstand es, ohne Zeichen von Nervosität Tausende von Zuhörern zu fesseln, und sie war gleichermaßen in der Lage, auch die kürzeste Begegnung mit einem ihr fremden Menschen zu einem denkwürdigen Gespräch werden zu lassen. So ist es nur schwer vorstellbar, daß eine so ungehemmte und redegewandte Persönlichkeit früher einmal Kommunikationsschwierigkeiten gehabt haben sollte.

Anaïs Nin wußte sehr wohl, daß angesichts ihres sicheren Auftretens ihre Kindergeschichte kaum zu glauben war und deshalb Gelächter hervorrief. In der Tat erzählte sie diese Episode auf eine Weise, daß man lachen mußte. Sie wußte indessen auch, wie sehr wir den Glauben brauchen, daß solche Siege über Behinderungen möglich sind, und wie leicht die Bewunderung für einen erfolgreichen Menschen uns in unseren eigenen Ambitionen entmutigen kann, statt uns zu ermutigen, wenn wir nicht an die Anstrengungen erinnert werden, die dem Erfolg vorausgegangen sind. Schließlich wußte sie auch, daß das hartnäckige Festhalten an der Vorstellung, ein Mensch mit hervorragenden Eigenschaften sei schon mit außergewöhnlichen Talenten und Anlagen zur Welt gekommen, nur der umgekehrte Weg ist, um die eigene Passivität und Mittelmäßigkeit zu erklären.

Es ging Anaïs Nin also keineswegs darum, aus ihrer frühen Sprachlosigkeit einen Scherz zu machen; ihre Taktik war vielmehr, den Unglauben und die Bewunderung ihrer Zuhörer in eine Herausforderung umzumünzen. Sie erklärte dann, wie es dazu kam, daß sie ihre Schüchternheit überwinden und so kontaktfreudig werden konnte: Sie führte nämlich ein Tagebuch, in dem sie darum rang, ihre Identität zu finden sowie ihre Fähigkeit auszubilden, Gedachtes und Gefühltes auszudrükken. Mit anderen Worten: Es bedurfte der Entschlossenheit, einen Ausweg zu finden, und der Willenskraft, ihre Träume zu verwirklichen. Darum ist das Geheimnis des Erfolges, wie sie mit Nachdruck folgerte, nicht notwendigerweise eine Sache des außergewöhnlichen Talents. Es ist vielmehr eine Sache der außergewöhnlichen Hartnäckigkeit. Wir sind nicht schon von Anfang an außergewöhnlich; wir werden es erst dadurch, daß wir die uns vom Schicksal in den Weg gelegten Hindernisse nicht einfach hinnehmen.

Als durch die Veröffentlichung der *Tagebücher* erstmals Anfragen wegen eines Vortrags kamen, zögerte Anaïs Nin. »Ich wußte anfangs nicht, warum Sie mich sehen wollten«, bemerkte sie vor Zuhörern an einer Universität im März 1973. »Ich dachte, es stünde alles in meinem Buch, und ich wußte nicht, warum wir zusammen sprechen sollten.« Sie fragte sich besorgt, ob der Grund, warum man sie zu sehen und zu hören wünschte, nur falsche Neugier an ihrem Privatleben oder die kurzlebige Reaktion auf die Reklame sei, der Wunsch, über die neuesten Strömungen mitreden zu können, ohne sich wirklich damit beschäftigen zu müssen. Was sie vorzuweisen hatte, was sie anerkannt haben und wofür sie in Erinnerung bleiben wollte, das waren die Kämpfe, die sie auf sich genommen hatte, als sie den Entschluß faßte, sich als Künstler, als Frau und als integrierter Mensch zu vervollkommnen. Doch von all diesen Auseinandersetzungen hatte sie in ihren *Tagebüchern* berichtet. Warum bestanden also die Leute so sehr darauf, sie persönlich zu sehen?

Sie begriff es allmählich. Das Bedürfnis widerspiegelte einen Zweifel der Leser an der Lebensechtheit der *Tagebücher*, eine Beunruhigung, ob die Frau, mit deren Krisen man sich identifiziert hatte und deren Überzeugungen man teilen wollte, auch Wirklichkeit und nicht etwa nur eine dichterische Gestalt wäre. Es war die Befürchtung, der anscheinend so gewissenhafte Bericht von der Suche eines einzelnen nach lebensfähigen Wahrheiten könne sich teilweise oder ganz als meisterhafte Fiktion erweisen. So war der Wunsch, die Verfasserin der *Tagebücher* zu sehen, nur das Bedürfnis, sich Gewißheit zu verschaffen, daß ein solches Leben möglich war, weil ein solcher Mensch existierte.

Wie Anaïs Nin vor Zuhörern im Oktober 1972 erklärte, war der Grund dafür, daß sie sich doch selber zeigte und sprach, die Erkenntnis einer allgemeinen Desillusionierung, die »schmerzliche Entdeckung, daß wir kein Vertrauen mehr haben« in die Redlichkeit unserer Staatsmänner und unserer Künstler, und daß wir auch nicht mehr an das Vorhandensein eines schöpferischen Willens glauben. Nachdem die Leser ihre Lebensgeschichte gelesen hatten, so, wie sie sie berichtete, nachdem sie hatten zusehen können, wie Anaïs Nin ihr Leben geschaffen und gestaltet hatte, »mußten sie einfach sicher sein, daß zwischen der Verfasserin und den *Tagebüchern* ein echtes, redliches Verhältnis bestand, daß die *Tagebücher* keine Erfindung waren – daß es hier nicht um den Aufbau eines ›Images‹ im falschen, betrügerischen Sinn ging. Sie mußten das wissen. Sie mußten meine Stimme hören. Sie mußten mich vor sich sehen.« Was also Anaïs Nin schließlich bewog, den Wünschen nach ihrem persönlichen Auftreten nachzugeben, war, daß sie durch ihr eigenes Beispiel die Skepsis des modernen Menschen bekämpfen wollte, der an der Möglichkeit zweifelt, persönliche Integrität zu erlangen und zu verwirklichen, und daß sie überdies beweisen wollte, daß ein Beibehalten dieser Integrität auch dann möglich ist, wenn man in der Öffentlichkeit stehen muß.

Außer den von ihr gesprochenen Worten gab es drei Hauptfaktoren, die bewirkten, daß ein Vortrag von Anaïs Nin die Zuhörer davon überzeugte, daß zwischen dem von ihr Geschriebenen und ihrer Person ein innerer Zusammenhang bestand. Zunächst war es ganz einfach ihre Gegenwart, und zwar die völlige Übereinstimmung zwischen der Art Frau, die man nach den *Tagebüchern* erwartete, und der Frau, die nach den Worten des Einführungsredners: »Meine Damen und Herren, ich darf Ihnen Anaïs Nin vorstellen«, aufstand oder in die Mitte der Bühne trat. Es ging hier weniger um die Ähnlichkeit mit Fotografien, die man vielleicht von ihr gesehen hatte, als darum, daß ihre Erscheinung und ihre Gesten ganz dem Stil und Inhalt ihres Schreibens entsprachen. In ihren Bewegungen war das gleiche Fließen und die gleiche Anmut, in ihrem Wesen die gleiche ausgewogene Heiterkeit und Vertraulichkeit, in ihren Augen und in ihrem Lächeln die gleiche Zartheit und Aufrichtigkeit, die auch die Art kennzeichneten, wie sie ihre Erfahrungen in den *Tagebüchern* mitteilte. Wenn

man sie zum Mikrophon gehen sah, hatte man nie das Gefühl, daß hier die Autorin *hinter* dem Einband ihres Buches hervorkam, sondern daß die Frau selbst *mitten* aus ihren Seiten heraustrat. Es war etwa so, als hätte man dagesessen und in den *Tagebüchern* gelesen und plötzlich aufgeschaut und das Wirklichkeit gewordene Bild vor sich gehabt. Wahrscheinlich war es mehr diese freudige Überraschung des Wiedererkennens als einfach ein Gespanntsein, sie persönlich zu sehen, was ihre Zuhörer begeisterte, wenn sie erschien.
Dann begann sie zu sprechen, und auch hier war es die Stimme, die man erwartet hatte: eine jugendliche Stimme – hoch, rein, melodisch, ein wenig der Sopran eines Knaben; eine kultivierte Stimme – mit einem französischen Akzent, der die härteren englischen Konsonanten modulierte und ihren Worten eine magische Kraft gab; eine vibrierende Stimme – warm, getragen und beschwörend. Die ersten Worte, mit denen sie typischerweise ihre Vorträge begann, waren: »Können alle mich hören? Können Sie mich dahinten hören?« Wenn einige »nein« sagten, wartete sie, bis die nötigen akustischen Verbesserungen gemacht waren. Handelte es sich um einen kleinen Raum, in dem sie eigentlich hätte sitzen sollen, dann löste sie das Problem, indem sie aufstand. Vor großen Auditorien sprach sie ohnehin gewöhnlich im Stehen, und sie hielt es nicht selten zwei Stunden ohne Unterbrechung aus. Es war ihr daran gelegen, daß unter jeglichen Umständen jedermann sie verstand.
In ihren Vorträgen behandelte Anaïs Nin bezeichnenderweise zeitgemäße Themen: die Stellung der Frau, Rassendiskriminierung, Raumfahrttechnik in ihrer Beziehung zur Kunst, Modeströmungen in Kunst und Psychologie, Entfremdung – Themen übrigens, auf die sie in ihren *Tagebüchern* nicht eingeht, wenigstens nicht unmittelbar. Aber sie setzte sich mit diesen Themen auf dieselbe Weise auseinander wie mit den in den *Tagebüchern* aufgezeichneten Erkenntnissen. So hatte man nie den Eindruck, daß Anaïs Nin angesichts der aktuellen Wirklichkeit anders dachte oder daß die Überzeugungen der *Tagebücher* unanwendbar oder nur für konstruierte Situationen gültig waren. Überdies wählte sie oft ein Thema oder Geschehnis aus den *Tagebüchern*, analysierte es und ging darauf ausführlich ein, bis der Bezug zur Gegenwart deutlich wurde. So erzeugte ihr Vortrag allgemein den Eindruck eines

rhythmischen Hin und Her: zurück aus der Gegenwart zu den *Tagebüchern*, vorwärts aus den *Tagebüchern* zur Gegenwart. Auf diese Weise wurde offenbar, daß die *Tagebücher* nicht nur ein lebendiges Dokument, sondern ein immerzu offenes und weitergehendes Buch sind.

Sehr oft schloß Anaïs Nin in ihren Vortrag auch eine Lesung aus den *Tagebüchern* ein, und typischerweise bildete diese Lesung den Abschluß ihrer Rede. Genauso, wie sie gleichsam aus ihren *Tagebüchern* hervortrat, um leibhaftig zu ihren Zuhörern zu sprechen, so zog sie sich, sobald sie gesprochen und ihr Auditorium davon überzeugt hatte, daß die Frau, die hier sprach, dieselbe war, die aus den *Tagebüchern* sprach, wieder auf deren Seiten zurück und hinterließ anstelle ihrer eigenen Anwesenheit ihren Zuhörern wieder die *Tagebücher*, den Ort, an dem sie immer gegenwärtig ist, von dem aus sie nie aufhören wird zu sprechen.

Schließlich überzeugten Anaïs Nins Vorträge die Zuhörer durch die Diskussion, die sich üblicherweise daran anschloß. Gewöhnlich sprach sie *zu* ihrem Auditorium eine halbe bis eine ganze Stunde und forderte dann ihre Zuhörer auf, *mit* ihr zu sprechen, obwohl sie diese Aufforderung häufig auch schon während ihres Vortrags machte. »Ich möchte nicht, daß dies eine einseitige Sache bleibt, und ich nur zu Ihnen spreche«, sagte sie. »Ich möchte, daß Sie jetzt zu mir sprechen, mir alle Fragen stellen, die Sie zu dem von mir Gesagten haben, über die *Tagebücher*, überhaupt über alles.« Wenn dann einmal nicht sofort Fragen kamen, benutzte Anaïs Nin nicht, wie so viele andere, die Gelegenheit, um wegzugehen. Statt dessen sprach sie eine Zeitlang weiter und forderte die Zuhörer dann erneut auf. So bekam man nie das Gefühl, daß sie die Beantwortung von Fragen nur darum anbot, weil das zu ihrem Vortrag gehörte, sondern daß sie wirklich an einer Resonanz interessiert war und mit ihrem Publikum ins Gespräch kommen wollte. In diesem Sinne beschränkte sie bei der Fragenbeantwortung nicht die Zeit; sie blieb, bis jeder Gelegenheit gehabt hatte zu sprechen.

Je nach der Art der Frage reichten Anaïs Nins Antworten vom einfachen »Ja« oder »Nein« bis zu einer langen Erörterung oder Erklärung des Gegenstands, von einem entschiedenen »Das glaube ich nicht« bis zu einem mitfühlenden »Ich verstehe«. Wie aber immer die Frage lauten mochte, bei der Beantwor-

tung ging es ihr zuerst einmal darum, daß sie die Frage richtig verstanden hatte, und dann, daß der Fragesteller ihre Antwort richtig verstand. Obwohl die Fragen, die ihr gestellt wurden, oft schon vorher überlegt und eingeübt waren, war dies bei ihren Antworten nie der Fall. Sie wiederholte zwar in bester pädagogischer Absicht eine Frage, um sicherzugehen, daß alle Zuhörer sie verstanden hatten, behandelte sie aber dann nicht als anonyme Frage, sondern wandte sich mit ihrer Antwort direkt an den betreffenden Fragesteller. Auf diese Weise erhielt jeder einzelne den Eindruck, daß ein persönliches und vertrauliches Gespräch mit Anaïs Nin stattgefunden hatte, obwohl doch auf der einen Seite eine Menge gewesen war, der auf der anderen Seite Anaïs Nin ganz allein gegenüberstand.
Diese Beziehung zum Persönlichen und Intimen war schließlich nach Anaïs Nin die Quelle der Kraft und Menschlichkeit der Frau. Ihre Vorträge erhielten letztlich ihre Relevanz dadurch, daß sie zeigte, was es heißt, eine Frau zu sein. Wenn Anaïs Nin sprach, war es eine Frau, die sprach. Über welches Thema sie auch redete, sie behandelte es aus der Sicht der Frau und in der Sprache der Frau. Deshalb zeigen ihre Vorträge nicht nur die Fähigkeit der Frau im kulturellen und öffentlichen Leben, sie sind auch beispielhaft für die Intensität und Reichweite der Sprache und Sehweise des Echtweiblichen. Wir haben heute viele Frauen, die sich nicht scheuen, ihre Meinung zu sagen. Wir brauchen mehr von der Art einer Anaïs Nin, Frauen, die sich nicht scheuen, aus ihrem Herzen zu sprechen, die stolz sind, Frauen zu sein, und zum Ausdruck bringen wollen, was es heißt, eine Frau zu sein – für sich selbst, für andere Frauen und für die Männer. Wir müssen die *Tagebücher* lesen, wir müssen Anaïs Nin zuhören.

Auf jeden, der Anaïs Nin hat sprechen und hören können, kommen tausend, die es gerne gewollt hätten, und eine Million, die es gebraucht hätten. Die Veröffentlichung der Vorträge, Seminare und Interviews von Anaïs Nin dient letztlich dem Zweck, das Nächstbeste zu ermöglichen, nämlich eine Aufzeichnung von Anaïs Nins Äußerungen, wie sie andere vernommen hatten, und dadurch einem weit größeren Kreis Gelegenheit zu geben, im Geist Anteil zu haben und wenigstens indirekt ihre Gegenwart zu erleben. Bei dieser Absicht haben, wo immer es nötig erschien, praktische Gesichtspunkte den Vorrang vor akademischen Regeln gehabt. Diese Ausgabe will nicht Anaïs Nins gesprochene Worte für zukünftige Gelehrte »bewahren«, sondern ihre Worte einer größtmöglichen Zahl von Interessierten unmittelbar zugänglich machen. Es war durchweg mein Ziel, beim Leser jene *Wirkung* zu erzielen, die Anaïs Nins Aussagen auf ihre Hörer hatten. Ich wollte vor allem Anaïs Nins Präsenz spürbar machen, nicht einfach ihre Worte aufzeichnen.

Zugleich handelt es sich nicht um eine volkstümliche Edition ihrer Vorträge. Zwar gehört es, will man dem Denken Anaïs Nins treu bleiben, dazu, Rücksicht auf die Erfordernisse des Publikums zu nehmen, aber ebensosehr gehört dazu auch die Einsicht, daß Kommunikation eine Kunst ist und Kunst etwas Zeitloses. Es handelt sich hier deshalb nicht um eine zufällige Sammlung und wahllose Aufzeichnung von allem gerade Vorhandenen, sondern um eine sorgfältig durchdachte Edition, die nach folgenden Gesichtspunkten gemacht wurde.

Die Ausgabe besteht aus redigierten Auszügen, die aus drei Hauptquellen stammen: öffentlich gehaltenen Vorträgen, Seminaren sowie Äußerungen in zwangloserem Kreis und aus Rundfunk-Interviews oder privaten Interviews. Der Zeitraum erstreckt sich auf etwa sieben Jahre – von 1966, dem Erscheinungsjahr des ersten Bandes ihrer *Tagebücher*, bis gegen Ende 1973, dem Jahr ihrer wahrscheinlich größten öffentlichen Aktivität. Anaïs Nin hat natürlich auch schon vor 1966 Vorträge gehalten, wie sie auch nach 1973 weiterhin öffentlich auftrat. Aber für diese Ausgabe mußten gewisse Grenzen gezogen werden. Aus den genannten Gründen und auch wegen der schon diskutierten Rolle der Resonanz auf die *Tagebücher*, die Anaïs Nin bewog, an die Öffentlichkeit zu treten, erscheint die zeitliche Auswahl hinlänglich gerechtfertigt.

Selbst innerhalb dieses Zeitraumes konnte wegen Anaïs Nins großer Produktivität nicht alles aufgenommen werden, und eine nähere Sichtung wurde notwendig. Die Alternative zu der von mir gewählten Methode wäre gewesen, repräsentative Vorträge auszusuchen und sie ungekürzt zu bringen, aber ich sah bald, daß dann zu viel Wichtiges hätte wegfallen müssen. So hätte man z. B. eine wichtige Stelle aus einem Vortrag nicht aufnehmen können, weil andere Vorträge im Ganzen repräsentativer waren. Andererseits wären in einem Vortrag, den man für ein bestimmtes Thema als repräsentativ betrachtete,

Abschnitte enthalten gewesen, die etwas wiederholten, was schon in anderen Vorträgen stand, die als typisch für eben jenes spezielle Problem ausgewählt worden waren. Folglich zog ich es vor, repräsentative Abschnitte aus dem ganzen Kreis der Vorträge auszuwählen und sie so anzuordnen, daß sie den Aufbau eines charakteristischen Vortrags wiedergeben. Auf diese Weise versuche ich, das ganze inhaltliche Spektrum abzudecken und zugleich Anaïs Nins Vortragsstil zu vermitteln. Jedes Kapitel, mit Ausnahme des ersten, befaßt sich mit einem von Anaïs Nins Hauptthemen und setzt sich aus einem Vortrags- und einem Diskussionsteil zusammen, weil es Anaïs Nins Gewohnheit war, wie ich schon sagte, zuerst zu sprechen und dann um Fragen zu bitten. Das erste Kapitel enthält den vollständigen Text einer Rede für Studienabsolventen, das letzte besteht hauptsächlich aus Fragen und Antworten. So spiegelt die inhaltliche Anordnung des Buches den Aufbau eines einzelnen Vortrags wider. Mit anderen Worten: die Ausgabe läßt sich auch als eine große zusammengesetzte Rede lesen.

Im einzelnen ging ich wie folgt vor: Zunächst hörte ich mir alle erreichbaren Tonbänder ihrer Vorträge, Seminare und Interviews an, um ihre repräsentativen Themen herauszufinden und um ihren Stil zu bestimmen. Dann nahm ich mir die Niederschrift der Tonbänder vor, um Passagen zu vergleichen, die gleiche Themen behandelten, und zu entscheiden, welches Stück am charakteristischsten sei. Und schließlich ordnete ich die ausgewählten Auszüge in der vorliegenden Form.*

Bei der Niederschrift und Auswahl der einzelnen Auszüge ging es ebenfalls darum, Anaïs Nins Worte und Redewendungen so getreu wie möglich wiederzugeben, aber dem Leser ebenfalls den Eindruck zu vermitteln, den Anaïs Nins Vorträge auf ihre Zuhörer machten. Da mir bewußt wurde, daß eine genaue Abschrift dem Leser manchmal nicht denselben Eindruck vermittelt, wie ihn gesprochene Worte auf den Hörer machen, habe ich öfter Wiederholungen von Sätzen, falsche Anfänge und Satzfragmente ausgelassen, aber nichts, was für

* Für die genauen Signaturen der einzelnen Textteile, aus denen Datum und Anlaß der Vorträge ersichtlich sind, wird auf die amerikanische Originalausgabe verwiesen (Anaïs Nin, *A Woman Speaks*, The Lectures, Seminars and Interviews of Anaïs Nin. Edited by Evelyn J. Hinz. The Swallow Press, Chicago 1975, S. XVII/XVIII). Anm. d. Red.

den betreffenden Abschnitt von Bedeutung hätte sein können. Größere Auslassungen sind entsprechend gekennzeichnet. Sie wurden gemacht, weil entweder die ausgelassene Stelle in einem anderen Kapitel oder an anderer Stelle wiedergegeben ist oder weil sich eine bessere Formulierung des gleichen Gedankens in einem anderen Vortrag fand. Um den Text nicht durch Fußnoten und Anmerkungen zu belasten und um zu vermeiden, daß der Leser durch die Erwähnung ihm wenig bekannter Personen oder Bücher verwirrt und bei der Lektüre aufgehalten wird, sind hin und wieder Namen und Buchtitel stillschweigend in den Text eingefügt worden.

Bei der Redaktion dessen, was andere gesagt hatten, speziell der an Anaïs Nin gerichteten Fragen, war rigoroses Umschreiben und Straffen erforderlich. Anaïs Nin hatte selber einmal auf eine nicht enden wollende Frage die treffende Bemerkung gemacht: »Das ist keine Frage, das ist ein Vortrag!« Auch bei der Auswahl der Fragen suchte ich wiederum die repräsentativsten aus und entschied dann auf Grund der Frage und der Antwort, in welches Kapitel sie kommen sollten. Ich müßte schließlich noch erwähnen, daß Auszüge aus Interviews passenderweise in die Diskussionsteile aufgenommen wurden; in einigen Fällen jedoch, wo die Frage des Interviews ganz allgemein war, wurde Anaïs Nins Antwort herausgenommen und in einem Vortragsteil untergebracht.

Alle Änderungen, die während der Edition gemacht wurden, fanden die Billigung von Anaïs Nin. Es handelt sich hier also um eine völlig autorisierte Wiedergabe. Wenn etwas ausgelassen wurde, dann war es nie ein Wort von Bedeutung. Darauf zu achten, fühlt man sich im Zeitalter von Watergate verpflichtet.

EVELYN HINZ
Winnipeg, Manitoba

Ein neuer innerer Schwerpunkt

Als ich heute auf dem Weg hierher war, dachte ich: Was würde ich an einem Tag wie heute am liebsten erhalten? Was scheint uns am meisten zu fehlen, wonach hungern wir am meisten? Und ich fühlte, es ist ein Glaube.
Unsere Entwicklung zu einem neuen Bewußtsein, zu Klarheit und Hellsicht ließ uns bestimmte Dogmen, bestimmte Heucheleien und bestimmte Traditionen durchschauen, die wir nicht wollten. Aber diese Klarsicht brachte auch Furcht und große Einsamkeit und einen Verlust an Glauben mit sich. Ich hoffe, daß das nur vorübergehend ist, denn wenn wir uns eine neue Weltsicht aneignen wollen, müssen wir gleichzeitig den Mut haben, mit alten Betrachtungsweisen aufzuräumen. Was ich Ihnen daher heute geben möchte, ist jener bestimmte Glaube, der mich aufrechtgehalten und mir durch mein ganzes Leben so viel bedeutet hat.
Es ist ein Glaube, der am Anfang in der amerikanischen Kultur einem Tabu unterlag, nämlich der Glaube an einen Ort, wo man für Vervollkommnung, Höherentwicklung, Wachstum, für das Aufhören aller Feindseligkeiten, das Ende der Vorurteile arbeiten kann. Es ist der Glaube an die innere Notwendigkeit, uns selbst als schöpferisches Werk anzusehen – nicht nur in der Kunst kreativ zu sein, sondern auch in der Gestaltung unseres eigenen Lebens.
Was ich Ihnen heute geben möchte, ist ein neuer innerer Schwerpunkt, denn wir haben viel zu lange versucht, in der Gruppe zu leben, mit der Zwangsvorstellung von Millionen, von viel zu vielen Menschen, von unkontrollierbaren Mächten, von der ganzen Außenwelt. Wir waren großen Belastungen unterworfen, und einige von uns, die diesen innerlich nichts entgegenzusetzen hatten, brachen unter dem Gewicht zusammen und empfanden Verzweiflung, Niedergeschlagenheit, Frustration und wurden daher zornig. Und ein zorniger oder unglücklicher Mensch ist gefährlich für die Gesellschaft. Wie Otto Rank es an einer Stelle seines Buches *Will to Happiness* (Der Wille zum Glücklichsein) ausdrückt: »Ein glücklicher Mensch ist eine Bereicherung für die Gesellschaft, ein unglücklicher Mensch ist eine große Gefahr.«

Was ich beabsichtige, ist eine Verlagerung der Achse unseres Denkens, die nicht mehr auf die vielen ausgerichtet sein soll, was uns tugendhaft und selbstlos dünkte, sondern zuallererst auf die Vervollkommnung des einzelnen, der dann empfänglich wäre für die Botschaften und Signale von anderer Menschen Leid; der dann seine Mitmenschen als Menschen betrachten könnte und hinauswüchse über sämtliche Probleme von Rasse, Religion, Tradition und Herkunft und über alle überlieferten Ideen, die wir nie in Frage stellten. Heute haben wir alles in Frage gestellt, aber wir sind dafür in einen negativen Aufstand hineingeraten – wir sind eher dagegen als dafür.

Der Wille zum Schaffen, der schöpferische Wille, der den Künstler drängt und den Künstler quält, ist meines Erachtens ebenso sehr anwendbar auf unser individuelles, unser persönliches Leben wie auf jedes Kunstwerk. Das heißt, wir haben einen Willen, eine Möglichkeit und eine Kraft, uns zu ändern, und wenn wir es tun, handeln wir nicht egozentrisch oder introvertiert. Es ist ein Handeln, das letztlich eine ganze Gemeinschaft berührt, beeinflußt und umformt. Darum denke ich, daß die großen Veränderungen in der Welt von einer großen Veränderung in unserem Bewußtsein ausgehen werden. Wir sind bewußter geworden; wir dürfen nicht verzweifeln.

Wir sind bewußter gegenüber den Hindernissen, bewußter gegenüber den Verlogenheiten, mit denen wir aufräumen müssen. Der englische Psychologe R. D. Laing formulierte es in seiner *Phänomenologie der Erfahrung* so: »Wir alle leben in der Hoffnung, daß echte Beziehungen unter Menschen noch vorkommen können. Psychotherapie besteht darin, alles wegzureißen, was zwischen uns steht: die Stützen, Masken, Rollen, Lügen, Ängste, Projektionen nach außen und innen, kurzum all die Überreste der Vergangenheit, die Übertragung und Gegen-Übertragung, die wir gewohnheitsmäßig und im stillen Einvernehmen, wissentlich oder unwissentlich auf unsere zwischenmenschlichen Beziehungen angewandt haben.«

Es mag zwar so scheinen, als gehöre all dies in eine rein persönliche Welt; aber dasselbe Prinzip ist auch anwendbar auf Länder und auf andere Rassen. Wenn wir unsere Fähigkeit verfeinerten, echte Beziehungen zu unseren Nächsten herzustellen, wenn wir die Leute in unserer unmittelbaren Umgebung wirklich wahrnähmen und verstünden, könnten wir auch die Menschen in weiter Ferne verstehen, anstatt mit ihnen Krieg zu führen.

Ich möchte Ihnen einen neuen Schwerpunkt in Ihrer eigenen Seele geben, eine Achse in einer unstabilen Welt und einen Kern, damit Sie eine einzellige Welt mit einem schöpferischen Willen bauen werden – die Welt, wie wir sie uns wünschen. Ich habe kein Zutrauen zu Systemveränderungen, denn Systeme sind korrumpierbar, und ehe wir nicht den unkorrumpierbaren Menschen zustande gebracht haben, werden wir kein unkorrumpierbares System haben. Systeme sind korrumpierbar, nicht aber das schöpferische Selbst und nicht eine Welt, die auf einer solchen menschlichen Grundlage aufgebaut ist. Das Persönliche, Menschliche und Private geben uns Mitgefühl und Verständnis für die Beweggründe und Handlungsweisen anderer und schalten das Schuldgefühl aus, das mit dem Gefühl individueller Verantwortung verknüpft ist. Sobald wir nämlich die persönliche Verantwortung übernehmen für alles, was geschieht, wird uns auch klar, daß wir eine individuelle Welt und eine schöne Welt schaffen können.

Es gibt ein neues Bewußtsein, eine neue Erkenntnis, daß wir die inneren und äußeren Welten ins Gleichgewicht bringen müssen, und dazu brauchen wir das, was die Thailänder »das Haus des Geistes« nennen. Für jedes Haus, das sie bauen, bauen sie eine winzige Nachbildung als Wohnung für die Geister. Ich glaube, auch wir brauchen das. Wir brauchen einen Zufluchtsort. Wir brauchen einen Ort zur Meditation, eine innere Kraft, mit der wir die Geschehnisse wahrnehmen, verstehen, neu erleben. Wir brauchen eine neue Art von Religion ohne Dogma, eine neue Art von Nationalgefühl ohne Fanatismus, eine neue Charakterstruktur.

Edukation heißt im ursprünglichen Sinn die »Hinausführung«, und manchmal ist es dem Künstler unbewußt gelungen, dies zu tun. Er verzweifelt nicht. Er sagt nicht, wie es unsere pragmatische Kultur getan hat, daß die Welt ebenso ist, wie sie ist, unveränderlich, in nichts wandelbar. Statt dessen hat der Künstler immer gesagt: »Auch wenn die Welt so und so ist, kann ich sie doch verändern, wenn sie mir nicht gefällt.« Und er hat sie verändert. Er hat unsere Musik und unsere Malerei verändert. Er hat unser Theater verändert und unsere Einstellung zum Roman. Er verändert jeden Tag. Und gerade, weil er glaubt, daß das Leben zu verändern ist, daß es umgeformt werden kann und zu bewältigen ist, rückt er in die Nähe eines Heros! Ein Heros ist jemand, der glaubt, daß er alles überwinden kann. Aber heute glauben wir offensichtlich nicht mehr daran, daß wir unsere Schwierigkeiten überwinden können. Wir haben das Ideal des Heros verworfen.

Wir brauchen also diese Individualität, um gegen die Ansteckkung durch negative Zustände gefeit zu sein. Was mir am meisten bei meinen College-Besuchen auffiel, war die Kombination einer romantischen und wunderbar aufgeschlossenen Einstellung zum Leben und gelegentlich einer unterschwelligen negativen Rebellion – man ist zwar nicht einverstanden mit dem, was *ist*, aber man denkt nie darüber nach, was denn getan werden müßte, damit die Welt so würde, wie man sie gerne hätte. Ja, man hat noch nicht einmal die Kraft des schöpferischen Willens, die einem sagt, daß man Nichtvorhandenes erschaffen kann. Damit meine ich nicht nur den Künstler; dieser kreative Wille fängt an beim Bauen eines Hauses und reicht bis zu allem anderen, was wir in unserem Leben tun. Wir müssen einsehen, daß es keine Schranken gibt, daß sie nur von der pragmatischen Wirklichkeit errichtet werden und dazu bestimmt sind, von uns beseitigt zu werden.

Die Krankheit unserer Zeit ist der Verlust des Glaubens, denn das Individuum wurde so weit gebracht, sich gänzlich hilflos zu fühlen, es war so durchdrungen von der Vorstellung einer unwandelbaren Realität, daß sein Verstand sich nur mit negativen Vorstellungen auflud. Gerade weil wir die persönliche Verantwortung und persönliche Orientierung aufgaben, wurden wir angesichts des Schicksals passiv. Wir waren überwältigt von den großen Räumen, die uns die Naturwissenschaft eröffnete, überwältigt auch von der Technik; dabei könnte alles von uns beherrscht und Teil einer Schöpfung werden. Ohne individuellen Widerstand, ohne einen individuellen Kern und eine Achse sind wir einer Massenepidemie ausgeliefert, einer kollektiven Neurose. Denn Neurose ist schließlich nur ein anderes Wort für Verneinung.

Daher möchte ich Glauben in Ihnen wecken. Es gibt einen Bereich, in dem Sie allmächtig sind, in dem Sie Herr über Ihre Seele sind. Und diese Kernzelle, an der Sie arbeiten, steht letztlich mit Millionen anderer Kernzellen in Verbindung. So projizieren Sie Ihre innere Wirklichkeit nach draußen; aber zuerst muß Ihr eigener psychischer Kern für Sie zur Realität werden.

Ich lese Ihnen jetzt einen Brief vor, den ich einem jungen Autor schrieb, der das Gefühl hatte, daß, wenn er eine Geschichte fortgäbe, ihm nichts mehr übrigbliebe – ganz ähnlich wie Truman Capote, der seine Träume für zehn Dollar verkaufte, sie dann vermißte und zurückverlangte. Dieser junge Schriftsteller wunderte sich, warum ich ihm eigentlich Freundschaft entgegenbrachte oder ihm zuhörte. Daraufhin schrieb ich ihm: »Ich ziehe es immer vor, die Anfänge des Lebens zu leben, nicht das Ende. Wir alle verlieren unter dem Druck eitler Anführer, der unsinnigen Geschichte und pathologischer Grausamkeiten des täglichen Lebens etwas von unserem Glauben. Ich bin jemand, der von Natur aus immer neu beginnt und der glaubt, und daher finde ich Ihre Gesellschaft gewinnbringender als die manch anderer Leute, die ihre Meinungen, Überzeugungen und Ansichten als die letzte Wahrheit hinstellen und starren Denkmustern verfallen sind. Wißbegierde, Wagnis und Forscherdrang haben manche von uns vergessen. Sie selber haben noch nicht entdeckt, daß Sie eine Menge zu geben haben; und je mehr Sie geben, desto mehr Schätze werden Sie in sich finden. Es erstaunt mich, daß Sie jedesmal, wenn Sie eine Geschichte schreiben, meinen, Sie gäben einen Ihrer Träume preis, um den Sie sich dann ärmer fühlen. Sie haben wohl nicht daran gedacht, daß dieser Traum in andere verpflanzt wird; andere fangen an, ihn ebenfalls zu leben; der Traum wird geteilt, er ist der Beginn von Freundschaft und Liebe. Wie ist denn die Welt beschaffen, an der Sie Gefallen finden? Wer sind meine Freunde, die Sie lieben? Sie kamen erst einmal, weil ich meine Geschichten fortgab. Sie kamen, weil die Quelle sie inspirierte, und sie ihrerseits inspirierten die Quelle. Sie hörten den Ruf der Erzählungen *Unter einer Glasglocke,* den Ruf nach der »Fiesta«, und sie kamen zu mir mit ihren eigenen Erzählungen. Seien Sie daher nicht so ängstlich, nicht so zurückhaltend, seien Sie nicht berechnend, seien Sie nicht geizig mit Ihren Gedanken und Gefühlen. Kreativität entsteht ja durch Überfluß, und darum müssen Sie lernen aufzunehmen, sich vollzusaugen, zu empfangen, Ihren Hunger zu stillen und sich nicht vor der Fülle zu fürchten. Die Fülle ist wie eine Woge, die Sie trägt und hineinwirft ins Erleben und ins Schreiben. Gestatten Sie sich, überfließend, überströmend zu sein. Scheuen

Sie sich nicht vor Temperamentsausbrüchen, Übertreibungen, Heftigkeiten. Irgend etwas wird immer aus dem Übermaß geboren. Große Kunst wurde aus großem Schrecken geboren, aus großer Einsamkeit, großer Unterdrückung und inneren Spannungen, und immer wirkt sie als Gegengewicht. Wenn Sie den Eindruck haben, daß ich mich in einer Welt der Sicherheiten bewege, so profitieren Sie von dem Vorzug der Jugend, sich in einer Welt der Geheimnisse zu bewegen. Doch beide Welten müssen vom Glauben beherrscht werden.«

Absage an die Verzweiflung

Ich glaube, daß wir in einem Zeitalter leben, das in mehrfacher Hinsicht dem der Pest ähnelt. Dies klingt zwar übertrieben, doch werden wir tagtäglich mit Verzweiflung und Entsetzen konfrontiert. Es gibt den Alptraum des Krieges und die Angst vor der Bombe – aber Sie kennen so gut wie ich all die Vorkommnisse, die in uns eine umfassende Angst hervorrufen. Deshalb wollte ich Ihnen heute abend bewußt machen, daß es während solcher Ereignisse und Katastrophen ebenso wichtig ist für uns, aus der Geschichte herauszutreten, wie in ihr zu leben. Wir müssen aus ihr heraustreten, damit wir die Kraft aufbringen, an ihr teilzunehmen, in ihr zu leben und jene *Absage an die Verzweiflung* zu erreichen, zu der ich mich in meinen späteren Tagebüchern durchrang. Dazu bedurfte es einerseits der Kreativität, andererseits der zwischenmenschlichen Beziehungen – nämlich eines Drangs zu vertraulichen Kontakten, zu Freundschaften, zu jeder Art von Beziehungen, sei es zu Männern, Frauen oder Kindern, zu Menschen in unserem nächsten Umkreis oder zu Menschen in anderen Ländern.

Nicht nur der Künstler redet von Kreativität. Wir können schöpferisch werden in der Ödnis des Lebens oder zusammen mit unseren Nächsten; wir können schöpferisch werden wie Kinder, die plötzlich Gedichte schreiben oder malen, obwohl sie Pinsel oder Feder noch kaum halten können. Diese Kreativität ist eine ständige Wechselwirkung zwischen unserem Leben und dem Kampf mit größeren Mächten, wie etwa der Geschichte, deren Opfer wir werden können. Und um ihr nicht zu unterliegen, müssen wir lernen, in Distanz zu ihr zu leben. Das ist nicht Flucht vor der Wirklichkeit. Das ist eine innere Stätte, zu der wir zurückkehren, um unsere Kraft wiederzugewinnen, um unsere Werte wiederzugewinnen, um nicht von den Geschehnissen erdrückt zu werden.

Man kann es vergleichen mit dem Mann, der auf den Grund des Meeres taucht und etwas Sauerstoff mitnimmt, um den Druck auszugleichen. Ich spreche vom Druckausgleich zwischen äußeren Handlungen und Vorfällen, die erdrückend und vernichtend auf uns wirken, und der Stätte, wo wir auftanken und uns wieder aufrichten, wo wir schließlich das erreichen, was Jung die zweite Geburt nannte. Für die zweite Geburt sind nur wir selbst verantwortlich; sie ist eine Eigenschöpfung. Diese zweite Geburt ist diejenige, die jedermann selbst verwirklichen kann, und diese Entdeckung war für mich immer eine große Erleichterung. Solange wir Veränderungen nur von außen, von äußeren Handlungen oder von politischen Systemen erwarten, müssen wir uns natürlich hilflos fühlen und zuweilen erfahren, daß die Wirklichkeit größer und stärker ist als wir. Aber wenn wir plötzlich spüren, daß es einen Menschen gibt, den *wir* verändern können, dann verändern wir gleichzeitig auch viele um uns. Als Schriftstellerin habe ich mit einem Male erkannt, wie ausgedehnt der Einflußbereich ist, den ein einzelner haben kann.

Wenn wir also diese innere Wandlung durchmachen, beeinflussen wir die äußere Welt. Aber alle Leute haben das immer getrennt und gesagt: *entweder* hält man sich tugendhaft an ein Leben in der Gemeinschaft, *oder aber* man lebt in egoistischer Selbstbeobachtung und ist nur auf die eigene Entwicklung bedacht. Die beiden Lebensweisen sind jedoch gegenseitig voneinander abhängig, sie wirken ganz aufeinander ein. Je stärker man diese Lebenseinstellung hat, desto größer ist die Quelle, aus der man schöpfen, mit deren Hilfe man richtig reagieren kann, und um so mehr kann man infolgedessen andern eine Bereicherung schenken. Warum wir eine scharfe Trennung zwischen den beiden Lebensweisen gemacht haben, indem wir behaupten, sie würden einander nichts bringen, das weiß ich nicht. Denn alles, was der einzelne für sich und durch sich tut, fließt letztlich wie ein Fluß zurück ins kollektive Unbewußte. Wenn wir heute über die äußeren Veränderungen enttäuscht sind, so liegt das daran, daß nicht genügend viele von uns an der Verbesserung des Menschen gearbeitet haben: an einem Menschen, der bewußter lebt, der fähiger ist zu werten, andere zu beurteilen, den Charakter unserer Anführer zu erkennen.

Eine solche Verantwortung sollten wir übernehmen. So geriet ich zum Beispiel in einen hysterischen Zustand, als Martin Luther King ermordet wurde, und ich empfand Schuld, eine Art universaler Schuld. Obgleich ich zu einem solchen Akt der Feindschaft unfähig bin, spürte ich doch, daß er aus all unseren Feindseligkeiten resultierte. Am Ende eines Tagebuches habe ich über den Krieg geschrieben. Als 1939 der Krieg ausbrach, sagte ich: »Ich bin niemals für eine Kriegshandlung verantwortlich gewesen, und doch bin ich jetzt in etwas verwickelt, das der ganzen Welt widerfährt.« Und selbst da spürte ich, daß es sich um eine Anhäufung all unserer Feindschaften handelte, und deshalb bekämpfe ich Feindschaft.

Wir müssen an uns selbst arbeiten, denn, wie Loren Eiseley gesagt hat, jedesmal, wenn wir die Feindschaft in uns besiegen, schaffen wir die Möglichkeit, eines Tages keinen Krieg mehr zu haben. Mit anderen Worten: Ich schiebe die Verantwortung für das gemeinschaftliche Leben wieder dem einzelnen zu. Wenn doch jeder von uns die Tatsache sehr ernst nähme, daß jede kleine Handlung, jedes kleine Wort, das wir aussprechen, jedes Unrecht, das wir einem anderen Menschen zufügen, sich in einem größeren Zusammenhang widerspiegelt! Wenn wir einmal anfangen könnten, in diesem Sinne zu denken, dann würde jeder von uns, wie eine kleine Zelle, ein menschliches Ich schaffen; ein Ich, das keine Gettos kennen würde, ein Ich, das nicht in den Krieg zöge. Dann hätten wir mit der Zeit eine Zelle, die eine riesige Anzahl von Zellen um uns herum beeinflussen würde. Ich glaube nicht, daß wir den persönlichen Wirkungskreis eines einzelnen im Haus, außer Haus, in der Nachbarschaft und schließlich in der Staatspolitik ermessen können.

Wir haben nie beides miteinander verknüpft; wir haben immer geglaubt, daß wir die größeren Probleme direkt angehen müßten; wir haben nie daran gedacht, daß wir die größeren Probleme umformen könnten, indem wir uns selbst umformen. Hätte jeder einzelne sich zuerst Einsicht über den menschlichen Charakter, Kenntnisse tiefsitzender psychologischer Störungen angeeignet und gelernt, sich selbst zu begreifen, dann könnte er auch die Beweggründe anderer verstehen lernen, dann wäre er in der Lage, bessere Anführer zu wählen. Auch könnte er, was immer seine berufliche Tätigkeit sein mag, diese viel besser ausüben, wenn er diese zusätzliche Einsicht und die Voraussicht besäße, die die Anerkennung der Differenziertheit und Vielschichtigkeit anderer Menschen verschafft.

Erst vor wenigen Wochen las ich ein Buch mit dem Titel *Der Zukunftsschock,* das *mir* einen Schock gab: Denn es ließ durchblicken, daß wir aufgrund der heutigen Technologie und des beschleunigten Rhythmus der Welt dazu verdammt sind, beziehungslos nebeneinander zu leben. Weil alles so schnell geschieht und wir von einer Stadt in die andere ziehen, weil wir Entwurzelte sind und Durchreisende, haben wir für zwischenmenschliche Beziehungen nicht mehr richtig Zeit. Mich schokkierte die Vorstellung, daß die Technologie uns auferlegen sollte, wie unsere menschlichen Beziehungen auszusehen haben, und daß wir wegen des gesteigerten Lebenstempos keine Zeit mehr für den anderen hätten. Das ist die verhängnisvolle Konsequenz unserer falschen Auffassung von *Kontakt*. Und die Massenmedien trugen dazu bei, daß unser Sinn für Kontakte abstumpfte, weil sie uns die Illusion gaben, daß wir mit der ganzen Welt und allem Weltgeschehen in Verbindung stünden. Die Massenmedien fabrizieren Persönlichkeiten und bieten uns ein Bild von der Welt, das so falsch ist, wie es nur sein kann. Wenn es uns auch manchmal dienlich ist, so führt es uns doch die meiste Zeit hinters Licht. Schlußendlich läuft es wieder hinaus auf *unsere* Vorstellung vom Menschen, von Ereignissen, von der Geschichte oder von Kriegen, anderen Nationen oder anderen Rassen; denn nur durch eine innere Abschätzung, nicht durch die Massenmedien, gelangen wir wirklich zu einem Verständnis für andere. Die Massenmedien vermitteln uns ein falsches Gefühl von Kommunikation und Kontakt. Wir sprechen über die Massenmedien und über neue empfindliche Tonbänder, und wir machen uns Gedanken über alle möglichen Arten von Aufnahmen, aber wir denken nie an unsern Körper, unsern Geist und unsere Seele als den eigentlichen Empfänger. Das ist erst möglich, wenn wir empfindungsfähig werden, wenn wir uns der Schranken entledigen, die ich die Hornhaut der Seele nenne. R. D. Laing erklärt ausführlich und richtig, daß wir alle auf echte Begegnungen und Beziehungen hoffen, sie aber nicht stattfinden werden, ehe wir uns nicht demaskieren, das Rollenspiel aufgeben, die Abwehrhaltung, die Projektionen nach innen und außen. Er erwähnt alle Störungen und Bedrohungen, und mein Tagebuch offenbarte mir, daß ich es schließlich für Sie zugänglich machte, was diese Störungen und Bedrohungen eigentlich sind. In meinem Fall war es zumeist Angst, Angst vor anderen Menschen – die ich plötzlich verlor, als ich die Tagebücher veröffentlichte. So bewies mir das Wagnis, daß es nicht zerstörerisch ist, wenn wir unser Innerstes aufs Spiel setzen, wenn wir unsern verborgenen und echten Kern anbieten. Wir können nicht zerstört werden.

Alvin Toffler sagt im *Zukunftsschock*, daß die Studenten, die sich der Astrologie überhaupt zuwenden, aus der Technologie ausscheren. Ich meine dazu: »Nein, sie versuchen eine Kraftquelle zu finden und einen Halt, damit die Technologie uns nicht versklavt, damit wir die Führer unseres Lebens bleiben.« Ich bin also ganz anderer Ansicht. Die Beschäftigung mit anderen Dingen ist ein Versuch, eine Persönlichkeit aufzubauen, die in der heutigen Umwelt überleben kann. Toffler betont nachdrücklich die Beschleunigung unseres Lebens und gibt ihr die Schuld, daß Kontakte und Freundschaften unmöglich werden. Aber ich konnte seine Behauptung dieses Jahr widerlegen, weil ich mich auf allzu viele Vorträge einließ. Ich konnte nicht nein sagen; ich sagte ja, ja, ja und reiste durchs ganze Land. Schließlich ging alles viel zu schnell. Ich sah so viele Leute, und sie gingen so rasch an mir vorbei. Aber obwohl ich Tausende von Menschen sah, konnte ich doch in den wenigen Minuten, wo man sich traf, Freunde auswählen und Freundschaften schließen. Wir müssen also nicht notgedrungen Opfer der neuen Lebenshast werden. Es bleibt nur die Frage, wie tief die Beziehung ist, wenn der Kontakt hergestellt wird.

Ich hatte immer den Wunsch, mit anderen Kontakt zu haben, obwohl in meiner Kindheit durch das Weggehen des Vaters meine – wie ich es nenne – »Brücke zur Welt« abgebrochen war – eine Situation, die normalerweise großes Mißtrauen einflößt. Traumatische Erlebnisse erzeugen dieses Mißtrauen gegenüber den Menschen, denn ein Mensch kann dich verletzen, kann dich verlassen, kann dich verraten. Dennoch bin ich der Überzeugung, daß es unendlich viel besser ist zu riskieren, daß man verlassen oder verraten wird, als sich in einen Elfenbeinturm der Entfremdung einzuschließen, die Tür zuzuschlagen und den Kontakt mit anderen abzubrechen. Dann sterben wir nämlich wirklich. Das bedeutete unsern Untergang, unsern gefühlsmäßigen Tod. Mißtrauen bringt uns dazu, Mißtrauen und die Furcht vor Schmerz, was ich im Tagebuch sehr oft zum Ausdruck gebracht habe. Als Elfjährige sagte ich, daß ich nie mehr lieben wolle, weil man doch alles verliert, was man liebt. Dabei dachte ich an meine spanische Großmutter, die ich nie wieder sehen würde. Auf diese Weise wurde mir bewußt, daß die Isolierung der Menschen ihre Wurzeln im Mißtrauen hat.

Ich habe mein ganzes Leben lang gekämpft – mit Frauenstudien, mit der Frauenbewegung, mit den Männern –, um jedermann mit hineinzuziehen, in jedem das Gefühl für den anderen zu wecken und auf diese Weise zwischenmenschliche Beziehungen zu schaffen. Obwohl ich Mißtrauen selbst erlebt habe, ließ ich nicht zu, daß es mich gefühllos machte. Doch der *Zukunftsschock* führt im einzelnen aus, daß wir nicht umhinkommen, gefühllos zu werden, weil wir zu viele Informationen erhalten, von zu vielen Ereignissen bombardiert und mit dem gesamten Universum konfrontiert werden. Deshalb sei es für uns heute das beste, die Quelle des Gefühls stillzulegen – und wir würden das schließlich auch tun. Aus diesem Grund halte ich es für ein gefährliches Buch. Es ist ein schockierendes Buch, denn es nimmt hin, was die Technologie uns antun könnte, statt uns aufzufordern, gegen diese Tendenz anzukämpfen, gegen die Entmenschlichung und den Kontaktverlust, die verursacht werden durch den beschleunigten Rhythmus des Lebens und unser Immer-in-Bewegung-Sein.

Ich las neulich etwas Interessantes, das Aldous Huxley seinen Zuhörern gesagt hat, als er gegen Ende seines Lebens für einen Vortrag nach Berkeley eingeladen worden war: »Ich nehme an, daß Sie glauben, ich werde jetzt über sehr gelehrte Dinge reden und werde Ihnen die wichtigsten Erfahrungen meines Lebens mitteilen.« Und er fuhr immer weiter fort, das aufzuzählen, von dem er wußte, daß die Leute es von ihm erwarteten. Aber dann sagte er: »Heute abend drängt es mich eigentlich nur, Sie zu bitten, ein wenig freundlicher zueinander zu sein.«

Wärme ist etwas, das wir alle brauchen; wir brauchen Stärkung, wir brauchen Ermutigung. Aber unsere Kultur hat uns dazu gebracht, daß wir uns schämen, Komplimente zu machen, jemandem etwas Angenehmes zu sagen. Das erwartet man nicht von uns. Der Puritaner betrachtete ein Kompliment als eine Unaufrichtigkeit in sich. Schmeichelhafte Worte wurden nie ausgetauscht. Die romanischen Völker hingegen ermutigen zum Kompliment. Sie sind der Ansicht, wenn jemand gut aussieht, dann soll man es ihm auch sagen. Warum schließen wir ein solches Verhalten aus? Warum sollten wir es für falsch halten, einander stärkende Ermutigung zu geben, die uns aufrichtet, die das Gegenteil ist von zerstörender Kritik und Feindschaft?

Botschaften werden vom Auge weitergegeben, manchmal ganz ohne Worte. Wir dürfen nicht entschuldigend sagen, die Technologie habe unser Lebenstempo dermaßen erhöht, daß wir an den anderen vorbeigehen, ohne sie wahrzunehmen, ohne mit ihnen in Berührung zu kommen oder ohne ihnen echt zu begegnen. Eine echte Begegnung kann in einem einzigen Augenblick geschehen. Aber wie kommt das zustande? Wie erreichen wir den Moment, wo wir uns in einem Augenblick mit einem anderen Menschen verständigen können?

Für diese Beziehung zum anderen weiß ich eine sehr schöne Metapher, die mir einfiel, als ich einmal vor Elektroingenieuren in Stanford über integrierte Schaltkreise sprechen sollte. Ich konnte gar nicht begreifen, warum man mich eingeladen hatte. Ich wußte nichts über integrierte Schaltkreise. Ich versuchte, ein Buch des Professors, der mich eingeladen hatte, zu lesen, und mußte es mir schließlich von meinen Freunden erklären lassen. Als ich hinkam, wurde ich durch das Labor geführt und sprach anschließend mit den fünfzehn Elektroingenieuren, die elektronische Schaltkreise herstellen. Sie zeigten mir die Zeichnungen an der Wand, große Zeichnungen, mit denen sie beginnen und die dann immer kleiner werden. Da erkannte ich, daß dies im übertragenen Sinn eine wunderbare Metapher ist. Es ist ganz natürlich, daß der Künstler, der von Wissenschaft nichts versteht, diese in Metaphern umsetzt. Ich habe immer gesagt, daß der heutige Künstler die Bilder der Wissenschaft verwenden wird, daß er alle wunderbaren Metaphern aus der Wissenschaft verwenden wird, wenn er beginnt, sie wirklich zu verstehen. So fing ich an, den integrierten Schaltkreis zu begreifen, und betrachtete ihn als ein Bild für unser seelisches Problem, das darin besteht, all die feinen, schrecklich subtilen Beziehungen zu anderen Menschen zu finden.

Nun werden diese Schaltkreise sehr oft in der Kindheit beschädigt und wir empfangen nichts. Diese Schaltkreise werden sehr oft von der Zivilisation beschädigt, oder sie werden unempfänglich für Reize. Auch im *Zukunftsschock* wird die Theorie erläutert, daß wir als Folge der Technologie zu viele Mitteilungen, zuviel Information empfangen, die wir nicht bewältigen können; zu viele verheerende Nachrichten über alles, was in der Welt geschieht. Der Mensch trachte sich deshalb vor zu großer emotionaler Empfänglichkeit zu schützen, indem er versucht, gar nichts zu fühlen. Toffler weist, wie es die Psychologen tun, auf die Gefahren hin, die dem physischen Schock bei einem Unfall, einem plötzlichen Todesfall oder sonst einem unerwarteten tragischen Ereignis entsprechen:

Der Körper hört in einem gewissen Sinne auf, lebendig und bewußt zu sein, und dieser Zustand, bekannt als psychischer Schock, schützt uns, wenn wir beispielsweise den Krieg in Vietnam am Fernsehschirm sehen. Wir haben gelernt, uns zu schützen, indem wir *nicht fühlen*, was eine schreckliche Gefahr darstellt, denn dadurch werden wir wirklich minderwertige Menschen oder nicht menschlich und sind von einer echten Beziehung zu anderen Menschen so weit wie nur möglich entfernt. Wir müssen deshalb die Gefahren, die uns aus der Technologie entstehen, bekämpfen, Gefahren, die durch das erweiterte Universum entstehen und durch die Illusion, daß die Massenmedien uns mit allem in Berührung bringen, einfach weil wir so viel zu *sehen* bekommen. Man kann nur in Berührung sein, wenn man fühlt.
Der integrierte Schaltkreis hat also für den Menschen eine andere Bedeutung als für die Elektrotechnik. Er ist die Stromleitung für das Gefühl und darf nicht blockiert werden. Wie können wir uns nun, wenn es nötig ist, vor zuviel Gefühl, Überbelastung oder zerstörerischen Einflüssen schützen? Nun, mein Vorschlag wäre, einen ausreichenden inneren geistigen Widerstand aufzubauen – ich nenne ihn »das Geist-Haus«. Wir dürfen die Schaltkreise, die emotionalen Schaltkreise nicht abschalten. Das ist keine Lösung. Dann verdorren wir nämlich und sterben psychisch. Die früher von uns so sorglos gebrauchten Wörter wie Entfremdung, Rückzug, haben tatsächlich eine verhängnisvolle Bedeutung. Denn es ist wirklich eine Art des Sterbens, sich von anderen loszusagen, sich vom Geschehen in der Welt loszusagen, sich vom Gefühl loszusagen.
Meines Erachtens würden die Masse, die größeren Bewegungen einen anderen Charakter annehmen, wenn wir zur Vorstellung eines kleinen und vertrauten Universums zurückkämen und uns dann klarmachten, daß das sogenannte Gemeinschaftsleben oder die Massenbewegungen eigentliche Anhäufungen von Einzelpersonen sind, die sich noch entwickeln, die noch tiefer, poetischer, freier werden können. Wir wären dann nicht dem Willen oder falschen Machtgedanken anderer ausgeliefert. Irgendwie hatten wir immer das Gefühl, es sei am besten für die Gemeinschaft, wenn wir unserer Individualität entsagten, nicht für uns dächten oder uns selbst prüften. Dabei erkannten wir nicht, daß das, was wir der Gruppe und Gemeinschaft geben konnten, in Wirklichkeit der Niederschlag unse-

rer eigenen Entfaltung, unseres Reifens war. Auch sahen wir nicht, daß wir der Massenbewegung um so mehr bieten, je mehr wir etwas geben, das *wir* bereits für das Leben in der Gemeinschaft erarbeitet haben. Wenn wir außer unseren Problemen, Schwierigkeiten oder Lebenskrisen noch etwas hinzutrügen, dann hätten diese übergroßen Massenbewegungen einen anderen Charakter. Sie würden nicht dem Krieg dienen, sie würden nicht der Rassentrennung dienen, und sie würden uns nicht trennen. Wir hätten soviel Feindschaft, wie unsere Gesellschaft sie aufweist, ein so erschreckendes Ausmaß an Feindschaft. Es ist beinahe eine blinde Feindschaft, die nicht einmal weiß, woher sie kommt; blinder Zorn, der sich an anderen entlädt und immer andere verantwortlich macht, wenn wir uns irgendwie in Schwierigkeiten befinden.

Für mich ist Krieg eine Vervielfältigung unserer eigenen Feindschaften, und möglicherweise beginnen wir, das einzusehen. Als ich beispielsweise nach Deutschland reiste, weil man mich zur Buchmesse eingeladen hatte, ging ich beklommenen Herzens, denn sehr viele meiner Freunde sind Juden, und ich verspürte einen Haß gegen Deutschland. Aber im Radio sprach ein Philosoph, der an die Spitze der Regierung kommen sollte, und er sagte, daß wir Feindschaft bekämpfen müßten, einzeln, ein jeder von uns, wenn wir nicht wieder einen Krieg wollten. *Er sagte das im Radio.* Da ahnte ich erstmals, daß es möglicherweise ein neues Deutschland gibt, denn ich wußte, was Feindschaft oder Unterwerfung unter einen Führer für Folgen haben können.

Wir können nicht einfach so fortfahren und erwarten, daß die Veränderung immer von außen kommt. Wir haben den Versuch unternommen und gesehen, daß einige äußere Veränderungen gemacht werden konnten: Abtreibungsgesetze, Frauenrechte. Es gibt einige Veränderungen, die von außen bewirkt werden können. Aber die größte und wichtigste Veränderung muß innerlich geschehen. Wir müssen uns als Menschen umformen. Denn wir haben kleinere Kriege und kleinere Formen der Gewaltanwendung mitten unter uns verursacht, mitten in unserem engsten und persönlichen Lebenskreis: in der Familie, im Bekanntenkreis, in der Schule und durch unsere Feindseligkeit Fremden gegenüber. Ich habe das sehr deutlich erlebt, als ich nach Amerika kam. Der Fremde war ein Außenseiter. Diese Ansicht gehört zur amerikanischen Zivilisation, und bis vor kurzem (heute bin ich eingebürgert) pflegten sie immer zu sagen »die aus Paris stammende Anaïs Nin« – wie sie sagen »der aus Rußland stammende Nabokov« oder »der aus Polen stammende Kosinski«. Auf diese Weise gibt man zu verstehen, wer ein Außenseiter ist.

Ich ärgerte mich aber auch, daß der Gesellschaft die Schuld gegeben wird für die Lage, in der wir uns befinden. Man schiebt auch dem Mann die Schuld zu für die Situation der Frau. Ich glaube das nicht, weil ich sehr entschieden an unsere doppelte Verantwortung glaube; wir lassen uns auf zerstörerische Beziehungen ein und tragen unbewußt einen Teil der Verantwortung. Als ich mich in ein destruktives Verhältnis mit Gonzalo einließ, lebte ein Teil von mir, der rebellische, durch ihn – selbst konnte ich ihn nicht ausleben. Ich war kein Opfer. Es ereignete sich etwas, das sich als destruktive Verbindung herausstellte. Aber es gab auch eine positive Seite. Er zeigte mir, wie zerstörerisch Ausbrüche sind, wie zerstörerisch die Art von Rebellion ist, die er offenbarte. So lernte ich, machte Erfahrungen, erprobte das durch eine andere Person.

Ich möchte Ihnen etwas mitteilen, das ich spüre. Ich habe den Eindruck, daß wir ein Übermaß an Feindschaft, an zielloser Feindseligkeit haben, weil wir uns weigern, die Verantwortung für Dinge mit zu tragen, in die wir uns verwickelt sehen. Und wir verzweifeln, weil wir nur im äußerlichen Bereich der Geschichte leben. Wenn wir in der Geschichte leben, werden wir verzweifeln; wenn wir überhaupt keine stärkende, neu belebende, aufladende Kraft in uns selbst finden, werden wir verbittert und werden immer die Schuld der Gesellschaft oder einem anderen zuschieben – oder dem Mann, wie manche Frauen es im Augenblick tun. Das macht, daß wir uns hilflos fühlen; und wenn wir hilflos sind, sind wir zornig, und wenn wir zornig sind, sind wir gewalttätig.

Ich bin zu der Erkenntnis gekommen, daß unser Bedürfnis nach menschlicher Nähe nach der schrecklichen Zeit der Entfremdung entstand, weil wir der Entfremdung bei jedem möglichen Anlaß außer dem richtigen die Schuld gaben. Wir waren *uns selbst* entfremdet. Wie konnten wir lieben, geben, wie konnten wir vertrauen, teilen, wenn wir nicht selbst etwas zu geben hatten? Wenn wir nicht selbst einige Zeit darauf verwendeten, uns innerlich gewaltig zu erneuern, wie sollten wir da mit anderen in Beziehung treten?

Das Interesse an persönlicher Entfaltung bedeutet natürlich auch, daß man an der Entfaltung seiner Mitmenschen interessiert ist. Es besteht eine gegenseitige Abhängigkeit. Man entfaltet sich nur insoweit, als die Mitmenschen sich auch entfalten, wachsen und freier werden. Man beeinflußt sich gegenseitig.

Allein bringt man es nicht zustande. Was man allein zustande bringt und zuallererst tun muß, ist zu *existieren*, zu *sein*, damit man dann Freund, Geliebter, Mutter oder Kind sein kann. Anders formuliert: was unsere Kultur behauptete, war so unlogisch, so unmöglich. Sie sagte: »Befaß dich nicht mit dir selbst. Sei großmütig, sei aktiv in der Welt, gib dich konkreten Dingen hin, aber *ohne ein Selbst!*« Was kann man aber geben, wenn es kein Selbst gibt, wenn man kein Feingefühl, keine Empfindungsfähigkeit, keine Wärme, einfach nichts hat, was den Kontakt mit anderen möglich macht. Und dieser Irrtum wurde immer größer.

Als Zwanzigjährige haben wir Konflikte. Wir denken, alles sei entweder – oder, schwarz oder weiß. Wir sind in Probleme verstrickt und verlieren dabei unsere Kräfte. In reiferen Jahren reagierte ich darauf, indem ich alles auslebte, nichts ausschloß, keine Auswahl traf. Ich wollte Frau sein, ich wollte Künstlerin sein, ich wollte alles sein. Ich nahm alles auf, und je mehr man aufnimmt, desto mehr Kraft findet man, Dinge zu vollbringen und den Lebenshorizont zu erweitern. Das Gegenteil wurde uns jedoch gelehrt: auf Gliederung bedacht zu sein und Veränderungen zu fürchten, *vor allem Veränderungen zu fürchten.* Nun, ich habe Veränderungen nicht gefürchtet, und ich habe aus der Psychologie gelernt, daß wir uns entwickeln. Wir brauchen keine Revolutionen, vorausgesetzt, daß wir uns entwickeln, daß wir immer offen sind für neue Erfahrungen, daß wir aufgeschlossen sind für andere Menschen und das, was sie uns zu geben haben.

Es gibt ein schönes Buch von Tanja Blixen mit dem Titel *Afrika, dunkel lockende Welt.* Die Autorin besaß eine Kaffeeplantage und lebte lange Zeit mit den Afrikanern zusammen. Naturkatastrophen spielten im Gerichtswesen der Afrikaner eine Hauptrolle und wurden als Beweismittel benutzt, sei es bei einem Unfall oder einer vorsätzlichen Tat wie Mord. Das ist eine grundverschiedene Auffassung von Gerechtigkeit, völlig verschieden von der unseren, und Tanja Blixen hatte große Schwierigkeiten, die Dinge so zu sehen, wie sie die Afrikaner sehen. Aber sie räumte ein, daß das ein Bestandteil ihrer Kultur und redlich war. Es war ihre Vorstellung von Gerechtigkeit, und sie mußte ausgeführt werden. Sie versuchte nicht, dem afrikanischen Dorf weiße Gerechtigkeit aufzudrängen. Die Anerkennung anderer Kulturen und anderer Denkweisen, das Wissen, wann man nachgeben muß, gehört meines Erachtens zu unserer Befähigung für zwischenmenschliche Beziehungen. Es gibt einen Moment, wo nachgeben nicht zugestehen bedeutet, sondern annehmen der Existenz des anderen und der Beweggründe seines Handelns.

Der heutige Abend ist geeignet, über die Kraftquelle zu sprechen, die wir brauchen, wenn uns die äußeren Veränderungen enttäuschen. Als ich früher darüber sprach, sagten die Leute, ich bezöge mich auf den Elfenbeinturm, auf eine Kunstbesessenheit und auf eine Abkehr vom tätigen Leben. Aber das meinte ich nie. Ich war der Auffassung, daß eine gegenseitige Beeinflussung stattfindet. Wenn wir nämlich nicht draußen handeln können oder sich die äußere Welt nicht verändert, und wenn wir gegen Dinge anrennen wollen, die wir nicht verändern können, dann ist es an der Zeit, daß wir uns einfach in uns selbst zurückziehen. Ich entdeckte diese Kraftquelle, wie alle von uns eine Kraftquelle entdecken, nämlich während der ersten traumatischen Erfahrungen, der ersten Belastungen, der ersten Schwierigkeiten. Ich stamme aus, wie es die Sozialfürsorge nennt, zerrütteten Verhältnissen, war entwurzelt und weiß, was Armut ist; ich bin in ein Land gekommen, dessen Sprache ich nicht kannte – all das lehrte mich, einfach in mir selbst Wurzeln zu schlagen. Ich wurde, wie ich einmal sagte, »eine Frau mit verpflanzbaren Wurzeln«. Das ist sehr wichtig für uns alle, denn unsere Kultur hat uns einen falschen Eindruck gegeben von der Wertschätzung, ganz in der Geschichte zu leben, ganz unpersönlich, ganz draußen im Geschehen zu leben. Subjektivität wurde beinahe als etwas Schlechtes angesehen . . . Deshalb gefällt mir die Vorstellung von einem Ort, wo man eine Kraftquelle aufbaut; eine Möglichkeit, dem Druck von außen standzuhalten. Ich meinte nicht den Elfenbeinturm. Ich sage oft, wenn man mir einen Brief in den Elfenbeinturm schickt, würde ich ihn nicht beantworten.

Ich bin schon früh von einer Überzeugung ausgegangen, die ich nie zurücknehmen mußte: daß alle von uns verletzlich und in Schwierigkeiten sein können. Ich hatte noch eine andere Überzeugung, die von Baudelaire stammt: daß in uns allen ein

Mann, eine Frau und ein Kind lebt – was jede Frage nach Kampfgelüsten löst! In jedem von uns ist ein Mann, eine Frau und ein Kind, und das Kind ist gewöhnlich eine Waise. So haben wir eine schwere Aufgabe zu bewältigen: Wir müssen uns um das Waisenkind in uns und in anderen kümmern; wir müssen unsere Kreativität in jedem Augenblick unseres Lebens umsetzen. Ich erinnere mich, daß ich einmal etwas tat, das die Leute damals sehr töricht fanden. Als 1939 der Kriegsausbruch bevorstand, lebte ich in einem Hausboot. Ich hatte es noch nicht fertig angestrichen und in Ordnung gebracht und arbeitete deshalb weiter daran, während meine Freunde die Nerven verloren und sagten: »Der Krieg kommt. Warum streichst du dein Boot an?« Ich antwortete: »Ich tue es nur, um mich gegen die Katastrophe zu wehren.« Es war wirklich eine innere Haltung. Ich mußte das tun, um mich vor einem Zusammenbruch zu bewahren – denn sie verloren *in meinem Boot* die Nerven. Es war geradezu eine Herausforderung. Sehen Sie, ich wußte, daß der Krieg bevorstand. Mir fehlte nicht der Sinn für die Realität. Es war nicht Schizophrenie. Ich wußte ganz genau, was kommen würde. Aber ich wollte eine Geste machen, die *mir* neue Kraft gab; die mir die Kraft gab, die Katastrophe zu ertragen.

Daher war ich in der Lage, auch an einer Schule in Los Angeles zu sprechen, die fast ausschließlich von Schwarzen besucht wird. Dort findet man all die benachteiligten Studenten, die man sich nur vorstellen kann; ihr sozialer Hintergrund ist sehr schwierig. Aber sie verstanden, als ich sprach. Die Studenten hatten eine Zeitung, die nichts anderes ausdrückte als: die Welt fällt auseinander. Das war ihre Vorstellung von der Welt – daß sie hoffnungslos ist. Sie hatten den Glauben an soziale Veränderungen verloren, aber sie verstanden meine Aufforderung, die Beständigkeit in sich selbst zu verlegen. Sie verstanden, was ich ihnen sagen wollte; daß man in einer unbeständigen Welt nach einem Ort der Stabilität, der Klarheit und des Glaubens streben muß. Nach einem Ort, wo man den Glauben wiedergewinnen kann. Denn sie halten die äußere Welt für unveränderlich.

Walter Lippmann hat gesagt, daß die Unzufriedenheit, die die Welt schockiert, nicht allein von Politikern oder an den Randzonen des Lebens behandelt werden könne, sondern daß sie mit dem Kern des persönlichen Lebens in Berührung kommen müsse. Was zerrüttet ist, könne nicht durch ein neues politisches Mätzchen wiederhergestellt werden. Das ist der wesentliche Inhalt aller meiner Reden in diesem Jahr gewesen.

F. Sie sprechen von dem stark beschleunigten Erlangen von Bewußtheit in unserem Jahrzehnt. Warum sind Sie der Ansicht, daß sich das eher in den letzten zehn oder fünfzehn Jahren ereignet hat als in den fünfziger Jahren?
A. N. Hier kommen so viele Dinge zusammen, daß ich nicht glaube, es genau erklären zu können. Teils ist es zurückzuführen auf die Technologie, teils auf die Massenmedien, teils auf die Ausdehnung des Universums durch die Naturwissenschaften. Es ist eine Verknüpfung vieler Elemente. Mehr Menschen haben heute die Möglichkeit zu lernen, intensiv Forschung zu treiben. Hauptsächlich die Technologie hat den Rhythmus gesteigert, aber wir sind dann damit weitergegangen und haben auch die Lernmethoden vereinfacht und fast jeden Prozeß beschleunigt. Auch haben wir in Gruppen Forschungsarbeit geleistet; Frauen haben in Gruppen an ihrer Bewußtheit, wie sie es nennen, gearbeitet, um ihr Bewußtsein zu erhöhen. Es gibt da so viele Faktoren, daß ich nicht glaube, es mit nur einer Antwort erläutern zu können.
Natürlich, wenn Sie *Der Zukunftsschock* lesen, werden Ihnen alle äußeren Ursachen genannt; aber Psychologen werden alle inneren Ursachen der Beschleunigung nennen. Die Deutung von Symbolen und Mythen ist immer verbreiteter geworden. Wir sind uns unsern Handlungen viel bewußter, während wir sie ausführen. Es gab Leute, die sich nicht bewußt waren, daß unsere Handlungen Symbolcharakter haben, daß selbst das Händeschütteln eine symbolische Handlung ist. Eine Studentin sagte mir einmal: »Symbolik ist romantisch. Das gehört zur romantischen Bewegung. Wir haben in der modernen Welt nichts damit zu tun.« Und als ich ihr dann die Hand geben wollte, weigerte sie sich. Da sagte ich: »Jetzt handeln Sie gerade symbolisch.« Sie sehen, alles was wir tun, hat irgendeine Bedeutung.
Aber ich glaube, daß wir die zerstörerischen oder negativen Aspekte der Beschleunigung bekämpfen können. Und sie hat auch einige gute Seiten. Wir können schneller in ein anderes Land reisen; so sollten wir eigentlich auch schneller in Kontakt kommen mit andern Ländern. Wir können also die negativen Aspekte bekämpfen, indem wir nachdrücklich die inneren Werte hervorheben. Wenn wir unsere technologischen Kennt-

nisse mit mehr Feingefühl für die Bedürfnisse der anderen Menschen anwendeten, würden wir nicht diese schreckliche Nostalgie haben, dieses Gefühl, daß die Welt immer ungeheurer wird und wir einsamer werden.

F. Wenn Sie von »transzendieren« sprechen, meinen Sie damit, einen höheren Sinn zu finden?

A. N. Nein, ich spreche von Transparenz. Das heißt, daß wir plötzlich unser menschliches Leben, unser tägliches Leben nicht mehr für simpel, häuslich und bedrückend halten, wie wir es manchmal tun, sondern seine Bedeutung, seine Schönheit, seinen Sinn erkennen. Dann sehen wir es als Teil des Ganzen, als Teil des Landes, als Teil der Gemeinschaft oder als Teil der Geschichte; dann sehen wir über die uns täglich abverlangten Aufgaben und Pflichten hinaus. Das verstehe ich unter dem Wort transzendieren. Es ist einfach die Transparenz, die uns zeigt, daß das Leben eine Bedeutung hat. Und wenn es eine Bedeutung hat, dann können wir mit größerem Gleichmut leben.

F. Ist die Bedeutung vorhanden, oder stellen Sie sie her?

A. N. Sie ist vorhanden, die Bedeutung ist vorhanden, aber wir sehen sie manchmal nicht. Ich erinnere mich, als ich von Europa kam, habe ich in der frühen amerikanischen Literatur von den »Transzendentalisten« gelesen. Und da ich mich immer an meine eigene Interpretation dieses Wortes hielt, dachte ich: »Das ist wunderbar, das sind Leute, die die geistige oder psychische Bedeutung hinter unserem Leben wahrnehmen. Emersons Leute.« Und ich war sehr erstaunt, als ich herausfand, daß diese ganze Literatur nicht transzendental war – sie war genau das Gegenteil –, denn ich dachte, das sei der Weg, den die amerikanische Literatur einschlagen werde. Ich hatte den Ausdruck wörtlich genommen; aber sie hatten ihm eine andere Bedeutung gegeben. Aber wenn man an diese Transparenz glaubt, was die schöpferische Persönlichkeit tut, kommt man zu der Erkenntnis, daß alles, was man macht, wirklich einen Sinn hat, sei es eine Geste oder etwas, das man gibt, daß alles eine ritualistische Bedeutung hat, die bewirkt, daß wir den unschönen Teil davon ertragen. Nicht davor fliehen, nein. Sondern es akzeptieren.

F. Ist es also eine Weigerung, die Dinge so zu nehmen, wie sie sind, eine Ablehnung ihrer gewöhnlichen Bedeutung?

A. N. Nein, das ist nicht ganz richtig. Es gibt keine Ablehnung. Es ist einfach eine Interpretation. Ich glaube zum

Beispiel, daß, wenn die Frauen zufrieden wären, etwa in einem kreativen Aspekt ihres Lebens, sie dann auch die sogenannten häuslichen Pflichten als eine Art Mittel zum Zweck ansehen würden. Ich betrachte meine Aufgaben im Hause einfach als Teil des größeren Wirkungskreises des Lebens, der mich befriedigt. So machen mir seine Begleiterscheinungen nichts aus. Man muß die alltäglichen Arbeiten als Teil eines großen Ganzen sehen. Und wenn der schöpferische Teil des Lebens Erfüllung bringt, erledigt man auch die Dinge, die einfach zur Arbeit gehören, wie ich die Mühsal des Druckens übernehmen mußte, als ich Bücher drucken wollte. So etwa ist es.

F. Sie betonen die Selbsterkenntnis, das persönliche Leben und zwischenmenschliche Beziehungen, und ich habe den Eindruck, daß sich Ihrer Meinung nach nur auf diese Weise Veränderungen erzielen lassen.

A. N. Nein, nein. Das habe ich nicht gesagt. Ich habe genau das Gegenteil gesagt: um äußere Veränderungen zustande zu bringen, muß in uns selbst eine persönliche Veränderung stattfinden. Sonst werden unsere Wirksamkeit, unsere Kraft und unser Glaube von den äußeren Ereignissen zerschlagen. Ich habe nicht gesagt, daß wir uns nicht weiter um äußere Veränderungen bemühen sollten. Ich habe genau das Gegenteil gesagt.

F. Könnten Sie etwas darlegen, wie man äußere Veränderungen bewerkstelligt?

A. N. Ach, damit beschäftige ich mich nicht. Ein einzelner kann nicht zwei Bereiche abdecken. Ich will damit sagen, daß ich über die psychologische Veränderung spreche, die die äußere Veränderung bewirken kann, und Sie wollen, daß ich darüber spreche, wie sich eine politische Veränderung erreichen läßt. Ich bin kein Experte in Politik. Ich weiß genau, in welchem Bereich ich einige Weisheit habe, und ich glaube nicht, daß man auf beiden Gebieten ein Fachmann sein kann. Ich habe politische Bewegungen mitgemacht, ich gehörte zu den Kriegsgegnern, und ich habe mich aktiv für die Frauenbewegung eingesetzt. Ich habe mich um die Änderung der Abtreibungsgesetze bemüht. Aber das bedeutet nicht, daß ich mich für sehr geschickt halte in dieser besonderen Form von Äußerung. Jeder von uns hat eine Fähigkeit, und wir können diese Fähigkeit anwenden. Natürlich meine ich, daß ich an äußeren Veränderungen arbeite, aber ich will nicht, daß mich das dazu bringt, mich völlig hilflos zu fühlen wie manche Studenten in den vergangenen Jahren nach der Enttäuschung mit McCarthy. Sie sagten darauf, es wäre absolut nutzlos, irgend etwas zu unternehmen, und sind dann in sich gegangen. Aber sie taten es aus einem anderen Grund. *Ich gehe in mich, um herauszukommen.*

F. Sie deuten an, daß wenn jeder einzelne in sich hineinschaute und sein wirkliches Selbst fände, dies allgemein eine bessere Welt schaffen würde. Was geschieht aber, wenn nun der einzelne in sich hineinschaut und feststellt, daß der Kern verdorben, einfältig und böse ist? Oder wenn man entdeckt, daß man keine Artischocke, sondern am Ende eine Zwiebel ist?

A. N. Nun, ich glaube, ein solcher Mensch würde sich ohnehin nicht mit einer Reise nach innen abplagen; er würde sich in Taten stürzen. Wir nennen das einen Kriminellen; er läßt seine Wut an der Gesellschaft aus oder verletzt auf irgendeine Weise. Ich glaube nicht, daß er sich die Mühe nimmt, mit sich selbst konfrontiert zu werden. Das ist meiner Meinung nach die charakteristische Eigenschaft eines verdorbenen und zornigen Menschen. Solche Leute wollen nicht daran denken, daß sie selbst für sich verantwortlich sind. Sie wollen der Gesellschaft oder etwas anderem die Schuld geben können.

F. Aber wenn man nun findet, daß nichts da ist – daß die eigene Wirklichkeit oder Existenz in den Schichten der Zwiebel besteht?

A. N. Ich habe das nicht gefunden. Ich kenne keine einzige leere Person. Ich bin nie auf ein Leben ohne Sinn gestoßen, man muß nur wirklich nach seinem Sinn suchen. Das ist die Gefahr, wenn man sagt, wir wollten nicht in uns hineinschauen, weil wir auf diese Weise den Punkt erreicht haben, wo wir die Sinnlosigkeit des Lebens spürten. Sehen Sie, wir haben so viele Formen der Therapie verworfen. So viele von uns haben heutzutage die Philosophie, die Religion oder irgendeine Lebensart von sich gewiesen, die uns früher zusammengehalten hat. Wir haben alles verworfen, selbst die Therapie der Kunst. Deshalb blieb uns wirklich nichts anderes übrig, als in uns selbst hineinzuschauen; und die, die es tun, entdecken, daß jedes Leben einen Sinn hat, weil Leben Sinn hat. Wir wurden schwer geschädigt durch Leute, die sagten, das Leben wäre vernunftwidrig und bedeutete ohnehin nichts. Aber sobald wir anfangen zu suchen, finden wir den Lebenszusammenhang und finden wir die Person. Ich habe nie das, was man einen ganz »leeren« Menschen nennen würde, getroffen.

F. Aber eine Zwiebel ist nicht *leer*. Ihre Wirklichkeit sind die Schichten. Das meine ich.

A. N. Ich habe immer das Gegenteil festgestellt: Jeder, der sich anstrengt, erkennt, daß es immer einen Reichtum gibt – ähnlich einem, der in der Erde graben will. Es ist immer etwas da. Traumforscher haben die unwahrscheinlichsten Orte aufgesucht, um interessante Träume zu finden; Drogenexperten und andere Spezialisten sind zu den ungewöhnlichsten Leuten gegangen. Der Psychoanalytiker Ira Progoff, zum Beispiel, begab sich mit seinem *Intensive Journal* zu Leuten in Harlem, die weder lesen noch schreiben konnten, und fand heraus, daß diese fabelhafte Träume und fabelhafte Phantasien hatten. Deshalb glaube ich ehrlich, daß mehr da ist, als das Auge sieht, daß wir uns nur noch nicht richtig angestrengt haben, es auszugraben, weil wir nicht eigentlich daran glauben. Ich finde Menschen in dem Augenblick außerordentlich interessant, wo sie ernsthaft nach diesem Teil ihres Selbst graben wollen – den sie gewöhnlich verdecken.

F. Im vierten Teil der *Tagebücher* sprechen Sie über Zorn als etwas Negatives und über Ihre eigene Passivität. Könnten Sie noch mehr über Ihre Einstellung zum Zorn sagen?

A. N. Der Zorn, den meine Eltern gegeneinander hegten, verursachte die große Zerrüttung unserer Familie, und so entwickelte ich ein Bild vom Zorn als einer zerstörerischen Kraft. Nun, das war ein traumatisches persönliches Bild von Zorn, und ich wollte daran nicht teilhaben. Das heißt, ich wurde gewaltlos und passiv. Ich wollte, daß man die Dinge ohne Zorn erledigt. Meine Eltern waren beide sehr explosiv, und als der große Familienkrach kam, brach die ganze Familie auseinander. Das war also ein persönliches Erlebnis.

Ich mußte mich da durchkämpfen, denn zuweilen ist Zorn berechtigt und angebracht. Zorn kann einem Kräfte verleihen, die einen zum Handeln bringen. Sehr auf der Hut war ich vor irrationalem Zorn, Zorn ohne guten Beweggrund. Ich wollte wissen, was man damit anfängt. Ich wollte nicht damit leben. Ich wollte nicht, daß er als Gift wirkt. Wenn ich auf etwas zornig war – zum Beispiel, als ich nach Amerika kam und niemand meine Bücher verlegen wollte –, da kaufte ich mir eine Druckerpresse und veröffentlichte ein Buch, statt zornig und verbittert zu werden und dann aufzugeben. Das verstand ich unter Umwandlung. Auf diese Weise war ich nicht länger zornig oder verbittert, weil ich handeln konnte ... wie Ray Bradbury. Er sagte, er sei eines Morgens aufgewacht und habe überlegt. Er hatte einen Artikel gelesen, der ihn sehr zornig auf den Süden und die Schwarzen machte. So setzte er sich hin und schrieb eine Erzählung, die sehr berühmt wurde und in der alle Schwarzen aus dem Süden weggingen und die Weißen ihrem eigenen Chaos überließen. Und nachher war er nicht mehr zornig. Er hatte wirklich etwas getan, er hatte darüber eine Geschichte geschrieben, die sehr gut war. Das ist das, was ich über Zorn denke. Ich will keinen ungelenkten, zügellosen, vulkanischen Zorn, der nicht weiß, was er tut.

F. Aber glauben Sie nicht, daß Zorn manchmal eine Gabe ist?

A. N. Ich finde, gerechtfertigter Zorn ist es. Aber zuerst müssen wir wissen, worauf wir zornig sind. Blinder Zorn ist nämlich zerstörerisch. Zorn kann sehr wirkungsvoll sein, wenn wir wissen, worauf wir zornig sind. Ich war zornig auf das, was der schwarzen Bevölkerung geschah, denn ich habe sie immer geliebt. Ich war zornig, als Martin Luther King ermordet wurde. Ich war hysterisch zornig, absolut hysterisch und aggressiv zornig, daß so etwas geschehen sollte. Es gab also Zeiten, wo sich mein Zorn entlud. Aber im allgemeinen glaubte ich nicht, daß er irgend etwas aufbaute. Eher verletzte er einfach *mich.* Man kann es mit dem Mann vergleichen, dessen Hund von einem Flugzeug getötet wurde und der dann das Flugzeug in die Luft sprengte. Ich halte das nicht für eine befriedigende Lösung von Zorn und Gewaltanwendung. Man muß verstehen, worum es sich handelt. Als ich mich ärgerte, weil die amerikanischen Verleger den kommerziellen Wert meiner Arbeit bezweifelten, was hätte ich davon gehabt, zwanzig Jahre auf sie zornig zu sein? Nur Verbitterung. Das ist einfach eine Art zu sagen: »Sehr schön, ich bin zornig. Also will ich eine selbständige Tat tun.«

F. Aber meinen Sie nicht, daß Sie blockiert werden, wenn Sie zuviel Verantwortung übernehmen und Ihren Zorn nicht ausdrücken?

A. N. Ja, das ist völlig richtig. Und deshalb war die Psychologie für uns hilfreich, weil sie sagte: »Du warst zornig, und deine Passivität oder die Erziehung und die Zwänge sind schädlich gewesen.« Otto Rank mahnte: »Vorsicht: Man darf Verständnis nicht zur Lebensphilosophie machen, denn dann wird man niemals handeln.« Es liegt jedoch eine Gefahr darin. In einer

Kultur, die unseren Sinn für zwischenmenschliche Beziehungen echt gefährdete, verringerte und bedrohte, wurde Kämpfen zu einem Ersatz. Wir hatten kein wirkliches Gefühl für die Gegenwart des anderen, und ich glaube, das wurde die verderbte Seite unserer Kultur – keinen Kontakt zu haben. Der einzige Kontakt, den wir hatten, wurde unfruchtbar und bestand im Kämpfen. Dabei spürte man die reale Existenz des anderen. Ich habe dieses Gefühl der Hoffnungslosigkeit stark wahrgenommen in amerikanischen Verhältnissen, unter amerikanischen Schriftstellern, besonders bei denen, die aus dem Ausland kamen, wo man sich diplomatischer verhielt. Als ich einmal über die Kunst des Umgangs mit Menschen sprach, wurde ich heftig angegriffen von Leuten, die glaubten, ich empfehle Heuchelei. Ich meinte aber, daß zwischenmenschliche Beziehung eine Kunst ist, etwas, woran man arbeitet; es ist eine Wissenschaft. Der Gedanke, daß solche Beziehungen eine kreative Anstrengung erfordern, war jedoch vielen verhaßt.

F. Sie sagten vorher, daß wir lernen müssen, historische Ereignisse zu transformieren, transponieren und transzendieren. Ich möchte gern wissen, was Sie damit genau meinten?

A. N. Ich kann Ihnen nur eine Definition des Wortes »trans« geben. »Trans« bedeutet verändern, ähnlich wie der Alchemist wertloses Zeug in Gold verwandelt. Es ist ein Prozeß, der vom Geist, von der Kreativität, vom schöpferischen Willen geleistet werden kann. Nehmen wir an, Sie wären durch jemandes Feindschaft vergiftet, und statt daß Sie arbeiten können, arbeitet das Gift in Ihnen. Sie untersuchen das, durchschauen die Ursache und wehren es ab. Sie beginnen damit, die Feindschaft zu analysieren und sich zu fragen: Warum verhält sich der andere in dieser Weise? Welches sind die menschlichen Gründe dafür? Wenn Sie das herausfinden, sind Sie in der Lage, vergeben und verstehen zu können, und schließlich wachsen Sie über die unmittelbaren und persönlichen Verwicklungen der Situation hinaus. Sie überstehen sie unbeschädigt. Das verstehe ich unter transformieren. Es ist psychologisches Transponieren, eine psychologische Umsetzung.

Ich kann Ihnen nicht im einzelnen erklären, wie man die Ereignisse der Welt oder der Geschichte umsetzen kann. Es ist auf jeden Fall sehr wichtig für uns, daß wir unsere Empfindungsfähigkeit behalten. Wir sollten das abschätzen können und nicht dem geistigen Schock unterliegen wie viele von uns, als sie den

Krieg in Vietnam, mehr als sie verarbeiten konnten, beobachteten und dann abgestumpft und gefühllos wurden. Indem ich lernte umzusetzen, erkannte ich, daß ich soundso viel aufnehmen kann und danach etwas Kreatives tun muß, damit ich meine Empfindungsfähigkeit behalte. *Nicht gleichgültig* werden. Es gehört zu den Gefahren unserer Kultur, daß wir durch die Massenmedien seelische Schocks bekommen und dann abgestumpft werden und schließlich aufhören zu fühlen. Um das zu vermeiden, müssen wir diese Art von Transzendenz lernen. Das ist nicht Gleichgültigkeit; das ist weit entfernt davon. Es ist das Wissen, auf wieviel man gefühlsmäßig reagieren wird und wieviel man von seiner Empfänglichkeit bewahren will.

F. Haben Sie überhaupt die Hoffnung, daß es eine menschlichere Gesellschaft geben wird, oder wird das Individuum immer Unterdrückungsmechanismen gegenüberstehen?

A. N. Ich glaube nur an eine einzige Utopie, von der ich hoffe, daß wir sie eines Tages realisieren können, wenn wir erkannt haben, wie wichtig es ist, persönliche Verantwortung zu übernehmen. Wenn wir nämlich unsere Vorurteile, Feindseligkeiten und Zornesausbrüche so anpacken, daß sie nicht auf die Gemeinschaft projiziert werden. Für mich ist der Krieg eine Anhäufung all unserer persönlichen Feindschaften und Vorurteile, und ich sehe die Mehrheit immer noch als eine Menge von Individuen, die den zerstörerischen Teil ihres Selbst projiziert haben. Meine einzige Utopie ist die Hoffnung, daß wir, wenn wir Vorurteile haben, sie bekämpfen und bewältigen können. Wenn wir in eine Feindschaft verstrickt sind, können wir herausfinden, was sie bedeutet, und sie in etwas anderes, in Energie umsetzen. Dann *könnten* wir eine menschlichere Gesellschaft haben. Es besteht eine Möglichkeit dazu. Aber es wird von unserer Güte abhängen.

F. Wie sieht die Zukunft der bürgerlichen Familie aus?

A. N. Ich glaube nicht, daß ich das beantworten kann. Ich glaube, wir haben das Gleichgewicht verloren und sprechen nicht auf derselben Wellenlänge. Für mich gibt es keine Verallgemeinerung wie »bürgerliche Familie«. Es gibt gar keine bürgerliche Familie. Es gibt Familien, die nach bürgerlichen Maßstäben zu leben scheinen. Aber sobald man genauer hinsieht, gibt es keine bürgerliche Familie. Es gibt nur Einzelpersonen.

F. Kann ich Ihre Meinung hören über John Cage und Musiker dieser Art, die das Gefühl haben, in der Natur sei nichts geplant, alles geschehe einfach so, und es sei falsch, wenn man etwas nach einem Plan erschaffen wolle?

A. N. Die Frage nach John Cage übersteigt völlig meine Kompetenz, und ich möchte sie nicht diskutieren. Aber an die Vorstellung von Geschehen und Zufall glaube ich nicht, denn ich bin der Ansicht, daß jeder Zufall und jedes Geschehnis aus jemandes Unbewußtem hervorgeht. Ich meine, daß es irgendwoher kommt. Es mag wie ein Zufall aussehen, wie ein Zwischenfall, weil wir das Vorangegangene nicht kennen. Es ist wie bei einer Eingebung. Wir wissen nicht, wie wir sie bekommen, aber wir erhalten sie durch ein Ineinanderschieben von Vorgängen. Wir haben Beobachtung, Synthese, Analyse. Aber das Endergebnis ist Eingebung. Das Resultat sieht nach Zufall aus, ist es aber nicht. Wir können nur die Koordinierung nicht ausmachen.

F. Sie erwähnten einmal die Tendenz der Amerikaner, die Dinge eher objektiv als subjektiv zu betrachten. War das ein vereinzelter Zug im amerikanischen Charakter, oder halten Sie dies für weitverbreitet und fortdauernd?

A. N. Nein. Wir verändern uns stark, und ich halte die neue Generation für ganz anders. Sie macht sich sehr viele Gedanken um das verlorene Selbst des Individuums. Ich glaube, Amerika hatte eine ideale Vorstellung vom gemeinschaftlichen, kollektiven Leben, und es war ein *Ideal*. Es war ein *utopisches Ideal* – daß wir gemeinschaftlich zusammenleben könnten, ohne zuerst als Einzelmenschen richtig geboren zu werden und zu reifen. In Europa war es fast umgekehrt: Das Individuum zählte, die Gemeinschaft war weniger entwickelt. Auf diese Weise hatte jedes Land dem anderen etwas zu geben. Aber weil ich mich von einer Kultur zur anderen bewegte, konnte ich sehen, daß das Gemeinschaftsideal erfolglos bleiben würde, wenn nicht der einzelne etwas Hervorragendes dazu beizutragen hätte, und daß eine Masse von blinden Individuen nicht ein großartiges, allumfassendes Gemeinschaftsleben hervorbringen kann. Das amerikanische Ideal hätte funktioniert, wenn wir nicht das Individuum geopfert hätten. Nun glaube ich, daß sich die heutige Jugend sehr mit dem verlorenen Selbst beschäftigt, und man fragte mich bei meinem Besuch in Deutschland, warum unsere Jugendlichen so viel Hesse lesen. Die Deutschen waren sehr erstaunt, weil Hesse schon ein Klassiker ist. Man hält ihn für veraltet. Ich glaube, unsere Jugend sucht nach allem, was in diesem Ideal vom kollektiven

Leben nicht entwickelt wurde – man hatte sich vereinigt, ehe man wußte, was man ist oder wer man ist oder was man tut.

F. Kann man so ichbezogen werden, daß man jede Beziehung zu anderen Menschen und äußeren Ereignissen verliert?

A. N. Das ist die übliche Verfälschung der Subjektivität. Das ist ein Klischee, das in der Literatur der letzten zwanzig Jahre eine beunruhigende Rolle gespielt hat: die Subjektivität als kleine Falle, in die man hineintappt und aus der man nicht wieder herausfindet. Den ganzen Abend versuche ich schon zu sagen: das ist nur der Ausgangspunkt. Es ist nur eine Betrachtungsweise und die Erkenntnis, daß wir alles aus unserer eigenen emotionalen Erfahrung und dem Resultat dieser Erfahrungen heraus betrachten sollen. Je umfassender wir das tun, desto umfassender wird unsere Sicht sein. Es ist keine kleine Falle, aus der man nie herausfinden kann. Es ist das Zentrum, von dem aus man alle Bereiche der Wissenschaft, der Geschichte oder des Weltgeschehens angehen kann. Es ist ein Ausgangspunkt. Auf diese Weise kann man die Dinge erhellen. Es ist, als würde man ein kleines Licht tragen, ein aufblitzendes Licht.

F. Sie möchten alle Hindernisse beseitigen, um andern näherzukommen, Ihre Geheimnisse aufdecken und sie mit den andern teilen. Ich habe mich gefragt, ob Sie dabei nicht einen Teil Ihrer eigenen Identität verlieren und abhängig werden?

A. N. Nein, denn sehen Sie, wenn man austauscht, wenn man sich mitteilt, tauscht man Wissen aus. Man verliert sich dabei nicht selbst. Man kann sich gefühlsmäßig verlieren, wenn man jemanden liebt. Dann kann man einen Teil seines Selbst verlieren. Wir haben alle diese Erfahrung gemacht – die Identifikation mit einem Geliebten und den Verlust eines Teils unserer Persönlichkeit. Aber das ist etwas anderes; das ist eine Verschmelzung mit jemandem, den wir lieben, wozu die Frau sehr oft neigt. Aber wenn man seine Identität einmal gefunden hat, kann man sie teilen. Als ich zwanzig war und nicht richtig wußte, was ich war, teilte ich mich nicht mit. Ich habe Ihnen schon von den Jahren erzählt, wo ich nicht redete. Mit anderen Worten: Während ich mich unsicher fühlte, teilte ich mich nicht mit. Nicht einmal mit Miller oder Durrell habe ich sehr viel gesprochen, oder mit einem anderen, der einen überwältigenden Eindruck auf mich machte. Aber im Tagebuch kam ich dazu, dieses Selbst aufzubauen – bis ich an den Punkt gelangte, wo ich meine Identität erkannte. Deshalb kann mich das, was ich anderen gebe, nicht kleiner machen. Nichts geht verloren. Was man gibt, ist nicht verloren.

F. Sie müssen über den Trend zum Sozialen in der Gesellschaft sehr bestürzt sein. Eine der neuesten »Wissenschaften« ist zum Beispiel *social design*. Dieser Trend findet sich bei den Blumenkindern wie bei harten Politikern, er zeigt sich in der Kommune wie in der nationalen kommunistischen Gesellschaft.

A. N. Immer wenn jemand in eine Gruppe, ja selbst in eine Kommune geht, um Probleme zu lösen, bringt er ein individuelles Problem mit, das ist meine Beobachtung. Ich komme auf die Anschauung zurück, daß wir nicht gemeinschaftlich, nicht in Gruppen leben können, wenn wir nicht eine bereits entfaltete Persönlichkeit mitbringen. Das gilt auch für die Frauenbewegung. Dort ist man zum Teil der Auffassung, daß alle Probleme durch politische Aktivität gelöst werden können. Wir wissen natürlich, daß das nicht stimmt. Einige Frauen bringen ihre Neurosen an und erwarten, daß die Gruppe ihre Probleme löst. Das geht natürlich nicht.

F. Ich interessiere mich für so viele Dinge und habe schreckliche Angst, denn meine Mutter sagt mir immer, ich würde für den Rest meines Lebens nur alles mögliche erforschen und nie etwas zustande bringen. Ich finde es aber wirklich schwer, mich für etwas zu entschließen, und frage mich jeweils: »Will ich nun das tun, oder sollte ich versuchen, das auszunutzen, oder sollte ich all dem entfliehen und mich ausschließlich mit einer Sache beschäftigen?«

A. N. Ein Wort würde ich gern aus dem Wörterbuch verbannen, nämlich »entfliehen«. Verbannen Sie es, und alles wird gut. Denn das Wort wurde immer falsch angewendet auf alle, die sich von einer bestimmten Stelle wegbewegen und entfalten wollten. Sie waren Flüchtende. Wenn Sie das Wort vergessen, werden Sie es leichter haben. Auch Sie stehen in der Blüte, am Anfang Ihres Lebens; Sie sollten mit allem experimentieren, alles versuchen... Wir wurden zweigleisig erzogen, und ich lernte erst später, daß sich beides vereinbaren läßt. Wir haben falsche Gliederungen geschaffen, falsche Ambivalenzen, die sehr schmerzhaft sein können – wie etwa das Gefühl, daß wir wählen müssen. Aber ich glaube, wir erreichen schließlich alle den Punkt, wo wir uns klarwerden, manchmal unterbewußt, ob wir wirklich geeignet sind für das, was wir versuchen, oder nicht, und ob es eigentlich das ist, was wir tun wollten.

Sie haben ein Recht, mit Ihrem Leben zu experimentieren. Sie werden Fehler machen. Und die müssen auch sein. Wir hatten ein zu starres Denkmuster. Man schloß eine Ausbildung ab und sollte dann gleich den Beruf wissen. Der Beruf ist ausgemacht, und nach zehn Jahren merkt man vielleicht, daß man kein Lehrer oder kein Maler mehr ist. Das kann geschehen. Es ist schon Geschehen. Gauguin wußte mit einem Mal, daß er kein Bankangestellter mehr war; er war ein Maler. Und so verließ er das Geldinstitut. Ich finde, wir haben ein Recht, den Kurs zu ändern. Aber die Gesellschaft verlangt dauernd, daß wir uns anpassen und nicht stören. Sie möchte, daß man sich sogleich anpaßt, damit alles gleich funktioniert.

F. Sie sagten, es gäbe persönliche Gründe, warum Sie in Los Angeles leben. Aber wenn Sie nun wählen könnten, wo würden Sie leben wollen?

A. N. Das ist schwierig. Ich weiß es wirklich nicht mehr. Ich weiß es wirklich nicht, weil ich jetzt in Amerika verwurzelt bin, und ich würde mich sehr entwurzelt fühlen, wenn ich nach Paris zöge, obwohl es eine Stadt ist, die ich liebe. Ich liebe die Lebensart von Paris, ich liebe die Cafés, ich liebe das leichte Sichkennenlernen, die menschliche Nähe. Aber wenn ich dorthin ginge, würde ich die starken Bindungen vermissen, die ich hier gewonnen habe, enge Freundschaften.

Als Kultur sind wir immer in einem Zustand der Entwicklung und der dynamischen Veränderung. Das ist in Europa nicht gegenwärtig. Ich nehme Teil daran. Ich mag Veränderung, ich habe es gerne, nicht zu wissen. Als Nation sind wir immer in einem Zustand der Bewegung, der Umwandlung, in einem Zustand des Experimentierens und Infragestellens. Und das mag ich. In Europa gibt es eine etablierte Kultur. Man verständigt sich dort sehr gut über die Bücher, die man gelesen, über die Bilder, die man gemacht hat, und so fort. Es ist gewissermaßen alles schon *da*, und das ist sehr erfreulich. Es gibt dort keine Mühe, es gibt keine Gefahr und kein Wagnis. Aber ich liebe diese dauernde Entwicklung, die man hier erlebt – Umwälzung und Entwicklung.

F. Waren Sie schon einmal im Landesinneren?

A. N. Etwa im Mittleren Westen? Nein, ich glaube nicht. Ich habe den Mittleren Westen *gesehen*. Aber nur die Schulen. Die Schulen bedeuten mir eine Art von Ferment. Ich sehe nicht die kleinen Städte, von denen mir manchmal die Leute erzählen. Ich habe nicht gesehen, gegen welche Armut, gegen welche Schwierigkeiten man dort ankämpfen muß, um es zu etwas zu bringen. Ich habe das nicht gesehen. Nein, ich habe das nicht gesehen, weil ich privilegiert war und nur mit dem *Ferment* in Milwaukee, zum Beispiel, in Kontakt kam. Ich sehe, wie sie mit ihren Studien über das Frausein beginnen. Das ist die Atmosphäre, die ich gern habe. In Frankreich hingegen ist die Tradition so stark und verankert, daß jede Veränderung, die unter den Jungen geschieht, viel schwieriger ist; sie haben es viel schwerer.

F. Aber Sie beziehen sich auf die Entwicklung hier, als wäre es die unsere, nicht die Ihre. Ich würde deshalb gerne wissen, wohin Sie Ihrer Meinung nach am meisten gehören?

A. N. Ich sagte – ich begann zu sagen –, daß ich mich verwurzelt fühle und im Einklang bin mit diesem Geschehen.

F. Ja, aber als Sie es darlegten, sprachen Sie von *Ihrer* Entwicklung.

A. N. Ja, aber ich fühle mich mit ihr im Einklang und fühle mich als Teil davon. Und ich fühle, daß ich es so oder anders gespürt habe. Denn ich habe in den *Tagebüchern* viele prophetische Bemerkungen gemacht. Kritische Äußerungen über Amerika und Wünsche, die ich für Amerika hegte und die jetzt Wirklichkeit werden. So traf das, was sich im Amerika ereignet, und das, was ich mag, plötzlich zeitlich zusammen. Dagegen wäre ich vielleicht nicht im Einklang mit dem, was sich, sagen wir, in Frankreich ereignet.

F. Mich interessiert, gegen was Sie in den vierziger Jahren waren.

A. N. In den vierziger Jahren war ich gegen alles.

F. Könnten Sie einige Dinge nennen?

A. N. Es war eine sehr entfremdete Gesellschaft. Die Menschen verkehrten nicht auf einer sinnvollen Ebene miteinander. Das unterbewußte Leben wurde überhaupt nicht zur Kenntnis genommen. Es war die Zeit der völligen Akzeptierung des Rollenverhaltens – so kann ich es am besten ausdrükken. Der Krieg wurde einfach hingenommen. Es wurde keine Anstrengung unternommen, neue Werte zu schaffen. Man akzeptierte das pragmatische Leben, das pragmatische amerikanische Ideal vom Wirtschaftsleben und den kulturellen Werten. Alle gingen mehr oder weniger darin auf. Der Schock, den ich kriegte, als ich von einer Kultur in eine andere kam, machte es mir plötzlich möglich, schärfer zu sehen. Es gab einen sehr schönen Aufsatz in der Zeitschrift *Studies of the Humanities* von einem Amerikaner, der zehn Jahre im Exil gelebt hatte. Er kam zurück und sah natürlich ein ganz anderes Amerika. Jetzt *sah* er die Veränderung, die neue Veränderung, das neue Amerika sehr deutlich – deutlicher, als wenn er hiergeblieben wäre, denn er hatte den Schock der Rückkehr. Und er schrieb einen schönen Aufsatz über das, was geschehen war. In den vierziger Jahren gab es starre Schablonen, es gab Dogmen und Normen. Man mußte links sein, man mußte ein politisches Bewußtsein haben. Alles war irgendwie genormt. Und die Studenten waren träge und teilnahmslos, sie nahmen alles hin, ohne etwas in Frage zu stellen. Es gab keine Aufstände und Entwicklungen, keine Zweifel und Herausforderungen, wie wir sie jetzt haben. Die vierziger Jahre waren eine sehr statische, eine sehr schwierige Periode.

F. Haben sich die Dinge wirklich so sehr geändert? Sie scheinen das Gefühl zu haben, daß unter den jetzigen Umständen die Menschen weniger entfremdet werden und der Künstler angesehener wird. Aber ich weiß nicht so recht. In den siebziger Jahren scheint doch wieder eine rückläufige Bewegung einzusetzen.

A. N. Nein, ich sehe das nicht so. Ich frage mich, woher Sie diesen Eindruck haben, und ich frage mich, woher ich meinen Eindruck von der Vorwärtsentwicklung habe? Wir müßten die Quellen unserer Interpretationen vergleichen.

F. Ich will nur wissen, ob sich die Dinge so sehr verändern, ob sie sich überhaupt verändern.

A. N. Fragen Sie sich selbst, ob Sie die Veränderung wirklich wahrnehmen oder ob vielleicht Sie es sind, die sich nicht verändert hat. Das wäre möglich. Wir müssen uns das auch in bezug auf unsere Umwelt, auf die Geschehnisse fragen: ob wir die Augen davor verschlossen haben; ob es wirklich geschieht, wir aber nicht darauf eingestellt sind. Denn manchmal sind wir nicht darauf eingestellt.

F. Vielleicht will er sagen, daß in den sechziger Jahren sehr viel Idealismus vorhanden war und daß es eine vollständige Rückwärtsentwicklung bedeutete, wenn wir uns jenem Idealismus erneut zuwendeten mit dem Wissen, das wir heute haben.

A. N. Nun, ich glaube, daß der Idealismus den Kurs ändert. In den sechziger Jahren dachten wir sehr idealistisch darüber, was sich historisch ereignen sollte, und es ereignete sich nicht. Wir waren unfähig, den Krieg zu beenden, und das brachte uns eine Periode der Verzweiflung. Wir hatten den Eindruck, daß nichts geändert werden könnte. Ich spreche von einer Veränderung, die sehr organisch und langsam vor sich geht. Wenn wir weiter daran glauben, daß die Veränderung von innen kommen wird, von unserer Veränderung des Bewußtseins, dann wird dieses Bewußtsein am Ende die Wand niederreißen. Wenn wir auch etwas von unserem Idealismus und Antrieb verloren haben angesichts des Zustandes der Welt und unserer Unfähigkeit, den Krieg zu beenden, so läßt sich dieser Idealismus doch manchmal auf etwas anderes übertragen. Ich glaube, das ist bei den jungen Menschen geschehen. Sie sind zu der Überzeugung gekommen, daß wir diese monolithische Machtstruktur nicht durch direkte Mittel verändern können. Aus diesem Grund wollen sie sich selbst verändern. Ich halte das für eine gute Veränderung, denn wenn wir uns verändern, sind wir in der Lage, Druck auszuüben. Schließlich kommt man heraus, ergreift verschiedene Berufe und wird sie unterschiedlich ausüben. Wenn wir jetzt also sagen: »Nun gut, wir wollen an uns selbst arbeiten, da wir gegen die Ölgesellschaften oder etwas anderes, das wir bekämpfen, nichts ausrichten können«, dann ist das eine positive Reaktion. Denn dadurch wurde eine neue Art von Mensch geschaffen. Auf diese Weise wird schlußendlich Druck ausgeübt werden können, aber es braucht Zeit. Wir dürfen nicht auf halbem Wege den Mut verlieren.

F. Glauben Sie denn, daß der Idealismus heute verschieden ist von dem damaligen?

A. N. Ja, ich denke, wir haben unsere Anstrengungen auf etwas verlegt, das vielleicht wirkungsvoller sein *kann*. Wir haben ja geglaubt, daß wir eine ideale Gemeinschaft haben könnten, wenn wir das System veränderten. Aber wir haben dann natürlich erlebt, daß wir im System immer verderbliche Elemente haben und daß es immer in irgendeiner Form der Tyrannei gegen die eine oder andere Gruppe endet. Wenn wir also unsere Energien umleiten, indem wir uns verändern, so muß das unsere Werte, unsere kulturellen Werte und das, was draußen geschieht, beeinflussen. Ich sehe einige von Ihnen bereits in Stellungen, die bisher durchtriebene, falsche und unehrliche Leute eingenommen haben. Ich sehe Sie einige dieser Posten übernehmen und als Interviewer, Journalisten, Kommentatoren arbeiten. Ich sehe, wie die Welle von unten hochkommt, in die Situation eingreift und die Dinge anders anfaßt.

F. Ja, aber würden Sie sich vernichtet fühlen, wenn ein neuer Weltkrieg ausbräche oder etwas Ähnliches, das Ihre Theorie widerlegte?

A. N. Durch die Akzeptierung des Bösen ist meine Theorie wahrscheinlich dazu bestimmt, zunichte gemacht zu werden. Wir werden immer das Böse in der Welt haben, aber das ist kein Grund, sich zurückzuziehen. Das will ich sagen. Es ist kein Grund, aufzugeben, denn was würde dann geschehen? Wir hätten eine völlig dunkle Welt, eine Alptraumwelt. Deshalb sind wir es uns selbst und anderen schuldig, nicht aufzugeben, auch wenn wir die gewünschte Veränderung nicht zustande gebracht haben, sondern weiterzuarbeiten mit der Zuversicht auf eine zellulare Veränderung, eine Veränderung im Bewußtsein. Schreckliche Dinge ereignen sich in der Welt des Geschehens, aber wir dürfen nicht verzweifeln. Aufgeben heißt verlieren. Jemand hat den vierten Teil der *Tagebücher* »die Absage an die Verzweiflung« genannt. Aus diesem Grund lege ich soviel Nachdruck auf die Gestaltung des inneren Lebens – damit man Widerstandskraft hat, das äußere Geschehen zu bewältigen. Damit wir nicht zusammenbrechen. Wenn wir dieses starke Innenleben nicht haben, bewirken die äußeren Geschehnisse, daß wir einfach zusammenbrechen. Schon von klein auf habe ich immer das Gefühl gehabt, daß ich etwas Festes und Starkes brauchte, einen Kern – denn als Kind war ich entwurzelt, und es herrschte Krieg, es herrschte *immer* Krieg. Ich fühle eine Verantwortung für die Verzweiflung. Ich finde, wir haben kein Recht zu verzweifeln.

F. Haben Sie mehr Achtung vor der Politik entwickelt, als im zweiten Teil Ihrer *Tagebücher* zum Ausdruck kommt, wo Sie Gonzalo kannten?

A. N. Ja, wir brauchen politisches Handeln. Aber wenn ich sehe, was mit der Fürsorge, der Erziehung oder der ärztlichen Versorgung geschieht, dann meine ich, daß wir da ein Gegengewicht brauchen, weil wir sonst das Vertrauen verlieren. Und das ist mein Anliegen gewesen, weil ich soviel mit Studenten zu tun hatte und ihren Vertrauensverlust und ihre negative Einstellung erlebt habe. Mit anderen Worten: sie wissen, gegen was sie sind, aber sie wissen nicht, wie sie eine andere Welt aufbauen sollen. Und ich wünsche so sehr, daß die Frau es tut – daß sie anfängt, eine andere Art von Frau zu formen, eine andere Welt, ohne lange den Extremen zu verfallen.

Frauen verändern die Welt

Ich weiß nicht, was eine »radikale Feministin« ist, aber ich *bin* eine Feministin... Was mir auffiel, als meine Tagebücher erschienen, waren die Tausende von Frauen in abgelegenen Kleinstädten, die niemanden hatten, mit denen sie ihre Erwartungen teilen konnten. Sie empfanden eine gewisse schöpferische Unruhe und spürten, daß sie Möglichkeiten besaßen, wußten aber nicht, wie sie sie entwickeln konnten, und hatten viel zu wenig Selbstvertrauen. Sie investierten viel eher in die Menschen um sich jenen Glauben, den sie eigentlich selbst gebraucht hätten.

Nun glaube ich allerdings, daß die Selbstbefreiung nie nur von einer Gruppe von Menschen erreicht wird; sie muß gleichzeitig geschehen und für alle von uns gelten. Ich meine aber auch, daß die Männer von der Suche der Frau nach einer eigenen Identität gelernt haben. Sie haben gelernt, daß wir loskommen müssen von der Verplanung, Konditionierung, Erziehung, den Tabus und Dogmen, die uns allen eingeimpft worden sind. Nur waren die Beschränkungen für die Frau härter, denn ihre gesellschaftliche Rolle war sehr starr und abgegrenzt, und sie war in ihrer persönlichen Sphäre eingesperrt. Einige Frauen wuchsen darüber hinaus, und gerade die Frauen, von denen ich mit Vorliebe las ›ich habe nämlich immer weibliche Autoren gelesen und wurde von ihnen inspiriert‹, waren jene Frauen, die die Fähigkeit hatten, *sich selbst zu befreien*; die ihre Freiheit nicht *forderten*, sondern die fähig waren, sie sich zu *schaffen*. Ich werde später noch auf eine Frau zu sprechen kommen, die ihre Wünsche trotz erstaunlicher Hindernisse verwirklichte.

Als meine Tagebücher erschienen, wurde mir klar, daß die Probleme der Frau tiefgründiger sind, daß ihr Selbstvertrauen irgendwie erschüttert worden ist, daß sie oft in anderen ihr Vorbild sucht. Wie D. H. Lawrence sagte, bestimmen die Männer die Verhaltensweise der Frau. Sie entscheiden, daß wir in einem Jahr schlank zu sein haben, und im nächsten, daß wir dick sein müssen. Unsere Lebensform ist wirklich von den Männern diktiert worden. Die Reaktion der Frauen auf die *Tagebücher* ist meines Erachtens vor allem dem Umstand zuzuschreiben, daß wir wenige Darstellungen haben, die die

Entwicklung einer Frau von Anfang an beleuchten. Oder anders gesagt, ich ging aus von all den Beschränkungen und Begrenzungen, den Tabus und Dogmen, die wir alle vorfinden, die mir meine Kultur auferlegte (in meinem Falle waren es sogar zwei Kulturen, die romanische und die amerikanische) und die mir die Religion vorschrieb: kurz, alle nur denkbaren Beschränkungen, sich zu entfalten ...

Die Frauen waren also immer größeren Benachteiligungen ausgesetzt. Dessen bin ich mir ganz bewußt. Und ich war insofern radikal, als ich sogar mit dem Psychoanalytiker über eine Therapie für Frauen diskutiert habe. Ich habe mich mit ihm über sein Bild von mir gestritten. Ich hielt eisern an der Entwicklung meiner Persönlichkeit fest, aber es wurde durch die Tagebücher bewerkstelligt. Ich weiß nicht, ob es auch ohne die Tagebücher gelungen wäre, denn sie waren nicht nur die Beichte, der Spiegel, sie waren auch das Logbuch der Reise. Sie machten mir die Fährnisse der Reise völlig bewußt. Sie brachten mir zum Bewußtsein, wenn mein Leben stagnierte. Ich erkannte deutlich, in welche Falle die Frauen durch die konventionelle Ehe, durch das Leben in den Vorstädten geraten. So waren die Tagebücher eine Rückstrahlung und verhinderten, daß ich auch nur eine Minute von den mir aufgedrängten Bildern geblendet, abgelenkt oder verwirrt wurde. Ich machte zwar das Zugeständnis, die mir abverlangten Rollen zu spielen, konnte aber zugleich meine persönliche Integrität wenigstens irgendwo sehr fest wahren.

Als die *Tagebücher* erschienen, nahmen viele Frauen den Kontakt mit mir auf. Ich erfuhr von ihren Unsicherheiten, ihrem Mangel an Vertrauen, ihrer Abhängigkeit von anderen. Wenn etwa jemand ihre Arbeit kritisierte, dann brachen sie fast zusammen. Da erinnerte ich mich an meine eigene Verletzlichkeit, Unschlüssigkeit und Furchtsamkeit, und darum möchte ich hier deutlich sagen, daß man all das überwinden kann.

Ich möchte jetzt besonders auf den enormen Mangel an Selbstbewußtsein, diese Schüchternheit und Angst bei Frauen eingehen, denn die äußeren Hindernisse haben wir ausführlich erörtert, alle die gesetzlichen, historischen, kulturellen und selbst die religiösen Beschränkungen, welche die Entwicklung der Frau beeinträchtigen. Wir haben uns jedoch nicht ausreichend darauf konzentriert, was der Frau psychologisch widerfahren ist.

Otto Rank wies in seinem Buch *Wahrheit und Wirklichkeit* ausdrücklich darauf hin und sprach von zwei Arten von Schuldgefühl, die wir haben: zum einen das Schuldgefühl, kreativ zu sein, weil wir anscheinend dem anderen zuviel Raum oder Platz wegnehmen oder weil wir uns zur Geltung bringen; zum andern das Schuldgefühl, nicht kreativ zu sein. Ich verstehe unter »kreativ sein« nicht nur speziell Malen oder Komponieren oder Bücherschreiben, ich meine jede Art des »Erschaffens«: ein Kind, einen Garten, ein Haus, eine Gemeinschaft oder was auch immer. Für mich ist Kreativität ein allumfassendes Wort.

Wir haben also Schuldgefühle, wenn wir etwas erschaffen und wenn wir nichts erschaffen, und alle diese Frauen sind wirklich zwischen beidem gefangen: zwischen der Angst, sich zu behaupten, weil das ihre Nächsten irgendwie beeinträchtigen könnte, und der Angst, nichts zu vollbringen, die eigenen Möglichkeiten nicht zu verwirklichen. Ich kann dafür ein Beispiel geben. Ich wurde sehr von der Vorstellung des Wachstums verfolgt, und ich dachte immer, daß ich, wenn ich zu sehr wüchse, meine jüngeren Brüder oder eines Tages selbst meinen Vater in den Schatten stellen würde, für mich ein schrecklicher Gedanke. Ich weiß nicht, wie ich darauf kam, daß ich mich zu einem riesigen Mammutbaum entwickeln könnte oder daß ich anderen Bäumen das Licht wegnähme. Aber das dachte ich wirklich. Dabei war es eine ganz irrige Vorstellung, denn es wurde mir klar, daß das Größerwerden eines Menschen die Umwelt nicht beeinträchtigt, sondern im Gegenteil positiv beeinflußt und sie zur eigenen Entfaltung drängt. Unser Größerwerden lähmt unsere Mitmenschen nicht, es regt sie vielmehr an, es inspiriert sie. Je mehr ich mich entfaltete, je mehr ich wuchs, um so besser war es für meine Umwelt. Die Wirkung pflegte immer positiv zu sein und andere mitzureißen.

Frauen vergessen das gerne und glauben, was immer sie erreichen, gehe auf Kosten ihrer privaten Sphäre und zerstöre ihre private Sphäre. Sie haben nie daran gedacht, daß alles, was sie wurden, auf ihre private Sphäre zurückstrahlte und sie bereicherte, ihre Kinder bereicherte, ihren Gatten, ihre Nachbarn. Wir haben wirklich nicht mehr daran geglaubt, daß Bereicherung des Individuums das Leben der ganzen Gemeinschaft bereichert. Wir haben das vergessen. Und für die Frau war es um so schlimmer, weil man von ihr nicht erwartete, kreativ zu sein. Die Kultur forderte das nicht von ihr; sie verlangte nicht von ihr, der beste Arzt oder der beste Rechtsanwalt, der beste Maler oder der beste Schriftsteller zu werden. Von ihr wurde nichts verlangt als die Erfüllung ihrer privaten Pflichten. Das war kein Anreiz für die Frau, ihre Talente auszubilden.

Woran liegt es, daß der Frau jegliches Vertrauen in ihre Fähigkeiten fehlt? Vielleicht, weil sie sich stets Vorbilder mit so außergewöhnlicher Begabung wählt, daß sie sie nie erreichen kann? Als ich jung war und Bücher las, wählte ich mir Vorbilder, denen ich gar nicht gleichkommen konnte. So wollte ich George Sand sein; ich wollte ein Mitglied der Académie Française werden; ich wollte allerlei Unmögliches. Als ich aber reifer wurde, stellte ich plötzlich fest, daß mir einiges möglich war, was nichts mit außergewöhnlicher Begabung zu tun hatte.

Die heutige Frauenbewegung ist eingezwängt zwischen dem Konzept der Entwicklung und Selbstverwirklichung und der Suche nach den Hindernissen, die dieser Entfaltung im Wege stehen. Einige äußere Gründe gesetzlicher, historischer und kultureller Art haben wir gefunden, aber es fällt uns äußerst schwer zuzugeben, daß einige Gründe in uns selbst liegen, und daß alle diese Gründe zusammen zum Verlust unseres Selbstvertrauens führten. Wir haben unseren Antrieb zur Kreativität verloren. Ihre Hilflosigkeit hat der Frau ziemlich viel Angst eingeflößt. Statistiken haben gezeigt, daß Frauen häufiger zusammenbrechen als Männer. Das ist eine bekannte Tatsache. Mein Eindruck war, daß sie zusammenbrachen, weil sie auf Grund ihrer Hilflosigkeit ein Übermaß an Angst besaßen. Ich meine die Abhängigkeit vom Mann, ihr einzig auf den Mann bezogenes Leben, wie ich es in dem Roman *Ladders to Fire* beschrieben habe. Ich schrieb über Lillian und sagte, sie *atmete* durch Jay. Sie erlebte alles durch ihn. Wenn er nicht da war, hatte sie keine Freude am Leben. Mit anderen Worten, sie empfing ihre ganze Lebensdynamik von ihm. Das ist sehr schlimm für den *Mann*, von dem die Frau abhängt, denn jedes so vom anderen übernommene Leben macht die Person, von der man es übernimmt, zum Opfer. Und die Frauen neigten dazu.

Als Frauen fanden wir in unserer Kultur keine Hilfe, vor allem

weil wir nicht den Konkurrenzkampf kennenlernten. Der Mann dagegen lernte die Angst vor Rivalen in einem Ausmaß kennen, daß er auch den Aufstieg der Frau als Bedrohung für sich selbst ansah, was sehr tragisch ist. Und das zeigt sich auch in der ganzen Kultur. Der Konkurrenzkampf hat Vorrang.
Vor nicht allzu langer Zeit war ich in Marokko, in einer ganz anderen Kultur, wo es keinen Konkurrenzkampf gibt. Ich arbeitete an einem Artikel für ein Magazin, und ich hatte zwei Fremdenführer, die immer darauf erpicht waren, mich durch die Stadt zu führen. Nahm ich den einen, dann fragte ich ihn: »Wird der andere nicht enttäuscht sein?« Und er pflegte zu sagen: »Ganz und gar nicht. Wir sind doch alle Brüder.«
Dieses Konzept der gegenseitigen Begünstigung ist etwas, das wir in Verbindung mit der Frauenfrage nicht genügend in Betracht gezogen haben. Der Mann dachte nie daran, daß der Aufstieg der Frau eine Bereicherung seines eigenen Lebens und eine Erleichterung sein könnte, weil zwei Menschen da wären, um die Bürden des Lebens zu tragen, statt nur einem. Wir haben nie daran gedacht, haben uns nie vorgestellt, wie sehr Einigkeit und Zusammengehörigkeit diese Last erleichtern könnten.
Der Mann wird zu Wettbewerb und Erfolg gedrängt, Frauen in entgegengesetzter Richtung: nicht zu Wettbewerb und Erfolg, denn Erfolg würde bedeuten, daß sie stärker als ihre Kinder oder stärker als ihre Brüder sind. Und oft will sie nicht ihren Gatten in den Schatten stellen oder ausstechen – oder etwa ihren Chef.
Immer ist dieses Gefühl da, das sie vom Aufstieg zurückhält, dieser Eindruck, daß ihr Aufstieg den eines anderen behindern könnte und daß sie darauf bedacht sein muß, nicht zuviel Platz einzunehmen und sich nicht zu sehr auszubreiten ... Frauen tragen viele, viele Belastungen. Eine davon ist das Rückwärtsgehen, statt vorwärts zur Selbstentfaltung, und diese Selbstentfaltung irrtümlich für Aggressivität zu halten. Dieses Wort ist immer benutzt worden, um höherstrebende Frauen zu entmutigen und herabzusetzen.
Mir ist es oft passiert, daß ich das, was ich mein aktives Selbstvertrauen nenne, mit Aggressivität verwechselt habe, bis ein Semantiker mich darauf hinwies, daß zwischen Aktivität und Aggressivität ein Unterschied besteht. Aggressivität ist Bewegung gegen jemanden; Aktivität ist einfach der

dynamische kreative Wille, den ich auch in anderen wecken möchte.

Wir müssen auch davon abkommen, die Dinge mit einem Etikett zu versehen. Wir haben gesagt: »Dies ist männlich, und der Mann muß sich entsprechend benehmen, und jenes ist weiblich.« Nun wissen wir sehr wohl, daß das nicht wahr ist und daß wir alle aus männlichen und weiblichen Eigenschaften zusammengesetzt sind. Ich hoffe, daß wir eines Tages sagen werden: es gibt Frauen, die wagemutig sind, und es gibt Männer, die zartbesaitet sind; und andere Männer mit intuitiven Neigungen und andere Frauen, deren Denkweise eher wissenschaftlich ist. Diese Ideen von bestimmten Rollen legen Männern wie Frauen Begrenzungen auf. Deshalb glaube ich, daß die Frau an der Befreiung zusammen mit den Männern arbeiten muß, denn allein können wir es nicht schaffen. Wir müssen es wirklich alle zusammen vollbringen, alle Rassen, alle Männer, alle Frauen. Es müssen alle sein.

Und es muß gleichzeitig geschehen. Denn wenn man sich frei fühlt, und der andere teilt das Gefühl nicht, dann ist wenig erreicht. Man ist noch gebunden, einbezogen, in gewisser Weise noch abhängig. Wenn einer sich frei fühlt und der andere nicht, bleibt das Zusammenleben gestört. Deshalb ist es wichtig, daß wir *mit* unseren Verschiedenheiten arbeiten, seien sie geschlechtlicher, rassischer oder anderer Art. Wir haben mit fast satanischer Einfallskraft alles und jedes benutzt, um Trennungen zu schaffen. Wir haben die Religion benutzt, um uns abzusondern, wir haben alles benutzt, was wir benutzen konnten. Jetzt benutzen wir die Frauenbewegung, um uns von den Männern zu trennen. Und das ist gerade, was ich nicht will.

Dann gibt es noch etwas, was die Frauen plagt und was von der Kultur, der Religion und von der Familie herkommt, nämlich, daß diese Kultur Männer zu Taten ermutigt, von denen sie die Frauen abschreckt. Der Frau wird klargemacht, daß ihre erste und oberste Verpflichtung ihrem Privatleben zu gelten hat – sei es dem Gatten, den Kindern, der Familie oder den Eltern. Das ist das wichtigste. Das wird als ihre Rolle im Leben aufgefaßt. Wenn nun eine Frau diese Rolle wirklich übernommen hat und dann ausbricht, empfindet sie ein größeres Schuldgefühl als der Mann. Unsere Kultur verlangt vom Mann, daß er über das Persönliche hinausgeht, denn er muß etwas leisten. Man

entschuldigt ihn, wenn er kein besonders guter Vater oder kein besonders guter Sohn ist oder wenn er in anderer Weise seinem Privatleben nicht gerecht wird.
Doch die Frau *gewinnt* etwas von der Überbetonung des persönlichen Lebens. Sie gewinnt eine große menschliche Haltung, indem sie die Menschen als Personen erkennt. Der Mann hat sich durch seine Beschäftigung mit Ideologien, Wissenschaft, Philosophie und all den objektiven Formen des Denkens vom Persönlichen getrennt. Er erfaßte alles vernunftmäßig in ideologischen Begriffen und sah gar nicht mehr, daß sein Beruf, seine Beschäftigungen und seine Interessen im Grunde in seinem persönlichen Leben wurzelten. Die Frau verlor ihr persönliches Leben nie aus den Augen, und heute betrachte ich was einmal als negativer Faktor erschien, als einen Vorzug, den die Frau auch auf ihre weiteren Interessen übertragen kann. Aber sie muß dieses Gefühl für das Persönliche behalten, denn daraus erwächst ihr Sinn für Menschlichkeit. Ob sie Anwältin wird oder Philosophin oder Priesterin – es ist gleichgültig. Ich hoffe nur, daß sie nicht einfach alles aufgibt, was sie über Jahrhunderte gelernt hat, und das ist der Wert des einzelnen.
Gewiß wurden uns einige negative Verhaltensweisen sehr früh eingeimpft. Sie betreffen Kultur, Rasse oder das Familienleben. Trotz allem sehe ich, daß die Frau an Selbstachtung gewinnt und ihre Fähigkeiten richtig einschätzt. Wir haben es immer hingenommen, wenn uns erklärt wurde, wir wären nicht imstande, etwas Bestimmtes zu tun. Jahrelang wurde mir gesagt, ich sei unfähig, klar über Politik zu denken, und ich habe es geglaubt. Warum habe ich es geglaubt? Plötzlich entdeckte ich nämlich, daß ich nicht unfähig war. Ich konnte mein Scheckbuch richtig führen, und ich konnte alle möglichen Kleinigkeiten erledigen, wozu ich angeblich nicht imstande war.
Drucken zum Beispiel. Jeder lachte, als ich die Druckerpresse kaufte, und man sagte: »Du bist natürlich nicht sehr begabt für Technik oder Mechanik.« Aber ich erlernte das Drucken, und ich lernte, daran Freude zu haben, obschon es sehr schwierig war. Eine Druckerin, das war natürlich etwas Ungewöhnliches, und man pflegte zu sagen, die Platte sei zu schwer und das Setzen zu kompliziert. Solche Ansichten zu überwinden, braucht seine Zeit.

Abgesehen vom Schuldgefühl, hat die Frau heute noch ein anderes Problem. Falls sie nämlich die Tabus durchbricht und sich darüber hinwegsetzt, gilt sie als eine besondere Gattung Frau. Die letzten paar Jahre habe ich Frauenleben studiert; Biographien habe ich schon immer gelesen. Ich habe mich immer für das Leben anderer Frauen interessiert. Die Frauen, welche die Tabus durchbrachen und denen es gelang, sie zu überwinden, waren in Wirklichkeit gar keine außergewöhnlichen Frauen. Sie waren eigensinnig. Und ich kann das bezeugen, weil ich selbst mit allen Frustrationen, mit Ungeschicklichkeit und mit Hilflosigkeit meinen Weg begann. Ich habe nicht versucht, meinen Lebensunterhalt zu verdienen, ich hatte Angst vor der Welt. Ich sprach nicht, bis ich zwanzig war. Ich brachte mir das Sprechen selbst bei – ich weiß, Sie glauben mir nicht –, ich brachte es mir bei, indem ich schrieb. Ich lernte, mit anderen Menschen Kontakt herzustellen, und durch das Erscheinen der *Tagebücher* wurde es mir möglich, mit Ihnen in Kontakt zu treten.

Jetzt möchte ich die Geschichte einer Frau erzählen, die ihre Unabhängigkeit trotz unglaublicher Hindernisse durchsetzte. Es ist Frances Steloff, die den Gotham Book Mart in New York besitzt. Erst kürzlich bei ihrem 86. Geburtstag wurde ich mit ihrer Geschichte bekannt.

Sie kam von einem Bauernhof mit zu vielen Kindern. Sie konnte nicht zur Schule gehen und hatte keine Möglichkeit zu lernen. So kam sie nach New York so wie andere junge Frauen und fand eine Stellung in Brentanos Buchladen – die unangenehmste Stellung, denn sie mußte nahe der Drehtür stehen, wo sich jedermann erkältete. Ihr blieb das erspart, und sie verkaufte Magazine. Als sie hundert Dollar gespart hatte, wollte sie gern einen eigenen Buchladen haben. Der Inhaber von Brentano, der ihr mittlerweile freundschaftlich zugetan war, warnte sie: »Aber Sie sind völlig verrückt. Sie werden keinen Sommer in New York überleben. Was wollen Sie mit hundert Dollar anfangen?« Sie sagte: »Ich will meinen eigenen Buchladen.« Aber es steckte mehr dahinter; sie wollte sich selbst unterrichten, den Büchern nahe sein, die Bücher finden, die ihr vorenthalten worden waren und die sie liebte, selbst ohne ihren Inhalt zu kennen. Mit ihren hundert Dollars eröffnete sie ihren Buchladen nahe dem Theaterviertel in einem kleinen Kellerraum, zu dem man drei Stufen hinunterstieg. Und die Verleger

waren von ihrem Wagemut beeindruckt und gaben ihr Kredit und gaben ihr Bücher.
Aber sie führte nun ihren Buchladen so engagiert, sie war so freundlich, so stets bereit zuzuhören, so einladend und so gastfreundlich, daß er immer besser ging. Und mehr als ein Buchladen wurde er zu einer Stätte der Begegnung.
Schriftsteller trafen da andere Schriftsteller, Kritiker trafen Schriftsteller und Maler. Jeder kam in den Buchladen. Man durfte dort herumstöbern und lesen. Es herrschte immer große Unordnung, man konnte die Bücher nicht finden, aber es war ein großes Abenteuer. Dann öffnete sie ihren Hinterhof und stellte Bücherstände aus Metall auf, wie man sie auf den Seinequais in Paris findet. Sie war voller Einfälle. Die Gestelle wurden mit Büchern gefüllt, und die Zusammenkünfte fanden dann gewöhnlich im Hinterhof statt. Und da sie schon immer an gesunde Ernährung geglaubt hatte, servierte sie nur Tee und Gebäck. Jedermann kam.
Dieser Buchladen wurde das Herz des literarischen Lebens von New York. Die Leute baten sie, gesellige Anlässe zu veranstalten. Alle paar Monate tagte dort die Joyce-Gesellschaft. Leute aus dem Ausland fanden sich ein. Wir hörten in Paris davon. Und als der Krieg ausbrach, fragten wir, ob wir ihr unsere Bücher senden könnten, damit sie wenigstens aus Europa heraus und vor Kriegszerstörung geschützt wären. Sie schrieb sofort »ja«; sie wußte nicht, wer wir waren, was es für Bücher waren, einfach »ja«.
Dies ist der Instinkt, die Intuition und die Initiative, über die wir uns jetzt Gedanken machen und denen Frauen gern entfliehen möchten. Aber diese Frau hat damit etwas erreicht und sich gleichzeitig gebildet. Edmund Wilson kam in ihren Buchladen, alle Kritiker kamen, und sie lernte von ihnen. Wurden bestimmte Bücher verlangt, dann las sie sie. Sie bildete sich so weit, daß das von ihr gewählte College von Skidmore (wo ich neulich einen Vortrag hielt) ihr ehrenhalber einen akademischen Grad verlieh. Sie war in der Lage, dem College eine seltene Joyce-Sammlung zu übergeben, eben weil sie immer »ja« sagte und alles in den Keller stellte. Sie besaß einen besonderen Spürsinn, einen Instinkt, eine Intuition für menschliche Werte. Sie sagte, sie beurteile ein Buch danach, ob sie den Autor mochte oder nicht. Sie machte ihren Buchladen zu einem wirklichen literarischen Mittelpunkt – und das nenne

ich eine kreative Frau. Und heute, mit sechsundachtzig, ist sie noch immer überaus lebendig. Frances Steloff und ich unterhielten uns über die eindrucksvollen Abenteuer von Frauen, denen wir begegnet waren. Sie hatte ihre Liste, ich hatte meine, und auf dem Wege nach Skidmore sprachen wir dreieinhalb Stunden über die wunderbaren Frauen, die wir gekannt hatten.

Sie ist immer noch da. Sie können hingehen und sie sehen. Sie hat weißes Haar, sie ist sehr schön und sie ißt Sonnenblumenkerne! Das ist das Geheimnis ihres langen Lebens.

Dann habe ich entdeckt, daß die vielleicht wagemutigste Frau im Bereich der Gedanken, im Bereich der inneren Suche Lou Andreas-Salomé war. Sie mögen schon über sie gelesen haben in Verbindung mit ihrem Briefwechsel mit Freud – welcher dem burlesken Charakter von Kate Milletts Buch über Freud eine etwas andere Färbung gibt, denn Freud schätzte Lou Andreas-Salomé außerordentlich. Ihr Briefwechsel verrät ein großes Gefühl der Ebenbürtigkeit und zeigt, wie Freud auf ihre Gedanken eingeht, wie beide ihre Ansichten über sein Werk austauschen und wie fest er an sie glaubt. In einem dieser Briefe findet sich seine Bemerkung, daß die Frau dem Unbewußten näher ist und näher bleibt als der Mann, daß sie weniger störenden Beeinflussungen ausgesetzt ist und einen nicht so überentwickelten Sinn dafür hat, sich der Vernunft unterzuordnen.

Lou Andreas-Salomé wuchs sehr konventionell in Rußland auf. Sie war zutiefst beeindruckt von ihrem Vater, einem General, sehr von der Religion gefangengenommen und stand ganz unter dem Zwang der strengen Familiengesetze jener Zeit. Aber rasch, mit sechzehn, begann sie ihre Unabhängigkeit durchzusetzen. Ich halte sie für eine der unabhängigsten Frauen, für eine von denen, die imstande sind, ihre Freiheit selbst zu erlangen, statt sie zu fordern, sie unter widrigen Umständen zu erlangen – in einer anderen Epoche mit allen nur denkbaren Beschränkungen. Als erstes gab sie die Religion auf, was ein schrecklicher Schock für die Familie war. Sie sagte, sie wolle Philosophie studieren, sie hätte ihren Glauben verloren. Das war der Anfang ihrer inneren Suche. Dazu mußte sie vor allem ihre Familie verlassen. Sie ging nach Deutschland, wo es im Zeitalter von Nietzsche, Rilke und Freud Frauen nicht gestattet war, Philosophie zu studieren. Sie fand einen Weg in das Philosophie-Seminar und erwies sich als sehr gescheit. Ihre Freundschaft mit Nietzsche begann. Sie war Muse und zu gleicher Zeit kreative Frau. Sie konnte beides sein. Ihre Beziehungen zu Männern waren immer sehr fruchtbar. Rilke erwähnt den Wandel in seiner Dichtung während der sechs Jahre ihres Zusammenlebens. Sie studierte also Philosophie, kam aber dann zum Schluß, daß dies auch nicht die Antwort war. Nicht die Religion, nicht die Philosophie, aber vielleicht die Psychologie war der Schlüssel zur menschlichen Reife, zum Problem des Reifens, Sichentfaltens und Verstehens. So begann sie bei Freud zu studieren.

Es ist sehr wenig über sie bekannt, und ich empfehle die lesenswerte Biographie von H. F. Peters. *Lou. Das Leben der Lou Andreas-Salomé*, die zwar vergriffen, aber bestimmt in jeder Bibliothek vorhanden ist. Hier ist eine Frau, die ihre Unabhängigkeit vollständig errang, und das zu einer Zeit, als die Frau von Tabus umringt war, als man in Deutschland außer Landes gewiesen wurde, wenn man unverheiratet mit einem Mann zusammenlebte. Und sie bestand darauf, nicht mit einem, sondern mit *zwei* Männern zusammenzuleben! Mit Nietzsche und einem anderen, denn sie wollte die ganze Nacht über Philosophie reden. Keiner glaubte das. Mit anderen Worten, sie errang ihre Unabhängigkeit. Schuldgefühl war ihr fremd. Sie empfand keines über den Abbruch von Beziehungen, die ihr natürliches Ende gefunden hatten. Dazu waren die Frauen jener Zeit nicht imstande. Mit fünfzig wurde sie die erste Psychoanalytikerin und schrieb von da an sehr viel, Zeitschriftenaufsätze und Essays und ein Buch über Nietzsche. Und doch wissen wir so wenig über sie, was dieser Nichtbeachtung der Frauen zuzuschreiben ist. Man dachte an sie nur im Zusammenhang damit, daß sie Nietzsche, Freud und Rilke inspiriert hatte. Man dachte nie an sie mit Bezug auf ihre eigenen Arbeiten, die nicht einmal aus dem Deutschen übersetzt worden sind. Aber was für eine ungewöhnliche Frau war sie doch, und was für einen großen Einfluß hatte sie auf andere Frauen in der Frauenbewegung, die zu jener Zeit in Deutschland ihren Anfang nahm.

Was mir daran so ermutigend für andere Frauen zu sein scheint, ist die Erkenntnis, soziale oder politische Veränderungen nicht abwarten zu müssen. Wir müssen daran arbeiten. Das steht außer Frage, das ist unsere Pflicht. Wir müssen daran arbeiten, die Gesetze zu ändern, die Stellung der Frau zu verändern und anzugleichen. Aber vor allem anderen müssen wir an dieser psychologischen Freiheit arbeiten, uns als Frauen zu bejahen und zu verstehen, so daß der Antrieb zur Veränderung und zur Beeinflussung der Kultur von innen her aus einer sehr tiefen Quelle erwächst.

Andere Frauen, die ich wegen ihres Unternehmungsgeistes bewundere, sahen den einzigen Weg zu ihrer Unabhängigkeit im Verlassen ihrer eigenen Kultur, im vorliegenden Falle des Viktorianischen England. Vier dieser Engländerinnen der Viktorianischen Zeit, dermaßen unterdrückt und eingeengt von den Tabus und dem damaligen Leben in England träumten von einem Ausbruch. Nur ein Traum war möglich für sie, nur eine Art des Ausbruchs, und das war der Versuch, andere Kulturen zu erreichen und England zu entfliehen.

Sie sind in einem bemerkenswerten Buch von Lesley Blanch *Sie folgten ihrem Stern* beschrieben. Die erste Lebensgeschichte, mit der sich das Buch beschäftigt, ist die der Frau von Richard Burton, die zwanzig Jahre lang davon träumte, seine Frau zu werden, und auf ihn wartete. Zu jener Zeit galt die Vorstellung, daß Erfüllung oder Abenteuer sich nur durch den Mann erreichen ließen – die typisch Viktorianische Einstellung. Nur durch ihre Heirat konnte sie mit anderen Kulturen in Verbindung kommen. Sie heiratete ihn schließlich und folgte ihm an all die Orte, von denen sie gelesen hatte. Ihr Wunsch, zu reisen, exotische Länder zu sehen und aus der Viktorianischen Kultur herauszukommen, erfüllte sich, und zwar sehr erfolgreich. Zwanzig Jahre lang war sie seine Reisebegleiterin und teilte seine Abenteuer.

Dann gab es noch eine andere Frau, Lady Jane Digby, die auch den Tabus und Beschränkungen des englischen Lebens entkommen wollte. Sie heiratete einen Araber und ging im arabischen Leben so sehr auf, daß sie sogar an Überfällen auf Fremde in der Wüste teilnahm, sich voll und ganz mit der anderen Kultur identifizierend und so den Tabus ihrer eigenen Kultur entrinnend. Aber es war ein Abenteuer und in diesem Falle insoweit erfolgreich, als es die Flucht aus der Beschränkung in weitere Erlebnisformen ermöglichte. Ihr Leben in Marokko war überaus abenteuerlich, wunderbar und exotisch. Sie wurde innig geliebt vom Scheich Abdul Medjuel el Mezrab. Ihr zuliebe gab er seinen Harem auf, und sie lehrte ihn, nur für

eine Frau zu leben. Es ist die schöne Abenteuergeschichte einer wagemutigen Frau, die es mit allen Tabus ihrer Zeit und ihres Landes aufnahm.
Die dritte Frau war Isabelle Eberhardt, ein in Rußland geborenes Mädchen, das aber nach Südfrankreich auswanderte. Isabelle besaß kein Geld und hatte eine sehr schwierige Kindheit bei ihrem Stiefvater. Ihren Bruder hingegen liebte sie sehr, fast zu sehr. Sie wollte auch der einengenden, schäbigen Existenz, die sie als Einwanderer in Südfrankreich führten, entfliehen. Als Knabe verkleidet, ging sie nach Algerien. Die Araber wußten sehr wohl, daß sie kein Knabe war, aber sie respektierten sie. Sie führte das Leben der Araber, ein Nomadenleben – was ihr sowieso im Blut lag, denn sie stammte aus dem nomadischen Teil Rußlands. Sie besaß ein Pferd, kam überall hin und legte unglaubliche Strecken zurück. Sie lebte in Cafés, hörte Musik, nahm Haschisch. Sie tauchte völlig in der fremden Kultur unter, verlor sich darin und wurde ein Teil davon. Sie konnte sich mitteilen, sie lebte ungezwungen. Und weil sie die Araber so gut verstand, wurde sie eine enge Freundin von General Lyautey. Handelte es sich darum, die Lage in Algerien zu beurteilen, ließ er sie holen. Er schätzte ihre Interpretation des arabischen Charakters hoch ein.
Neben einem Tagebuch schrieb Isabelle Eberhardt auch zahlreiche Reiseberichte, die leider danach verlorengingen, aber von einem Mann gefunden wurden, der sie neu schrieb, sie reißerischer zu machen versuchte und sie verfälschte. Dadurch wissen wir sehr wenig über sie, eigentlich nur, was Lesley Blanch uns über ihren wahren Charakter erzählt und über ihr Gelöbnis, in der anderen Kultur aufzugehen und sich in das zu versenken, was sie als die Schönheit der Weite und einer größeren Lebenserfahrung empfand. Sie starb einen sehr merkwürdigen Tod, den die Anstrologie vorhergesagt hatte: daß sie in der Wüste ertrinken werde. Keiner verstand, was das bedeutete. Aber als sie kaum vierundzwanzig Jahre war, kam es zu einer plötzlichen Überschwemmung in der Wüste, und sie ertrank. Während ihre schriftstellerischen Arbeiten für die Veröffentlichung abgeändert wurden, sind ihre Tagebücher und Papiere im Original in der Bibliothèque Nationale erhalten. Lesley Blanch fand die Originalaufzeichnungen dieser ungewöhnlichen Frau sehr klar, einfach und tiefgründig.

Die vierte dieser Frauen war Aimée Dubucq de Rivery, eine Kusine von Napoleons Gattin Joséphine. Als Aimée von Martinique nach Frankreich zurückreiste, wurde sie von den Türken entführt und in einen Harem verkauft, und zwar in den wichtigsten Harem der Türkei. Man sollte annehmen, daß dies die schlimmste Form von Gefangenschaft für eine Frau wäre und sie sich aus einer solchen Lage niemals retten könne! Aber sie brachte es fertig, eine Revolution in der Türkei herbeizuführen. Eine solche Frau zeigt meiner Meinung nach deutlich, daß es keine Falle, keine Gefangenschaft, keine noch so schlimme Situation gibt, aus der es nicht einen Ausweg gäbe. Sie löste eine sehr tiefgehende historische Revolution in der Türkei aus, welche die ganze Linie der türkischen Geschichte völlig veränderte. Und das geschah aus einem Harem heraus und mit Hilfe ihres Sohnes, den sie in der französischen Auffassung des republikanischen Lebens erzogen hatte.
Für mich sind diese Lebensgeschichten ermutigend, und sie haben dazu beigetragen, daß ich einen, wie ich es nenne, beharrlichen Wagemut Schwierigkeiten gegenüber entwickelt habe und sie nur als Herausforderungen an den eigenen Verstand und die eigene Stärke betrachte.
Was ich zu sagen versuche, ist, daß wir nicht schon von Natur aus außergewöhnlich sind; wir sind es nur in unserer Beharrlichkeit, in unserem Streben nach Entfaltung, was beinahe ein natürlicher Zustand ist. Hindernisse stellen sich in den Weg, aber wir haben unseren Verstand, und wir sind auf der Hut, und das ermöglicht uns, sie zu erkennen und ihnen die Stirn zu bieten. Wir kennen diese Hindernisse. Jeder von uns ist irgendwann einmal ihrer gewahr geworden: religiöse Überzeugung, Familienansichten, unsere dogmatische Auffassung von der Ehe. Ich glaube an die Ehe, aber nicht an das Dogma, das wir daraus gemacht haben, das starre Dogma. Wir machen alles streng und unbeugsam, und schuld daran ist unsere Angst. Erst stellen wir diese starren Normen auf, und dann können wir nicht mit ihnen leben und ersticken daran. Wir entwerfen verschiedene Lebensmodelle, und der Sicherheit zuliebe geben wir unsere Freiheit auf.
Ich war wie jeder von uns zuzeiten frustriert, entweder in einer Periode inneren Leerlaufs, einer Periode der Unfruchtbarkeit oder einer Periode der Depression. Sogar in einer Periode der Passivität. Es gibt Zeiten, in denen wir angesichts des Schick-

sals passiv bleiben und ganz vergessen, daß wir imstande wären, unser Schicksal zu meistern. Man lehrt uns eine gewisse Art von Passivität. In unserer Kultur gilt eine gewisse Art von Passivität als weibliche Eigenschaft. Daher war der Tag, an dem Otto Rank mir erklärte, daß ich selbst für die erlittenen Fehlschläge und Niederlagen verantwortlich sei und daß es in meiner Macht läge, sie zu überwinden, ein glücklicher Tag voller Anregung. Denn wenn einem gesagt wird, daß man verantwortlich ist, bedeutet das, daß man etwas tun kann. Während diejenigen, die der Gesellschaft die Verantwortung in die Schuhe schieben, oder jene Feministinnen, die behaupten, die Männer seien schuld, sich nur beklagen können. Wenn man jemand anders beschuldigt, bleibt einem selber nichts, was man tun kann. Ich nahm lieber die Schuld auf mich, denn das bedeutet auch, daß ich *handeln* kann, und es ist eine solche Erleichterung, nicht mehr passiv und nicht mehr Opfer zu sein.

Es ist auch sehr wichtig, daß sich die Frau von allem blinden Zorn befreit. Es gibt einen Zorn, der von einer nie überwundenen Kränkung herrührt oder von einem unausgesprochenen Ärger, oder einen, der sich gar nicht erklären läßt. Das ist destruktiver Zorn, denn er führt zu nichts und klärt nichts. Wir müssen wissen, daß es die Unterdrückung dieses Zornes ist, welche die Explosion heraufbeschwört, und nicht der Zorn selbst, vorausgesetzt, er wurde nicht unterdrückt, sondern kam richtig zum Ausdruck.

In diesem Zusammenhang weiß ich eine entzückende Geschichte. Judy Chicago ist eine der Führerinnen der Frauenbewegung. Eines Tages kam sie zu ihrem Gatten mit irgendeinem Kummer; sie war sehr aufgeregt, aber dermaßen durcheinander, daß sie sich nicht klar ausdrückte und ihr Gatte gar nicht begriff, worum es ging. Am nächsten Tag, nachdem sie etwas Ordnung in ihre Gedanken gebracht hatte, kam sie auf die Angelegenheit zurück, und ihr Gatte sagte: »Ist das alles, was du willst? Das ist doch ganz einfach!« Es war eine Sache der Ausdrucksweise, und Zorn drückt natürlich nichts aus. Im Zorn schießt man immer über das Ziel hinaus. Es ist daher jetzt wichtig, daß die Frauen den Zorn, der sie zur Weißglut bringt, analysieren. Sie sollen entscheiden, ob der Zorn sich in ihnen angesammelt hat, weil sie auf Grund ihrer Passivität eine Situation hinnahmen, und dann muß er ja zu einer Explosion führen, oder ob er auf Grund der Benachteiligungen im Beruf, in den Gehältern, in den sozialen Zuständen oder Gesetzen gerechtfertigt ist – denn dieser Zorn kann in Energie umgesetzt werden und sehr konstruktiv sein.

Ich habe die Unterdrückung des Zornes niemals gutgeheißen. Aber das heißt nicht, daß ich den blinden, gewaltsamen Zorn billige, der unwirksam ist, wenn wir etwas erreichen wollen. Wir haben die schlimmste Tortur erlebt, ich wollte aber nicht, daß die Frauen wegen ihrer Lage die Nerven verlieren. Das habe ich gemeint und nicht, daß wir den Zorn verdrängen müssen. Mich haben Zornaufwallungen geplagt wie andere auch. Ich ärgerte mich, weil meine Manuskripte nicht veröffentlicht wurden. Und ich ärgerte mich wegen der passiven Situation in der Ehe und der Unmöglichkeit, mir meinen Lebensunterhalt selbst zu verdienen. Ich regte mich über vieles auf. Aber ich spürte, daß ich meinen Zorn analysieren mußte, um zu sehen, ob er hoffnungslos und töricht war. Was hätte es beispielsweise genützt, wenn ich gegen die Verleger, die mich nicht drucken wollten, angefochten hätte. Was hätte das genützt? Verleger sind eine monolithische Festung. Statt zu kämpfen, kaufte ich mir lieber eine Druckerpresse und verwandelte alle Energie, die ich sonst mit Zorn verschwendet hätte, in Aktivität. Ich wollte nicht, daß Frauen ihren Zorn auf eine Art zeigten, der nur *ihnen* geschadet und nichts bewirkt hätte. Ich wollte nicht, daß sie den Zorn unterdrücken, weil es ein gerechter Zorn war, sondern daß sie etwas damit anfingen. Es geht hier tatsächlich um die Umwandlung des Zorns in Aktion. Sonst setzen wir den Zorn nur in blinde Gewalt um, wie viele es heute tun: sie verunstalten alles, zerbrechen und zerstören, was sie können. Zorn ist vorhanden, aber es ist eine sinnlose Form von Zorn.

Deshalb liegt mir so viel daran, den Zorn zu analysieren, damit er erfolgreich ist, damit er etwas bewirkt. Manche scheinen zu fragen: »Sie sind ihn losgeworden, warum?« Ich befreite mich von dem destruktiven Zorn, weil sich damit nicht glücklich leben ließ. Als ich beispielsweise über die Verleger wütend war, die mich nicht drucken wollten, als ich aus Europa kam, da kaufte ich mir die Druckerpresse, und meine Energie wurde zur Veröffentlichung meiner Bücher verwandt. Das war eine große Erleichterung. Ich wurde einen Zorn los, der wie Gift wirkte, und setzte die Energie in etwas anderes um, das mich befreite.

Das nenne ich Befreiung: von Dingen befreit zu werden, mit denen man nicht gut leben kann.
Ich betone ausdrücklich, daß es zwei Wege zur Befreiung gibt: der eine ist natürlich der politische Weg – die Gesetze ändern und für die Gleichberechtigung kämpfen. Das läßt sich in verschiedener Form erreichen. Den anderen aber hebe ich so hervor, weil ich ihn kenne. Es ist der psychologische Weg, der die Hemmungen beseitigt, so daß man seine eigene Freiheit erlangen kann, ohne darum bitten zu müssen. Es ist nicht nötig zu warten, bis einem die Befreiung überreicht wird. Und die Frauen, die ich mir als Heldinnen wählte, waren Frauen, die sich ihre eigene Freiheit schufen. Sie forderten sie nicht, sie baten nicht darum, sie schufen sie sich selbst. Etwas in ihnen machte sie zu unabhängigen Frauen, und diese Art von Unabhängigkeit ist so wichtig.
Man hat den Frauen immer eingeredet, daß die Gesellschaft oder die Männer an ihrer Lage schuld sind. Aber durch die Psychologie erkannte ich, daß man, wenn man andere anklagt, praktisch sagt: »Ich bin ein hilfloses, passives Opfer.« Und das ist eine bedrückende Vorstellung! In einem bestimmten Stadium meiner Psychologiestudien sah ich darüber hinaus, und ich *sah:* »Nein, so ist das nicht. Ich bin Herr über mein Schicksal.« Wenn ich mich frei und unabhängig fühle und anderen entsprechend gegenübertrete, macht sich das in den Beziehungen spürbar. Ich kann Einfluß ausüben auf einen Menschen, für den ich arbeite, auf meinen Verleger. Es ist sehr leicht, der Gesellschaft oder den Männern die Schuld zuzuschieben, aber man fühlt sich dadurch nur hilfloser. Denn es bedeutet, daß man die Befreiung durch den Mann, durch die Regierung oder die Geschichte erwartet. Das braucht eine lange Zeit, das dauert Jahrhunderte, und das geht mir zu langsam. Wir haben nur ein Leben.
Anfangs hatte ich den Eindruck, daß die Entwicklung zu meiner Unabhängigkeit durch die Abwesenheit meines Vaters und das Fehlen einer autoritären Erziehung gefördert wurde. Später aber vermißte ich diese Führung, diese philosophische Führung, und ich wandte mich einem Psychologen zu als einer Art Vaterersatz. Doch was ich aus der Psychologie lernte, verwendete ich zu meinem eigenen Nutzen. Ich begreife die Frauen nicht recht, die sagen, daß der Psychologe uns schadet, daß er uns seine Ideen aufzwingt oder daß er uns sein

Denkmuster aufdrängt. Denn meine Erfahrung mit dem Psychologen war, daß ich alles, was er sagte, in Frage stellte. Ich hatte immer Einwände.

Der Frau fällt heute eine Aufgabe von großer Wichtigkeit zu. Sie muß untersuchen, was an ihr auf kulturelle, religiöse und rassenbedingte Einflüsse zurückzuführen ist, wieweit dieses Programmieren sie verändert hat und was schließlich von der ursprünglichen Frau übriggeblieben ist. Das war es, was ich tun mußte. Ich mußte mich aus allen mir aufgedrängten Rollen herausschälen und mich ganz langsam, ganz langsam wie durch einen engen, dunklen Gang ins Freie vortasten. Die Psychologie ist dabei eine Hilfe, denn sie stellt einen ständig dem wahren Ich gegenüber. Mein wahres Ich war natürlich in den *Tagebüchern*, und ich hatte jedesmal schreckliche Angstvorstellungen, wenn ich eine Feuerwehr sah. Ich fürchtete gleich: »Meine Tagebücher verbrennen!« Ich konnte nicht verstehen, weshalb ich mir einredete, mein eigentliches Ich verbrenne, wenn meine Tagebücher in Flammen aufgingen. Dann begann ich zu verstehen: Ich selbst hatte mein wahres Ich den Tagebüchern einverleibt, und ich konnte die Tagebücher nur öffnen, wenn ich anerkannte, daß ich nicht die Frau war, die das Rollenspiel aus mir gemacht hatte. Allmählich begann ich diese Rollen abzustreifen. Diejenigen, die ich als echt betrachtete, die wirklich ein Teil von mir waren, behielt ich bei. Die Trennung unseres echten organischen Ichs von dem vorprogrammierten Ich ist heute unsere Aufgabe. Und nur wir selbst können sie ausführen. Von der Psychologie läßt sich sachliche Hilfe erhalten – ich meine nicht unbedingt Therapie –, aber nur soweit die Psychologie uns gelehrt hat, unsere verfälschten Persönlichkeiten zu durchschauen. In den Tagebüchern habe ich gesagt, daß ich mir so bewußt war, wenn ich eine Rolle spielte, daß ich mir wie der Dichter in der Komödie von Gilbert und Sullivan vorkam, der jemand anderes zu sein versucht und dann von einem Krampf gelähmt wird! Wenn man eine Rolle spielt, spürt man, daß man eine Rolle spielt. Es ist einem nicht wohl dabei, und der Körper reagiert unbeholfen. Mich packte dieses Gefühl, wenn ich die Rolle der vollkommenen Freundin, der vollkommenen Gattin, Tochter oder Schwester spielte. Mir war nicht wohl in meiner Haut, in meinem Körper. Langsam verschwand das Rollenspielen, und das wahre Ich wurde geboren.

Die Geschichte läßt sich in den *Tagebüchern* nachlesen. Man sieht, wie ich zuerst die ideale Frau zu sein versuchte, aber das gelang mir nicht. Dann versuchte ich, der Spiegel für andere zu sein, die Muse, die den anderen beistand, ihre Bücher zu vollenden. Ich setzte meine eigene Rebellion nicht einmal in die Tat um, aber ich schützte immer den Rebellen, und man weiß ja, wenn man den Rebellen schützt, bedeutet dies, daß man die anderen für sich tun läßt, was man selbst nicht tut. Viel später verstand ich erst, was mich mit Rank verband, der ein Rebell gegen Freud war, mit Artaud, der gegen die Surrealisten rebellierte, und mit Gonzalo, der ein Revolutionär war. Ich fühlte mich in einem Maße für sie verantwortlich, daß ich mich fragte: »Warum fühle ich mich für sie so völlig verantwortlich?« Ich fand die Antwort bei Rank. Er sagte, daß wir das Schatten-Ich, das wir nicht ausleben wollen, auf andere projizieren. Wir fühlen uns verantwortlich, weil sie einen Teil des Ichs ausleben, den wir verleugnen. Wir glauben sie vor den Folgen bewahren zu müssen, denn wir wissen, daß der Rebell für seine Rebellionen oft bezahlt. Mit anderen Worten: Ich beschützte sie, weil ich damals noch kein solcher Rebell sein konnte, wie ich es heute bin. Daraus läßt sich ersehen, wie langsam wir uns entfalten. Man darf nicht zulassen, daß andere die Rollen für einen spielen, wir dürfen nicht von anderen unsere Freiheit erhoffen oder verlangen, wir müssen sie selbst erringen.

Wir suchen außerhalb nach Alibis, und davon möchte ich Frauen abhalten. Ich möchte nicht, daß Frauen in der Außenwelt suchen. Das ist sehr entmutigend; es kann kaum etwas verändert werden, und ein Riese Goliath türmt sich vor einem auf. Die Frauen sollten aber damit beginnen, in einem engen Kreis eine Zelle zu bilden, eine humanistische Zelle, die viel größeren Einfluß haben kann als jeder kollektive Versuch. Wir suchen uns weniger einsam zu fühlen, indem wir uns Frauengruppen anschließen. Aber das heilt uns nicht von vergangenen traumatischen Erlebnissen. Eine Gruppe vermag das nicht. Die Gruppe kann unser Vertrauen nicht wiederherstellen, das durch gewisse Erfahrungen erschüttert worden ist. Eine Gruppe kann nicht individuelle und persönliche traumatische Erlebnisse auslöschen und uns wieder aufrichten. Das müssen wir selbst machen.

Wir leben in einer Kultur, in der es zuviel Kritik gibt, zuviel

Spaltung, zuviel Feindschaft und zuviel zügellosen und ziellosen Zorn. Mich beunruhigt das sehr, weil ich es auch in der Frauenbewegung aufflackern sah. Als ich in verschiedene Colleges kam, um die Frauenstudien (Women's Studies) einzuführen, gab es dort bereits diese Tendenz zu negativer Kritik unter den Frauen selbst. Sie stellten andere Vorschriften, Regeln und Dogmen auf und engten damit die Frauen ein. Das wäre das letzte auf der Welt, was wir brauchen. Wir müssen befreit werden, wir müssen individuell denken. Die Probleme jeder Frau sind anders, und sie können nicht nach einer einzigen Formel gelöst werden ... Die Emanzipation der Frau muß viele Formen annehmen: die Probleme des Halbbluts aus Mexiko, die Probleme der schwarzen Frau sind anders, die Probleme der Künstlerin sind anders. Sie können nicht von einer totalitären Formel gelöst werden ...

Verschiedene Wege führen zur Befreiung der Frauen. Meine Sorge gilt den Frauen, die kein Vertrauen haben, keinen Stolz auf sich selbst, keinen Mut zur Kreativität. In meinen Vorträgen über »Frauenstudien« habe ich den Wert des Persönlichen hervorgehoben und bin manchmal mißverstanden worden. Weil die Frauen einen etwas eingeengteren Wirkungskreis hatten, wurden sie auf ihre persönliche Sphäre zurückgedrängt und entwickelten dadurch eine ausgeprägte Begabung und eine besonders schöne Beziehung zur persönlichen Sphäre, auf welche die Männer als ein kleines Reich, eine enge und begrenzte Welt hinunterschauten. Es gilt, den Frauen klarzumachen, daß diese persönliche Sphäre in der heutigen Zeit einen außerordentlichen Wert hat, denn uns bedroht die Gefahr der Enthumanisierung durch die Technologie, durch die Wissenschaft, durch die Ausweitung des Universums, durch alles, was uns in Millionenzahlen denken läßt statt in individuellen Begriffen. Als ich zu einer Gruppe von Frauen an der Columbia University sprach, bemerkte eine Frau zu meiner Rechten: »Ich kann sehen, daß Sie nicht in Washington waren, um dort die Männer zu überzeugen, dies oder jenes im Interesse der Frauen zu tun.« Ich sah mir diese Frau an. Käme sie jetzt in diesen Raum, würden weder Sie noch ich den Wunsch haben, sie zu unterstützen, denn sie war schrecklich zornig, schrecklich feindselig, schrecklich streitsüchtig. Es war ein Angriff. Ich erwiderte nur: »Vielleicht sollten Sie sich an Beatrice wenden, die diese Gruppe von Feministinnen leitet

und Psychotherapeutin ist, und ich sollte nach Washington gehen, möglich, daß wir dann etwas erreichten...«
Diese Form der Feindseligkeit tauchte immer wieder auf, Frau gegen Frau, und das störte mich sehr. Ich weiß nicht, warum. Mit einem Mann scheint es mir ein fairer Kampf zu sein – ein Kampf zwischen Verschiedenheiten, und ich erkenne die Verschiedenheiten an. Mit Männern ist es ideologisch, es gibt einen Unterschied der Natur und einen Unterschied des Temperaments. Das ist völlig annehmbar; aber hinzunehmen, wenn sozusagen ein Teil deiner selbst sich gegen dich wendet, das ist schwer. Darum lautet meine Forderung: Frauen sollten toleranter sein in der Beurteilung der verschiedenen Wege im Kampf um die Befreiung. Denn es gibt so viele Wege und so viele verschiedene Probleme, und jede Frau hat ihre eigene Rolle zu spielen und ihre eigene Bedeutung...
Es ist äußerst wichtig, daß wir gegenwärtig die Emanzipation umfassend genug interpretieren, um auch solche Frauen einzuschließen, die schüchtern oder ängstlich sind, die am Rande der Gesellschaft leben, die keine Ausbildung haben, die sich aber *meiner* Arbeit zuwenden, weil sie sie nicht erschreckt. Wir müssen uns jetzt darüber klar werden, daß wir verschiedene Perspektiven brauchen und daß jede Frau sich mit der ihr entsprechenden bestimmten Entwicklungsstufe beschäftigt. Den einen muß man sich vorsichtig nähern, auf sanfte Weise, bei andern wieder ist der indirekte Weg angezeigt. Sie bemühen sich um ihre Freiheit nur sehr schüchtern, nicht nach klar durchdachten Begriffen.
Emanzipation ist keine Sache von Dogmen. Man muß vorgehen, als wäre der Fall jeder Frau verschieden. Wir dürfen nicht verallgemeinern. Bei den Minderheiten gibt es Probleme, die durch allgemeine Aktionen, durch politische Aktivität behandelt werden können, aber andere sind sehr individueller Natur. Es stört mich darum, wenn ein Teil der Frauenbewegung sich gegenüber den vielen Wegen, die zur Emanzipation führen, unnachgiebig zeigt. Die Tagebücher haben zweierlei bewiesen: sie bewiesen, wieviel man allein erreichen kann und wieviel man nicht allein erreichen kann.
Als ich auf einem Hausboot lebte, hatte ich ein Dienstmädchen, die ich »Maus« nannte, weil sie so furchtsam und schüchtern war. Sie hatte eine komplizierte Schwangerschaft und traute sich nicht, es mir zu sagen, denn in Frankreich gehört man als

Dienstmädchen zu einer sehr unglücklichen Kaste. Obgleich ich freundlich zu ihr gewesen war, wollte sie mir einfach nicht gestehen, daß sie in Schwierigkeiten war. Sie versuchte, selbst eine Abtreibung herbeizuführen. Als sie dann ernsthaft in Not war, gestand sie es mir schließlich, und ich holte einen Arzt und bezahlte ihn. Damals, auf mich allein gestellt, glaubte ich nicht, daß sich solche Dinge bewältigen oder gar ändern ließen. Aus der Frauenbewegung aber lernte ich, daß gewisse Zustände durch politische Aktionen verbessert werden können und daß die Geschichte der kleinen Maus keine unvermeidliche Tragödie zu sein brauchte. Durch die Angst und Einsamkeit ihres Erlebnisses wäre sie beinahe ums Leben gekommen. Wenn doch die vielen militanten Feministinnen lernten, der psychologischen, gefühlsmäßigen und individuellen Arbeit, die uns allen aufgegeben ist, mit mehr Toleranz zu begegnen.

Ich spreche von Emanzipation im *inneren* Sinne. Ich spreche nicht von der Freiheit, die man erreicht, wenn man auf die Straße geht und gegen die Abtreibungsgesetze protestiert. Ich spreche nicht von den Maßnahmen, die man aus Protest gegen den Krieg ergreifen kann. Ich spreche von der Notwendigkeit der inneren Umformung, von der Notwendigkeit, das Schuldgefühl loszuwerden und sich bewußt zu werden, in welcher Richtung man sich entwickelt, und auch von der Notwendigkeit, zu erkennen, daß nicht immer der Mann das Hindernis bildet, sondern daß manchmal die Hemmung in uns selbst liegt, sei es von der Kindheit oder der Familie her, aber vielleicht auch, weil uns das Selbstvertrauen fehlt.

Damit will ich sagen, daß wir nicht immer gegen monolithische Zustände zu kämpfen brauchen, um uns dann nur frustriert, zornig, erbittert und besiegt zu fühlen. Wir kämpfen gegen Gullivers an, gegen Riesen. Wenn aber ein Teil unserer Kraft in die langsame, abgewogene, organische Entwicklung gelenkt wird, die ich in den Tagebüchern beschreibe, dann lernen wir, uns zu emanzipieren, uns von einer Last zu befreien. Das kann man erreichen, ohne beim Mann Rivalitätsgefühle zu wecken. Die Beziehung zum anderen ist von größter Wichtigkeit. Unsere Befreiung muß allgemein und gleichzeitig erfolgen. Allein können wir sie nicht erlangen. Es geht nicht, daß eine Gruppe befreit ist und die andere nicht. Das muß gleichzeitig und aufeinander abgestimmt bei Männern, Frauen, Minderheiten und uns allen erfolgen. Wir brauchen ein völlig neues

Konzept von der Emanzipation. Ich betone die Möglichkeiten der psychologischen Befreiung, denn das ist etwas, das in unserer Macht liegt. Wenn das erst einmal erreicht ist, dann ist auch die Kraft da, auf die Straße zu gehen und zu demonstrieren oder ein Gesetz zu bekämpfen oder sich an weltweiten Aktionen zu beteiligen. Die Überzeugung, daß sich die Dinge verändern können, ist nötig, aber wartet man nur auf eine Veränderung von außen, erliegt man leicht dem Eindruck, daß man gar nicht weiterkommt.

F. Ein Schriftsteller hat gesagt, daß die Männer und das Schicksal der Welt immer von den Wünschen der Frauen abhängen werden. Was meinen Sie dazu?

A. N. Als Antwort verweise ich auf eine Collage, die ich von Janko Varda erhalten habe. Er war ein griechischer Collagenkünstler. Wir hatten uns nie getroffen, aber er schickte mir diese Collage wie einen Verehrerbrief, einen riesigen Verehrerbrief. Der Titel war: »Frauen verändern die Welt.« Ich weiß, das klingt sehr ehrgeizig und sehr arrogant, aber ich meine, daß dies der Augenblick dafür ist und daß die Frauen eine positive Veränderung in der Welt herbeiführen können, wenn sie ihre Wünsche präzise zum Ausdruck bringen und ihre Einfühlung in persönlichen Beziehungen auch auf ihre beruflichen Beziehungen übertragen. Ich habe schon Rechtsanwältinnen beobachtet. Ich hörte eine Frau im Gerichtssaal plädieren, und ich hatte den Eindruck, daß sie das Gesetz ein wenig zugunsten der menschlichen Situation verbog – daß sie mehr Mensch war und weniger Rechtsanwältin. Ich glaube wirklich daran.

F. Können Sie etwas dazu sagen, daß Frauen in zunehmendem Maße einen Beruf ausüben? Glauben Sie, daß ein Konflikt zwischen ihrem Privatleben und ihrem Berufsleben entsteht und daß sie das eine dem anderen opfern werden?

A. N. Ich sehe da keine Notwendigkeit. Ich habe das nicht getan. Ich habe ein sehr schweres Arbeitspensum, und ich mußte das nie tun. Meiner Meinung nach hat das im Grunde nichts mit dem Beruf zu tun; es hat etwas mit Konzentrationsfähigkeit zu tun, mit dem Vermögen, sich auf die jeweilige Aufgabe einzustellen. Wenn man seinen Beruf ausübt, sollte man sich darauf konzentrieren, aber dann in der Lage sein, umzuschalten und seine Aufmerksamkeit ganz dem Privatleben zu widmen. Am Ende hängt der Erfolg davon ab, ob man im entscheidenden Augenblick ganz bei der Sache ist und dann umschalten kann.

Für manche Frauen, die unter besonders schwierigen Bedingungen arbeiten, bedeutet dies eine tiefgehende und schwierige Umstellung – zum Beispiel im Fall meiner Freundin Jill Krementz, die Fotografin ist. Sie hatte Nachtdienst während der Unruhen in Harlem und ging nach Harlem und fotografierte. Sie kam am anderen Morgen zurück und hatte eine schreckliche Auseinandersetzung mit ihrem Chef, der sagte, es wäre nicht Sache einer Frau gewesen, dorthin zu gehen, und sie hätte einen Mann beauftragen sollen. Diese Frau war überaus empfindsam, sehr weiblich, aber sie hatte den Mut und die Nerven, ging hin und tat ihre Arbeit... Meines Erachtens geht es darum, wieviel Konzentration, wieviel Aufmerksamkeit wir jeder unserer Welten widmen können. Ein Konflikt besteht gar nicht. Wir brauchen beide. Unser Berufsleben allein wäre kein sehr glücklicher Zustand, hätten wir nicht unsere Familie und unser Privatleben daneben.

F. Sie betonen, daß Kreativität ein Weg ist, Zorn umzusetzen, und für Sie ist Schreiben ein Ventil Ihres Zorns. Wie steht es nun aber mit Frauen, die nicht kreativ sind?

A. N. Es gibt immer etwas Schöpferisches zu tun. Ich denke dabei nicht nur an einen Künstler, der malt oder komponiert. Ich denke daran, was alles Kreativität erfordert: ein Zimmer einrichten, ein Kleid entwerfen, ein Kind gebären, eine Pflanze zum Blühen bringen, eine Mahlzeit bereiten. Für mich ist alles schöpferisch, solange man im Leben schöpferisch ist: zwischenmenschliche Beziehungen, jede produktive Leistung, die eigene Persönlichkeit, welche die Gemeinschaft bereichert. Ich denke an schöpferische Leistung in sehr allgemeinen Begriffen, und wir können Zorn immer in Leistung umsetzen. Zum Beispiel gibt es da eine kleine Gemeinde in der Sierra Madre, die keinen Kindergarten hatte. Statt Transparente zu schwenken und sehr zornig zu werden, machte eine meiner Freundinnen die Runde bei allen Geschäften; sie ging zum Zimmermann, zum Spielzeugladen, einfach zu jedem im Ort, und sie erreichte, daß alle zum Bau des Kindergartens beitrugen und ihn unterhalten. Von der Regierung hätten sie ihn nie bekommen und genausowenig von Gouverneur Reagan. Also brachten sie es allein zustande. Sie bekamen, was sie brauchten, und das nenne ich Kreativität. Genau das. Selbst zu tun, was nicht für einen getan wird. Wir haben uns ein wenig zu sehr daran gewöhnt, Forderungen zu stellen und zu erwarten, daß man sie uns erfüllt. Wir kennen die Regierung und wissen von allem, was sie *nicht* geleistet hat. Dann geraten wir in Zorn, aber mit der Energie dieses Zorns hätten wir allein erreichen können, was wir verlangt hatten.

F. Als Gonzalo Sie fragte – in den *Tagebüchern* –, warum Sie sich niemals erlauben zu »explodieren«, haben Sie geantwortet: »Das ist unvereinbar mit dem Wesen einer Frau.« Würden Sie erklären, warum Sie diese Antwort gegeben haben?

A. N. Ich habe mich immer sehr mit der Sublimierung des Zorns beschäftigt, mit der Umsetzung des Zorns in Energie und Kreativität. Ich wollte alle unsere negativen Gemütszustände wie Eifersucht und Angst in positive umformen. Die Rolle der Frau als Friedensstifterin war tief in mir verwurzelt. Es muß doch einen natürlichen Ausgleich zur Kriegsliebe und natürlichen Kampfeslust des Mannes geben. Es ist immer noch ein Problem für mich, wie man Revolutionen und Evolutionen gewaltlos erreichen kann. Eine Frau zu sein, bedeutet immer noch für mich, das Leben mehr als die Macht zu erhalten und zu lieben. Die Männer haben allzu tragisch ihre Machtbesessenheit gezeigt. Die ganze Geschichte ist ein Kampf um die Macht.

F. Ich gebe zu, daß der Zorn der Frau, wie er sich heute zeigt, ein destruktiver Zorn ist. Aber halten Sie das nicht für ein natürliches Stadium, durch das wir hindurch müssen? Wir müssen diese Revolution zustande bringen, wir müssen uns durchkämpfen.

A. N. Nein, das sollte eher evolutionär als revolutionär geschehen. Ich glaube, daß eine Evolution in unseren Beziehungen zum Mann stattfindet und daß er erkennen wird, daß wir mit unserer Befreiung auch ihn befreien. Wenn wir ihn nicht dadurch erschrecken, daß wir ungeheure Ansprüche stellen, wird er einsehen, daß wir auch ihn von einer Fülle von Tabus und erstickenden Zwängen befreien. Darum müssen wir mit Intelligenz vorgehen und versuchen, den Mann einzubeziehen, statt ihn abzuschrecken. Wir wissen doch, daß Revolutionen zu nichts führen, Kriege zu nichts führen. Wenn wir gegen den Mann Krieg führen, womit Kate Millett und so viele Feministinnen begonnen haben, dann rufen wir nur Opposition hervor. Das verursacht aber Zerstörung, und das haben wir getan, gerade zu einem Zeitpunkt, wo uns dank der Psychologie der Mann nähergekommen war. Die Einsicht, daß auch er manchmal Rollen spielt und Unvernünftiges tut, die Kenntnis der Träume – all das brachte uns näher. Wir alle haben ein unterbewußtes Leben, auch der Mann. Er ist nicht immer objektiv, er ist nicht immer abstrakt. Und gerade als wir uns näherkamen, versuchten wir durch *Krieg* zu gewinnen, woran ich sowieso nicht glauben kann.

F. Ich habe gerade das Buch *Combat in the Erogenous Zone* von Ingrid Bengis gelesen, und danach scheint es ausgeschlossen, irgendeine sinnvolle Beziehung zum Mann herzustellen.

A. N. Zu *einigen* Männern. Man kann das nicht so verallgemeinern. Ich schätze dieses Buch gar nicht, denn die Autorin hat sich sehr wahllos Erlebnissen ausgesetzt und war dann sehr wütend auf die Männer. Sie wählte sich ihre Männer nicht, sie fuhr sozusagen einfach »per Anhalter« mit ihnen mit. Sie traf überhaupt keine Auswahl, und dann gab sie den Männern die Schuld, wenn etwas passierte. Ich glaube nicht, daß man solche Erfahrungen verallgemeinern kann...

Meine schlechten Erfahrungen führten niemals zu einem Bruch. Sie verursachten nie eine Entfremdung, weder von Männern noch von Frauen oder von Kindern. Worunter wir wirklich leiden, ist unser Unvermögen, Kontakte zu pflegen. Das Problem erstreckt sich nicht ausschließlich auf die Beziehung zwischen Männern und Frauen; es findet sich in allen Beziehungen, und ich glaube, unsere Generation bemüht sich sehr ernsthaft darum, es zu lösen. Zwischenmenschliche Beziehungen sind niemals vollkommen. Wir müssen davon ausgehen, daß Kreativität dabei im Spiel ist, insofern als wir versuchen, uns dem anderen verständlicher zu machen. Frauen sind nicht länger willens, sich Mühe zu geben. Sie waren darin sonst immer sehr gut. Sie verstanden es im allgemeinen sehr gut, Beziehungen zu pflegen, was manchmal schwierig war, weil der Mann nicht die Zeit oder den guten Willen hatte, die Situation zu analysieren und zu interpretieren. Ich halte es für eine sehr gefährliche Richtung, welche die Frauenbewegung einschlägt, diese Einstellung, daß wir nur wirklich erwachsene und erfüllte Frauen werden, wenn wir die Beziehungen zu den Männern abbrechen.

F. Sie haben geschrieben: »Der tragische Aspekt der Liebe

kommt nur zum Vorschein, wenn man eine grenzenlose Liebe in eine begrenzte einzufügen sucht. Überall um mich herum finde ich, daß eine Liebe nicht ausreicht, selbst zwei nicht. Die Frauen, die ich kenne, suchen eine Liebe zur anderen hinzuzufügen.« Kann dieses Bedürfnis, »eine Liebe zur anderen hinzuzufügen«, mit der gesetzlichen Ehe in Einklang gebracht werden?

A. N. Ich glaube, daß wir in wenigen Jahren auf die gesetzliche Eheschließung verzichten werden. Ehe und Scheidung sollten nicht der Gewalt des Gesetzes oder der Anwälte unterstehen. Die Gesellschaft wird alle Kinder, legitime wie illegitime, als gleichberechtigt anerkennen müssen. Und Ehe sollte nur die freie Wahl des Menschen sein, der im Mittelpunkt des Lebens für einen steht. Dem Mann wurden vielfache Beziehungen immer gestattet. Man wird sie auch der Frau zugestehen müssen.

F. Sie haben oft gesagt, die einzige Abnormität sei »die Unfähigkeit zu lieben«. Sind nun ausschließlich homosexuelle Männer und Frauen in ihren Gefühlen und in ihrer schöpferischen Kraft eingeengter als Heterosexuelle?

A. N. Nein, die Psychologie behauptet das nicht. Auf Grund meiner persönlichen Erfahrungen habe ich den Eindruck gewonnen, daß man unter Homosexuellen mehr Unreife und Narzißmus findet. In bezug auf Kreativität stehen sie mit den anderen auf gleicher Stufe. Ob wir nun homosexuell oder heterosexuell sind, wenn wir uns nicht richtig entwickeln und reifen, werden wir im Leben und im Schaffen unausgewogen sein.

F. Glauben Sie immer noch, wie Sie im zweiten Teil Ihrer *Tagebücher* schreiben, daß »vergewaltigt zu werden, für die Frau vielleicht ein Bedürfnis ist, ein geheimes erotisches Bedürfnis«?

A. N. Das kann zu dem primitiven aufgezwungenen Rollenverhalten der Frau gehören, das die Psychologie auf verschiedene Weise analysiert hat: einmal als ein Test für die Stärke des Mannes; zum andern als ein Weg, der Bürde des sexuellen Schuldgefühls zu entgehen. Wenn jemand mit einem stärkeren Willen eine Frau »notzüchtigt«, dann ist sie für den Geschlechtsakt nicht verantwortlich. Diese Träume dürften verschwinden, wenn die Frau sich erst vom Schuldgefühl wegen ihrer sexuellen Wünsche befreit hat.

F. Würden Sie zwischen der Liebe, die zwischen Männern und Frauen möglich ist, und der Liebe zwischen Frauen einen Unterschied machen?

A. N. Nein, ich würde keinen Unterschied machen. Ich halte Beziehung und Liebe für sehr komplex, und manchmal entwikkeln sie sich in der einen Verbindung besser als in der anderen. Unsere größte Schwierigkeit liegt einfach darin, den geeigneten, den für unser Temperament wirklich am besten geeigneten Partner zu finden. Es spielt da meiner Meinung nach keine Rolle, ob es ein Mann ist oder eine Frau. Aber die Alchimie, die Harmonie und die Schwingung muß vorhanden sein und auch der Wille, Beziehungen zu schaffen, denn ich halte sie nicht für ein Wunder. Auch sie müssen geschaffen werden.

F. Glauben Sie, daß das bisexuelle Verhalten die natürliche Folge davon sein wird, daß Männer und Frauen sich zur Freiheit durchringen, einfach menschliche Wesen zu sein?

A. N. Ja. Ich glaube, daß diese Form der Freiheit immer bestanden hat. Wir haben sie nur nicht anerkannt. Wir haben sie gesellschaftlich eingeengt. In sexueller Beziehung waren wir niemals aufrichtig in dieser Frage, und ich finde es wunderbar, daß wir heute mit allen Tabus aufräumen, welchen Weg unser Leben auch nimmt. Nicht zu lieben, sollte das einzige sein, was mit einem Tabu belegt wäre.

F. Würden Sie etwas über monogame Beziehungen sagen und über die ganze Frage, wie es heute damit steht?

A. N. Wir befinden uns in einer Übergangsphase. Wir wissen noch nicht, was wir mit dem erreichen, was wir die Befreiung von der künstlichen Bindung zweier Menschen nennen. Wir wollen Tabus loswerden, aber wir sind in einer Übergangsphase. Ich komme aus einer Kultur, in der man die Ehe als eine feste Lebensform betrachtete; sie war für die Kinder und für die Familie gemeint, und deshalb rüttelte man nicht daran. Aber man konnte Liebhaber haben. Die französische Kultur akzeptierte das, die amerikanische niemals. Also hatten wir zwischen der Abschaffung der Ehe und der Regelung: »Nun gut, dann haben wir ein Verhältnis« die Wahl zu treffen ... Und wir sind immer noch in der Übergangsphase, in der wir fragen, was Freiheit ist, die Freiheit zu lieben. Es gibt die romantische Liebe, es gibt andere Arten von Liebe, die verschiedensten Arten von Liebe. Was sollen wir mit all diesen Abwandlungen der Liebe anfangen, und wie sollen wir eine feste Beziehung

aufrechterhalten? Manchmal entwickeln sich die Partner nicht gemeinsam; manchmal trennen sich nach zehn Jahren die Wege; zudem gibt es vorübergehende Leidenschaften, die ich für legitim halte. Mit anderen Worten, wir sollten unser ganzes Vermögen, zu lieben, ausleben. Ich weiß wirklich nicht, wie es weitergeht.
Wir haben meines Erachtens die Ehe zu dogmatisch betrachtet. Wir haben die Scheidung schrecklich erniedrigend und schwierig gemacht. Das Gesetz sollte sich da nie einmischen, es sollte ganz einfach sein. Und das Gesetz wurde *unter dem Vorwand, die Kinder zu schützen,* erlassen. Die romanischen Völker hielten das nie für ein Problem. Sie schützten illegitime Kinder ebenso wie legitime. Das Gesetz berücksichtigt sie bei der Erbschaft. Die bindende Eigenschaft der Ehe, die angeblich den Kindern zugute kam, war also keine Entschuldigung.
Wir leben in einer sehr interessanten, sehr schwierigen Zeit. Wie werden wir die Freiheit handhaben und auch den anderen frei leben lassen? Wir haben ja unsere menschliche Eifersucht, wir haben unsere Ängste, wir wollen behalten, was wir haben. Ich hatte Freundinnen, die immer für jemand anders entflammt waren und die dann sagten: »Aber wenn ich nachgebe, wird die Beziehung zu meinem Mann nicht mehr die gleiche sein.« Sie hatten Angst, daß die Dauer und Festigkeit der einen Beziehung durch die andere Schaden erleiden könnte. In der romanischen Kultur entwickelte sich eine andere Einstellung. Aber ich glaube nicht, daß sich eine andere kulturelle Struktur übernehmen und an unsere Verhältnisse anpassen läßt, indem wir sagen, die Ehe sollte stabil sein, aber wir sollten gewisse Freiheiten gestatten.
Doch ich *will* Ihnen sagen, um Ihnen eine kleine Hoffnung zu geben, daß man einen Partner finden *kann,* der den eigenen vielfältigen Wünschen entspricht. Man findet ihn, wenn diese widerstreitenden Elemente in einem selbst zur Ruhe kommen und wenn man willens ist, sich um die eigene innere Ausgeglichenheit zu bemühen. Wenn man sich darüber klar wird, was unser Leben im wesentlichen bestimmt und was am Rande liegt und letztlich unwichtig ist, dann ist man wirklich bereit, kleine Opfer zu bringen. Und ich meine nicht große. Und dann kommt eine Zeit, wo wir innerlich mit uns einig sind, so daß wir den Menschen finden, den wir brauchen. Solch eine Beziehung ist möglich.

Lawrence hat es sehr schön in seiner Metapher vom Gleichgewicht des Sternes ausgedrückt. Er sagte, die Möglichkeiten für die Beziehungen zwischen zwei Menschen sind einem fünfzakkigen Stern vergleichbar. Die ideale Beziehung ist dann erreicht, wenn die beiden in allen Punkten der Sternzacken harmonieren. Manchmal ergibt sich die Harmonie nur in einem Punkt, oder nur ein Teil der eigenen Persönlichkeit geht auf den anderen ein; vielleicht fühlt man sich auch in zwei Punkten im Gleichgewicht, aber in allen fünf Punkten, das ist selten. Doch es kann geschehen. Ich weiß, daß es nicht nur eine Phantasie der Frauen ist. Und dann kann die Beziehung monogam werden, weil sie selbst erfüllend ist.

F. Glauben Sie an freie Liebe?

A. N. Es tut mir leid, darauf kann ich nicht antworten. Das ist so individuell. Ich würde die Antwort negativ formulieren und sagen, daß das Nicht-Lieben für mich das einzige Verbrechen ist. Welche Form des Liebens Sie auch immer gefunden haben, üben Sie sie aus. Ganz egal, in welcher Form. Worauf es ankommt, ist zu lieben. Frei oder nicht frei, verheiratet oder unverheiratet, da geht es um viel zu individuelle Dinge. Es ist für jeden Menschen wieder anders. Es gibt Menschen, die einen größeren Radius haben, es gibt Menschen, die mehrerer Liebesbeziehungen fähig sind. Ich glaube nicht, daß man darauf antworten kann; ich glaube nicht, daß es eine für jeden gültige Antwort gibt.

F. Im ersten Teil der *Tagebücher* steht ein Erlebnis, das mir immer in Erinnerung geblieben ist. Sie gehen mit Miller in ein Bordell und sehen zwei Lesbierinnen. Ich halte das für ein gutes Beispiel dafür, wie Sie über Menschen berichten können, ohne zu moralisieren. Aber wie war Ihr Eindruck von diesen Frauen?

A. N. Vor allem der, daß die Frauen einander verstanden. Das war ihr Weg, sich von ihren Erfahrungen mit der Prostitution zu lösen. Habe ich das nicht klar ausgedrückt? Das berührte mich, weil natürlich irgendwann einmal jede Frau das in Erwägung gezogen hat. Als ich June begegnete, war ich versucht zu glauben, daß die Liebe einer Frau Rettung von den Schwierigkeiten, die man mit Männern hat, sein könnte, und ich kam dieser Auffassung sehr nahe. Wenn June gewollt hätte, wäre ich vielleicht in eine andere Richtung getrieben worden. Das kann uns allen jederzeit passieren, weil die Beziehung zum

Mann so schwierig erscheint. Aber sie war älter als ich und tat nicht den ersten Schritt. Irgendwie ist dann mein Weg anders verlaufen.

F. Als Reaktion auf schlechte Beziehungen zu Männern sagen manche Frauen, daß gute Beziehungen nur zwischen Frauen möglich sind, und sie behaupten sogar, solche Beziehungen seien ideal, und dabei lassen sie die Probleme außer acht, die solche weiblichen Beziehungen mit sich bringen.

A. N. Deshalb habe ich in einem Roman geschrieben, daß es mir am Ende wie eine Art Narzißmus vorkam. Mir schien, meine Liebe zu June galt nicht wirklich June, sondern verkörperte die Frau, die ich sein wollte. Ich fühlte mich zu einem projizierten Teil meines Selbst hingezogen. Im Grunde war es eine Identifikation. Mir wurde klar, daß wir nicht zwei Personen waren, sondern sie die Frau, die ich gern gewesen wäre. Es war eine Form von Narzißmus. Ich glaube also nicht, daß sich damit die Schwierigkeiten in den Beziehungen beseitigen lassen. Schwierigkeiten in den Beziehungen haben nichts mit dem Partner zu tun, den wir uns wählen. Mit June hätte ich die gleichen Schwierigkeiten gehabt, wäre es mir in den Sinn gekommen, das als eine Flucht vor den Brutalitäten Henrys anzusehen, von denen ich damals nur aus seinen Schriften wußte. June kam schon, bevor ich Henry genau kannte. Ich schreckte vor ihm und seiner Welt zurück, und June erschien mir viel feinfühliger. Sie lebte ihre Phantasie aus. Wäre ich diesen Weg gegangen, hätte ich andere Schwierigkeiten gehabt, denn sie nahm Drogen und war sehr destruktiv.

F. Gerade jetzt fühle ich mich im allgemeinen mit meinen Freundinnen viel wohler, und ich habe viel mehr Vertrauen zu ihnen. Selbst von Männern, die Verständnis für die Frauenbewegung aufbringen, habe ich nicht immer den Eindruck, daß sie mich als ganzen Menschen nehmen. Meine Sexualität kommt immer dazwischen, wie eine Barriere.

A. N. Nun, ich denke, gegen diese Barriere müssen wir etwas tun. Ich kämpfte wirklich sehr hart dagegen bei Henry. Aber erreicht habe ich nichts. Er änderte nichts an seinen Schriften über die Frau. Es geschah nicht bewußt, aber ich rechtfertigte June immer, verteidigte June oder versuchte die Frauen als Menschen zu verstehen und mir vorzustellen, wie es wohl mit seiner ersten Frau gewesen war. Aber es hat sein Schreiben nicht beeinflußt, denn er war in dieser Haltung schon ziemlich festgefahren. Als ich reif genug war, um zu begreifen, daß er nicht imstande war, die Frau als Ganzes zu sehen, fand ich Männer anderer Art.

F. Ich hatte den Eindruck, daß Miller und andere Männer Sie idealisierten, sich Ihnen gegenüber anders verhielten als zu anderen Frauen. Warum war ihre Einstellung zu Ihnen so verschieden? Man war bereit, Sie wie eine Persönlichkeit zu behandeln, nicht aber andere Frauen. Warum verhielten sie sich Ihnen gegenüber so verschieden?

A. N. Das habe ich mich auch gefragt. War es nur, weil ich schrieb? War es, weil ich mit ihnen sprechen konnte? Da ich in Europa aufgewachsen bin, wurde ich dazu erzogen, auch mit Männern einen Dialog führen zu können, mich mit ihnen zu unterhalten, ohne zornig oder ängstlich zu werden. War es dies oder war es, was ich gestern abend über Lou Andreas-Salomé sagte: daß ich mich gleichrangig fühlte, daß ich auftrat wie jemand, der den Maßstab selbst setzt, gleich ob sexuelle Beziehungen bestehen oder nicht? Das wollte ich sagen, als ich davon sprach, daß die Männer uns nach unserer Selbsteinschätzung akzeptieren, wie sie 1861 Lou Salomé akzeptierten, die kam und ging und Beziehungen abbrach, wenn sie sich ausgelebt hatten, und die völlig frei war, kein Schuldgefühl kannte und es sich auch nicht aufzwingen ließ. Mir konnte man ebensowenig ein Gefühl der Unterwürfigkeit einflößen. Also steckte auch in mir etwas.

F. Ist es nicht einfach eine andere Form der Objektivierung, Sie zu idealisieren und auf einen hohen Sockel zu stellen?

A. N. Aber das war nun einmal die Mode der Zeit. Eine Frau war entweder eine Prostituierte oder in gewisser Weise ein Ideal. Aber das können die Frauen ändern. Ich änderte es, indem ich es in Kameradschaft, Schreiben, Aufrichtigkeit umsetzte. Ich entkam; sagen wir, ich war eine Ausnahme. Aber es muß auf Grund meiner eigenen Einstellung mir selbst gegenüber gewesen sein. Ich war stolz auf mich als Frau.

June und Henry begannen den Zweikampf der Geschlechter, den Zweikampf der Macht. June neigte dazu, Mythen zu schaffen, und Fragen der Wahrheit und Eifersucht begegnete sie rein instinktiv. Hinzu kam, daß ich als Schriftstellerin Henry zum Schreiben inspirierte und auch Durrell, und darauf gründete sich ihr Respekt. Dadurch, daß ich so ganz im Schreiben aufging und solches Interesse daran hatte, konnte ich sie zum Schreiben anregen. Daran mag es gelegen haben, daß ihre Beziehungen zu mir sich auf dieser Ebene bewegten.

F. Im vierten Teil Ihrer *Tagebücher* haben Sie gesagt: »D. H. Lawrence war in seinen Schriften gegen das Aufgehen ineinander. Aber es ist dieses Aufgehen, das ich liebe und suche.« Wie verbindet sich der Wunsch nach »Aufgehen« mit der Suche der Frau nach ihrer eigenen Psyche?

A. N. Es ist schon immer die Tendenz der Frau gewesen, in der Persönlichkeit ihrer Männer eher unterzugehen, als aufzugehen. Das kann je nach Wahl des Partners gefährlich sein. Andererseits wählen manche Frauen eine schwache Persönlichkeit, jemanden, der ihre Entfaltung nicht behindert. Das ist ein negativer Weg, die Freiheit zu suchen.

F. Nach Ihrer Auffassung der Liebe ist demnach »Aufgehen« zeitweilig unerläßlich?

A. N. Ja. Aber man müßte das Wort sehr sorgfältig definieren. Es müßte vieles darin enthalten sein: Einfühlung, Mitgefühl, intuitives Verstehen der Gefühle des anderen. Eine komplizierte und interessante Rolle spielt auch der Rhythmus. Das Ineinander-Aufgehen kann kein ständiger Zustand sein. Lawrence spricht davon. Es gibt Zeiten, in denen der Mann allein sein muß und in denen die Frau allein sein muß. Sie müssen ihre eigene Seele besitzen.

F. Sie erwähnten Ihre Dämonen, und ich bin neugierig, wie es mit dem Dämon der Eifersucht steht. War das je ein Problem in Ihren Beziehungen?

A. N. Ja. Aber selbst damals als junge Frau, als ich in für junge Frauen typischer Weise in eine reife Frau verliebt war und June mir als die schönste Frau erschien, die ich je gesehen hatte, brachte ich es doch fertig, meine Eifersucht in Liebe umzuwandeln. Ich liebte sie, und es gelang mir, die Eifersucht zu bekämpfen. Aber ich pflegte darüber nachzudenken. Jeder ist eifersüchtig. Das werde ich niemals abstreiten. Wir alle sind es. Auch las ich Dostojewski und dachte mir: Dostojewski spricht immer über Eifersucht und wie Eifersucht zu Liebe wird. Worauf man eifersüchtig ist, ist also das, was man bewundert. In Wirklichkeit war es für mich so, daß June mir die vollkommenste aller Frauen schien. Und dann liebt man, und das ist viel beglückender als die Eifersucht.

F. Ich habe Angst davor, übergangen zu werden – das ist mein Gefühl der Eifersucht. Ich fühle mich benachteiligt.

A. N. Sie meinen, daß es nicht für alle reicht. Ja, man hat das Gefühl eines Verlustes. Hinter der Eifersucht steht die Angst, etwas zu verlieren. Daraus erwächst die Eifersucht.
F. Und dann ist das Problem, statt ausgeschlossen zu sein, irgendwie einbezogen zu werden.
A. N. Das ist schwierig, und ich war mir dessen nicht bewußt, aber ich erinnere mich, wie es mich beunruhigte. Mir blieb die Wahl zwischen zwei Gefühlen. Entweder brachte June mich um meine Beziehung zu Miller, oder June wurde darin einbezogen und ich konnte sie lieben. Es war keine bewußte Überlegung, es war unbewußt. Ich habe einen unbewußten Drang, Eifersucht in Liebe zu verwandeln, meine Dämonen umzuformen...
Bei Colette findet sich eine schöne Geschichte, schön besonders in bezug auf dieses Problem. Sie handelt von zwei Frauen: die eine ist die Ehefrau, und die andere ist die unentbehrliche Sekretärin eines berühmten Bühnenschriftstellers, der schrecklich egozentrisch und schrecklich verwöhnt von den Frauen ist. Die Sekretärin ist immer an der Seite der Frau, wie eine Schwester, sie sind unzertrennlich. Da entdeckt die Ehefrau plötzlich, daß ihr Mann ein Verhältnis mit der anderen hat. Aber sie braucht sie. Sie sagt: »Mit wem soll ich hier abends sitzen und warten, bis er zurückkommt?« So sitzen sie zusammen und stricken zusammen. Zwischen ihr und dieser Frau entstand eine Beziehung, die menschlicher war als das Verhältnis zu ihrem unmöglichen, Primadonna spielenden Gatten, und ihre Gefühle für diese Frau sind wunderbar. Die Eifersucht verschwand, weil in ihr ein großes menschliches Bedürfnis für diese Frau vorhanden war, Zuneigung und Zärtlichkeit. Es war großartig, besonders als sie sich entschied: »Was soll ich tun? Sie wegschicken? Und hier allein sitzen und allein auf ihn warten? Wir pflegten zusammenzusitzen und zu warten.« Ich weiß, es klingt ein wenig altmodisch, daß man den Mann, die Versklavung durch den Mann so einfach akzeptiert; aber die Beziehung zwischen den beiden Frauen wird so schön und zart zum Ausdruck gebracht.
F. Daß wir Frauen sind, die die Universität besuchen, daß wir Ihre Bücher gelesen haben, daß wir uns jetzt im Auditorium befinden, ist doch ein Zeichen für unsere Entwicklung und unser Selbstvertrauen. Aber es gibt Millionen von Frauen in der amerikanischen Gesellschaft, die es nötiger hätten als wir,

darüber Bescheid zu wissen, und sie werden überhaupt nicht erreicht. Was können wir da unternehmen?

A. N. Meiner Meinung nach überträgt sich diese Entwicklung. Auf mich ist sie in der Vergangenheit von anderen Frauen übertragen worden, und sie wird auf Sie übertragen. Und Sie werden sie an andere weitergeben. Wir beeinflussen viele, ohne uns dessen überhaupt bewußt zu sein. Was Sie heute wissen, was ich weiß und was wir gemeinsam wissen, geben Sie an Frauen weiter, die auf einer anderen Ebene stehen und von sich aus keinen Zugang dazu haben, vielleicht auch nicht die Universität besucht haben. Mir ist es ein natürliches Bedürfnis, alles, was ich lerne, anderen mitzuteilen, weiterzugeben. Ich bin eine Erzieherin.

Wir müssen irgendwo anfangen, wir müssen mit falschen Begriffen wie »elitäre Gruppenbildung« aufräumen – wenn wir sagen, daß einige Frauen durch Herkunft und Erziehung begünstigt worden sind. Solche Frauen brauchen wir, damit sie uns den Weg zeigen. Die Frauen, die mir den Weg gezeigt haben, waren Frauen, die mehr wußten als ich damals. Wir brauchen sie, wir brauchen Führerinnen. Wir dürfen uns nicht abwenden und sagen: Ich habe kein Recht darauf, eine gebildete Frau zu sein oder eine gewisse Stufe erreicht zu haben (bei mir war das sehr spät der Fall), sondern wir müssen vielmehr versuchen, Verbindungen aufzunehmen. Zum Beispiel bemühe ich mich, alle Briefe zu beantworten, die ich bekomme. Ich versuche, Frauen in kleinen Städten zu erreichen, die sehr einsam sind, die völlig isoliert und abgeschnitten leben, die solche Verbindungen wirklich sehr nötig haben. Ich tue mein Bestes. Ich glaube aber, daß jede von uns viel mehr Einfluß in einem gewissen Rahmen hat. Je mehr Sie an sich arbeiten, desto mehr können Sie einer Gruppe von Frauen, schließlich sogar vielen Menschen geben.

Wir werden über den direkten Einfluß hinaus beeinflußt. Als ich zum Beispiel in Frankreich lebte, trat ich nie der surrealistischen Bewegung bei. Ich gehörte nicht dazu. Aber es lag in der Luft, und wir nahmen es auf, so wie man heute Psychologie aufnimmt. Surrealismus lag in der Luft, war in allen Büchern vorhanden, in allen Galerien, war überall um uns, es wurde darüber gesprochen, und wir hörten davon. Ob wir nun wollten oder nicht, wir nahmen es auf. Und ob nun diese Frauen es wissen oder nicht, sie werden von Ihnen, von den gebildeten

Frauen, etwas von dem aufnehmen, worüber wir zu sprechen privilegiert sind.
Es dringt in die Öffentlichkeit. Es erscheint in Büchern und wird weitergegeben. Natürlich ist es betrüblich zu sehen, was die Massenmedien übertragen. Das sind unsere größten Feinde. Aber Frauen lesen, oft sogar heißhungrig. Wir versuchen jetzt, auszusondern und unsere eigene Vorstellungen klar zu formulieren. Jemand muß aber den Anfang machen, jemand muß ein Modell entwerfen, jemand, der die Zeit dazu hat. Mein Beitrag ist zum Beispiel mein Interesse an der Psychologie. Auf diese Weise kann ich zur Befreiung der Frau beitragen ... Je nach unserer Fähigkeit und auf unseren Gebieten müssen wir einen Beitrag leisten; auf unsere eigene Weise alles tun, was wir können. Ich schreibe für Zeitschriften.
Wir können Einfluß ausüben, und wir können Änderungen erreichen. Übriggeblieben ist uns allerdings fast nur eine Veränderung: uns selbst und dadurch andere zu ändern. So etwas wächst, es ist wie mit den Zellen. Es beginnt mit einer Zelle und vervielfacht sich dann. Man ahnt gar nicht, was man für einen Einfluß hat, was für ein Wirkungsfeld, wo auch immer oder was auch immer man tut. Ich sehe jetzt Anwältinnen ihre Aufgabe anders erfüllen, ich sehe Historikerinnen. Ich sehe jetzt neue Bibliotheken entstehen, die Bücher über Frauen und von Frauen anschaffen. In Berkeley gibt es eine Bibliothek, die um Schenkung von Büchern weiblicher Autoren bittet, weil dafür dort keine Mittel vorhanden sind. Wir versuchen, eine Geschichte aufzubauen und der Frau Bewußtsein ihrer selbst und ihrer Fähigkeiten zu vermitteln. Sie sehen, wie eine Frau wie Frances Steloff zu einem wichtigen Symbol wird, weil sie ohne jedes Privileg ihren Weg begann und ihr Leben selbst gestaltete. Was ihr den Drang und Antrieb dazu gab, das ist eine Sache für sich. Woher kam das?

F. Wenn ich die Leute von der Frauenemanzipation reden höre, möchte ich gern auch die andere Seite zur Sprache bringen, nämlich daß Männer ebenso wie Frauen unter der mangelnden Entwicklung der Frau leiden. Könnten Sie ein wenig über *Männer* sprechen und die Befreiung des Mannes?

A. N. Oh, lassen Sie sich nicht irreführen. In der Frauenbewegung gibt es mehrere Strömungen. Es gibt Frauen von verschiedenem Typ, Probleme verschiedener Art und verschiedene Wege, sie zu lösen. Manche Frauen fühlen sich im Augenblick so betroffen, sogar ängstlich, daß sie aggressiv und feindselig werden. Machen Sie sich deshalb keine Sorgen, denn meines Erachtens ist sich die Mehrheit der Frauen voll bewußt, daß wir nur alle gemeinsam befreit werden können. Frauen werden am ehesten ihre Freiheit erreichen, wenn dies in Beziehung zu anderen erfolgt: zu Männern, Kindern, Lehrern, Vätern, Müttern. Es gibt natürlich Frauen, die so ängstlich und so unsicher sind, daß sie glauben, durch den Ausschluß der Männer von ihren Gesprächen eine größere Kenntnis ihrer selbst zu erlangen. Das ist nur eine vorübergehende ungeschickte Phase der Frauenbewegung.

Der Mann hat auch die Rollen gehaßt, die ihm aufgedrängt worden sind, und es ist absurd zu sagen, ein Mann darf nicht weinen, sonst ist er kein Mann. Männer sind genauso reglementiert, programmiert und in einengende Rollen gedrängt worden wie Frauen. Als Frau habe ich immer die Notwendigkeit zum Dialog gespürt, dafür, unsere Haltung zu erklären. Da fällt mir ein, Rank pflegte mich an den Rand seiner Vorlesung in roter Tinte schreiben zu lassen, was ich von der Vorlesung hielt. Es war wichtig, es so zu handhaben, es zusammen zu machen und sich auszusprechen und gegenseitig zu überzeugen. Am Ende werden die empfindsamen und intelligenten Männer einsehen, daß eine Frau, die nicht passiv von ihnen abhängt und von ihnen erwartet, daß sie die Welt gestalten, viel eher zu ihrer eigenen Freiheit beiträgt. Wir haben die Männer durch unsere Passivität belastet. Ich glaube an die Frauen innerhalb der Frauenbewegung, die willens sind, die Verantwortung für die *ganze* Sache zu übernehmen: die einsehen, daß es zwei braucht, um eine Beziehung herzustellen, daß zwei die Aussage des Psychoanalytikers akzeptieren müssen, daß wir nicht alles hinnehmen dürfen, was uns gesagt wird, und auch daß Frauen nicht genügend ihre persönlichen Gedanken entwickelt haben. Es ist ein schwieriger Moment für die Männer, weil die Frauen sagen, daß sie zusammen reden müssen, daß sie zusammen *sein* und daß sie ihre Kräfte sammeln müssen. Ich halte das für eine ungeschickte Phase, und viele Frauen haben sie schon überwunden ... Ich denke, wir nähern uns einer viel entspannteren Lage, wo jeder und jede er oder sie selbst *sein* wird – das ist die wirkliche Befreiung.

Als ich zu einer Frauengruppe in Los Angeles sprach, sagte eine Frau: »Sie halten sich für eine emanzipierte Frau.« Ich sagte: »Warum? Bezweifeln Sie es?« Und sie darauf: »Nun, Sie sind nicht lesbisch.« Ich erwiderte: »Emanzipation bedeutet, daß ich sein kann, was immer ich bin, nicht wahr? Was immer ich bin, was immer Sie sind. Es heißt nicht, daß ich etwas anderes werde, was mir nicht entspricht.«

F. Ich muß sagen, daß das Thema der lesbischen Liebe mich zu bekümmern beginnt. Mein Standpunkt ist, daß die Menschen das Recht haben, das zu sein, was sie wünschen. Jetzt scheinen die Ansichten aber gerade den umgekehrten Weg einzuschlagen.

A. N. Jetzt ist es zum Gesetz geworden, ein weiteres Gesetz. Mit anderen Worten: Gerade wenn wir frei werden und als Frauen individuell zu denken beginnen und alle Tabus gegenüber Homosexualität, lesbischer Liebe, jeder Form der Liebe zu beseitigen versuchen, warum soll es da plötzlich heißen, daß man gegen seine Natur angehen muß, um etwas zu sein, das man nicht ist. Es ist genauso eine Beschränkung, wie wir sie früher in der Welt des Mannes hatten. Ist man in einer Sache gescheitert, sei es in bezug auf ein Kind, einen Mann oder eine Frau, betrachten wir es als Schwäche, einfach davonzulaufen und zu sagen, daß man daraufhin eine andere Beziehung aufnehmen wird. Ein Versagen nicht ehrlich zu beurteilen, ist eine Schwäche. Und diese Schwäche wird uns in jede neue Beziehung folgen.

F. Wie ich es verstehe, weigern sich viele Lesbierinnen einzusehen, daß ihre Form der Liebe ein Resultat ihrer gescheiterten Beziehungen zu Männern ist. Das leugnen sie vollständig. Sie behaupten, es läge nicht daran, daß es mit Männern schiefging, sondern daß sie einfach eine sehr starke Zuneigung zu Frauen empfinden.

A. N. Das mag stimmen. Aber sie dürfen das nicht auf alle Frauen anwenden und sagen, daß wir unsere Loyalität gegenüber der Frau nur auf diese Weise ausdrücken können. Ich liebe Frauen sehr, aber daraus ergibt sich nicht, daß lesbische Liebe zwangsläufig meiner Natur entspricht.

F. Nun, die Streitfrage ist, ob Frauenliebe notwendigerweise die Ausübung sexueller Liebe bedeutet. Das steht zur Diskussion. Ob man Frauen lieben kann, ohne sexuelle Beziehungen miteinander zu haben.

A. N. Man kann. Man kann es bestimmt. Ganz und gar und mit sehr tiefer Empfindung.

F. Manche Frauen erscheinen mir so atypisch, daß sie wohl ohne weiteres im selben Verhältnis zu einer anderen Frau stehen könnten wie ein Mann.

A. N. Sicher, und ich glaube, unter Männern gibt es das auch, wenn der eine sehr feminin und der andere sehr aktiv ist. Nein, Sie werden viel subtilere Mischungen finden als nur die zwischen Mann und Frau. Im allgemeinen kommen homoerotische Beziehungen daher, daß eine junge Frau eine ältere bewundert, weil sie wie sie sein möchte, oder daß ein junger Mann den älteren Mann bewundert. Das ist mehr eine Art Heldenverehrung als ein Gefühl für den anderen. Zur altgriechischen Kultur gehörte der reife Mann, der den Jüngling formte.

F. Aber ist das dann nicht die Anerkennung dessen, was einem selbst fehlt und was einen zum anderen hinzieht?

A. N. Ja, aber es bleibt ein Teil von einem selbst. Es ist nicht von einem losgelöst. Wenn ich jemanden liebe, der ist, was ich sein möchte, geht es noch immer um *mich* – nicht um jemand, der völlig verschieden von mir ist oder mir ähnlich und dennoch verschieden – eben den *anderen*. Viel später gewann ich größere Klarheit über die andere Person. June war wirklich nicht die andere. June war eine andere Seite, die unbewußte Frau in mir, zu der ich keinen Zugang hatte oder die ich nicht ausleben konnte. Es hätte auch ein Mann sein können. Zufällig war es eine Frau.

F. Glauben Sie, daß die Unterwerfung unter die Männer eine Folge der Art von Gesellschaft ist, in der wir leben?

A. N. Ja, es ist ererbt. Es wird von einem zum anderen weitergegeben. Das Ideal meiner Mutter wurde zweifellos auf mich als Kind übertragen. Ich habe Ihnen erzählt, wie ich meine spanische Großmutter idealisierte, weil die ganze Familie sagte, daß sie so wundervoll sei, so eine großartige Frau. Ich hörte das immer als Kind und dachte bei mir: »So muß ich auch werden.« Ihr Name war Angela – sehr symbolisch. Solche Dinge sind für uns von Gewicht, sie spielen eine Rolle, und nur durch die Psychotherapie wird man sich bewußt, wie stark einem solche Vorbilder in der Kindheit eingeprägt werden. Immer wenn ich nicht wie meine Großmutter war, hielt ich mich für ein Scheusal. Ich mußte davon loskommen und mir neue Ideale suchen. Nicht das Ideal meiner Mutter und bestimmt nicht das Ideal der Frau, wie es mein Vater sah, und das – Sie wissen es aus den *Tagebüchern* – nicht erstrebenswert war. Und dann die Religion, die mit meiner Lektüre in Widerspruch geriet, so daß ich mit sechzehn aufhörte, eine Katholikin zu sein. Damals schon bekämpfte ich das Dogma. Mir wurde klar, daß jeder Schritt auf dem Wege ein kleiner Abschnitt der privaten Entwicklung sein mußte, ehe man nach außen wirken konnte. Wenigstens war das meine Überzeugung.

F. Wie denken Sie über die Befreiungsbewegung der Frauen in bezug auf das Individuum im Gegensatz zur Gruppe?

A. N. Von Gruppen war natürlich noch nicht die Rede, als ich die verschiedenen Phasen meiner Entwicklung durchlief. Aber wir ersetzten das durch eine sehr enge persönliche Freundschaft zu einer Frau, so daß wir, ohne eine Gruppe zu sein, nur zwei Frauen zusammen, über unsere Probleme, über unsere Schwierigkeiten, über unser Leben sehr aufrichtig sprechen konnten. Das war eine andere Art von Gespräch, als wir es mit dem Mann führten. Die Gruppenarbeit heute erreicht etwas ganz anderes – sie bringt soziale Lösungen. Ich wußte keine Lösungen, was zum Beispiel die Abtreibung angeht. Ich wußte, daß die Frauen darunter litten, ihr Leben verloren, ihr Leben riskierten und daß das Ganze etwas sehr Tragisches für eine Frau war. Aber die Lösung wußte ich nicht, denn allein schafft man das selten.

Solche Probleme müssen von der Gruppe angepackt werden, und wenn man Jurisprudenz oder Geschichte studiert, dann lernt man, daß es sich hier um soziale Probleme handelt. Die einzigen Probleme, die ich lösen konnte, waren psychologischer Art, wie man sie selbst durch Bewußtseinsbildung oder mit gegenseitiger Hilfe bewältigen kann. Das eine ist so wertvoll wie das andere. Es ist aber meine feste Überzeugung, daß der einzelne, der an seiner eigenen Entwicklung gearbeitet hat, der Gruppe etwas zu geben hat, und daß wir einen großen Teil unserer Arbeit außerhalb der Gruppe tun sollten, damit wir der Gruppe nicht nur unsere Probleme bringen, sondern auch einige Lösungen – solche, zu denen man allein gekommen ist.

F. Aber meinen Sie nicht, daß die Gruppe dem einzelnen helfen kann, dieselbe Entfaltung und Entwicklung zu erlangen, wie Sie sie allein erreicht haben?

A. N. Das ist eine Gefahr, die ich bei der Gruppe immer sah, nämlich: Stärkt sie den kreativen Willen des einzelnen oder ist man von der Gruppe abhängig in bezug auf die eigene Entwicklung? Daß ich es allein vollbringen mußte, habe ich nicht bedauert. Es war ein einsames Unterfangen, und es war schwieriger, und ich wäre sehr gern mit anderen Frauen zusammengewesen, die ebenfalls schrieben, so daß wir uns gegenseitig hätten ermutigen können. Aber diese Ermutigung habe ich in Paris gefunden, denn die Schriftsteller dort waren kameradschaftlicher, und es gab keinen Konkurrenzkampf. Ich fand eine Brüderschaft der Schriftsteller. Miller, Durrell und ich ermutigten und bestärkten einander. Wir brauchen zwar die anderen, aber ich möchte auch sagen, daß die Gruppe uns schwächen kann. Denn wir denken dann wie die Gruppe und lernen nicht, allein zu denken. Wir lernen nicht, unsere Sorgen zu tragen, und wir lernen nicht, selbst mit ihnen fertig zu werden. Wenn wir uns dann so allein fühlen wie Sylvia Plath, finden wir keinen Ausweg.

F. Angenommen, Frauen würden in derselben Weise wie Männer aufwachsen, mit denselben Erwartungen, glauben Sie, daß sie dann genau wie Männer dächten, oder glauben Sie, daß trotzdem noch ein Unterschied vorhanden wäre?

A. N. Ich hoffe, daß ein Unterschied bestehen wird. Der Unterschied ist da. Ich glaube, daß die Beschränkungen, die der Frau auferlegt wurden und die sie die persönliche Sphäre stärker empfinden ließen, etwas sehr Gutes hervorgebracht haben. Während die Männer sich mit den Begriffen Nation, Statistik oder abstrakter Ideologie abgaben, blieben die Frauen auf die Welt des Persönlichen beschränkt und wurden dadurch menschlicher. Jetzt, wo sie anfangen, über ihre Grenzen hinauszugehen, können sie hoffentlich der Welt den Sinn für den persönlichen Wert der Menschen bringen, ein wenig Einfühlung und ein wenig Mitgefühl.

F. Wenn ich Sie recht verstehe, wollen Sie, daß die Frau gleichrangig in die Welt des Mannes eintritt, aber darüber hinaus würden Sie es vorziehen, wenn die Werte, die von der Persönlichkeit der Frau ausgehen, mehr zur Geltung kämen und größere Bedeutung für die Welt im ganzen erlangten?

A. N. Ja, dem möchte ich zustimmen. Und ich hoffe, daß die Frau diese Werte in die großen Aufgaben und Unternehmungen unserer Zeit hineinbringt. Ich habe Kritikerinnen und

Anwältinnen beobachtet, und ich sehe einen Unterschied (außer bei denen, die den Mann nachgeahmt haben und nur dadurch etwas erreichen konnten). Ich meine die Frauen, die ihre Weiblichkeit wirklich bewahrt haben. Beispielsweise widmen Rechtsanwältinnen der menschlichen Situation mehr Aufmerksamkeit, und Kritikerinnen sind weniger darauf aus, ihre persönliche Überzeugung geltend zu machen, wie man ein Buch hätte schreiben sollen. Sie sind eher geneigt, auf die Anschauungen des Autors einzugehen. Lange Jahrhunderte des Zuhörens, lange Jahrhunderte des Hinnehmens, der Aufnahmefähigkeit, hochentwickelte Eigenschaften, die in mancher Beziehung Beschränkungen waren, wurden so zu einer besonderen Gabe.

F. Sie sind eine sehr schöne Frau, und es kann keinen Zweifel daran geben, daß sie sehr weiblich sind und interessant und schön sein wollen. Manche Frauen meinen aber heute, daß Schönheit für eine intelligente Frau eine Bedrohung ist und daß sich eine intellektuelle Frau um ihr Aussehen keine Gedanken machen soll. Waren Sie sich dieses Konfliktes je bewußt; war es je ein Problem für Sie?

A. N. Nein, ich habe immer gefunden, daß das zur Natur der Frau gehört, und ich sehe da keine Bedrohung. Ich habe nie den Eindruck gehabt, daß meine intellektuellen Beziehungen mit Männern dadurch gestört wurden. Wenn mir an einer Beziehung auf intellektueller Ebene lag und das mein besonderes Interesse an der betreffenden Person war, dann ließ sich das genauso durchführen wie mit einer Frau. Es gibt keinen Grund, warum die sexuelle Wechselwirkung eine Bedrohung für die Frau sein sollte. Etwas anderes ist der Schönheitskult, gegen den sich die Frauen gewehrt haben. Das ist eine verständliche Rebellion gegen die modische Vermarktung und übermäßige Standardisierung der Schönheit, gegen den Versuch der Modeindustrie, die Frauen glauben zu machen, daß sie nichts sind, wenn sie nicht den vorgeschriebenen Grad von Vollkommenheit erreichen. Aber das ist eine negative Reaktion. Jede Frau sollte ihre natürliche Schönheit entfalten, was nicht heißt, daß wir wie Mannequins in *Vogue* oder *Harper's Bazaar* aussehen müssen. Es ist eine falsche Lösung, gegen das gute Aussehen Front zu machen. Dadurch wird unser Verhältnis zu Männern unaufrichtig.

F. Können Sie etwas mehr über die Beziehungen zum Mann

sagen. Ich habe wirklich gute Beziehungen zu Frauen, aber lausige zu Männern. Und ich möchte gern davon wegkommen, wissen Sie, und mich mit den Männern besserstellen, aber es fällt mir sehr schwer.

A. N. Übereilen Sie es nicht: Übereilen Sie nichts! Arbeiten Sie erst an sich, dann sind Sie eher in der Lage, mit der Umformung fertig zu werden, in die der Mann einbezogen ist, oder Verbindungen anzuknüpfen und Beziehungen herzustellen. Ich habe Freunde, die mich auszulachen pflegten, wenn ich sagte, daß eine Beziehung erarbeitet werden müsse. Sie hielten Beziehungen für ein Wunder; es ereignet sich zufällig, wir finden es, es ist auf einmal da. Das ist aber nicht wahr. Für mich hat sich das nie als richtig erwiesen. Ein Freund war erstaunt darüber, was sich alles in einem solchen Verhältnis im Laufe der Zeit abspielte. Und ich sagte: »Ja, wir haben es erarbeitet. Diese Freundschaft wurde durch Gespräche, durch Kämpfe, durch Krisen gebildet.« Warten Sie also, bis Sie sich mit sich im reinen fühlen, dann sind Sie auch den Männern gewachsen, und Sie werden sich sogar mit der Tatsache auseinandersetzen, daß die Männer sich auch nicht besser fühlen.

Sich anderen Frauen zuzuwenden, um Vertrauen zu finden, ist nur eine vorübergehende Erscheinung. Wahrscheinlich ist es gerade jetzt eine Notwendigkeit. Ich mußte mir zum Beispiel mein Selbstvertrauen neu aufbauen, das durch meinen Vater völlig zerstört worden war. Er ließ nichts an mir, denn er war übertrieben kritisch. Er war ein Vollkommenheitsfanatiker und außerdem noch ein spanischer Vater. Und das ist wahrlich eine Mischung! Als alles kaputt war, mußte ich neu aufgebaut werden. Es traf sich so, daß mir Männer dabei halfen. Ich hatte das Glück, daß mein Vertrauen durch eine Ehe, durch einen Mann gestärkt wurde! Dieses spezielle Problem hatte ich also nicht, aber ich hatte ein anderes.

F. Sie haben gesagt, daß empfindsame Männer immer in der Lage waren, mit Frauen umzugehen. Was ist aber mit den anderen? Können sie sich jemals einfühlen und Frauen verstehen?

A. N. Wenn wir ihnen helfen. Wir sind schließlich die, welche die Männer machen. Wenigstens ziehen wir die Knaben auf, und werden es hoffentlich noch weiter tun.

F. Werden wir dadurch die verschiedenen Geschlechter durch ein Zwittertum ersetzen?

A. N. Nicht notwendigerweise. Es bedeutet, daß wir die Ansicht des anderen verstehen, seine Sprache sprechen können. Wie ich einmal in den *Tagebüchern* sagte, müssen wir die Frau für den Mann und den Mann für die Frau »übersetzen«. In einem Sinne sind wir natürlich alle Zwitter. Wir alle haben männliche und weibliche Eigenschaften. Aber wir haben sie in unterschiedlicher Größenordnung. Das ist wirklich nicht so wichtig. Wenn wir aber die Söhne erziehen und die Männer, wird viel davon abhängen, welches Gefühl wir ihnen vermitteln. Manche militanten Frauen haben die Männer erschreckt, was nicht eben wirkungsvoll war.

F. Hat der Verlauf der Frauenbewegung Sie überrascht, oder sahen sie ihn als unvermeidliche Phase der menschlichen Evolution?

A. N. Nein, ich habe vor langer Zeit das Buch *Cosmic Consciousness* (Kosmisches Bewußtsein) gelesen. Ich erinnere mich nicht mehr an den Verfasser, aber es war ein Mann mit einem langen weißen Bart, und er sagte diese Entwicklung voraus auf eine sehr mythische und okkulte Weise, die wir belächelten. Aber ich erinnerte mich – die Revolution der Schwarzen und die Revolution der Frau. Und das hat sich auch früher in der Geschichte abgespielt. Es gab da Zeiten, wo Frauen schon außerordentliche Stellungen in der Geschichte einnahmen, und ich war immer sehr froh, wenn sich das ereignete. Ein Aspekt überraschte mich allerdings, der zornige Aspekt, mit dem ich mich nicht identifizieren wollte. Mit allem anderen war ich einverstanden.

F. Haben Sie Fehler in der feministischen Bewegung gesehen?

A. N. Was ich am Anfang sah, war ein Durcheinander. Ich sah viele feindselige und zornige Frauen, die nicht wußten, worauf sie zornig waren, und die zeterten und vulkanische Ausbrüche produzierten. Davon sieht man viel weniger. Ich sehe eine größere Einigung und eine wirkungsvollere Aktion in der Bewegung. Ich weiß nicht genau, was Sie unter Fehlern verstehen. Der schwache Punkt war die Blindheit – verursacht vom Zorn. Der schwache Punkt bestand darin, daß man keine Einigung erzielte, um die erstrebten Ziele zu erreichen. Die Frauen versuchen jetzt aus ihrer Enge herauszukommen, und damit beschäftigen sie sich in erster Linie. Meiner Ansicht nach wird sich das alles ausgleichen. Wir wissen sehr wohl, daß es

Männer gibt, die alle schon erwähnten Eigenschaften besitzen und die humanistisch gesinnt sind.
Aber wir befinden uns zur Zeit an einem sehr kritischen Punkt. Wir sehen, daß die Entwicklung der Frau der des Mannes nachhinkt. Daher wird er es uns nachsehen müssen, wenn der Nachdruck auf *ihr* liegt, der Frau.

F. Ich finde, daß die Bewegung koordiniert sein muß, sonst gibt es überhaupt keine Bewegung.

A. N. Alles muß koordiniert werden. Der Beweis ist, daß *Sie* hier sind. Es gibt aber auch zeitweilig Aufgaben für die Frau, die sehr intensiv, sehr anspruchsvoll und sehr eingleisig sind. Denn wir haben einige Zeit aufzuholen. Wir haben viel aufzuholen. Wir müssen den Anschluß gewinnen. Wir kennen nicht einmal unsere Schriftstellerinnen; wir kennen nicht einmal unsere Künstlerinnen. Wir sind erst dabei, die Frauen zu entdecken. Wir haben sehr viel Arbeit zu tun, und ich hoffe, daß die Männer währenddessen geduldig sind.

F. Eine weitere Frage, ob sich nicht nur die Frauen auf die Frauen, sondern auch die Männer auf die Frauen einstellen müssen.

A. N. Die Männer müssen sich auf die Frauen einstellen, und darum soll man sie nicht vor den Kopf stoßen. Ich möchte auch nicht, daß die Frauen, die dogmatischen Feministinnen mich vor den Kopf stoßen. Denn ich kann von Nutzen sein. Das ist meine inständige Bitte. Ich will nicht von einem Magazin verärgert werden, das behauptet, wenn man nicht lesbisch ist, ist man keine Feministin, oder daß man keine Feministin ist, wenn man nicht ihre besondere Sprache anwendet, oder daß man keine Feministin ist, wenn man nicht Kate Milletts Buch Wort für Wort bejaht. Das will ich damit sagen. Ich will nicht, daß einem ein Dogma aufgezwungen wird. Nachdem ich jedes Dogma in der Welt bekämpft habe – vom katholischen bis zum psychologischen und zum psychoanalytischen –, um zu meiner eigenen weiblichen Vorstellung zu kommen, werde ich gewiß nicht hinnehmen, daß man mir vorschreibt, wie ich befreit werden kann oder wie andere Frauen zu befreien sind.

Die Frau legt den Schleier ab

Wir sind Zeugen eines für die Frauen höchst bedeutsamen Vorgangs. Obwohl es ihnen nicht bewußt war, sind die Frauen bei uns genauso verschleiert gewesen wie im Orient. Sie haben ihre Gedanken verschleiert, denn eine lange Tradition hatte sie gelehrt, ihre Gefühle für sich zu behalten. Sie haben sich nicht zu erkennen gegeben. Sie haben geschrieben wie Männer, gemalt wie Männer, und wir wußten überhaupt nicht, was sie empfanden. Aber jetzt sind auch wir an dem Punkt angelangt, wo die Frauen den Schleier ablegen. Das ist genauso einschneidend wie die Entschleierung der orientalischen Frauen. Wir enthüllen unsere Gedanken, wir enthüllen unsere Gefühle, und dafür brauchen wir äußerst ausdrucksfähige, redegewandte Frauen, die wenigstens sich selbst kennen, die wissen, wer sie sind und was sie anderen zu sagen versuchen.

Jetzt, da die Frauen wirklich bestrebt sind, den Schleier abzulegen, sich zu demaskieren und ihre wahre Natur zu zeigen, ist der Augenblick gekommen, wo sie ihre Ausdrucksfähigkeit verfeinern und zu größtmöglicher Beherrschung ihrer Sprache gelangen müssen, damit wir miteinander reden können. Ich meine damit aber nicht die Art, wie wir uns üblicherweise unterhalten und wie Ionesco sie in *Die Stühle* beschrieben hat. In diesem Stück sitzen zwei Leute herum und sprechen stundenlang über das Wetter, die Steuern und über gar nichts... Ich meine die andere Art des Redens, die zum innersten Selbst eine Beziehung hat.

Ich wünschte mir, daß die Frauen sich über ihre Gefühle klarwerden und darüber sprechen können, damit sie den Männern unseren Standpunkt bewußt zu machen versuchen. Und Bewußtheit hat meines Erachtens etwas mit Sprache zu tun. Lange Zeit haben wir Lektüre und Literatur verunglimpft. Aber Literatur lehrt uns, miteinander zu reden, und ich möchte, daß die Frauen sich ihre eigene Sprache schaffen. Sie sollen nicht kämpfen wie Männer, sondern danach streben, eine Sprache für ihre Gefühle zu finden, eine Sprache für die Dinge, welche aus dem Unbewußten kommen, welche instinktiv sind.

Das Bedürfnis nach einer eigenen Sprache, die Notwendigkeit, gut zu schreiben und sich klar auszudrücken, ist zu diesem Zeitpunkt für die Frau fast genauso wichtig wie ihre eigentliche Weiterentwicklung. Die *Tagebücher* zeigten es: je mehr ich schrieb, desto klarer war mein Denken – und je mehr ich mich ausdrückte, desto fähiger war ich, den Männern oder Künstlern um mich herum meine Gefühle und meinen Standpunkt zu erklären. Die Sprache spielt eine ganz wesentliche Rolle, und die Sprache im ersten Teil der *Tagebücher* ist nicht so ausdrucksstark wie im zweiten oder im dritten. Und am Ende war es das Schreiben, was mich in die Lage versetzte, mit anderen zu reden. So kann ich nicht genug unterstreichen, wie wichtig heute für die Frau die Fähigkeit ist, sich auszudrücken, wie nötig, die Sprache zu pflegen. Denn was erzeugt immer wieder Mißverständnisse, Befremden und Entfremdung, wenn nicht die Unfähigkeit zu sprechen, die Unfähigkeit zu schreiben. Sie müssen aber schreiben, und Sie müssen sprechen. Wir brauchen diese Selbstdarstellung der Frau. Sie muß ihr wahres Wesen nicht nur selbst kennenlernen, sie muß es auch anderen offenbaren.

Ich verdanke dem Schreiben alles. Ich verdanke dem Schreiben, daß ich hier sitzen und mit Ihnen sprechen kann. Denn mit zwanzig war ich stumm. Ich weiß, Sie glauben das nicht, aber ich sprach kein Wort. Und eine Tante, die uns einmal besuchte, sagte zu meiner Mutter: »Du tust mir wirklich leid, daß du ein unnormales Kind hast.« Als ich dreißig war, hörte ich immer nur zu und sagte selber nie etwas. Ich war richtiggehend stumm. Also brachte ich mir das Sprechen bei, und ich verdanke es dem Schreiben, daß wir jetzt miteinander reden können. Für mich ist das gar keine Frage, es besteht gar kein Zweifel, welche Bedeutung das für unser Leben hat.

Jetzt kann ich mich mit Frauen verständigen, die sehr weit weg sind – in Japan, Polen, Italien, Kanada, auf der ganzen Welt –, und zwar dank unserer gemeinsamen, rein weiblichen Erfahrung, nämlich des Kampfes, der Teil unserer Erfahrung ist, dieses zusätzlichen Kampfes, den wir führen, um unabhängig zu werden, und den die Männer nicht zu führen brauchen.

Deshalb verknüpfe ich Sprachvermögen und Selbstentfaltung. Die Frauen *brauchen* jetzt die Ausdrucksfähigkeit, wenn sie ihre Identität finden wollen, wenn sie sich zu entfalten suchen, wenn sie andere Dimensionen in ihrem Leben entdecken möchten. Denn Ausdrucksfähigkeit ist mit unserer Bewußtheit

verbunden. Wir können uns ohne die Sprache nicht einer Sache bewußt sein. Unsere Bewußtheit hängt gewissermaßen mit der Sprache zusammen. Darum müssen die Frauen jetzt unbedingt lernen, sich zu artikulieren und auf ein Ziel zu konzentrieren, denn bisher war eine Kombination von Instinkt, Gefühl, Intellekt und Beobachtung, also eine Synthese, die wir Intuition nennen, die Grundlage ihres Handelns.
Man könnte sagen, Frauen haben oft einen unscharfen Brennpunkt. Ich meine eine verschwommene Bewußtheit. Da sie sensorisch veranlagt sind, empfinden sie mit ihrem ganzen Körper, und alle Sinne wirken stärker zusammen als im Manne, der sich einer abstrakten Ideologie hingeben kann. Obschon sich Frauen heute der abstrakten Mathematik und abstrakten Wissenschaft widmen können – ich meine nicht, daß sie dafür unfähig sind –, sind sie meist ganzheitlich beteiligt, und dazu ist eine viel komplexere Sprache und Ausdrucksfähigkeit nötig.
Der Standpunkt der Frau war immer viel schwieriger erklärbar als der des Mannes. Wenn ich es so ausdrücken darf: der Mann filtert seine Gefühle durch die Vernunft, die Frau nicht. Frauen denken emotional. Ihre Sicht gründet auf Intuition. So kann die Frau sehr wohl einen Eindruck von irgend etwas haben, aber dabei außerstande sein, ihn zu formulieren. Ich fand es am Anfang äußerst schwierig, meine Empfindungen zu beschreiben. Wenn man aber zur Psychoanalyse geht, ist die Frage stets: »Was haben Sie dabei *empfunden*?« nicht: »Was haben Sie gedacht?« Und da die Frau meist nicht den zweiten Schritt getan hat, nämlich Ihre Intuition zu erklären – wodurch sie zu den grundlegenden Elementen vordränge –, ist sie nicht imstande, sich ganz klar auszudrücken.
Ich habe es versucht (ob mit Erfolg oder nicht, bleibe dahingestellt), und da ich ein Tagebuch schrieb, von dem ich annahm, daß es keiner lesen würde, konnte ich einfach das festhalten, was mein Eindruck von Menschen und Dingen war, ohne den zweiten Schritt zu tun. Den zweiten Schritt ermöglichte die Psychoanalyse, die insofern auch eine Methode der Verständigung mit dem Mann war, als man die eigenen Gefühle vernunftmäßig zu erfassen suchte, damit sie dem männlichen Intellekt verständlich erschienen. Denn es besteht meines Erachtens ein Unterschied, der aber im Verschwinden begriffen ist. Wenn die jüngere Generation ihre Erfahrung mit der

Psychoanalyse macht, wird sie nämlich entdecken, daß sich die Träume beider Geschlechter gleichen, daß das Unbewußte universal ist und daß *dabei* alles vom Gefühl und Instinkt herrührt und keinen Rationalisierungsprozeß durchlaufen hat. Kurzum, es handelt sich hier um eine weibliche Betrachtungsweise.

Die bekannte Kommentatorin Maryanne Mennes fragte einmal beim Fernsehen an, ob sie nicht politische Beiträge übernehmen könnte. Man sagte ihr: »Frauen sind nicht logisch.« Worauf sie antwortete: »Sind etwa heutzutage die Ereignisse und die Geschichte logisch?«

Vielleicht ist Ihnen bekannt, daß D. H. Lawrence einen großen Teil seiner Frauenkenntnis dadurch erwarb, daß er das Tagebuch seiner ersten Liebe las. Er suchte immer die Gefühle der Frauen zu verstehen. Er war ihnen gegenüber nicht gleichgültig, aber er fand es eben schwer, sie zu begreifen. Wir schulden ihm jedoch unendlichen Dank dafür, daß er sich bemüht hat, eine Sprache zu finden, die für mich der Anfang einer Pioniertat war – nicht die Sprache der Ideen, die so leicht zu finden ist, der Gedanken und Vorstellungen, sondern die Sprache der Gefühle, Instinkte, Emotionen und Intuitionen, mit einem Wort: die schwierigste aller Sprachen.

Es gibt auch noch ein besonderes Problem, das Frauen in bezug auf das Schreiben haben und Männer nicht. Das ist das Schuldgefühl. Irgendwie hat die Frau das aktive Handeln, den kreativen Willen immer mit der Vorstellung des Männlichen assoziiert, woraus ihre Befürchtung resultiert, daß Aktivität eine aggressive Handlung sei. Die Kultur hat ja von der Frau keine Leistung gefordert, sie forderte sie vom Mann. Folglich hatte der Mann kein Schuldgefühl, wenn er sich einschloß, einen Roman schrieb und seine Familie drei Monate vernachlässigte. Aber in den Frauen war das Gefühl geradezu herangezüchtet worden, daß ihre oberste Pflicht in ihrem Familienleben läge und daß ihr Schreiben etwas mit Selbstdarstellung zu tun hätte. Sie verwechselten das mit Subjektivität und Narzißmus, während wir nie von einem Schriftsteller als einem Narzißten gesprochen haben.

Das sind ganz echte Probleme, und Virginia Woolfs *Zimmer für sich allein* ist manchmal unmöglich zu bekommen. Die Künstlerin Judy Chicago, die die Frauenbewegung in Los Angeles leitet, hat erzählt, daß sie dort alle Malerinnen

besucht, aber bei keiner ein eigenes Atelier gefunden habe. Der Gatte war Maler und besaß ein Atelier getrennt vom Haus, wo er arbeiten konnte und weg von den Kindern war. Die Frau indessen malte in der Küche, bei den Kindern oder in einem Schlafzimmer. Sie blieb ein Teil des Hauses. Eine meiner Freundinnen ist Schriftstellerin. Sie und ihr Mann nahmen sich ein Studio neben dem Haus, denn er ist Schriftsteller. Er schreibt über Indianer. Sie aber muß ihr Buch im Haus schreiben, und da sind die Kinder, Störungen, Besucher. Mit alledem muß die Frau fertig werden.
Ich möchte Ihnen aber jetzt eine Lebensgeschichte erzählen, wo es sich ganz anders verhält. Es handelt sich um ein Künstlerehepaar: sie ist Malerin, und er ist Bildhauer. Die Frau begann mit einem Mal mit Frauengruppen zu sprechen und zu merken, daß ihr ein starres Rollenverhalten aufgezwungen war: Mutter zu sein, zu einer bestimmten Zeit zu Hause zu sein, um das Essen zu machen. Ihre Pflichten engten sie ein und erdrückten sie. Schließlich spürte sie, daß sie ausbrechen mußte. Sie brach aus mit Hilfe einer Gruppe für Bewußtseinssteigerung, mietete ein Atelier und blieb sechs Wochen allein. Als sie dann zurückkam, um die Probleme durchzusprechen, stellte sie plötzlich fest, daß das Rollenverhalten, von dem sie meinte, ihr Mann und ihr Sohn hätten es ihr aufgezwungen, in ihr selber begründet war. Die andern erwarteten gar nicht, daß sie zu Hause war und Essen machte; sie konnten es selbst tun. All die vermeintlich starren Pflichten, die verhindert hatten, daß sie frei malen konnte oder weitermalen konnte, wenn ihr danach war, waren selbstauferlegt. Ihr Mann war völlig damit einverstanden, ihr bei der Hausarbeit zu helfen und ihr ein vom Haus getrenntes Atelier zu geben, damit sie nicht zu wissen brauchte, was im Haus vorging. Mann und Sohn waren absolut bereit, ihr Essen selbst zu kochen. So entdeckte sie, daß das meiste, was sie bedrückte, auf sie selbst zurückzuführen war. All dies ist erst kürzlich geschehen, und so meine ich, daß wir, wenn wir uns einige der vermeintlichen Beschränkungen genauer ansehen, erkennen werden, daß gar nicht der andere sie uns aufzwingt. Ich glaube natürlich, daß wir uns gegenseitig erziehen müssen. Wir müssen einander sagen, worunter wir leiden, und *wissen*, worunter wir leiden. Daher bitte ich die Frauen immer wieder, sich ganz deutlich zu äußern, denn nur wenn sie aussprechen können, worunter sie

leiden, werden sie am Ende Mithilfe und Zusammenarbeit erreichen.

Ich brauchte selber lange, um zu begreifen, daß ich mir nicht dauernd Gedanken darüber machen sollte, in Konfliktsituationen zu geraten, indem ich immer alles in Gegensatz brachte: entweder schreibe ich Tagebücher oder Romane, entweder bin ich eine Ehefrau oder eine prominente Persönlichkeit, entweder dies oder das. Jetzt weiß ich, daß ich sehr wohl alles machen kann. Ich akzeptiere alles, und sobald die Konflikte aufhören, findet man erstaunlicherweise die Energie, alle die Dinge zu tun, von denen man geglaubt hatte, man müsse zwischen ihnen wählen und sie eliminieren. Auf diese Weise finde ich jetzt Zeit zu schreiben, Zeit zu korrespondieren. Ich finde Zeit für meine Freunde und Zeit für mein Privatleben. Denn ich bin nicht in einer Zwickmühle. Ich verbrauche meine Energie nicht damit, eine Möglichkeit gegen die andere auszuspielen. Beim Schreiben fühle ich mich nicht gestört, wenn mich jemand um Hilfe bittet oder in einer schwierigen Angelegenheit um Rat fragt. Es ist nämlich das Hinundhergerissensein, es sind die Konflikte, die uns aufreiben. Und es ist überraschend, wieviel man doch leisten kann, ohne ständig eliminieren zu müssen.

Der andere Konflikt besteht nun darin, als Frauen kreativ zu sein, denn wir haben anders geartete Erfahrungen und einen anderen Standpunkt. Wir sind von Männern erzogen und von Männern geformt worden. Der Mann hat die Seele erfunden, er hat die Psychologie erfunden; er lehrt uns auch die Künste. Darum war es für die Frau sehr schwierig, wirklich als Frau zu schreiben. Ich entging dieser Schwierigkeit nur deshalb, weil ich nie eine formale Erziehung hatte, so daß ich meinen eigenen Weg ging und meinen eigenen Stil finden und meine eigenen Erfahrungen sammeln mußte. So war es für mich einerseits härter, andererseits tat es mir aber gut, denn ich mußte meine eigene Sprache als Frau finden, eine andere Sprache als die von Miller oder Durrell oder der anderen Männer um mich herum.

George Sand verkörperte für mich wirklich die Vorstellung der Frau, die schöpferisch zu werden beginnt und dabei denkt, sie müsse eine männliche Rolle annehmen. George Sand, man erinnert sich, pflegte Hosen zu tragen, Zigarren zu rauchen und sich einen kleinen Dolch in den Gürtel zu stecken. Als ich im Anfang mein Buch über D. H. Lawrence schrieb, dachte ich,

ich könnte in dieser Zeit nur schreiben, wenn ich lange Hosen trüge und einen Männernamen annähme, ein Pseudonym wie George Sand oder George Eliot. Aber ich kam schnell davon los, weil ich mit Dr. Rank zusammenarbeitete. Er zeigte mir, daß die Frau eine falsche Auffassung vertrat, wenn sie glaubte, daß sie dem Manne den Schöpfungsdonner raubte, daß sie dazu kein Recht hätte und daß sie sich nur durchsetzen könnte, wenn sie ihn nachahmte. Das hatte eine verheerende Wirkung auf die Schriftstellerinnen einer gewissen Periode und auf viele unserer heutigen Autorinnen... Wir sind jetzt im Begriff, uns darüber einig zu werden, daß wir nicht wissen, bis zu welchem Grad ein jeder von uns etwas von dem besitzt, was man männliche Eigenschaften, Kreativität oder Wille oder Mut nennt.

Was wir zu erkennen haben und was wir zu vermeiden suchen, das ist der Zwang, eine falsche Rolle zu spielen. Wenn eine Frau die schöpferische Kraft von George Sand, Rebecca West oder der anderen von mir Genannten hat, sollte sie diese Kraft freisetzen können, ohne daß sie Schuldgefühle hat oder daran denkt, ihr Geschlecht umzuwandeln oder ihre Weiblichkeit aufzugeben. Ich weiß, daß ich dazu in der Lage war – nicht am Anfang, aber in meinem späteren Leben. Ich mußte unterscheiden lernen zwischen dem falschen Selbst, das meine Kultur und meine Religion mir als Frau aufgezwungen hatten, und dem wahren Teil meiner Weiblichkeit, den ich erhalten wollte.

Sie haben bestimmt alle die Biographie von Zelda Fitzgerald gelesen. Das ist für Frauen eine wichtige Lektüre. Es gibt in dem Buch eine sehr dramatische Begebenheit, die beinahe die Ursache, den Beweggrund, den Beginn ihrer Geisteskrankheit verrät. Sie hatte ein Tagebuch geschrieben, und ein seinerzeit sehr berühmter Kritiker wollte es veröffentlichen. Aber ihr Mann sagte: »Auf gar keinen Fall. Ich brauche dieses Tagebuch für meine eigenen Romane, und ich will es verwenden.« Auf diese Episode wird in zwei Biographien von Zelda verwiesen. Mir fällt sie mehr ins Auge als vielleicht andere, denn ich spürte, daß das der Hemmfaktor ihrer schriftstellerischen Laufbahn war. Sie stand unter dem Eindruck, daß ihr Mann es zu gut konnte. Sie fühlte sich einfach von seinem Talent unterjocht. Sie bewunderte ihn. Sie gab ihre eigene Arbeit auf. In diesem Augenblick gab sie eine Form der Existenz oder der

Kreativität auf, die sie hätte retten können. So versuchte sie sich an anderem, wofür sie nicht begabt war: Malen, Tanzen, lauter Ersatzhandlungen, die nichts fruchteten. Zeldas Tragödie zu untersuchen, halte ich für sehr aufschlußreich. Ich glaube wirklich, daß das Schreiben ihre Tragödie hätte abwenden können, daß es ihr ein ausgefülltes Leben als Künstlerin ermöglicht hätte.

Ich habe immer Schriftstellerinnen gelesen, und ich war über eine Bemerkung von Judy Chicago, einer der führenden Feministinnen, sehr betroffen. Sie sagte: »Ich habe vor zwei Jahren angefangen, Schriftstellerinnen zu lesen.« Ich habe geantwortet: »Warum erst vor zwei Jahren? Ich habe sie von jeher gelesen, ich habe immer ihr Anliegen und ihre Konzentrierung auf das Persönliche wahrgenommen und anerkannt.«

Und genau die Konzentrierung auf das Persönliche ist von Männern sehr abfällig kritisiert worden als ein sehr kleines Königreich, als eine unbedeutende Welt, eine Welt, die kein Format besaß, weil sie sich nicht mit den größeren Vorgängen der Geschichte befaßte. Mit anderen Worten: sie machten eine seltsame Unterscheidung zwischen der größeren Welt und dem Wesen der persönlichen Welt, welche die Frau wegen ihrer vorgeschriebenen Lebensbahn und den ihr auferlegten Beschränkungen vervollkommnete – zu eben dieser persönlichen Welt, diesem kleinen Königreich. Wenn man aber die Kritiker liest, sieht man, wie die Frauen gerade wegen dieser Orientierung verächtlich gemacht werden.

Als die große französische Schriftstellerin Colette als Mitglied für die Académie Française nominiert wurde, betrafen die Einwände gegen sie gewiß nicht ihren schönen Stil, sondern den Umstand, daß die von ihr behandelten Themen nicht umfassend genug wären. Sie behandelte die Liebe zwischen Mann und Frau, sie behandelte ihr Leben auf der Bühne, die Beziehungen zwischen Frauen und Frauen! Und das wurde alles nicht als ein echtes großes Engagement betrachtet, sondern nur als weniger bedeutend. Das ist eine erstaunliche Auffassung, wenn man sie überprüft. Die Quelle unseres menschlichen Lebens, die Quelle unseres persönlichen Glücks hängt doch allezeit von dieser persönlichen Welt ab. Von dorther beziehen wir unsere Eingebung und unsere Arbeitsenergie, und sogar die Künstler haben von dort ihre Schaffens-

kraft. Um es anders zu sagen, die persönliche Welt ist normalerweise der Mittelpunkt unseres Lebens. Die Frau hat sie zum Mittelpunkt gemacht, aber nicht zu einem unbedeutenden!
Als ich zwanzig und dreißig war, wurde mir vorgeworfen, ich wäre subjektiv und nur mit der persönlichen Welt befaßt. Durch mein eigenes Werk wurde mir aber plötzlich klar, daß man die Quellen unseres menschlichen Lebens und unserer Humanität erreicht, wenn man tief genug in das Persönliche eindringt. Nun habe ich an diesem großartigen Wendepunkt für die Frau die große Hoffnung, daß sie sich darauf besinnt, daß es ja ihre besondere Gabe ist, dem persönlichen Leben so nahe verhaftet zu sein und darin außerordentlich wichtige Werte entdeckt zu haben: den Wert des menschlichen Lebens, den Wert der zarten Empfindung, die Einfühlung in die Stimmungen der anderen, das Bedürfnis nach Mitgefühl, Mitleid und Verständnis, lauter Dinge, welche die Frauen tagtäglich in ihrem Alltagsleben, in ihren kleinen Königreichen verwirklichen.
Als ich das Buch über Lawrence schrieb, handelte es sich wirklich um einen Liebesbeweis, und es stand ganz im Einklang mit meiner Art, die Dinge zu sehen. Ich glaube nämlich nicht an objektive Kritik. Der Mann hat auf trügerische Weise objektive Kritik in die Welt gesetzt, um sich von den Dingen abzusondern, um sich von dem, was er sah, zu distanzieren. Das bringt einen aber der Wahrheit nicht näher, als wenn man miteinbezogen wird. Es beraubt einen auch der Erfahrung. Alles hängt davon ab, was Sie wollen; ob Sie ein akademischer Kritiker sein wollen, der sich einsetzt und eine kühle analytische Untersuchung schreibt, oder ob Sie das Werk erleben wollen. Als ich das Buch über Lawrence schrieb, sagte ich, daß es die Pflicht des Kritikers sei, zu verstehen und anderen zu verdeutlichen, aber zuallererst müsse man Liebe zu dem Werk haben und sich mit ihm identifizieren. Ich habe über Lawrence nicht objektiv geschrieben. Meine kritische Fähigkeit lag einfach in dem Bedürfnis zu analysieren, um etwas zu klären.
Eine ungewöhnliche Frau, Sharon Spencer, die erst etwas über dreißig ist, hat das Buch *Space, Time and Structure in the Modern Novel* (Raum, Zeit und Struktur im modernen Roman) geschrieben. Anstatt den modernen Roman mit Kriterien und Maßstäben zu beurteilen, die schon durch eine bestimmte Wertskala festgelegt waren, tat sie das Umgekehrte. Sie akzep-

tierte den Vorsatz des Autors und die Neuheit seiner Form und studierte alle, die die konventionelle Form der Erzählung durchbrochen haben, z. B. Cortàzar – Sie kennen wahrscheinlich sein Buch *Rayuela* (das Hüpfspiel). Sie untersucht, was sie »die Struktur des offenen Romanendes« nennt. Das ist genau der umgekehrte Aufbau, den wir gewöhnt sind. Ihr Buch ist sehr akademisch, sehr intellektuell und intelligent. Zugleich hat es aber Flexibilität und erkennt das im Werk verborgene Konzept an, statt eine bereits bestehende Kritikvorstellung zu oktroyieren...

Eine weitere Frau unter den Kritikern, die ich ebenfalls erwähnen sollte, ist Bettina Knapp. Sie hat ein Buch über Artaud geschrieben. Wenn Sie mehr über Artaud wissen möchten, als Sie in meinen Tagebüchern finden, so lesen Sie Bettina Knapps gründliche und umfassende Studie über sein Leben und sein Werk. Die Verfasserin kann Französisch, benutzte alle erreichbaren Quellen, besuchte sogar Artauds Verwandte und seine Geliebte in Frankreich und schilderte die Wechselbeziehung zwischen seinem Werk und seinem Leben und zwischen seinem Leben und seiner Schauspielkunst. Wie Sie wissen, wirkte Artaud auch als Schauspieler in Filmen mit. Er spielte in Dreyers *La passion de Jeanne d'Arc* (Die Passion der Jungfrau von Orléans) und war ein erstaunlicher Darsteller. Er bemühte sich, ein Theater der Grausamkeit einzuführen, eine Form des Theaters, zu der wir schließlich heute gelangt sind. Die Szene wird in die Mitte verlegt, und die Handlung läuft so nahe ab, daß wir uns auf der Bühne glauben und annehmen, daß das, was geschieht, uns selber geschieht. Eine andere Kritikerin, Anna Balakian, hat über Surrealismus und Symbolismus geschrieben und ein sehr gutes Buch über André Breton verfaßt. Es ist interessant, daß auch sie Leben und Werk in gleichem Maße verflicht. Die Kritiker konnten nicht mehr sagen, als daß nach ihrer Ansicht Breton keine sehr wichtige Revolution bewirkt habe. Wir wissen aber heute, daß der Surrealismus uns alle beeinflußt hat, ob es uns gefällt oder nicht. Die Frau hat immer als Muse gedient (und manchmal bezeichnete dieses schöne Wort auch die Assistentin des Künstlers), aber jetzt trägt sie die Verantwortung dafür, selbst Künstler zu sein. Ich glaube, daß die *Männer* sich bis zu einem gewissen Grad sehr befreit fühlen werden, wenn die Frauen nicht mehr versuchen, durch sie als Stellvertreter zu leben. Als ich noch jung und als Autor unsicher war (mit zwanzig, einundzwanzig oder zweiundzwanzig glaubte ich nicht, eine Schriftstellerin zu sein), lebte ich stellvertretend durch die Schriftsteller, die ich kannte, und ich hoffte, daß sie die schriftstellerische Arbeit leisten würden, die ich nicht tun wollte. Ich ließ sie für mich Rebellen sein, und ich ließ sie für mich schreiben. Plötzlich wurde mir dann bewußt, daß es nicht *recht* war, von ihnen die Arbeit zu erwarten, die ich selber zu tun hatte. Die Männer werden also dieser Last entledigt, daß jemand durch sie lebt und erwartet, daß sie die Aufgabe der Frau erfüllen. Und es war meine Aufgabe, für die Frauen zu sprechen.

Ich erinnere mich, wie ich eines Abends mit Durrell und seiner Frau zusammen war. Sie war sehr still; sie hatten sich ein wenig gestritten, und sie wandte sich mir zu, als wollte sie sagen: »Jetzt sprich du für mich, rede du.« Sie spürte, daß ich sagen konnte, was sie bewegte. So haben wir uns vor der Aufgabe gedrückt, Künstler, Schriftsteller, Philosoph oder Psychologe zu sein. Denn die Kultur hat das nicht von uns verlangt, sondern vom Mann. Man erwartete vom Mann, daß er diese Aufgabe erfüllt und sie gut erfüllt. Von der Frau erwartete man jedoch nur, daß sie ihren persönlichen Rollen gerecht wird. Ich meine nicht, daß wir diese Rollen aufgeben sollten. Ich wollte niemals etwas aufgeben und entschied mich, alles zu tun. Ich habe alle Rollen angenommen. Ich war weiter Frau, weiter die Muse, weiter die Assistentin des Künstlers, aber zur gleichen Zeit arbeitete ich an meinem eigenen Werk.

Da wir von der verborgenen Rolle der Frau sprechen, ist es interessant zu erwähnen, daß erst vor wenigen Jahren die Briefe der Madame Lafayette gewürdigt wurden. Nur auf Grund dieser Briefe haben wir erfahren, daß im Verhältnis zwischen Frankreich und Amerika Madame Lafayette eine ebenso wichtige Rolle spielte wie Lafayette selbst. Freunde von mir, Historiker, wußten nicht, daß während er hier kämpfte, sie diejenige war, die Waffen und Ausrüstung beschaffte, amerikanische Kuriere empfing und die Franzosen immer wieder beschwor, die amerikanische Revolution zu unterstützen. Sie spielte also eine führende Rolle, und Lafayette ließ es zu und sagte, sie wäre sein anderes Ich, sie wäre in Frankreich aktiv, während er es hier sei, und würde Druck auf die französische Regierung ausüben, Hilfe zu entsenden.

Eine Frau, die versteht, was ein Mann leistet, wenn er ein Künstler ist, wird viel bedeutender sein als die sogenannte Muse, die in Wirklichkeit eine Assistentin des Künstlers oder Politikers ist. Die Rolle der Muse im Mythos war immer die der Inspiration. Es gibt in der Literaturgeschichte eine ganz ungewöhnliche: Lou Andreas-Salomé. Sie war eine Muse in dem Sinne, daß jeder Mann, mit dem sie in Berührung kam, in irgendeiner Form ungeheuer inspiriert wurde, ungeheuer erweckt wurde (von Nietzsche über Rilke bis zu Freud) und sich in ihrer Schuld fühlte. Ich glaube nicht, daß sie das hätte sein können, wenn sie nicht selbst Philosoph, Dichterin, Schriftstellerin und Psychologin gewesen wäre. Der Grund war, wie Freud in einem seiner Briefe an sie aussprach, »daß Sie mehr und besser verstehen, als man Ihnen vorgelegt hat«. Es lag also an ihrer eigenen Entwicklung, daß sie zu einer so guten Freundin wurde und solch außergewöhnlichen Einfluß auf andere nahm.
Nun haben die wenigen Bücher, die wir für das Leben der Frau für aufschlußreich halten, immer unter einer gewissen Geringschätzung gelitten, sei es in der öffentlichen Meinung, bei den Kritikern oder bei den Frauen selber. Ich denke, die Frau konnte ihre Gefühle deshalb nicht artikulieren, weil sie zu einem Bereich gehören, der in der Literatur wenig sprachlichen Ausdruck gefunden hat... Außerdem hatte die Frau eine gewisse Angst vor dem, was sie auszudrücken hatte. Sie fürchtete sich in gewisser Weise vor dem, was sie enthüllen wollte, und eine Ursache ihrer Angst war das Urteil der Gesellschaft über ihre Arbeit.
Den Unterschied in der Beurteilung möchte ich Ihnen am Beispiel zweier Französinnen zeigen, die sich selbst die weiblichen Henry Millers von Frankreich nennen. Françoise D'Eaubonne, die Sie nicht kennen, weil sie nicht übersetzt worden ist, hat ein Buch geschrieben, das sie an Henry Miller schickte. Sie schrieb dazu, daß sie in Frankreich der weibliche Henry Miller genannt würde. Ihr Buch jedoch wurde völlig verrissen und ist von der Bildfläche verschwunden. Die gleichen Leser, die Henry Miller hochschätzten, konnten diese Art von Offenheit von einer Frau nicht hinnehmen. Ähnlich war es mit den Urteilen über Violette Leduc. Ich weiß nicht, wie viele von Ihnen *Die Bastardin* gelesen haben. Es ist ein ungewöhnliches Werk der Bekenntnisliteratur, eine entblößte, aufrichtige,

sogar abstoßende Selbstdarstellung. Sie hat nicht im mindesten die Eitelkeit oder den Wunsch, ihren Lebenswandel oder ihre Person zu beschönigen. Die Kritik des Buches überging völlig die Tatsache, daß sie eine sehr begabte Schriftstellerin ist: alles gründete sich auf die Moral. Ihr Verhalten, die Natur ihrer Beziehungen – das war es, was in den Rezensionen beurteilt wurde. Solch ungleichgewichtige Beurteilungen gibt es heute immer noch...

Vor vielen, vielen Jahren hat Anna Kavan (deren letztes Buch *Ice* bei Doubleday erschien) zwei beachtenswerte Bücher geschrieben. Das eine war *Asylum Pieces* und das andere *The House of Sleep. The House of Sleep* setzte sich aus lauter Träumen zusammen, wie mein *House of Incest*, und durch ihre Träume entschleierte es ihre Welt auf eine Weise, wie es sehr wenige versucht haben. *Asylum Pieces* war eine Serie von Kurzgeschichten, äußerst klar geschrieben, aber das Irrationale mit großer Einfühlungskraft einbeziehend. In beiden Büchern fühlte sich die Frau von ihrer Umwelt isoliert, und sie versuchte zu erklären, was sie empfand. Sie kämpfte geradezu, um diese irrationalen Zustände sprachlich zu bewältigen, Zustände, die uns heutzutage vertrauter sind, da der alltägliche Streß unsere psychische Gesundheit auf eine Zerreißprobe stellt.

Ich möchte auch das Buch *Nachtgewächs* von Djuna Barnes erwähnen. Es erschien zu früh. Es wurde 1925 geschrieben. Damals haben wir es alle gelesen. T. S. Eliot sagte in seiner Einleitung des Buches, daß er nicht meinte, *Nachtgewächs* würde nur bei Lesern von Lyrik Anklang finden, aber daß nur eine an Lyrik geschulte Sensibilität das Buch völlig würdigen könne. So kam es, daß *Nachtgewächs* nur von wenigen gelesen wurde. Djuna Barnes ist heute achtzig, und die Kent University hat erst jetzt eine Anthologie der Kritiken, Essays und Studien, die ihrem ungewöhnlichen Buch gewidmet wurden, zusammengestellt. Warum es so ignoriert worden ist, weiß ich eigentlich nicht. Es ist ein stilistisches Meisterwerk und ein sehr lyrisches Buch. Es handelt von der Beziehung zweier Frauen und eines Arztes, der als großartiger Charakter geschildert wird. Ich möchte Ihnen ein Stück daraus vorlesen. Sie ist deshalb so großartig, weil sie wußte, daß wir die Nachtseite des Lebens nicht ohne poetische Metapher beschreiben konnten. Wir konnten nicht in das unbewußte emotionale und irrationale Leben eindringen, ohne diese subtile Sprache zu besitzen, die zwei Bedeutungen hat und auf zwei Ebenen wirkt. In *Nachtgewächs* findet sich das Kapitel »Wächter, was spricht die Nacht?« (Sie liest das Kapitel vor.)

Und nun möchte ich Sie besonders mit einer der größten Träumerinnen bekanntmachen. Sie hat für die amerikanische Literatur das vollbracht, was Joyce für die irische Literatur leistete. Es handelt sich um Marguerite Young, die *Miss MacIntosh, My Darling* geschrieben hat. Das Buch ist wahrhaft ozeanisch, es ist ein Nachtstück. Sie hat sich die typischen Charaktere des Lebens im Mittleren Westen herausgegriffen, die alltäglichsten, gewöhnlichsten Menschen, die man sich denken kann. Indem sie ihr unbewußtes Leben analysierte, hat sie gezeigt, daß jedes Leben von höchstem Interesse ist, wenn man nur tief genug eindringt. Wir finden da den Landarzt, die Frauenrechtlerin, die alte Jungfer, die Krankenschwester, den Henker, alles Menschen, von denen man annehmen könnte, daß sie nur eine Dimension haben. Aber durch die Art, wie die Schriftstellerin in das ozeanische Unbewußte eindringt, und durch Verwendung des inneren Monologs wird der Landarzt plötzlich zu einem außergewöhnlichen Charakter. Jeder von ihnen hat eine außergewöhnliche Dimension in seinem Leben. Marguerite Young erreicht dies ohne die Sprachspiele von Joyce, sie erreicht es durch das Aufblühen und üppige Wachsen der Bilder.

Sollte einer der unter uns befindlichen Schriftsteller oder Schriftstellerinnen je das Gefühl haben, an einem toten Punkt angelangt zu sein und nicht mehr schreiben zu können, so kann meiner Meinung nach schon die Lektüre eines kleinen Stücks von Marguerite Young ganze Wellen und Vibrationen an Bildern von solcher Vielfalt auslösen, daß es ansteckend wirkt. Es ist eine schwierige Lektüre, und Sie werden vermutlich nicht in einem Zug von Seite 1 bis 1000 lesen, wie ich es tat; Sie müssen sich kleine Textstücke vornehmen und sie laut lesen. Denn der Text hat den wiegenden Rhythmus sehr langer Sätze, die wie Wellen heranrollen, aufsteigen, überkippen und stets zur Erde zurückfallen. Ich halte Marguerite Young für unseren Joyce, und ihr Porträt des jungen Mädchens, das sich durch das ganze Buch hindurch mit der Frage auseinandersetzt: Was ist Wirklichkeit, was Illusion? ist sehr typisch für die Frau. Sie sucht nach dem Bild der Mutter und Amme und findet in ihr keine greifbare, warme Realität. Sie bedient sich eines Symbols, nämlich der Entdeckung, daß die Mutter eine Perücke trug, sozusagen als perfekte Verkleidung. Sie findet bei ihr nicht die Wärme, die sie braucht. Ihr ganzes Sehen beruht auf ihrer Suche nach menschlichem Kontakt auf einer langen, langen Reise durch Traum, Phantasie, Tagträume und auf einer ungeheuren Fülle von Bildern.

Ein anderes Buch, das ebenfalls zu früh erschien, ist *The Sweet Death of Candor* von Hannah Lee. Es behandelt auf bemerkenswerte Weise den unterschiedlichen sexuellen Appetit von Mann und Frau. Der Mann ließ die Frau fühlen, daß sie anormal sei, und die Frau litt jahrelang unter dieser Unterstellung. Dann fand sie heraus, daß der Vorwurf nicht zutraf, sondern daß sie nicht zusammenpaßten und ihre Ehe unharmonisch war. Sie hat das vor etwa zehn Jahren aufrichtig und gut beschrieben, und das Buch wurde auch als empörend abgetan.

Viel lernen können Frauen aus den Tagebüchern von George Sand und aus der Biographie, die Maurois über sie geschrieben hat. Sie war das Beispiel einer unabhängigen Frau, die keiner ducken konnte, die keiner unterdrücken und wirklich niemand in irgendeiner Weise unterjochen konnte. Sie hat sehr früh begonnen, durch Schreiben ihrer Freiheit Ausdruck zu verleihen. Ihr Lebensstil war frei, unkonventionell. Sie besaß sehr viel Mut, sehr viel kreative Kraft (mehr als manche Männer ihrer Umgebung). Ihre Vitalität war riesengroß. Trotz alledem bewahrte und hegte sie ihr ganzes Leben lang starke mütterliche Gefühle gegenüber anderen Autoren, gegenüber ihren Kindern, gegenüber anderen Künstlern. Sie hatte immer einen Sinn für zwischenmenschliche Beziehungen. Nie war sie glücklicher, als wenn das Haus voll von Leuten war, die sie beschützen oder unterstützen konnte. Leute, die schwächer als sie selbst waren.

Auch Maude Hutchins konzentrierte sich auf menschliche Beziehungen. Sie ähnelt in dieser Hinsicht Colette, deren Werk sich so oft auf ihre Mutter und ihre Kindheit oder auf das Verhältnis zwischen Mann und Frau bezog. Sie stellte sich immer ganz auf eine besondere Beziehung ein, die sie mit großer Feinfühligkeit untersuchte und enträtselte. Maude Hutchins tat das gleiche in *Noels Tagebuch*, wo sie sich in einer sehr schönen Weise äußerst erotisch zeigt. Sie schrieb auch noch *Victorine* und *Love is a Pie*, wo sie gleiche Themen mit

viel Humor behandelt. Maude Hutchins hat eine ganze Reihe von Büchern geschrieben, und sie sind alle sehr gut.
Eine andere, sehr wenig bekannte Schriftstellerin ist Marianne Hauser. Sie hat mit großem Talent erstaunliche Kurzgeschichten und Romane verfaßt. Sie lehrt heute am Queen's College, und ihre Bücher sind alle lesenswert, vor allem *Ishmael*, wo sie die Geschichte des Caspar Hauser zum ersten Mal aus der Sicht einer Frau erzählt – ganz anders, als Jakob Wassermann sie dargestellt hat.
Was mich immer am meisten überraschte, wenn ich zu Gruppen des Frauenstudiums über die schriftstellerische Arbeit der Frau sprach, war, daß die Frauen ihr Potential nicht erkannten. Ich sprach darüber, wie Schriftstellerinnen eine außerordentliche Fähigkeit erlangt hatten, zwischenmenschliche Beziehungen in einem sehr kleinen Kreis wahrzunehmen, und daß diese Gabe auch erhalten bliebe, wenn sie auf einen größeren Rahmen übertragen würde. Jemand hat mir einmal gesagt, daß man bei Frauen immer von zwischenmenschlichen Beziehungen spreche, bei Männern dagegen nenne man es Diplomatie. Ich behaupte, wir müssen und können diese weibliche Eigenschaft auch in Diplomatie umwandeln – immer in der Hoffnung, den Krieg aus der Welt zu schaffen. Doch wenn ich hierüber sprach, waren die Frauen überhaupt nicht interessiert. Sie übernahmen beinahe den Standpunkt des Mannes, indem sie meinten, daß diese persönliche Welt sehr klein wäre. So hatten sie sich schon über die Tagebücher geäußert. Sie sagten immer: Wen soll die Geschichte einer einzelnen Frau interessieren? Ich sage, die Geschichte einer einzelnen Frau ist nicht anders als die Geschichte einer Million Frauen. Ich meine, diese eine Frau spricht, und das ist alles. Man redet oder malt für die anderen, die dazu nicht in der Lage sind. Es ist ganz entscheidend für die Frau, daß sie die wahre Natur ihres weiblichen Wesens erkennt, würdigt und betont. Einige der Frauenrechtlerinnen übersehen diesen Punkt. Die Frauen sollen nicht Männer werden und die Welt wie Männer gestalten. Meiner Meinung nach werden sich die Frauen am Ende zu ihrer Weiblichkeit bekennen, und im Sinne von C. G. Jung werden wir feststellen, daß wir alle weibliche und männliche Züge besitzen und sie so ausleben dürfen sollten, wie sie sich ausdrücken. Gewöhnlich ist es der Künstler, der die weibliche, intuitive Seite akzeptiert und dem Unbewußten sehr

nahe steht. Deshalb fiel es mir leicht, mich mit Künstlern verbunden zu fühlen. Eines Tages, wenn die Frauen sich selbst besser verstehen, werden auch die Männer sich von einer betont kreativen Frau nicht mehr verunsichert fühlen, sondern sie gewähren lassen, ohne sie als Bedrohung oder zu fürchtenden Tyrannen zu sehen.

Als ich einmal äußerte, daß ich lieber mit einem Künstler verheiratet wäre, als selber einer zu sein, da war ich wahrhaftig feige. Da zog ich mich aus der Affäre. Ich behauptete, ich würde dem Künstler helfen, aber ich war nicht willens, selbst einer zu sein. Es war weder eine große Geste noch Opferbereitschaft. Die Muse hat einen zweideutigen Charakter, und ich wollte einfach nicht die Verantwortung übernehmen, selbst ein Künstler zu sein. Darum entschloß ich mich, Helferin, Assistentin zu sein. Das war wesentlich leichter. Wenn sich also Frauen beklagen, man hätte ihnen diese Rolle aufgezwungen, dann habe ich eindeutig meine Zweifel. Denn ich habe diese Rolle auch gespielt. Es brauchte seine Zeit, bis ich merkte, daß Miller das Buch nicht schreiben würde, das ich gern geschrieben hätte, und auch Durrell nicht. Es war *meine* Aufgabe. Ich brauchte ziemlich lange, das auf mich zu nehmen und zu sagen: »Nun gut, ich werde mithelfen und Muse sein, aber auch mein eigenes Werk tun.«

Ich habe immer gesagt, daß ich gern viele gute Schriftsteller um mich hätte. Ich würde mich viel wohler in einer Welt fühlen, wo es viele gute Autoren und viele Menschen gibt, die sich ausdrücken können. Ich schätze die Kreativität meiner Mitmenschen. Je universaler sie ist, desto bereichernder wirkt sie. Ich habe nie eine Konkurrenzsituation befürchtet. Das Wort Konkurrenz ist neulich zur Sprache gekommen. Nie in unseren Beziehungen haben Durrell, Miller und ich Konkurrenzgefühle gehabt. Wir dachten nur daran, einander zu bereichern oder dem anderen den Halt zu geben, den er brauchte. Wir fühlten auch, daß wir uns gegenseitig etwas gaben. Wir dachten nicht im entferntesten an Konkurrenzkampf. Und heute würde ich nur allzu gerne mehr hervorragende Schriftstellerinnen sehen. Ich will sie ermutigen, ihnen den nötigen Rückhalt geben. Das gibt uns allen Kraft. Ich habe kein Verständnis für die Konkurrenzsituation, denn sie schwächt uns. Ich fühle mich viel eher bestärkt, wenn eine andere Frau Dinge formuliert, an die ich glauben kann. Ich

spüre mehr Rückhalt, wenn Sie über Probleme so sprechen, daß sie für mich einleuchtend und akzeptierbar sind. Das macht meine Welt reicher. Ich habe den Eindruck, als ob ich etwas empfange.
Es tut mir leid, daß wir durch diese Phase gehen müssen, nämlich als Frauen zu kämpfen und uns als »weibliche Autoren« zu bezeichnen, denn das wirft uns wieder auf die alten Diskriminierungen zurück. Ich wünschte, man müßte keine Unterscheidungen mehr machen. Aber es gibt sie noch, und ehe wir nicht in Anthologien der Literatur, in Museen und Ausstellungen aufgenommen sind, solange wir neben den besten Künstlern keine Gleichberechtigung genießen, muß dieser Unterschied gemacht werden. Ich bedaure das, aber ich meine, daß es nur eine Übergangsperiode ist.

F. Edmund Wilson hat gesagt, eines seiner größten Lebensprobleme sei gewesen, daß er sich immer zu intelligenten Frauen hingezogen gefühlt habe und daß sie immer auf unmögliche Weise neurotisch gewesen seien. Halten Sie es für zutreffend, daß eine kreative und empfindungsfähige Frau im allgemeinen neurotischer ist?
A. N. Nein. Ich glaube das nicht. Seinerzeit war es sehr frustrierend für mich, daß ich seine Auffassungen nicht teilen konnte und andere Vorstellungen vom Schreiben hatte als er, und dies hatte gewisse neurotische Auswirkungen. Heute würde ich schlicht und einfach sagen: »Ihre Vorstellung vom Schreiben ist anders als die meine, aber ich bin von meiner völlig überzeugt.« Aber damals war ich nicht so von mir überzeugt. Ich brauchte immer noch den Vater oder den berühmten Kritiker, der sagte: »Du bist großartig, du machst deinen Weg, du bist ein guter Autor.« Und weil ich das damals nötig hatte, sah ich in jedem, der nicht so sprach, eine Bedrohung, und das ist eine neurotische Reaktion. Er versuchte mein Selbstvertrauen zu erschüttern; dabei hatte ich mich mein ganzes Leben um einen bestimmten literarischen Ausdruck bemüht. Hätte ich damals schon genau dieselbe absolute Sicherheit in bezug auf mein Werk besessen wie heute, so hätte ich es einfach sagen können. Ich hätte mich nicht einmal mit ihm zu streiten brauchen, sondern hätte ruhig gesagt: »Sie leben im achtzehnten Jahrhundert, und ich versuche etwas in der Literatur des zwanzigsten Jahrhunderts zu modernisieren.

Ich schreibe als eine Frau.« Ich wäre deswegen nicht neurotisch gewesen. Wir sind nur neurotisch, wenn wir meinen, daß uns etwas Abbruch tut.

F. Symbol für die schöpferische Inspiration des Mannes war von jeher die Muse, waren die Engel oder das Weibliche. Was brauchen Frauen, um inspiriert zu werden?

A. N. Dasselbe, nur umgekehrt. Ich weiß nicht, warum wir kein Wort für den Mann besitzen, der die Frau inspiriert. Wir hatten niemals eine männliche Muse. Immerhin habe ich viele Anregungen und Eingebungen und einen Teil meiner Entwicklung dem Mann zu verdanken, und ich bin mir bewußt, daß Männer wie Frauen kreative Momente im anderen Geschlecht auslösen können. Ich weiß nicht, warum wir uns die Muse als etwas Weibliches gedacht haben. Ich weiß aber, daß kreative Frauen behaupteten, bestimmte Männer hätten sie in gleicher Art inspiriert. Und ich habe immer gesagt, daß ich nie schöpferisch tätig geworden wäre ohne mein tiefes und reiches Privatleben.

F. Können Frauen auch Frauen inspirieren und Männer Männer?

A. N. Ganz sicher. Warum nicht? Ich verwende den Begriff abstrakt nicht gern, aber die Inspiration ist etwas Ideales, nicht Geschlechtsbezogenes. Frauen können Frauen inspirieren, und in meiner Jugend war es auch sehr oft eine Frau, die ich mir zum Vorbild setzte. Ich fühlte mich also jenen Frauen stark verbunden, die ich selber gern gewesen wäre. Wie zum Beispiel June. Ich spürte, daß June frei war und ich nicht. Ich war durch Zwänge der Tradition und Gesellschaft stark eingeengt, und ich beneidete June um die Freiheit, die sie durch ihre schöpferische Phantasie erreicht hatte. Es wurde mir nicht bewußt, wie gefährlich ihre Freiheit war. Frauen können also einander inspirieren. Wir wissen nie im voraus, was Kreativität in uns auslösen kann.

F. Würden Sie bitte etwas mehr darüber sagen, was Sie für die weiblichen und was für die männlichen Eigenschaften halten und wie beide Eigenschaften sich zueinander verhalten?

A. N. Hierüber haben wir heute recht verworrene Vorstellungen. Wir wollten alles mit einem Etikett versehen, und mit der Etikettierung männlich oder weiblich haben wir bestimmt, daß ein Mann nicht weinen darf und daß eine Frau schwach und passiv, nicht aber aktiv und kämpferisch sein sollte. Wir haben diese künstlichen Unterscheidungen gemacht. Ich glaube aber, daß wir heute im Begriff sind, einen Gedanken von Baudelaire zu verstehen: daß in jedem von uns ein Mann, eine Frau und ein Kind steckt. Menschliche Beziehungen sind nur dann erfolgreich, wenn diese Komponenten den richtigen Rhythmus haben. George Sand war eine sehr starke Frau, eine sehr dynamische Autorin, und sie hatte die Schwierigkeit, einen Partner zu finden, jemanden, der zu ihrem besonderen Wesen paßte. Es gibt mutige Frauen, und es gibt feinfühlige Männer, die weinen. Es gibt sogar Männer, die sehr gute Mütter abgeben!

Meines Erachtens lösen wir uns heute von dem Rollenverhalten, das uns aufgezwungen worden ist: daß alle Frauen auf bestimmte Weise gleich sein müssen, daß alle Frauen Kinder gebären oder verheiratet sein müssen, um Erfüllung zu finden. Auch meine Mutter pflegte zu sagen, daß das der einzige Weg zur Erfüllung für eine Frau wäre. Von alledem kommen wir jetzt los. Wir befinden uns in einer Übergangsphase und müssen jetzt einen klaren Kopf behalten. Wir scheiden das Echte vom Unechten, und diese Aufgabe muß jede von uns für sich allein vollbringen. Frauengruppen können dazu beitragen, daß sich der andere weniger einsam fühlt, und sie können vieles diskutieren, aber sie können nicht alles tun. Besonders wenn man ein Trauma hat oder, wie man so sagt, stark verklemmt ist.

F. Haben Sie je ein Pseudonym benutzt?

A. N. Nein. Niemals. O doch, einmal in einem ganz kleinen Artikel für ein kanadisches Magazin, als ich noch sehr jung war, traute ich mich nicht, meinen Namen für irgend etwas zu geben. Aber ein Pseudonym habe ich nie benutzt. Ich weiß, mein Name klingt wie eines.

F. Sie sind eine außergewöhnliche Frau, und ich sehe, daß Ihr Standpunkt ganz und gar weiblich und sehr anregend ist. Aber glauben Sie, daß wir das in Amerika haben, einen guten weiblichen Standpunkt?

A. N. Ja, wir haben ihn. Bei Autorinnen, die wir kaum kennen. Während die Schriftstellerinnen, denen Sie aus welchen Gründen auch immer den Vorzug gaben, Frauen sind, die Männer nachgeahmt haben. Für mich besitzen Mary McCarthy, Susan Sontag und Simone de Beauvoir einen männlichen

Verstand. Aber wir hatten Frauen wie Djuna Barnes... Maude Hutchins... Marguerite Young... Nur sind das die Frauen, die wir nicht lesen. Sehr aufschlußreich, aber es liegt an uns selber, denn wir haben Autorinnen, die weiblich denken.

F. Glauben Sie, daß der Mann als solcher die Hauptursache des Schmerzes für die kreative Frau gewesen ist?

A. N. Ja, aber weil *wir* ihn auf sein Podest erhoben. *Wir* haben ihn als Philosophen akzeptiert, als Historiker, als Psychologen, wir haben seinen Einfluß auf unsere Erziehung hingenommen. *Wir* haben ihm diese Macht gegeben. Und wenn Sie durch eine Psychoanalyse gehen, durch den Prozeß der Selbstfindung, werden Sie feststellen, daß Sie niemandem die Macht geben sollten, zu entscheiden, was an Ihrer Kreativität richtig oder falsch ist. Ich meine, die Kritik sollte nicht von außen kommen, sondern von innen. Und wenn man zur Reife gelangt, was mir schließlich nach sehr vielen Jahren gelungen ist, so findet man, daß man der Richter seines eigenen Werkes ist. Natürlich brauche ich Meinungen und Widerhall, aber sie sind nicht ausschlaggebend. Sie würden mich nicht von der Arbeit abhalten.

F. Die beiden Schriftsteller, mit denen Sie häufig zusammen genannt werden, sind D. H. Lawrence und Henry Miller. Empfinden Sie eine Diskrepanz zwischen Ihrem Eintreten für die unabhängige Sicht der Frau und Ihrer Beziehung gerade zu diesen beiden Schriftstellern?

A. N. Ich sehe darin überhaupt keinen Widerspruch. Ich denke, jede Erfahrung kommt dann, wenn man für diese Erfahrung reif ist. Damals in Paris gab es keine Künstlerinnen oder Schriftstellerinnen, mit denen ich hätte verkehren können. Sonst hätte ich auch mit ihnen Umgang gehabt, denn ich hatte immer enge Freundschaften zu Frauen. Aber sie standen auf einer anderen Ebene, die Frauen der Künstler. Die Schriftstellerin aber, die ich gerne kennengelernt hätte und die mein Schreiben sehr beeinflußt hat – Djuna Barnes –, beantwortete meine Briefe nicht. Es war also keine zufällige Wahl. Es lag daran, daß es Männer waren, die schrieben und malten und für alles Geschehen um mich herum sorgten, so daß sie mein Interesse erregten. Ich habe damals keinen weiblichen Artaud, Miller oder Durrell gefunden. Ich hätte ihnen ebenso nahegestanden. Ich habe immer Frauen gelesen. Heute aber, wo die

Frauen in Erscheinung treten, habe ich Freundinnen, die als Malerinnen ebenso bedeutend sind wie die Männer, die ich kenne, ebenso ausdrucksstark als Autorinnen und ebenso ungewöhnlich. So halten sich meine Freundschaften zu Männern und Frauen jetzt die Waage, und ich mache da keinen Unterschied.

F. D. H. Lawrence wird von vielen Frauenrechtlerinnen angegriffen, er wäre in bezug auf die Frauen chauvinistisch und dogmatisch. Ich möchte gern wissen, ob das auch Ihr Eindruck ist?

A. N. Nein, ich bin nicht dieser Meinung. Wir dürfen einen Autor nicht einfach ablehnen, weil er in einem gewissen Bereich einseitig ist. Wir müssen bei Lawrence den großen Beitrag anerkennen, der darin besteht, daß er die Sprache für Empfindungen, Gefühle und Instinkte zu finden suchte. Er hat versucht, die Frau zu verstehen. Er war ein Kind seiner Zeit. Er hatte seine Grenzen, aber die gehörten auch zur damaligen Zeit. Wir können ihn nicht einfach abtun und sagen, er tauge nichts, weil er in einer bestimmten Hinsicht versagte. Genau das mag ich nicht, das nenne ich dogmatisch. Lawrence hat mir als Frau sehr viel gegeben. Er hat gesagt, daß die Frauen ihre eigene Richtung finden müßten, daß sie vom Mann geprägt würden. Man kann, wenn man es möchte, in allem etwas Negatives und Parteilichkeit finden, und einige der Feministinnen haben einfach nur diesen sehr begrenzten Bereich sehen wollen. Man kann jeden Schriftsteller losgelöst vom Textzusammenhang zitieren und ihn aus diesem oder jenem Grund verdammen, wegen eines Vorurteils oder einer Einseitigkeit. Aber man muß Lawrence als Ganzes sehen und seine Leistung anerkennen. Er hat mir gezeigt, daß es eine Sprache für Gefühle und Instinkte und Empfindungen gab.

F. Würden Sie etwas über Henry Miller sagen und Ihren Eindruck von ihm im Zusammenhang mit der Frauenbefreiung?

A. N. Nun, das ist ein recht heikler Gegenstand, denn Kate Millett hat Ihnen ein ganz entstelltes Bild gegeben. Sie ist eine sehr zornige Frau. Sie können Zitate immer aus dem Zusammenhang reißen. Es kann Ihnen immer das Verständnis fehlen, in welcher Periode ein Autor geschrieben hat. Lawrences Gedanken über Frauen waren sehr altmodisch, aber sie gehörten zu seiner Zeit, und als Sohn eines Bergarbeiters war seine Erleb-

niswelt eng. Sein Verständnis der Frauen war sehr naiv und einseitig. Miller stammte aus Brooklyn. Er hatte eine sehr begrenzte Erfahrung. Er war sehr mißtrauisch gegenüber der Frau. Kate Millett hingegen nahm Millers humorvolle, komische Haltung ernst, ohne zu merken, daß es ein pikaresker Stil war. Er wollte sich damit lediglich gegen den Puritanismus auflehnen und ein pikaresker Autor sein – wie Rabelais in Frankreich. Jeder hat Rabelais als witzig-satirischen Dichter anerkannt. Und niemand hält Miller für einen Mann, dessen Behandlung der Frau grundverschieden von der Haltung ist, die er einnahm. Es war die Haltung jener Zeit, die Haltung Hemingways, und heute die Haltung von Norman Mailer. Man muß also unterscheiden zwischen einer Haltung, im Fall von Henry Miller einer Scheinhaltung, die er als witzig-humorvolle Behandlung eines Stoffes verstand, und der Art, wie er bestimmte Frauen, mich eingeschlossen, wirklich behandelte. Ich hätte bestimmt nicht mit einem chauvinistischen Mann verkehrt!
Kate Milletts Bild ist sehr einseitig. Warum verschwendete sie soviel Zeit, Gelehrsamkeit und Mühe, um Männern die Schuld an etwas zu geben, das sie nicht getan haben? Ich habe nie von Henry Miller erwartet, daß er ein feinfühliges, subtiles, nuancenreiches Porträt einer Frau schafft. Warum hat sie nicht über Frauen geschrieben? Warum hat sie nicht all ihre Energie darauf verwendet, über Frauen zu schreiben, die Frauenporträts geschaffen *hatten* und die wirklich für sich selbst sprachen und Biographien und Tagebücher schrieben? Das ist meine Meinung über Kate Millett. Und ich möchte das ganz klarmachen, weil hier eine Entstellung vorliegt. Dasselbe gilt auch für Freud. Freud lebte in der Anfangszeit der Psychoanalyse. Natürlich hatte er seine Grenzen. Jeder von uns hat sie. Die Frauen müssen sich solcher Grenzen unbedingt bewußt werden, genauso wie ich, als ich von Allendy analysiert wurde. Ich habe ihn einmal gefragt: »Wie ist mein wahres Selbst?« Er gab eine absurde Beschreibung, und ich mußte lachen. Er hatte von mir die Vorstellung einer Kreolin, die in einem langen weißen Gewand im Schaukelstuhl sitzt und sich Luft zufächelt. Das war seine Phantasie, aber wir müssen genug über uns selbst wissen, um zu sagen: Nein, das bin ich nicht. Im Falle von Miller hat meines Erachtens Kate Millett jeden Sinn für Humor verloren und den witzigen Antipuritanismus, den er vertrat, nicht verstanden.

F. Da in Ihren *Tagebüchern* die Frauen fehlen, bekam ich den Eindruck, daß Sie in Ihrer Entwicklung mehr von Männern als von Frauen beeinflußt worden sind.
A. N. Es gab für mich Schriftstellerinnen wie George Sand, Djuna Barnes und George Eliot. Sie waren Künstler und Frauen, aber die Frauen um mich herum waren die Frauen von Künstlern, und sie hatten schon lange resigniert und spielten eine Schattenrolle. Nichtsdestotrotz habe ich lebenslange und sehr intensive Freundschaften mit Frauen. Das steht alles in den *Tagebüchern*. Was das Künstlerische betrifft, sowie mein Denken und meine Erziehung, so dürfen Sie nicht vergessen, daß ich ohne Vater auskommen mußte und auch ohne Lehrer, denn ich verließ die Schule sehr früh und kehrte nicht dorthin zurück. Ich mußte das ausgleichen, indem ich meine Erziehung bei verschiedenen Künstlern und Psychologen erhielt. Wir hatten damals in Frankreich keine Frauen, die Psychologen waren, keine Frauen, die Philosophen waren. Erst jetzt werden wir sie allmählich haben, auch Historikerinnen.
Wir hatten also tatsächlich keine Frauen in führender Stellung. Die Frauen, die ich kannte, waren dazu nicht in der Lage. Sie waren keine Psychologen, Philosophen oder Maler. Ich wurde von Künstlern erzogen, und die Künstler waren zu jener Zeit meist Männer. Die Frauen waren die Freundinnen. Sie hatten die Rolle der Schwester, der tröstenden, verständnisvollen, hilfreichen, treugesinnten, mit der ich mich austauschen konnte. Aber sie *führten* mich nicht. Im Leben konnte ich ohne sie nicht auskommen, und ich hatte sie gern; in der Kunst wählte ich die Führung durch Männer, die Künstler, die zu jener Zeit einfach stärker waren als die Frauen, denen ich begegnete.
Ich hätte zum Beispiel gerne Djuna Barnes kennengelernt, die so großen Einfluß auf meine Arbeit gehabt hat, aber sie wollte mich nicht treffen und beantwortete auch meine Briefe nicht. Vergessen Sie also nicht, daß die Frauen sich selbst abgesondert haben. Nicht so, wie sie es heute tun. Djuna Barnes hätte meinen Brief beantworten können, genau wie ich heute meine Post zu beantworten pflege. Und aus diesem Grunde mache ich das auch, denn ich fand es unfreundlich von ihr, daß sie einen schönen Brief über ihr Werk, über *Nachtgewächs*, unbeantwortet ließ. Aber sie antwortete nicht. Sie ist auch heute noch so, wissen Sie, völlig unnahbar.
Sie müssen sich erinnern, daß die Frauen damals erst *anfingen*,

ihren Weg als Künstler zu machen. Im fünften Teil der *Tagebücher* habe ich zum Beispiel Porträts der Bildhauerin Cornelia Runyon, der Malerin Frances Field und von Peggy Glanville-Hicks, einer der Komponistinnen, die heute anerkannt sind. Ihr großes Anliegen damals war, Anerkennung zu finden. Peggy war sehr unglücklich, sehr frustriert und verbittert. Einer anderen Künstlerin konnte sie nicht helfen. Sie konnte nur die Arbeit tun, die sie tat, und ich konnte ihrer Arbeit nur zuhören. Eine solche Frau konnte aber nicht eine Führungsrolle übernehmen.

F. Wenn die Frau die Seele erfunden hätte, meinen Sie, daß das eine andere Seele gewesen wäre? Glauben Sie, daß wir sie aus einem anderen Sichtwinkel betrachtet hätten?

A. N. Das muß sich erst noch herausstellen, wie die Frau all diese Elemente formulieren wird: Religion, Metaphysik, Wissenschaft. Ich hatte schon eine großartige Begegnung in Stanford, als mich die Wissenschaftler einluden, die an den integrierten Schaltkreisen arbeiten. Sie wissen wohl, was das heißt: die Verkleinerung von Computern auf die Größe einer Armbanduhr. Ich sah den ganzen Vorgang zuerst im Labor, und dann wollten sie mich über den Schöpfungsprozeß befragen – Welches sind die Schritte? Wie geht er vor sich? –, so daß sie das mit dem Denkvorgang des Computers vergleichen konnten. Ich habe diesen zweiten Schritt getan, weil ich mir wünschte, mit Menschen zu gedanklichem Austausch zu kommen. Also durchdachte und analysierte ich diese Vorgänge. Nicht in meinem Tagebuch, denn das ist spontan geschrieben worden. Es hat keine einzige radierte Stelle im Tagebuch gegeben. Es war ganz und gar eine Gewohnheit, eine spontane Gewohnheit, ein beinahe automatisches Schreiben. Aber meine anderen Arbeiten, wie das Buch *The Novel of the Future*, sind analytisch. Wir wissen noch nicht, wie die Frau all jene Wahrheiten formulieren wird, aber ich denke, es wird Mann und Frau zusammenbringen. Vor allem wird uns das Studium des Unbewußten zusammenbringen, denn im Bereich des Unbewußten verhält sich der Mann sehr viel eher so, wie es die Frau schon immer tat, falls sie nicht den zweiten Schritt der Intellektualisierung gemacht hat.

F. Waren Sie als Künstlerin mit Ihrer Art von Empfindungsvermögen, das von den Kritikern oft als »trivial« abgetan wird, besonderen Schwierigkeiten ausgesetzt?

A. N. Ja, aber wenn einmal Frauen Kritiker werden, wird auch die Position der Schriftstellerin gestärkt werden. Frauen sind im wesentlichen vom Mann rezensiert und kritisiert worden. Viele Männer waren als Kritiker großartig, andere höchst voreingenommen. Sie hielten die Empfindungen der Frau für oberflächlich und begrenzt. Aber ich kenne mehrere Kritikerinnen, die ihre Arbeit mit solchem Nachdruck und solcher Klarheit anpacken, daß ich spüre, wie sich etwas für die schriftstellerische Arbeit der Frau verändert.

F. Wenn Kritikerinnen das Feingefühl haben, um Schriftstellerinnen zu verstehen, wie erklärt sich dann die Tatsache, daß so viele Kritikerinnen Ihre Arbeiten rücksichtslos angriffen, als sie in den vierziger Jahren erschienen?

A. N. Ich nehme an, daß die Frauen, die mich in den vierziger Jahren angriffen, die Männer nachahmten. Kritikerinnen, die sich wie Männer gaben, distanzierten sich besonders von dem, was die Männer als Frauenliteratur bezeichnet haben. Um zu zeigen, daß sie nichts damit zu tun hatten, griffen sie sie an.

F. Können Sie einen Kritiker nennen, von dem Sie glauben, daß er Ihr Werk am besten versteht?

A. N. Der erste Kritiker meines Werkes war ein Mann, Oliver Evans, und das Buch hatte den Titel *Anaïs Nin*. Aber er verstand meine Arbeiten nicht. Er nahm sie zu wörtlich und war nicht transzendental oder symbolisch genug. Die beste Kritik kam von einer jungen Frau, Evelyn Hinz, die eine sehr objektive – kühle, aber nicht kalte – Untersuchung des gesamten Werkes gemacht hat. Der Titel ihres Buches ist *The Mirror and the Garden: Realism and Reality in the Writings of Anaïs Nin* (Der Spiegel und der Garten: Realismus und Wirklichkeit im Werk von Anaïs Nin). Titel und Thema haben Bezug zu *Ladders to Fire*, wo das Problem von Illusion und Wirklichkeit im Hinblick auf die Psyche der Frau dramatisch symbolisiert wird. Sie hat viel Verständnis für D. H. Lawrence, und ursprünglich galt ihr Interesse dem Werk von Lawrence. Als sie aber mein Buch über Lawrence las, das sich mit seinem Bestreben, die Frau zu verstehen, beschäftigt, begann sie sich auch für mein Werk zu interessieren.

F. Liegt Ihre einzigartige Stellung als Autor darin, daß Sie sich in Bereiche vorwagen, die sich speziell mit der Situation und Erfahrung der Frau befassen?

A. N. Meine eigene subjektive Einstellung gegenüber der

Wirklichkeit war alles, was ich wirklich wußte, sehen und spüren konnte. Ich habe sehr viel gelesen, aber ich habe die Männer als Schriftsteller nicht nachgeahmt. Ich wollte mitteilen, was ich sah. So entstand eine weibliche Sicht des Universums, eine sehr persönliche Sicht. Ich wollte den Mann für die Frau »übersetzen« und die Frau für den Mann. Ich wollte nicht den Kontakt mit der Sprache des Mannes verlieren, aber ich wußte, daß es einen Unterschied der Ebenen gab.

F. Wie haben Sie Ihren Lebensunterhalt verdient, als Sie in Paris schrieben? Hatten Sie einen Beruf?

A. N. Nein. Damals war ich abhängig.

F. Waren Sie verheiratet?

A. N. Ja, aber ich schrieb genausoviel wie vor meiner Ehe, als ich unabhängig war und für Künstler am Abend Modell stand oder in Jaeckels Pelzgeschäft als Mannequin arbeitete, um meine Mutter und zwei Brüder zu unterstützen. Ich habe ebensoviel geschrieben. Mit Sechzehn verdiente ich mir meinen Lebensunterhalt, und ich verzichtete auf die Mittagspause, um schreiben zu können. Es ist also nicht richtig zu behaupten, daß ich viel schrieb, weil ich keine wirtschaftlichen Probleme hatte. Wir sollten uns so was nicht einreden. Wir können unter *jeder* Bedingung schreiben.

F. Sie betonen ständig den Unterschied zwischen der Kreativität der Frau und der Kreativität des Mannes. Mit anderen Worten, sie halten nichts von der Vorstellung der Androgynie, des Zwittertums, die viele Frauen diskutieren. Sie scheinen das Gegenteil zu betonen.

A. N. Wenn das so ist, dann nur, weil wir uns in ein Gefühl der Befreiung *hineinstürzen*. Wir betonen die totale Leugnung des Frauseins und glauben, daß das uns befreit, denn wir fanden unser bisheriges Bild der Frau erniedrigend, einengend und bedrückend. Es liegt an uns, dieses Bild zu ändern, aber wir brauchen unsere Feminität deshalb nicht aufzugeben, brauchen nicht gleich das ganze Konzept des Weiblichen über Bord zu werfen. Um auf Jung zu kommen – auf das Yin und Yang, das Positive und das Negative –, so glaube ich, daß alle Dinge miteinander in Beziehung stehen. Es gibt also keinen Grund, warum wir nicht die naturgegebene Seite unseres Wesens beibehalten sollten, nämlich die größere Verbundenheit mit dem Natürlichen, die größere Begabung für Instinkt und Intuition. Wir haben das Vernunftmäßige nicht so wie der

Mann entwickelt. Wir haben uns nicht so eingehend mit Wissenschaft und Philosophie befaßt, keine verstandesmäßige Erklärung gesucht für das, was wir fühlten, und sind nicht zu einer abschließenden Abstraktion gelangt. Wir bleiben davor bewahrt, und ich möchte, daß die Frauen einsehen, was für eine wundervolle Sache das im Grunde ist. Wir waren davon ausgeschlossen, Präsident einer Ölgesellschaft oder einer Bank zu werden und wurden so vor Korruption, Abstraktion und Entmenschlichung bewahrt.
Da die Frauen unterdrückt wurden, entwickelten sie – wie Tiere, Insekten es tun, wenn ihnen eine Sinnesfunktion genommen wird – einen neuen Sinn. Wir entwickelten einen ausgeprägten Sinn für das Humane und für die Tiefe des Persönlichen, wie ich es in den *Tagebüchern* ausgedrückt habe. Ich wußte nicht, wie relevant das war, bis die *Tagebücher* erschienen und ich feststellte, daß wir mit einer privaten Geschichte zugleich eine Geschichte erzählen, die allgemeingültig ist. Es gibt da keinen Unterschied. Der Mann sagt immer: schreibe objektiv, sei objektiv, werde objektiv. Aber am Ende wurde er selber nicht objektiv, sondern entmenschlicht. Der Mann kam buchstäblich bis zum Mond – und manch einer lebt auch noch dort! Ich wünschte daher, daß wir nicht alles über Bord werfen, was wir durch die Jahrhunderte entwickelt haben... Es ist beschämend, alles wegzuwerfen und über Unisex und Ähnliches zu reden. Das ist es nicht, was wir möchten. Wir wollen vielmehr als das akzeptiert werden, was wir sind. Wir wollen die Anerkennung, daß manche Frauen männlichere Komponenten haben als andere, einige kindlichere, andere weiblichere. Wir wollen alle Komponenten akzeptieren, die echt sind.

F. Ein anderer humaner Zug der Frau ist der, daß sie mehr an die Zukunft denkt, da sie mehr mit den Kindern beschäftigt ist als der Mann. Denn wenn die Frauen sich überlegen würden, daß für ihre Kinder kein Platz in der Zukunft wäre, dann würde ihre Verzweiflung zu einem Massenselbstmord führen.

A. N. Das ist ein sehr interessanter Punkt. Das ist ein großes Anliegen der Frauen. Erinnern Sie sich bitte – und das läuft auf das hinaus, was Sie sagen –, wie wir Ellsberg lasen und seine Stellungnahmen zu allen *Pentagon-Papieren*: daß nicht ein einziges Mal die Vietnamesen als *Menschen* erwähnt worden sind. Ich weiß aber, daß es für eine Frau schmerzlich ist, einen getöteten Menschen zu sehen, gleichgültig wer er ist. Für Frauen sind Tote nicht einfach Zahlen – anonyme Wesen. Anders gesagt: sie empfinden das Persönliche, den Wert des Lebens stärker.

F. Ist das Leben einer Frau und besonders einer kreativen Frau dadurch erschwert, daß sie leidet, sei es in zwischenmenschlichen Beziehungen oder auf Grund ihrer stärkeren Empfindungsfähigkeit?

A. N. Es hat das Leben der kreativen Frau erschwert. Das heißt, da es der Frau oft an Selbstvertrauen fehlte, was, wie ich glaube, der Fall war, und sie auf Lob und Zustimmung der anderen angewiesen war, hat sie das sehr verwundbar gemacht. Und wenn ich von Neurose spreche, meine ich nichts anderes, als was wir eine romantische Lebenshaltung zu nennen pflegten, nämlich das Unmögliche zu wollen und dann unglücklich zu sein, wenn es sich als unmöglich herausstellte. Ich wollte nicht nur meine Arbeit tun, sondern auch Zustimmung, Hilfe, Bewunderung und Inspiration von seiten des Mannes erlangen, aber dazu kam es nicht immer. Wobei ich zugeben muß, daß mir meistens die Männer bei meiner Arbeit doch geholfen haben.

F. Glauben Sie, daß Sie immer noch den Beifall des Mannes brauchen?

A. N. Nein. Eine Seite unseres Reifwerdens, nämlich das, was ich »aus der Neurose herauswachsen« nenne, ist ja gerade, daß wir imstande sein sollten, ohne solchen Beifall unsere Arbeit zu machen und an uns zu glauben. Ich fürchte aber, niemand von uns vermag es. Es gibt immer jemand, dessen Urteil wir brauchen.

F. Wir möchten gern die Frage diskutieren, was heute in der Kunst fehlt, und dann das Problem auf die Frauen beziehen. Haben die Frauen besondere Wesenszüge, die die Kunst für alle Menschen bedeutungsvoller machen könnten?

A. N. Allgemein habe ich festgestellt (und ich halte mich keineswegs für eine Kunstkritikerin), daß die Darstellung der Verzweiflung, der Gosse und des Plunders, alles dessen, was negativ im Leben ist – der Gegensatz des Lebens, der Kult des Scheußlichen – die Unterwelt, diese satanische Form der Unterwelt vom Mann gemacht wird.

Das alles ist der Frau nicht sehr vertraut. Ihre Liebe zum Leben ist beharrlicher, vielleicht auch hartnäckiger, mehr an die

Sinne gebunden, an menschliche Beziehungen. Sie will nicht der Verzweiflung nachgeben. Der Mann hat diese Verzweiflung aus der Geschichte, aus der Ideologie, aus der Politik bezogen. Er bewertet sein persönliches Leben nicht so hoch. Für mich ist das persönliche Leben immer der Quell gewesen, der das Leben lebenswert machte. Ich konnte Geschichte nie ausstehen, denn es schien sich alles immer um Krieg, Habgier und Intrigen zu drehen. Es ist schaudererregend, Geschichte zu lesen. Ich lese gern persönliche Biographien, wo ein einzelner das Leben lebenswert findet und am Ende etwas daraus macht. In der Geschichte dagegen lesen Sie den Bericht über die allgemeine Katastrophe, wie wir sie heute sehen. Ich glaube, die Frau ist davon unberührt. Sie befaßt sich nicht mit Zerstörung und Tod, wie es die moderne Kunst getan hat. In der modernen Malerei ist so viel davon zu sehen.

F. Sie sprachen über die Aufgabe der Frau und wie sie vermittelnd, fast wie ein Katalysator für die übrige Gemeinschaft wirkt, und Sie beschrieben das ungefähr so: »Die Frau ist Natur, die Frau ist Spiegel, Dichtung und Kunst«, und Sie sagten, daß der Spiegel auch ein Ausdruck der Angst ist, der Angst vor der Wahrheit. »Der Spiegel gestattet uns, die Natur gefahrlos zu betrachten.« Das erschien mir als eine äußerst anschauliche Form, die Aufgabe der Frau zu beschreiben.

A. N. Es kommen hier mehrere Dinge zusammen: manchmal verwende ich den Spiegel als künstlerisches Mittel, um die Natur gefahrlos zu reflektieren und in eine Form umzuwandeln, die nicht mehr tödlich ist, wie sie die Erfahrung sein kann. Es gibt dann aber auch den Spiegel, den die Frau stets für den Künstler bedeutete, und den Spiegel, der ich in meinem Tagebuch war, wenn ich andere porträtierte.

F. Bedeutet es gewissermaßen auch, daß das Leiden der Frau es den übrigen Menschen ermöglicht, tiefer zu sehen und einige mystische Werte unter den Dingen zu erkennen, ohne sich zu gefährden, ohne sozusagen neurotisch zu werden?

A. N. Es gibt einen Unterschied zwischen echtem Leiden und neurotischem Leiden. Etliches, was die Frau erduldet hat, war völlig real, die Bedingungen etwa, die ihr Leben als Künstlerin so schwer machten. Es gab für sie viel mehr Schwierigkeiten als für den Mann, der Künstler war. Das ist echtes Erleiden. Das Neurotische entsteht, wenn diese Kreativität und Selbstentfaltung durch soziale, familiäre, bildungsbedingte Umstände oder was auch immer vereitelt wird. Dann wird das Leiden zur Neurose und wirkt nur negativ. Aber das Thema der Neurose ist in unserer Zeit fast zu einem kollektiven Problem geworden. Meiner Meinung nach besteht eine kollektive Frustration gegenüber aller Kreativität und jeder Persönlichkeitssteigerung.

F. Und die Gefahr liegt natürlich darin, daß man, anstatt das Leiden in irgendeine Form der Kreativität umzusetzen, neurotisch wird und sich abkapselt.

A. N. Ja, das passiert aber auch Männern, die Künstler sind. Wir haben Dichter gehabt, die verrückt wurden; wir haben erlebt, wie Rimbaud aus seiner dichterischen Existenz ausbrach; wir haben den Wahnsinn von Artaud erlebt. Und kürzlich hatten wir den Selbstmord der Dichterin Sylvia Plath, die *Die Glasglocke* geschrieben hat – auch sie nahm sich das Leben wie alle jene, die sich nicht erfüllen konnten und sich zugunsten des Todes entschieden. Normalerweise ziehen sich Frauen ruhiger aus dem tätigen Leben zurück, indem sie einfach zu Hause leben und das Klavierspiel, das Malen oder das Dichten aufgeben.

F. Aber Sie halten es für ein Symptom derselben Sache?

A. N. Ja, es ist dasselbe, wie wenn Rimbaud ausflippt. Außer, daß es nicht so dramatisch ist. Die durchschnittliche Frau zieht sich in ihr Privatleben zurück, kümmert sich um ihre Kinder, um ihr Privatleben und resigniert vor den anderen Forderungen.

F. Aber es bedeutet letzten Endes dieselbe Art von Verlust?

A. N. Ich denke schon. Es bedeutet einen großen Verlust in kultureller, in geschichtlicher Hinsicht. Denn die Frauen hatten in der Tat einen bedeutenden Beitrag zu leisten. Neulich fand ich eine sehr schöne Bemerkung bei Maryanne Mennes, die sagt, daß die ganze Entwicklung der Kultur sich zu sehr nach dem männlichen Prinzip gerichtet habe und daß wir etwas Wunderbares erreichen könnten, wenn eines Tages beide Geschlechter einträchtig zusammenarbeiteten.

F. Aber das ist gewiß noch nicht der Fall.

A. N. Nein, es wird aber geschehen. Die Waage ist zu sehr zugunsten der männlichen Weltvorstellung ausgeschlagen, und jetzt versuchen Frauen, das auszugleichen, indem sie zu sehr in die andere Richtung gehen, sich isolieren und vom Mann lösen und eigene fanatische Vorurteile entwickeln, mit denen ich ganz und gar nicht einverstanden sein kann. Das ist aber eine Übergangsphase. Wenn beide Seiten sich stark genug fühlen, werden sie wohl zusammenarbeiten, dann, wenn sich die Frau nicht mehr gefährdet, nicht mehr verunsichert fühlt. Hätte ich mich nicht durch Wilson so verunsichert gefühlt, hätten wir eine sehr interessante Freundschaft haben können, eine Freundschaft der Gegensätze.

F. Was ich an Ihrer Arbeit so interessant finde, sehr interessant sogar, ist der Umstand, daß Sie niemals allzu gefährdet schienen. Es steckt immer eine gewisse Kraft in Ihnen. Man sieht das, und man weiß, daß Sie, was immer auch kommen mag, nie unterliegen werden. Sie haben das, glaube ich, so ausgedrückt: »Es macht mir etwas aus, es macht mir sogar sehr viel aus, aber ich werde nie daran sterben.« Dagegen könnten andere Autorinnen, die dieselben Ziele verfolgen – Joan Didion und Dore Previn –, sehr wohl an zu großer Betroffenheit zugrunde gehen. Man hat bei beiden den Eindruck, daß nur ein sehr kleiner Schritt sie vom Abgrund trennt. Welches waren Ihre Eigenschaften, dank derer Sie weniger in Gefahr gerieten?

A. N. Da gab es vor allem die grundlegende Einstellung zum Künstlertum. Wenn ich beispielsweise so selbstzerstörerische Experimente wie Drogen ablehnte, habe ich immer gesagt: »Ich bin Schriftstellerin – und weil ich das bin, muß ich einen klaren Kopf behalten.« Ich war entschlossen, alle Sorgen umzusetzen. Was immer ich an Bitterem, Schwerem oder Frustrierendem durchlitt, es schlug sich alles im Werk nieder, und das war meine Rettung. Und selbst heute, wenn ich eine schwere Depression bekämpfen muß, sitze ich morgens um halb acht an meinem Schreibtisch, fange an zu arbeiten und die Depression vergeht. Irgendwie lag meine Rettung also immer in meiner Arbeit.

F. Könnten Sie noch etwas mehr über Sylvia Plath sagen?

A. N. Das Erhellendste über Sylvia Plath ist nicht, was ich Ihnen sagen kann, sondern was ich in einem Artikel in der Frauenzeitschrift *MS* las, den auch Sie lesen sollten. Es ist eine sehr gute Darstellung der Diskrepanz, die zwischen der Schönheit ihrer Lyrik und ihrer Unvollkommenheit als Mensch und Charakter besteht. Was auch ihr plötzliches Aufgeben erklären würde.

F. Könnten Sie etwas näher erklären, wie Sie Virginia Woolf als Schriftstellerin gegenüberstehen?

A. N. Ich hege große Bewunderung und Achtung für Virginia Woolf, aber ich habe nicht die Zuneigung, die ich haben sollte. Denn für mich fehlte in ihrem Leben eine Seite, nämlich Leidenschaft und Sinnlichkeit. Deshalb habe ich nicht die enge Beziehung zu ihr wie zu D. H. Lawrence.
F. Würden Sie sagen, daß Virginia Woolf die Nachtseiten des Lebens erfaßte?
A. N. Ja, ganz und gar. Sie war wahrhaft visionär, die visionäre Dichterin, die sich des Romans bediente, aber als einer visionären dichterischen Ausdrucksform.
F. Aber sie geriet in Schwierigkeiten, nicht wahr?
A. N. Ja. Das stimmt. Aber es ist etwas, das überhaupt auf Frauen zutrifft. Wir denken immer nur an die Dichter, die ausbrachen und ihr Gleichgewicht verloren, wir vergessen aber die anderen. Von Virginia Woolf wissen wir tatsächlich, daß sie ihre Balance verlor, aber wir wissen nicht weshalb, ob es organisch oder neurotisch bedingt war. Wir wissen zu wenig von ihr. Wir wissen nicht, ob es eine körperliche Unausgeglichenheit oder Depression war oder eine seelische. Wir haben nie etwas über ihre Verfassung erfahren. Ihr Gatte hat ihr Tagebuch herausgegeben, und er wollte jenes Bild von ihr bewahren, das wir im Falle von Artaud nicht bewahrt haben. Artaud hat uns selber die Gründe angegeben, als er den Abstieg in die Hölle antrat. Aber bei Virginia Woolf fehlte das im Tagebuch – wann sie ihr Gleichgewicht verlor und es zurückgewann; wann es wieder anfing und wie sie es am Ende nicht mehr ertragen konnte. Wir wissen also wirklich nicht, was dahinter steckte. Ihr Tagebuch, ihr Manuskript wurde der New York Public Library in der 42. Straße übergeben, statt einem College, was merkwürdig ist. Und ich weiß nicht, ob es je vollständig veröffentlicht werden wird, denn die erste Ausgabe, *A Writer's Diary*, war sehr stark bearbeitet.
F. Würden Sie also sagen, daß die moderne Kunst fragmentarischen Charakter hat und daß die Frau ihre Fähigkeit zur Intuition in die Kunst einbringen sollte?
A. N. Ja. Die Trennung geschah nur, weil die Frau es für unmöglich hielt, alle Rollen zu spielen, das heißt, es war für sie zu schwer, Mutter, Muse, Ehefrau, Berufstätige und Künstlerin zugleich zu sein. Wenn sie aber damit zurechtkommt, wird sie eine wunderbare Synthese erreichen. Unsere Aufgabe ist also schwerer, aber wir haben dafür auch mehr zu gewinnen.

Außerdem haben wir einige Eigenschaften, eine Art außersinnlicher Fähigkeiten, die wir dabei einsetzen können.

F. Wen halten Sie für die lesenswertesten Autoren, die einem am meisten zu sagen haben?

A. N. Autoren, die einem am meisten zu sagen haben? Ich glaube, das ist für jeden wieder ein anderer. Wir lesen ja sehr subjektiv. Wir lesen, was wir brauchen. Es gibt beinahe etwas wie eine verborgene Macht, die uns zu einer bestimmten Zeit zu einem bestimmten Buch hinführt. Wir geraten erst in Schwierigkeiten, wenn wir das vernunftmäßig begründen wollen und behaupten, dieser Autor ist gut und dieser Autor ist schlecht. Ich habe das nie gekonnt. Ich kann nicht sagen, Simone de Beauvoir ist schlecht, aber ich kann sagen, sie gibt mir nichts. Das ist eine völlig andere Feststellung. Hier liegt der große Unterschied. Ich habe eine Liste von Autorinnen und ihren Büchern aufgestellt, die mir etwas gegeben haben. Das ist aber keine literarische Auswahl. Es ist eine rein subjektive Auswahl, und die Ihre mag ganz anders ausfallen.

Ich bin oft nach meiner Ansicht über Werke von Simone de Beauvoir gefragt worden oder was ich von Doris Lessings *Das goldene Notizbuch* hielte, und es fällt mir immer schwer, darauf zu antworten. Ich rechne sie nicht zu den Büchern, die mir etwas zu geben haben, denn sie zeigen mir nur, wie die Dinge sind, und nie, wie ich sie ändern kann. Wenn Simone de Beauvoir ein Buch über das Altwerden schreibt, unterwirft sie sich dem chronologischen Alter und sagt, daß wir zu einem bestimmten Zeitpunkt alt werden. Aber zuweilen werden wir schon mit Zwanzig alt. Das Alter ist auch etwas, über das wir hinauswachsen, zu dem wir eine andere Einstellung gewinnen müssen. Es ist nicht einfach ein zeitlicher Ablauf. Genauso geht es mir, wenn nur ein Zustand geschildert wird, ohne einen Augenblick, wohin man weitergehen, wie man über die Dinge hinauswachsen könnte – etwas, das ich bei den Schriftstellern finde, die mir, wie ich es nenne, »Nahrung geben«. Daher sage ich immer, wenn ich Schriftsteller nicht mag, daß ich zwar ihre Ideen respektieren kann, daß sie mir aber nichts geben können, was mich im Leben weiterbringt.

Ich war von der Vorliebe für äußerliche Details bei Doris Lessing enttäuscht und habe mich vielleicht zu rasch abgewendet. Ich habe wohl denselben Fehler gemacht, den Gide bei Proust machte, als er sagte, wenn ein Mann fünfzehn Seiten brauche, um ein Aufwachen zu beschreiben, könne er es nicht lesen. Doris Lessing brauchte vier Seiten, um eine Teetasse zu beschreiben, die einen Flecken hatte, und ich hörte zu lesen auf. Ich hätte nicht aufgeben sollen, aber das war mir zu detailliert, zu viel Polsterung.

F. Bildhauerinnen, Malerinnen, Filmemacherinnen sprechen oft darüber, daß sie keine großen weiblichen Vorbilder haben. Wenn Sie in das Whitney- oder Guggenheim-Museum gehen, sehen sie an den Wänden keine Kunstwerke, die von Frauen stammen. Sind Sie auch der Meinung, daß das auf die Schriftstellerin weniger zutrifft, und könnten Sie zweitens über Künstlerinnen sprechen, die Ihre Arbeit beeinflußt haben?

A. N. Da ich schreibe, sind es natürlich Schriftstellerinnen, die meine Arbeit beeinflußt haben. Aber ich könnte auch an Malerinnen denken, an Musikerinnen, Komponistinnen und an jemand wie Martha Graham. Ihr choreographisches Schaffen hat mein Schreiben beeinflußt . . . Was nun die Malerinnen angeht, so glaube ich, daß die Kritiker sie nicht mit der nötigen Aufmerksamkeit behandelt haben. Denken Sie an Frauen wie Georgia O'Keefe. Ich bin sicher, daß sie viel länger als andere Maler brauchte, um Anerkennung zu finden. Es fehlen uns auch Frauen als Kritiker, die sich der Künstlerinnen annähmen und über sie schrieben. Ich habe schon die Künstlerin und Frauenrechtlerin Judy Chicago erwähnt, die von sich sagte, daß sie erst vor zwei Jahren weibliche Autoren zu lesen begonnen habe. Ich fragte sie: »Aber warum? Ich habe sie von jeher gelesen, sie haben mir Kraft gegeben, ich habe sie gebraucht.« Sie vertreten eine ganz andere Sicht der Welt. Zu einer Zeit, als die Männer alle über Entfremdung schrieben, hätte ich Ihnen fünf oder sechs Frauen nennen können, die Bücher über zwischenmenschliche Beziehungen verfaßten.

F. Sie haben erwähnt, daß Martha Graham Sie beeinflußt hat. Könnten Sie das etwas näher ausführen?

A. N. Ich beobachtete den Aufbau ihrer Tanzszenen und die Art, wie sie sie symbolisch gestaltete, während dieselben Szenen beispielsweise im griechischen Theater ganz direkt und viel weniger tragisch dargestellt worden wären. Sie bediente sich des Symbolismus. Ich dachte an sie, als ich den letzten Abschnitt von *Ladders to Fire* schrieb: über die Party, über die Gesten und Bewegungen der Gäste. Die von mir beschriebene Party nenne ich die am schlechtesten besuchte Party der

Literatur, denn jeder war wegen seiner eigenen Komplexe und Probleme abwesend und nicht wirklich dabei. Bei einigen mochte es am Mangel an Selbstvertrauen liegen, bei anderen daran, daß sie etwas erwarteten, das nicht eintrat. Jeder wurde im Grunde von der Party weggezogen. Es waren nur noch die Körper, die sich auf der Bühne bewegten. Durch Martha Graham hatte ich die Idee der Bewegung erfaßt, das Rollenspiel der Menschen.

F. In den *Tagebüchern* erwähnten Sie auch Maya Deren. Könnten Sie uns etwas mehr über ihre Arbeit sagen und wie Sie sie als Künstlerin beurteilten?

A. N. Maya Deren war eine sehr mutige Frau, eine sehr talentierte Frau, die als erste Underground-Filme machte und damit etwas Aufsehenerregendes geleistet hat. Sie war mit einem sehr guten Kameramann verheiratet, mit Sasha Hammid, der »Mexican Village« gedreht hat. Aber sie hatte es sehr schwer. Sie mußte ihre Freunde nehmen, die nicht sehr gute Schauspieler waren, und wir mußten den Hintergrund improvisieren und zum Central Park gehen oder zum Strand. Sie mußte alles verwenden, was erreichbar war. Aber sie hatte viel Phantasie, sie war ein echtes Talent.

Das einzig Gute, was ihr jemals widerfuhr, war ein Guggenheim-Stipendium, um einen Film über Haiti zu machen. Sie verbrachte dort zwei Jahre und drang sehr, sehr tief in die Voodoo-Praktiken ein. Aber als sie zurückkam, merkte sie, daß sie mehr Geld brauchte, um den Film herauszubringen, denn die Laborkosten waren sehr hoch. Ich weiß, daß sie keinen zweiten Zuschuß erhielt, und ich weiß bis heute nicht, ob der Film je fertiggestellt wurde. Frustriert wie sie war, fühlte sie sich verpflichtet, ein Buch über Voodoo und Haiti zu schreiben. Es ist ein sehr schönes Buch.

F. Sehen Sie heute Dinge, die Sie nie für möglich gehalten haben?

A. N. Zum Beispiel habe ich nie geglaubt, daß Frauen ihre eigenen Verlage, ihre eigenen Zeitungen haben würden. Ich habe nie geglaubt, daß Universitätsseminare über Frauenliteratur abgehalten würden. In der Vergangenheit wurden solche Dinge sehr ungerecht gehandhabt, und den Frauen wurde oft *nicht* der angemessene Platz eingeräumt, denn die Kritiker waren Männer und die Lehrer auch. Ich glaube schon, daß die heutige Aktivität der Frau eine sehr interessante und besser ausgewogene Kultur hervorbringen wird. Natürlich wird es Übertreibungen geben; die finden sich immer in einer Revolution.

F. Wer von den heutigen Autoren »übersetzt« den Mann für die Frau und die Frau für den Mann?

A. N. Nun, das ist eine schwierige Frage. Ich denke an viele Autoren. Ich erwähne vor allem Schriftstellerinnen, denn sie haben tiefgründige Untersuchungen über die menschlichen Beziehungen verfaßt, während die Männer zur gleichen Zeit über Entfremdung schrieben. Und wenn Paul Bowles ein Buch schreibt, das mit einem Mord endet und er sagt, daß der dargestellte Mann nur durch Mord den Kontakt zu einem anderen Mann finden konnte, dann ist das etwas, das der Mann als Autor bis zum Exzeß betrieben hat – Autoren wie Mailer beispielsweise. Die Frauen beschäftigen sich dagegen mit menschlichen Beziehungen.

Es sind also die Frauen, die ihre Empfindungen für den Mann übersetzen. Sie schreiben darüber. Sie sagen, was sie fühlen. Und ich wünschte, sie lernten sich sprachlich gut auszudrükken. Ich bin immer noch der Ansicht, daß ich durch das Schreiben von Romanen immer besser lernte, das, was ich empfand, in meinem Tagebuch auszudrücken. Wir brauchen also die sprachliche Gewandtheit; wir müssen die Sprache pflegen. Wir müssen uns anderen verständlich machen. Wir müssen uns so klar auszudrücken lernen, daß der Mann versteht, was wir empfinden.

F. Mit anderen Worten: die Verantwortung liegt bei uns, unsere eigene Wirklichkeit in Worte zu fassen, denn wir sind in der Tat mitschuldig gewesen an der Mystifizierung der Frau.

A. N. Das ist völlig richtig. Ich glaube fest daran. Deshalb habe ich, wo immer ich hinkam, gesagt: »Bitte schreibt gut, bitte sprecht euch aus, bitte werdet euch klar, was ihr empfindet.« Vor allem, weil das Schreiben ja meine Domäne ist. Es ist mein Handwerk. Es ist etwas, das ich erklären, lehren, vermitteln kann. Ich betone das so, weil ich die Frauen gern überzeugen möchte, daß wir diese Ausdrucksfähigkeit wirklich brauchen.

F. Ist darum die Frau als Künstlerin heute am wichtigsten?

A. N. Ja, sie muß sprechen, sie muß für andere Frauen sprechen.

Sich vom Traum führen lassen

Was ist es doch für ein Geheimnis, daß wir immer noch träumen! Wir werden immer wissenschaftlicher, immer rationaler, immer abstrakter, aber wir träumen weiter in einer symbolischen Sprache! Deshalb sage ich stets: »Nun gut, dann sollten wir sie eben lernen, denn sie scheint bestehenzubleiben.« Wie modern auch immer unsere Vorstellungen werden – sogar ich habe den Wunsch, einige der wissenschaftlichen Ausdrücke als Metaphern zu verwenden, so wenn ich die Theorie der integrierten Schaltkreise benutze ... Und dennoch, wenn man *träumt*, verwendet man weiterhin die Sprache der Symbole, die Sprache einer *anderen Zeit*... Warum ist uns wohl dieses traumvolle, nächtliche Leben gegeben worden? Es ist eine seltsame Sache, wenn man einmal anfängt, darüber nachzudenken. Was soll es bewirken? Soll es uns aufmerksam machen auf ein anderes Leben in uns, das wir kennenlernen müssen?

Die Psychologie hat versucht, uns das klarzumachen, und ich glaube, es ist uns jetzt bewußt. Deshalb gibt es so viele Studien über Träume, mehr als je zuvor. Früher sahen wir Träume als etwas an, das zum alten Persien oder an den japanischen Hof gehört. Doch in jüngster Zeit sind viele Studien über Träume erschienen, denn heute wissen wir, daß Träume uns ein Leben enthüllen, das vorhanden ist, das ein Teil von uns ist. Je schneller wir es integrieren können, um so eher können wir mit voller Kraft in das Leben eintreten und Ganzheit erlangen.

Die Naturvölker haben das verstanden. Sie haben ihre Träume und deren prophetische Funktion verstanden. Sie brauchten keine Interpretationen. Sie hatten andere Formen der Wahrnehmung als wir. Sie glaubten an den Geist, sie glaubten an sinnbildliche Darstellung. Ihre Aufnahmefähigkeit war ungestört. Das ist uns verlorengegangen. Wir müssen wieder lernen, unsere Träume zu deuten, das geistige Leben zu deuten, unseren Weg zum inneren Leben zu finden, den wir verloren haben, von dem wir durch unseren Nachdruck auf Rationalismus und Logik ausgeschlossen sind. Man hat uns gesagt, daß Träume der irrationale Teil unseres Selbst sind und daß wir sie verdrängen und unterdrücken müssen.

Es gibt einige wundervolle Bücher von Laurens van der Post. Er war der Sohn einer nach Afrika ausgewanderten holländischen Familie, wuchs mit Afrikanern auf und betrachtet sich selbst als einen »weißen Afrikaner«. Er ist zudem Psychologe der Jungschen Schule und auch Dichter. Er spricht von der afrikanischen Seele als einem Teil von uns, den wir verleugnet haben. Er sagt, daß immer, wenn wir eine Minderheit oder eine Eigenschaft in einem anderen Menschen ablehnen, dies ein Teil unseres Selbst ist, dem wir kein Lebensrecht einräumen wollen. Darum sind wir die Verlierer; wir opfern, was er unsere Nachtseele nennt, die für Afrika mit seinem Glauben an Mythen symbolisch ist. Er dringt sehr tief in die Bedeutung des afrikanischen Lebens ein und in die Schönheit ihres besonderen Glaubens, seiner Vornehmheit.
In einem seiner Bücher sagt er in einem eindrucksvollen Abschnitt, daß die Afrikaner nie an Einsamkeit gelitten haben wie wir. Sie haben nie, wie wir gelegentlich, unter dem Gefühl der Sinnlosigkeit des Lebens gelitten. Denn sie haben die engen, fast brüderlichen Beziehungen ihres kommunalen Lebens, verstehen sich untereinander vollkommen, teilen mit ihrem Nachbar, haben die Würde des Teilens. Sie besitzen Ehrenkodexe, die wir längst vergessen haben. Und das hebt jedes Gefühl der Einsamkeit auf. Sie haben dem Sinn ihrer Existenz immer Bedeutung beigemessen, weil sie fühlten, daß es eine Macht gibt, eine Kraft, die über sie wacht. Deshalb kennen sie keine Furcht, keine Ängste und haben niemals ein Gefühl von Bedeutungslosigkeit ...
Van der Post ging über das Politische hinaus und sagt, daß wir tatsächlich versucht haben, unsere Nachtseele, unser tieferes Selbst zu töten. Wir haben versucht, das Primitive in uns zu töten, wir haben versucht, unseren Ursprung zu vergessen; wir haben versucht zu vergessen, wo wir geboren wurden. Er bringt Politik und Psychologie auf folgende Weise zusammen: »Der Afrikaner gehört der Nacht an. Er ist ein Kind der Dunkelheit, er besitzt eine bestimmte Weisheit, er kennt das Geheimnis der Dunkelheit. Er geht zur Nacht wie zu einem Freund und zur Dunkelheit, als wäre sie sein Zuhause. Als wäre die Schwarze Perle der Nacht die Kuppel seiner Hütte. Wie die Geister der europäischen Seele durchglüht werden mit den Erinnerungen an die afrikanische Reaktion auf die Nacht ... Es ist eine Ironie, so bezeichnend für unsere umfassende Wirklichkeitsferne, daß

wir ihn für das Problem verantwortlich machen, ihm unsere Ängste und unsere Vergehen aufladen und es ein schwarzes, ein Eingeborenen-, ein afrikanisches Problem nennen. Es ist eine auffallende, wirksame und einleuchtende Ironie, aber sie stimmt nicht. Es ist unser Problem... Wir haben unsere eigenen dunklen Naturanlagen mit Füßen getreten, unsere Wirklichkeitsferne vergrößert und uns weniger als menschlich gemacht, so daß diese dunkle Seite unseres Selbst, unser Schatten-Zwilling, morden muß und ermordet wird. Wenn wir uns doch nur mit unserem inneren Selbst anfreunden könnten, zu unserer eigenen Dunkelheit eine gute Beziehung herstellen könnten, dann könnten uns äußere Unannehmlichkeiten nichts anhaben.«

Nun, in literarischem oder historischem Sinn gibt es kein Zurück. D. H. Lawrence hat das sehr klar und deutlich gesagt. Lawrence suchte sein ganzes Leben lang das, was er ein reines, heidnisches, primitives Leben nannte. Er suchte es in Italien, Spanien, Mexiko, und er ging nach Neu-Mexiko, um es zu suchen. Er wollte wirklich wieder ein Teil der primitiven Gemeinschaft werden, einer vor-zivilisierten Gemeinschaft ohne jegliche Merkmale der modernen Welt. Natürlich erlebte er, daß das nicht möglich ist. Dieses Paradies ist für uns verloren. Man kann nicht zurück, und in Mexiko wurde ihm das klar. Er hatte den Wunsch, die Sehnsucht, in das indianische Leben einzudringen, zu werden wie sie, eins mit der Natur. Ich glaube, wir alle haben Wünsche dieser Art, aber sie sind unerfüllbar. Trotzdem können wir die gleiche Einheit erlangen, in westlichen Begriffen. *Deshalb* lege ich so viel Gewicht auf die Psychologie; ich glaube, wenn wir in Einklang mit unserem psychischen Selbst leben, finden wir zur Ganzheit. Wir finden das alte religiöse Gefühl, wir finden den Gemeinschaftssinn – wir finden alles, was wir uns *im Unbewußten* wünschen.

Wir verdanken es nicht dem Dichter, denn ihm haben wir nie zugehört. Wir *hätten* es vom Dichter haben können. Aber wir haben ihm, dem Künstler, niemals zugehört. Ein Künstler wie Janko Varda hätte uns beibringen können, wie wir leben müssen. Wenn ich ihn mit Fünfzehn getroffen hätte, hätte ich von ihm und seiner Philosophie leben gelernt. Aber das haben wir nicht getan. Das nächstbeste war dann, eine Philosophie zu haben, die Psychologie war, die uns helfen würde, in einer sehr

schwierigen Kultur zu leben. Wir vergessen fortwährend, daß wir in einer sehr abgestumpften, sehr korrupten Kultur leben.
Ein anderer Grund, warum wir nicht zurück konnten, war, daß unsere Kultur jegliche Selbstbeobachtung – und das ist der Weg, den man gehen muß, die Reise nach innen – für tabu erklärte. Deshalb mußten wir das Experiment mit den Drogen machen, mußten wir zu künstlichen Mitteln greifen oder hätten die pseudo-wissenschaftliche Terminologie der Psychologie anwenden müssen. Da wir geschult waren, in wissenschaftlichen Begriffen zu denken, und weil die Wissenschaft behauptet, daß man das Unbewußte gefahrlos erforschen kann, glaubten wir Freud bereitwilliger als dem Poeten oder dem Mystiker. Denn unsere Kultur hat uns nicht vorbereitet, hat dem Dichter nicht seinen Rang gegeben. Der Künstler ist derjenige, der Einblick in das Unbewußte hat und versucht, uns das zu vermitteln. Aber wir mögen nicht einmal das Wort »Künstler«. Wir sagen, es sei elitär! Doch der Künstler ist einfach der Mann, der sich auf seine innere Welt konzentriert hat und versuchte, sie zu übertragen, sei es durch Malerei, Musik oder sonst etwas, um sie uns zugänglich zu machen. Unsere Kultur lehnte diese innere Welt ab und verunglimpfte und entwertete den Künstler. Deshalb mußte diese Generation ihren Weg zurück zur inneren Reise finden. Wenn man das Glück hat, das als Künstler machen zu können, hat man keine Schwierigkeiten und Hindernisse. Doch viele von uns haben vor Hindernissen gestanden, und diese können überwunden werden, weil die Psychologie uns im günstigsten Fall (nicht in ihren negativen Aspekten) beibringt, wie wir in das Reich der Träume kommen können.
Es stimmt mich irgendwie traurig, wenn die Leute nur die Anfangszeit der Psychologie, die von Freud bestimmt wurde, erörtern. Die ständige Weiterentwicklung scheinen sie überhaupt nicht bemerkt zu haben. Der letzte Psychologe, den ich gelesen habe, ist R. D. Laing, der wirklich ein Dichter der Psychologie ist. Er ist ein bemerkenswerter Schriftsteller, der die Grenzen ausgedehnt, die engen Fesseln der Psychologie gesprengt hat. Deshalb tut es mir leid, sehen zu müssen, daß die Leute immer noch in den Begriffen ihres *Anfangs* denken, der weit zurückliegt, und nicht in den Begriffen ihrer Entwicklung. Ich habe viele moderne Psychologen gelesen, die nicht

mehr dogmatisch sind, die nicht einmal mehr sagen, sie seien Freudianer oder Jungianer, sondern ihre eigenen Einsichten anwenden. Wenn wir also an Psychologie denken, sollten wir an ihre Möglichkeiten und Wirkungsfähigkeiten denken und wie sich diese erweitern. Frauen, beispielsweise, bringen neue Fragen und neue Elemente in die Psychologie, sie wollen Eigenes schreiben, sie wollen untersuchen und uns zeigen, wie wenig wir wirklich über sie wissen. Deshalb müssen wir die Dinge unter dem Gesichtspunkt des ununterbrochenen Wandels betrachten, als Weiterentwicklung. Die Dinge entwickeln sich ständig, sie sind nicht statisch; so müssen wir es ansehen. Psychologie ist nicht Freud.

Es ist einmal gesagt worden, daß immer, wenn in unserer ganzen Entwicklung jemand – entweder ein Künstler oder ein Wissenschaftler – schon bestehendes Wissen in Frage stellte oder neue Bereiche entdeckte, er dann als Feind betrachtet wurde. Niemand will in ein unbekanntes Land folgen.

Doch das interessante Paradox ist, daß wir viel mehr Angst vor dem haben müßten, was wir nicht kennen. Wir sollten wirklich Angst haben vor einem Unbewußten, das in uns wohnt, das uns führt, unser Leben beeinflußt und von dem wir weder die Erscheinungsform noch die Botschaft kennen. Tatsächlich habe ich viel weniger Angst, seit ich mich den Ängsten stelle. Was mich erschreckt, sind Leute, die sich von ihrem Unbewußten führen und zerstören lassen, und die dennoch niemals anhalten und es beobachten. Das ist der Minotaurus im Labyrinth, den viele Menschen niemals von Angesicht zu Angesicht sehen. Edgar Varèse, ein außerordentlicher Schlagzeugkomponist, spottete immer über Psychologie, Psychoanalyse, Psychiatrie. Er behandelte alles sehr satirisch, wollte nichts davon gelten lassen. Doch seine ganze Lebensstruktur war selbstzerstörerisch. Er war ein Neuerer und ein großartiger Musiker. Aber er blockierte sich selbst. Seine Biographie ist jetzt erschienen, und man kann das Grundmuster seines Lebens erkennen. Man kann den Dämon sehen, der die Ursache war und ihn getrieben hat. Er schien ein furchtloser, starker, ungeheuer temperamentvoller Mann von großer Kraft zu sein; er sah aus wie ein korsischer Bandit. Aber er hatte keine Gewalt über die Kräfte, die ihn drängten. Das hat mich erschreckt. Ich finde das beängstigender, als den eigenen Dämonen entgegenzutreten.

Das meine ich, wenn ich sage, daß ich die Psychologie über ihre allgemeine Bedeutung hinaus zu einem Führer machte; ich machte eine Philosophie aus ihr. Ich lernte von der Psychologie, den Traum zu achten, vertraut mit ihm umzugehen und klar zu sehen, was mit mir in meinem Leben eigentlich geschieht. Zweitens lernte ich von der Psychologie, mit gewissen Zwangsvorstellungen fertig zu werden. Wenn ein Trauma sich festsetzt und eine bestimmte Verhaltensstruktur formt, kann man für sein ganzes Leben Sklave dieser Struktur werden. Ich wäre mein Leben lang Sklave meines Vaterbildes gewesen. Aber von der Psychologie lernte ich, daß diese Traumata aufgelöst werden können und man zu einer weiteren Lebensstufe gelangen kann. Ich will damit nicht sagen, daß man danach für immer glücklich und befreit von dem Vaterbild sein kann, aber daß man fortfahren kann, andere Lebensstufen zu durchleben, und das bedeutet Leben. Man betritt andere Entwicklungsabschnitte, trifft auf andere Lebensmuster und andere Probleme.
Einige Schriftsteller, zum Beispiel, sind von einem Thema geradezu besessen gewesen. Als ich Richard Wright im Künstlerviertel von New York traf, sagte er zu sich und zu uns: »Ich muß Amerika verlassen, wenn ich ein Schriftsteller werden will, der nicht von nur einem Thema besessen ist. Ich muß weggehen, damit ich mich entfalten kann und mich nicht immer nur damit beschäftige, wie ich heute von jemandem auf der Straße behandelt worden bin.« Er hatte den Eindruck, daß dies eine einengende Erfahrung sei, die ihn verfolgte und die ihn davon abhielt, ein großer Schriftsteller zu sein. Er ging deshalb von Amerika fort und ließ sich in Frankreich nieder.
Wenn ich mich ein Leben lang nur auf meinen Vater ausgerichtet oder Ersatz für meinen Vater gesucht hätte, wie ich es um Zwanzig mit Dr. Rank und den Psychoanalytikern machte, dann wäre ich eine sehr begrenzte Schriftstellerin geworden. Ich mußte mich befreien von diesem Trauma und dem anderen: dem Gefühl des Entwurzeltseins, dem Auseinanderbrechen der Familie, was vielen von uns passiert ist. Ich mußte eins nach dem anderen überwinden. Und dabei half mir die Psychologie als eine Philosophie. Die Philosophie der Beweglichkeit, der Befreiung von den Traumata, die uns zu etwas formen würden, wovor wir nie mehr entfliehen könnten.

Die ganze Kunst der Psychologie oder die Wissenschaft der Psychologie, wenn Sie es so nennen wollen, basiert auf einer Umkehrung des Objektivitätsprozesses. Nicht, daß wir nicht objektiv *werden* können, aber wir können erst objektiv werden, *nachdem* wir unserem nicht-objektiven, nicht-rationalen Verhalten entgegengetreten sind. Um ehrliche Objektivität zu erreichen, müssen wir wissen, welche Punkte unseres Wesens besonders nachteilig sind, welcher Teil von uns defensiv ist, welcher Teil Gehörtes entstellt. Es verlangt eine ungeheure Ehrlichkeit uns selbst gegenüber, um diese Entstellungen langsam abzubauen und unsere Sicht der Dinge zu klären. Wir können also Objektivität nur erreichen, nachdem wir herausgefunden haben, welche Bereiche unserer Psyche nicht objektiv sind. Die Grunderkenntnis der Psychologie ist, daß tief innen der größte Teil unseres Lebens dem bewußten Geist unbekannt ist. Je mehr wir diesen in den Bereich der Bewußtheit bringen, um so ehrlicher und objektiver können wir werden. Wir sehen andere nicht deutlich, und die Vorurteile, die die sogenannte objektive Person unter keinen Umständen wahrhaben will, verdunkeln unsere Sicht der Dinge. Eine objektive Person würde sagen, daß sie für Krieg nicht verantwortlich ist. Aber wer mit der Psychologie vertraut ist, weiß, daß jeder von uns verantwortlich ist, weil jeder von uns Feindseligkeit in sich hat, die dann in größere kollektive Feindseligkeiten projiziert wird.

So braucht es eine ungeheure Ehrlichkeit, um zuallererst zu erkennen, daß wir nicht objektiv geboren sind. Es gibt Objektivitäten der Weisheit; einen höheren Zustand, den wir aber nur erreichen können, nachdem wir die Beschaffenheit der Kamera oder des Recorders kennen, die wir selber sind – welches unsere verborgenen Stellen und in welchen Bereichen wir verletzlich sind. Beispielsweise bei Neurosen: Als ich meine neurotischen Neigungen erkannte, schmerzte es mich sehr, daß sie mich daran hinderten, volles Vertrauen zu anderen Menschen zu haben. Die Tatsache, daß uns mein Vater verlassen hatte, hinterließ eine wunde Stelle, und wer immer daran rührte – eine Kritik oder irgend jemand, der den Vater oder eine Autorität darstellte –, pflegte eine irrationale Antwort von mir zu erhalten. Ich mußte über diesen wunden Punkt hinwegkommen, um danach objektiv über meinen Vater, die Kritiker oder andere autoritäre Figuren denken zu

können. Aber man kann das nicht einfach durch vernunftmäßige Erklärungen erreichen.
Wir haben gestern abend über den Versuch gesprochen, über die Psychologie hinauszugehen. Das war es, was Rank wollte, wenn er nachdrücklich betonte, daß wir alle so viel kreativen Willen haben und daß der Begriff »Neurose« uns viel zu lange bei den negativen Aspekten oder den Hindernissen für unsere Entwicklung verweilen läßt. In diesem Sinn müssen wir über die Psychologie hinausgehen und uns klarwerden, daß wir alle einen potentiellen kreativen Willen haben und nicht alles Neurose ist.
In den frühen Tagen der Psychologie nannte Freud es immer Widerstand, wenn ein Patient Eigensinn zeigte. Aber Rank ging weiter und sagte, daß dies ein hoffnungsvoller Beweis des kreativen Willens sei und daß wir ihn durchkommen lassen müssen. Seit Freud hat es auf dem Gebiet der Psychologie eine große Entwicklung und Erweiterung gegeben. Rank hatte ein besonderes Interesse an der Stärke des kreativen Willens, der all die verschiedenen Leute beseelt, über die ich gesprochen habe. Er beeinflußte mein Leben sehr. Als ich ihn als etwa Dreißigjährige traf, fühlte er, daß die Kreativität eine lebensrettende Kraft in mir war, und er wollte lieber damit arbeiten, als all die menschlichen Probleme lösen, von denen ich umgeben war.
Ich möchte die Wichtigkeit des *Wunsches* betonen. Das wirklich magische Element ist der Wunsch, und wenn wir den Wunsch nicht kennen, dann stolpern wir herum und akzeptieren die Verleitung, weil wir gar nicht richtig wissen, worauf wir uns zubewegen. Dann haben wir keine Kraft, keine Einfälle. Ich wählte die Träume als Orientierung. Manchmal war der Traum prophetisch, er war eine Warnung, er mag ein Symptom der Angst gewesen sein. Aber sehr oft war es ein dynamischer Traum, ein wirklich kreativer Traum, der einen vorwärtstreibt und den Wunsch freilegt. Und wenn wir erst einmal eine Vorstellung des Wunsches haben, können wir uns darauf zubewegen.
Ein Wunsch, der mich antrieb, tauchte in mir auf, als ich Freunde in Maupassants Haus in der Bretagne besuchte und dort ein Boot sah, das von einem Sturm in den Hof geworfen worden und dort liegengeblieben war. Ich wollte gern darin übernachten, aber meine Freunde sagten: »Nein, das kannst du

nicht, wir benutzen es nämlich als Geräteschuppen.« In der folgenden Nacht träumte ich, daß ich ins Boot stieg und zwanzig Jahre umherreiste, daß ich eine ungeheure, furchtbare, unglaubliche Reise machte. Mit diesem Wunsch und diesem Traum kehrte ich nach Paris zurück, und dort las ich – die nie Zeitungen liest – eine Anzeige »Hausboot zu vermieten«! Alles lenkte mich. Weil ich den Traum und den Wunsch gehabt hatte, sah ich mir das Hausboot an. Es gehörte dem Schauspieler Michel Simon, der es vermieten wollte, weil er nicht selbst darin wohnen konnte. Es lag mitten in Paris, symbolisch zwischen dem linken und dem rechten Seine-Ufer. Wunsch und Traum lenkten mich und erfüllten mir etwas, das unmöglich erschienen wäre, wenn ich darüber gesprochen hätte. Und der Wunsch, der mich tatsächlich nicht mehr als zehn Dollar im Monat kostete, beeinflußte nicht nur das Leben, das ich so zwei Jahre bis zum Kriegsausbruch führte, ich schrieb auch eine Kurzgeschichte über das Hausboot.

Durch das Leben auf dem Hausboot hatte ich natürlich viel mehr Träume, die mit Reisen zusammenhingen, weil ich die Bewegung des Flusses immer unter mir spürte, und das wirkte sich auf den fließenden Rhythmus meines Lebens aus. Ich fühlte, daß ich mich in einer sich bewegenden, veränderlichen, fließenden Phase meines Lebens befand, daß das Boot jederzeit losfahren konnte, und ich träumte davon. Wir bewegten uns nur von Brücke zu Brücke, aber die Einbildungskraft wurde schon so genährt. Und dann schrieb ich einen Roman, und der Roman bewog Varda, auch auf einem Boot zu leben, und veranlaßte weiter einen jungen Mann, der nach Paris gekommen war, auf einem Boot zu leben und Bücher zu verkaufen. Die Bücher wurden moderig, darum zog er in ein Haus, das gerade neben dem Fluß lag, und sein Wohnsitz wurde zu einem berühmten Buchladen, den jeder gern aufsucht. So begünstigt und nährt ein Traum den anderen.

Als ich sechzehn war und keinerlei Ausbildung hatte, um mir meinen Lebensunterhalt zu verdienen, sah ich nur die Möglichkeit, mich einer Gruppe von Künstlermodellen anzuschließen und Malern Modell zu stehen. Die anderen Modelle waren alle viel schöner als ich, das kann ich ganz offen sagen. Dennoch bekam ich alle Arbeit. Wir saßen jeweils zusammen und fragten uns, warum, und ich fand selbst den Grund heraus. Die Maler sagten mir, daß sie Lust hatten zu arbeiten, wenn ich kam, weil ich schrecklich daran interessiert war, daß das Bild fertig wurde und daß das Gemalte schön würde, statt gelangweilt dazusitzen, meine Armbanduhr anzuschauen und nachzurechnen, wie lange ich noch auf dem Stuhl sitzen mußte. Ich nahm Anteil am Malen. Ich wußte es nicht, aber ich half den Malern wirklich. Und außerdem lernte ich vom Modellstehen alles, war ich über Farben weiß, weil ich zuschaute,wie sie gemischt wurden. Ich schaute zu, wie es gemacht wurde, und erwarb ein bleibendes starkes Interesse an Farben. Was also Magie zu sein scheint, ist nichts anderes als psychische Teilnahme und Ausführung des Traumes – dieses sich Hineinziehenlassen in die Träume oder Arbeiten anderer, die Fähigkeit, eine andere Welt zu betreten und an ihr teilzunehmen. Es bedarf dazu nur einer gewissen magischen Kraft, die zur Vollendung der Arbeit beiträgt.

Sehr oft hat man auch gedacht, daß ich Freundschaft mit berühmten Menschen geschlossen habe. Aber wir wurden Freunde, lange bevor sie berühmt waren, und nicht alle wurden berühmt! Ich hatte eine große Zuneigung und einen unerschütterlichen Glauben an die Fähigkeiten junger Schriftsteller und Dichter, auch unfertiger, was ich manchmal einen nochnicht-geborenen Schriftsteller nenne. Ich hielt immer Ausschau nach der Möglichkeit einer Begabung, denn die Kreativität des anderen nährt auch die eigene. Es ist ein gegenseitiger Antrieb. Was man selber dazutut, bekommt man von anderen zurück. Also war ich ebenso eifrig darauf bedacht, zu entdecken oder zu empfangen, wie weiterzugeben, was ich gelernt hatte. Empfänger, aber auch selbst sehr stark Vermittler zu sein: Verstehen Sie, was ich meine, die Wechselwirkung all dieser psychischen Energien?

Sogar Freud, der alte Wissenschaftler, war im Begriff, einen Aufsatz über Seelenübertragung zu veröffentlichen. Aber plötzlich geriet er in Panik, weil er das Gefühl hatte, die Wissenschaftler würden ihn dann nicht mehr ernst nehmen. Deshalb zögerte er, und einer seiner Schüler kam ihm zuvor und brachte die Studie, was Freud sehr erzürnte. Aber er hätte eine lange Studie über die Macht der Gedankenübertragung veröffentlicht, und ich spreche eigentlich, in modernen Begriffen, über diese Seelenübertragung. Wenn man auf den Maler den Wunsch zu malen überträgt, wird er malen. Und wenn man, wie wir das getan haben, gegenseitig an die schriftstellerische Arbeit des anderen glaubt – ich glaubte an Millers, er an meine, ich glaubte an Durrells, und er glaubte an meine –, so übte das auf uns eine wunderbare Wirkung aus, zu einer Zeit, da wir sonst niemanden hatten, der sich für unsere Arbeit interessierte.

Das ist das ganze Geheimnis von Wachstum, Entfaltung und der Befreiung aus den Fallen, die das Leben uns stellt, denn das Leben liebt das Drama, uns zu fangen und zu sehen, ob wir wieder herauskommen können. Es ist ein Spiel, ein Spiel des psychischen Muts, ein Spiel voll Magie. Jede schwierige Situation, in die man manchmal gerät, hat irgendwo eine Art Öffnung, sei es auch nur durch den Traum – auf diese Weise formte ich Kindheit, Jugendzeit und später Freundschaften um. Ich habe über sie alle geschrieben, über meine Freunde und mich, ebensosehr im Sinn unseres möglichen wie unseres tatsächlichen Selbst. Ich versuchte mir die Zukunft vorzustellen, so wie Ira Progoff, wenn er das *Intensive Journal* lehrt, einen dazu bringt, sich die Zukunft vorzustellen; das heißt, sich wirklich seine Zukunft zu schaffen, seine Gedanken auf seine Wünsche zu richten, auch wenn sie einem unmöglich scheinen.

Die Romantiker waren natürlich Absolutisten. Wenn sie nicht finden konnten, was sie suchten, pflegten sie an Tuberkulose zu sterben. Ich habe einmal die Geschichte aller Romantiker gelesen. Alle waren sie der Ansicht: »Wenn ich nicht bekommen kann, was ich will, will ich sterben.« Ein Neurotiker tut dasselbe, nur auf weniger auffällige Art. Die Chinesen sagen, daß Weisheit da beginne, wo man anfängt zu realisieren, daß man sich vom Ideal lossagen muß. Ich war davon sehr beeindruckt, denn mit etwa zwanzig tun wir das, stellen wir Ideale auf.

Andererseits denke ich, daß wir die Vorstellung, das Bild von etwas Wünschenswertem hegen müssen. Ich meine nicht das Unmögliche, Absolute, Romantische, das Neurotische und Narzißtische, als ob wir unseren Zwilling suchten, der zu allem »ja« sagt. Ich meine, wenn man einmal gewillt ist, das menschliche Dasein zu akzeptieren, braucht man eine solche Wunschvorstellung. Die Aufgabe des Traumes ist es, uns auf das zu lenken, was wir wollen. Wir müssen einen Wunsch haben – ich meine nicht so eine Art unmöglicher Hoffnung, sondern eine

Vorstellung von dem, was wir erreichen wollen, denn das führt uns.

Als Mädchen las ich zum Beispiel gern Biographien und sagte immer: »Das ist genau das Leben, das ich leben möchte«, oder »Das ist das Land, das ich sehen möchte.« Und dann versuchte ich, es zu erreichen, und wenn es mir zugänglich war, nahm ich es jeweils in Besitz. Weil ich so viel über Japan gelesen hatte, fuhr ich hin, als ich zum Erscheinen meines Romans eingeladen wurde. Ich denke, das ist nicht dasselbe wie jene unmögliche Hoffnung, an der wir uns die Köpfe einschlagen. Es ist wirklich die Erschaffung eines Lebens innerhalb künstlerischer Kontrollen, mit seiner Form und seinen Prägungen. Ich habe das Beispiel von dem Hausboot erzählt, wie ich davon träumte, es dann sah, es anschließend bekam, darin lebte und dann darüber schrieb. Der Traum war das führende Licht.

Wir müssen also ein Wunschbild haben, wie die Filmemacherin Shirley Clark. Sie war ganz arm und lebte in New York. Sie sagte, sie hätte immer davon geträumt, nach Indien zu gehen, um Kinder zu fotografieren. Natürlich schien das damals im Künstlerviertel, als sie ohne einen Pfennig war, völlig unmöglich.

Aber sie war von der Idee besessen, und als die UNESCO ihr den Auftrag gab, in Frankreich Kinder zu fotografieren, sagte sie zu – weil das ein bißchen näher bei Indien lag. Sie fotografierte die Kinder in Frankreich, und dann gab man ihr den Job in Indien. Sie hatte einen geradezu hoffnungslosen Wunsch, und er ging wirklich in Erfüllung. Viele meiner Wünsche erfüllten sich auch. Als ich Biographien las, fand ich gewisse Modelle, Formen des Lebens, die ich erreichen wollte, und sie brachten mich dazu, darauf zuzusteuern. Wenn wir also kein Wunschbild haben, keinem Traum folgen, dann wissen wir auch nicht, wohin wir uns bewegen, und wir tun nichts dazu, es zu verwirklichen.

Sie hörten heute morgen so wunderbare Dinge über den Traum, den wir brauchen, um uns in unseren psychologischen Welten zu orientieren. Aber jetzt möchte ich über einen anderen Aspekt des Traums sprechen und darüber, wie er besonders für die Kreativität nutzbar gemacht werden kann. Außer dem sehr wertvollen Gesichtspunkt, daß wir uns mit Hilfe des Traums in unserer geistigen Welt orientieren, gibt es noch einen anderen, aus dem wir Nutzen ziehen, wenn wir unseren Widerstand dagegen einmal überwunden haben und unsere Träume wirklich beachten. Ich habe meinen Träumen in beider Hinsicht Aufmerksamkeit geschenkt: daß sie mir im Leben helfen und daß sie mir auch helfen, schöpferisch zu sein. Und dann ging ich darüber hinaus.

Ich führte ein Jahr, ein ganzes Jahr lang Aufzeichnungen über meine Träume. Dann schrieb ich ein Buch, *House of Incest*, das auf der Idee gründete, daß die erste Liebe sich immer innerhalb der Familie abspielt und immer, in einem emotionalen Sinn, blutschänderisch ist. Aber ich fand heraus, daß, wenn man seine Träume einfach behält und sie nicht mit seinem Leben in Beziehung bringt oder sie als Orientierung benützt, man sich in sie um ihrer selbst willen verliebt. Man läßt sich von den Bildern verführen und entdeckt eine andere Sprache. Nicht die Sprache des Gehirns, nicht die rationalistische Sprache, sondern die Bildersprache. Ich behielt meine Träume, und da ich sie nicht mit meinem Leben in Beziehung brachte, schienen sie beziehungslos zu sein wie die Bilder in einem Gedicht oder einer Prosadichtung. Ich hatte sehr früh aus der Psychotherapie gelernt, mich nicht zu sehr um die sichtbaren Verhaltensmuster zu kümmern, nicht gleich Zusammenhänge zu suchen, sondern die Traumbilder herankommen zu lassen, sie zu genießen, sie anzusehen, wie man ein Gemälde betrachtet, ihnen ihre Existenz zu erlauben. Gewöhnlich neigen wir wirklich dazu, nicht auf unsere Träume zu hören oder sie beiseite zu schieben, es sei denn, wir hätten einen nützlichen Gebrauch für sie und sie leiteten uns durch einen schwierigen Moment unseres Lebens.

Ich behielt sie einfach nur so, und es schien, daß ich ziemlich chaotische Träume hatte. Aber ganz langsam begann ich, sie wenigstens gefühlsmäßig miteinander zu verbinden, und alle sammelten sich um die Gefühle meines Lebens zu dieser Zeit. Dann half mir die Therapie herauszufinden, in welchem Verhaltensmuster ich mich gefangen fühlte. Es war die Familie und die frühe Liebe. Das war die Erklärung. Aber die Therapie half mir auch in meinem Kunstgefühl, beim Schreiben von Prosadichtung. Ich fing an, die Träume zu beschreiben und dann über den Traum zu träumen, darum herum zu träumen. Ein wunderbares Bild konnte erscheinen, und das ist ganz anders, als wenn man nach einer Bedeutung sucht, um sie aufs

Leben zu beziehen. Es ist wirklich, als schriebe man die erste Zeile eines Gedichts und bemühe sich dann um die zweite Zeile, und das Grundmuster kommt erst am Ende hervor.
Wenn man daran glaubt, daß das Unterbewußtsein wunderbare Strukturen hat, wenn man ihm erlaubt, sie auszuformen, und man diesen Ausformungen vertraut, dann werden sie am Ende ein Muster, manchmal ein sehr unerwartetes Muster bringen. Ich begann mich so darauf zu verlassen, daß ich bei der Arbeit an einem Roman immer wieder von einem auftauchenden Bild unterbrochen wurde. Das Bild schien jeweils für die Geschichte völlig unwesentlich, und ich konnte nicht verstehen, warum es entstanden war. Aber ich pflegte ihm immer zu gehorchen.
Es geschah zum Beispiel, als ich *Ladders to Fire* schrieb, und es machte damals einen großen Eindruck auf mich, weil ich mich sehr darüber ärgerte. Ich hatte das Gefühl, daß ich wirklich mit dem Roman weitermachen sollte und daß es nicht gut für mich war, an etwas Unwesentliches erinnert zu werden. Aber das Bild war sehr, sehr lebendig: Es war mit einem Konzert verbunden, das ich in Paris besucht hatte. Ich hatte in den Garten geschaut und dort einen dreiteiligen Spiegel gesehen, was ziemlich ungewöhnlich ist. Ich sann darüber nach, während ich der Musik lauschte. Damals berührte mich das Bild nicht besonders, aber es muß einen sehr starken Eindruck auf mich gemacht haben, daß ich es zehn Jahre lang in mir behalten habe. Warum tauchte es genau in diesem Augenblick wieder auf? Aber ich erlaubte dieser Erinnerung, mir in den Sinn zu kommen, und schrieb sie auf. Ich schrieb über die Musik, ich schrieb über den dreiteiligen Spiegel, der in einem Garten ungewöhnlich war. Und dann wurde es mir plötzlich klar: die Assoziation war Garten-Natur, Spiegel-Künstlichkeit; Neurose, eher Widerspiegelung von Wirklichkeit als Wirklichkeit selbst, die man berühren konnte. Und ich ging weiter und weiter, und bevor ich es wußte, hatte ich den Roman beendet. Ich schrieb, und ich gab mit der Metapher, mit diesem Bild den Schlüssel zum Roman, der in dem Kampf jener Frauen gegen ihre Natur besteht, in der Unwirklichkeit ihres Lebens, in der Reflexion von Natur im Spiegel eher als in der Reflexion der Natur selbst. Es ist also das Vertrauen in solche Bilder, das meines Erachtens den Dichter die erste Zeile seines Gedichts schreiben und dann fortfahren läßt. Jeder Roman, den ich

seither schrieb, hat mit einem Traum begonnen, und manchmal wußte ich nicht, wohin er mich führen würde.
Manchmal verbindet sich der Traum mit Bildern von etwas, das man gehört oder gelesen hat. Zum Beispiel habe ich gehört, daß die Pharaonen Sonnenbarken hatten, um nach dem Tod darin zu reisen. Immer zwei Boote wurden mit ihnen verbrannt: eines, um tagsüber zur Sonne zu fahren, eines, um nachts zum Mond zu reisen. Natürlich wissen wir sehr gut, daß das die Symbole für das Bewußtsein und das Unterbewußtsein sind. Wenn ein solches Bild, obgleich es der Geschichte entlehnt ist, mir erhalten bleibt und mich in gewisser Weise wirklich durchdringt, dann weiß ich, daß es mit irgendeinem Mythos verknüpft ist, den ich zu klären versuche. Dieses Bild erhielt ich also nicht von einem Traum; ich nahm es von außen, es entstammte einer Lektüre. Doch weil seine Schwingungen auf mich einwirkten und es sich bei mir festsetzte, wußte ich, daß es eine besondere Bedeutung hatte. So habe ich das Buch von der Reise einer jungen Frau durch Mexiko begonnen und fand, daß es genau das richtige Bild war, um den Stoff zusammenzuhalten. Wenn man nämlich einen impressionistischen, frei assoziierenden Roman schreibt, ist die Grundstruktur sehr schwer zu finden, weil man nicht mit dem Erzählen einer Geschichte beginnt. Man versucht eher, herauszufinden, was in den Charakteren steckt, und erforscht das. Was mich führte, war das Gefühl, daß Lillians Reise eine doppelte war. Es war eine Tagreise in die große Schönheit von Mexiko, aber es war auch eine nächtliche Reise in das Verstehen ihres eigenen Wesens. Und da sah ich, daß die Sonnenbarke das perfekte Bild war, um die Bedeutung der Geschichte zu verstärken, sie gleichsam herauszuschmelzen.
So kann der Traum der Anfang eines Gedichts sein, der Anfang eines Romans, der Anfang einer Handlung, einer Suche. Ich habe einen Roman, der mit einem immer wiederkehrenden Traum beginnt, den ich selbst hatte und den ich in dem Buch untersuchte, bis ich aufdeckte, was er bedeutete. Dieser Traum handelte davon, daß ich ein Boot durch eine wasserlose Stadt schob, und den ganzen Traum hindurch unternahm ich fürchterliche Anstrengungen, das Boot durch die Stadt zu stoßen und zu schieben. Es wollte in der Stadt nicht schwimmen. Ich hatte den Traum viele Jahre lang, und ich wußte nie genau, was er bedeutete, außer daß ich nicht nach dem Diktat des

Unbewußten lebte. Ich war nicht frei, hatte meinen Wasserstand noch nicht gefunden, hatte meine wirkliche Reise nicht gefunden. Nun geschah es, daß ich sie in Mexiko fand, und so beschrieb ich meinen ersten Kontakt mit dem Meer und das Gefühl des Einklangs mit der Kultur, und dann schwamm ich plötzlich. Dieses Bild wurde die Schlüsselvorstellung des ganzen Romans. Und da ich den Traum hatte und das Buch schrieb, kam auch der Traum nachher nie wieder. Er hatte seinen Zweck für mich erfüllt, aber er hielt auch die Art von Roman zusammen, die sehr schwer zu schreiben ist, die wie ein Gedicht ist. Es ist ein Roman ohne Handlung, man plant nicht im voraus, was geschehen wird, denn geschehen wird die innere Reise, und man kann nicht voraussagen, wohin sie einen führt. Sie basiert auf einem unendlichen Vertrauen in die Bedeutung des Traumes.

Durch diese Betonung der Traumbilder entdeckte ich auch, daß es noch eine andere Sprache gibt, die von der Eingebung lebt und unser Unbewußtes direkt durchdringt. Sie muß nicht verstandesmäßig analysiert und interpretiert werden. Sie erfüllt uns, wie das die Musik tut, über das Gefühl. Von dieser Sprache habe ich gesprochen, und darum kam es eine Zeitlang, wenn ich die Sprache hervorhob, zu Mißverständnissen. Die Studenten sagten: »Wir haben zu viele Worte, zu viel Sprache, zu viele Gespräche.« Aber ich antwortete immer: »Nein, die Sprache ist etwas Kostbares, Wunderbares; es hängt davon ab, wie wir sie benutzen.« Wenn sie das Imaginäre, die Einbildungskraft betont, wenn sie direkt aus dem Unbewußten kommt, dann ist sie etwas, das bestimmt auch anderen Befreiung bringt und uns alle zum Schwimmen bringt. Aber es muß die Sprache der Traumbilder sein, denn die ist unverfälscht, kommt direkt aus dem Unbewußten. Es ist die Art, wie sich das Unbewußte selbst ausdrückt.

Ein Student fragte mich einmal, warum wir in Symbolen träumen, warum wir nicht ganz direkt träumen, warum wir als Schriftsteller nicht genau das sagen, was wir meinen. Ich antwortete: »Weil Träume eine Sprache sind, die wir lernen müssen. Es ist immer noch eine indirekte Sprache, weil wir die nackte Wahrheit nicht ertragen können. Deshalb äußert sie sich in Form eines Symbols oder einer Metapher.« Wenn man einen Roman schreiben will, der diese Ebene betrifft, einen Roman über das, was sich in der Seele eines Menschen abspielt,

dann muß man Zuflucht nehmen zu den Bildern, dem Rhythmus, zu Dingen, die auf den Körper wirken und durch die Sinne aufgenommen werden. Als heute morgen ein Mädchen davon sprach, daß man Musik mit Themen von Jung komponieren könne, fand ich das eine faszinierende Idee . . .
Ich glaube, daß der Künstler immer diesen Kontakt mit der Symbol-Ebene hatte und immer wußte, daß dies die Quelle seiner Malerei, seiner Musik, aller Künste sei. Aber in unserer Kultur wurde diese Quelle eine Zeitlang abgesperrt. Unsere Kultur belegte das Träumen mit einem Tabu, sagte, es sei Zeitverschwendung, sei eine Flucht, habe nicht viel Bedeutung. Ich habe gehört, daß die Orientalen, als sie einmal mit der amerikanischen Armee über einen Terminplan diskutierten, fragten: »Wollen Sie sagen, daß Sie in Ihrem Plan keine Zeit zum Träumen eingesetzt haben?« Aber unsere Kultur hat es mit einem großen Tabu belegt; Selbstbeobachtung war tabu, auch das Bemühen, den Sinn von allem herauszufinden. Deshalb haben wir ungeheuer viele Schriftsteller verloren. Und darum haben wir, meiner Ansicht nach, die viel gefährlichere Drogenwelle. Das war automatisch der Weg, das schreckliche Tabu aufzuheben, das Traum, Einbildungskraft und Empfindungen auferlegt worden war. Es war ein sehr unheilvoller Weg, um zu versuchen, die innere Welt zu erreichen. Der Unterschied zwischen dem Drogenkonsum und meinen Ausführungen besteht darin, daß beim Träumen und Meditieren der schöpferische Wille beteiligt ist; es ist eine aktive Teilnahme, man erschafft sich etwas mit seinen Bildern, während einen der chemische Weg passiv macht. Ich nenne es Tourist sein in der Welt der Bilder. Man nimmt den Traum passiv auf, verbindet ihn nicht mit dem Leben, einer künstlerischen Arbeit oder einem Gedicht. Es gibt da keine lebendige Beziehung. Es ist, wenn man sich hinlegt, Opium nimmt und Phantasien hat, ohne aber eine Verknüpfung zwischen den Phantasien und ihrer Erfüllung herzustellen, was der nächste Schritt ist – die Erschaffung des eigenen Lebens.
Bevor ich schließe, möchte ich Ihnen ein Stück aus einem anderen Buch vorlesen, das mir viel bedeutet hat, nämlich aus *Die positive Kraft der Träume* von Ann Faraday. Sie sieht den Traum nicht nur als Symptom von inneren Schwierigkeiten oder einem neurotischen oder ängstlichen Zustand, sondern als dynamische Botschaft zukünftigen Geschehens, möglichen

Geschehens. Sie braucht den Traum als dynamische Kraft, wie ich in meinem Tagebuch den Traum benutzte, um Angst auszudrücken, später aber als Hinweis auf die Art zu leben, die ich mir wünschte, den Traum als Wunschvorstellung benutzend. Ann Faraday sagt: »Es ist ein weitverbreiteter Glaube unter den jungen Leuten, daß die Menschheit in den letzten zehn Jahren in eine neue Epoche eingetreten ist. Sie kennzeichnen sie mit dem astrologischen Begriff des Wassermann-Zeitalters, dessen Hauptmerkmal seit jeher die Suche nach geistiger Ganzheit sein soll... Ich habe keine eigene Meinung über Astrologie«, sagte sie, »aber ich hoffe, die jungen Leute haben recht mit dem neuen Zeitalter. Wenn nämlich die Menschen nicht beginnen, mehr über die inneren Quellen ihres Verhaltens zu lernen und mehr echtes Selbstgefühl zu suchen, scheint es unwahrscheinlich, daß die menschliche Rasse viel Hoffnung auf irgendeine erträgliche Zukunft hat.«

F. Sie benutzten das Wort »psychisch« ziemlich oft, und da es ein viel gebrauchtes Wort ist, möchte ich gern wissen, was es für Sie genau bedeutet.
A. N. Unter »psychisch« verstehe ich die innere Bedeutung. Ich habe das Wort Psyche immer benutzt, um auf das Unbewußte, unser geistiges Leben, unser Gefühlsleben zu verweisen. Im Griechischen war Psyche die Seele, der Schmetterling, der seine Puppe abstreift und davonfliegt. So ist für mich Psyche ein Ausdruck, der diese Idee von der Seele und dem Unbewußten verbindet. Die Psyche ist die Seele, die, wie Jung und andere Psychologen gezeigt haben, kollektiv und individuell existiert und sich in Träumen offenbart. Deshalb müssen wir ihre Symbole lernen – um zu verstehen, was in uns geschieht. Die Psyche ist eine Art doppelter Strom in unserem Leben; von da kommt der Reichtum, die Bande zur ganzen Welt und die gesamte Kraft für Schöpferisches.
F. Sie haben verschiedentlich Meditation erwähnt, und ich möchte wissen, ob Sie sie in einer bestimmten Form ausüben.
A. N. Nein, es ist nicht das, was Sie Meditation nennen. Ich meine damit, was ich in den *Tagebüchern* meine Opium-Periode nannte. Es bedeutet, daß ich, wenn das Erlebnis, wenn der Tag vorbei war, darüber nachgrübelte oder es noch einmal

erlebte oder über das Geschehene meditierte, weil ich es verstehen wollte. Es ist eine andere Art von Meditation. Ich sage nicht: »Jetzt meditiere ich.« Meine Meditation findet im Tagebuch statt, wenn ich nachts schreibe; nicht *während*, sondern *nach* einem Erlebnis. Dann kenne ich noch jene Meditation über Ereignisse; ich spürte jeweils, daß ich sie brauchte, wenn ich nicht mehr Erlebnisse haben wollte, als ich verarbeiten konnte.

F. Mich interessiert, was Sie von dem Wert östlicher Gedanken und Lehren für die westliche Kultur halten.

A. N. Ich habe nicht darüber gesprochen, weil ich nicht daran glaube. Ich glaube nicht, daß wir eine unserer Kultur fremde Religion, Lehre oder Philosophie übernehmen können. Ich bin der Ansicht, daß wir uns unsere eigene Rettung erarbeiten müssen, unsere geistige Welt in westlichen Begriffen finden müssen. Ich habe mit vielen wertvollen Freunden gesprochen, die im Osten gewesen sind, die zur Meditation in Japan waren, die in buddhistischen Klöstern weilten. Sie stellen fest, daß sie nicht daran festhalten können, denn es ist nicht durch sie geschaffen worden, in Begriffen ihres Lebensraums. Wenn jemand in Japan bliebe und den Rest seines Lebens in einem buddhistischen Kloster verbrächte, dann könnte ich mir vorstellen, daß er sich ganz dieser Lebensweise zuwendet. Aber das tun wir ja nicht. Wir versuchen, es zu verpflanzen. Ein Freund sagte mir, daß er ganz von einer heiteren Ruhe erfüllt gewesen sei, während er sich dort aufhielt. Auch ich fühlte das in Japan. Man bleibt dort, und man erlebt, daß alles völlig gelassen und schön ist. Aber man kann das nicht übertragen und *hier* wirklich so leben.

F. Könnten Sie uns näher erläutern, was die westliche Zivilisation auf dem Gebiet der Spiritualität anzubieten hat – was haben wir diesen östlichen Gedanken entgegenzusetzen?

A. N. Das ist schwierig zu beantworten, weil es für jeden Menschen anders ist. Ich denke, man kann mit unseren Mitteln erreichen, was wir Gelassenheit, religiöses, geistiges oder mystisches Selbst nennen, oder wie man es auch immer bezeichnen will – das geistige Leben. Und es wäre dann ohne Dogma. Ich glaube nämlich, daß wir uns jetzt vom Dogma der Religion befreit haben. Wir sind nicht mehr so dogmatisch, nicht einmal, was die Psychologie betrifft. Wir haben diese Abgrenzungen nicht. Deshalb glaube ich, daß wir dabei sind,

Ganzheit zu erreichen, den Geist zu öffnen, die Psyche zu befreien, und das alles in unseren eigenen Begriffen und unter unseren hiesigen Lebensbedingungen. Wir verlieren die wunderbare Hilfe nicht, die wir von der anderen Seite erhalten haben, die Art, wie die Japaner Gelassenheit erreichen, ihre asketische Philosophie. All das hilft uns, unsere eigene zu erlangen. Aber man kann nicht ihr Vorgehen übertragen, weil wir dazu unsere gesamte Kultur, die ganze westliche Kultur ändern müßten.

F. Aber verliefe das nicht ähnlich wie bei Ihnen, die Sie aus einer Kultur kommen und Teil einer anderen geworden sind?

A. N. Das ist etwas anderes. Ich war entwurzelt und habe dann meine Wurzeln hier geschlagen. Ich mußte ein neues Leben beginnen und mich einer neuen Kultur *anpassen.* Aber das ist nicht ganz dasselbe, wie sich eine völlig andersartige Kultur *anzueignen.*

F. Aber es gibt japanische Lehrer, die hier leben. Glauben Sie nicht, daß eine wechselseitige Kulturübertragung möglich ist?

A. N. Ja, ohne sie direkt zu übernehmen. Die Wirkung ist nicht dauerhaft. Ich mache hier einen Unterschied. Gewiß können wir von einer Kultur inspiriert werden, die schon immer geistiger gewesen ist als unsere. Aber es ist trotzdem nicht etwas, das wir übernehmen können. Man wird feststellen, daß es nicht dauerhaft ist, weil man sich das erarbeiten muß. Im Osten erwarben sie es organisch und durch Jahrhunderte der Disziplin. Es ist eine rassische Angelegenheit, und die tiefsitzende Erinnerung an Tausende von Jahren liegt dahinter. Sich dafür zu interessieren ist eins. Ich interessiere mich sehr für den Orient. Aber jetzt sprechen wir von Aneignung.

F. Nun, wenn man sich einmal dafür interessiert, kann man es doch nicht weiterverfolgen ohne die Vorstellung, es sich anzueignen.

A. N. Aber dann sollte man in den Fernen Osten ziehen. Denn als westlicher Mensch kann man nicht das Leben der Gelassenheit und Askese der Japaner leben, und sie können sich nicht in unsere Kultur eingliedern.

F. Ich bin neugierig, ob Sie je mit dem Tarock in Kontakt kamen oder seinen Symbolismus verwendet haben.

A. N. Nein, ich habe anderen Religionen, Geheimlehren und

Ritualen gegenüber eine sehr eigensinnige Haltung. Ich wollte immer meine eigene schaffen. Ich wollte meine eigene Mythologie haben. Irgend jemand fragte mich neulich über mein Verhältnis zum Minotaurus. Ich habe meine eigene Geschichte über das Labyrinth erfunden. Ich meine, daß der kreative Mensch sich sein Universum schaffen will in Übereinstimmung mit seinem Glauben. Ich habe mich zum Beispiel nie mit Astrologie oder Zen-Buddhismus beschäftigt, obwohl ich Freunde habe, die versuchten, es mir beizubringen. Irgendwie hätte es aus mir selbst kommen müssen, so wie Kinder ihre eigenen Gedichte machen wollen.

F. Interessieren Sie sich für Carlos Castanedas Methode, das Unbewußte zu erforschen, psychische Zustände hervorzurufen?

A. N. Nein, Drogen zu benutzen, ist nicht meine Methode. Ich erforsche es nicht auf diese Weise. In dem Tagebuch, an dem ich jetzt arbeite, beschreibe ich meine eine und einzige Erfahrung mit LSD. Interessant war in diesem Fall, daß ich es als Experiment machte. Ich wurde eingeladen, weil ich Schriftstellerin war, und ein Wissenschaftler, ein Komponist und verschiedene andere Leute nahmen auch daran teil. Aber nach genauer Untersuchung des langen Traums, den ich hatte und der ungefähr acht Stunden dauerte, stellte ich fest, daß all die Bilder, die ich unter dem Einfluß von LSD hatte, bereits in meinem Werk vorhanden waren. Dies beweist, daß man keine Drogen braucht, wenn man mit Bildern aus dem Unterbewußtsein, mit Träumen, mit einem völlig freien Zugang zum Unbewußten arbeitet. Natürlich hatte ich eine Auseinandersetzung mit Huxley, weil er sagte: »Sie sind glücklich, Sie können in Ihrem Unbewußten einfach ein und aus gehen. Aber einige von uns sind nicht in der gleichen glücklichen Lage, und wir brauchen LSD.« Aber sehen Sie, als Experiment ist es interessant, festzustellen, daß der Bilderreichtum sehr ähnlich war. Ich konnte seine Spur verfolgen. Ich folgerte daraus, daß wir dem Künstler, zumindest in Amerika, die Tür versperrt hatten für eine Wahrnehmungsweise, die er hätte übermitteln können.

F. War Ihre Erfahrung mit LSD beängstigend?

A. N. Beängstigend? Nein, ich hatte keinen »schlechten Trip«, wie man so sagt. Es ging mir nur einen Augenblick lang schlecht, als mit meiner Atmung etwas nicht in Ordnung war. Aber das könnte ein physisches Symptom gewesen sein.

F. Wieviel haben Sie genommen?

A. N. Ich weiß es nicht. Aber ich glaube nicht wirklich daran, und ich finde, daß die inneren Bilder, die wir dadurch bekommen, uns mehr und mehr passiv machen. Wie ich in *The Novel of the Future* gesagt habe, möchte ich kein Tourist in der Welt der inneren Bilder sein. Ich möchte mit ihnen etwas erschaffen. Wenn das Bild eines Hausbootes in mir auftaucht, möchte ich darin leben und ein Hausboot haben. Handle danach! Aber die Drogen untergraben unsere ganze schöpferische Aktivität, sie machen uns passiv. Darum glaube ich nicht daran. Man sieht zwar die Bilderwelt, aber es ist, als betrachte man einen Film. Er ändert das Leben nicht, veranlaßt einen nicht, das Leben schöpferisch zu gestalten. Man verliert seine kreative Fähigkeit.

F. Ich habe festgestellt, daß Männer viel mehr Drogen nehmen, sowohl Marihuana wie Alkohol, als die mir bekannten Frauen. Ein Freund erklärte es mir mit den Begriffen Yin und Yang: Frauen sind Yin und Männer Yang, und Drogen sind Yin. Wenn deshalb eine Frau Drogen nimmt, intensiviert das manchmal etwas ihr Innewohnendes bis zu dem Punkt, wo es unerträglich wird und schwere Angstzustände verursacht.

A. N. Diese Unterscheidung zwischen Mann und Frau habe ich niemals bemerkt. Mir scheint, wenn man einen unformulierten Alptraum in sich trägt, wird die Droge ihn ans Licht bringen. Was auch immer im Unbewußten ist, kommt heraus.

F. Welchen Platz würden Sie dem Traum in Ihren Werken zuweisen, und welche Bedeutung hat darin der andauernde Austausch und die stete Beziehung zwischen dem Bewußtsein und dem Unbewußten?

A. N. Unglücklicherweise neigen wir dazu, immer alles voneinander zu trennen. Wir trennen Körper und Seele, wir trennen den Traum von unserem täglichen Leben. Die Psychologie zeigte mir die Wechselbeziehungen auf. Ich wollte diese Durchgänge offenhalten, um mich von einer Dimension zur anderen bewegen zu können; sie nicht aufteilen, damit sie wirklich eins waren. Als nächstes galt es, das auf den Roman zu übertragen, den Roman immer mit einem Traum beginnen zu lassen. In ihm wurde das Thema des Romans entwickelt, verständlich gemacht und, wenn möglich, am Ende erfüllt, um dann zum nächsten Erlebnis übergehen zu können.

F. In den *Tagebüchern* betonen Sie einen Satz von Jung: »Sich vom Traum ins Leben führen lassen.«

A. N. Das ist ein sehr wichtiger Satz, und er trifft genau die Stelle, wo ich mein Werk ansiedeln wollte. Aber zu dieser Zeit interessierte ich mich weniger für Jung als für Otto Rank. Er beschäftigte sich intensiv mit dem Künstler und ist direkt verantwortlich für mein Verhältnis zu dem von mir so genannten kreativen Willen, der Umformung des Lebens, dem Transzendieren, der Metamorphose von allem. An Jung finde ich erst seit kurzem Gefallen. Ich mußte zuerst das Problem des kreativen Willens lösen, das Ranks großes Thema war.

F. Aus Ihren Schriften spricht ein tiefer Glaube an die menschliche Fähigkeit, über Neurosen hinauszuwachsen. Woher beziehen Sie Ihren Optimismus?

A. N. Darüber habe ich nie nachgedacht. Ich habe immer diesen Impuls in mir gefühlt, in der Art, wie Pflanzen einen Impuls haben zu wachsen. Wir haben alle diesen Impuls, aber gelegentlich wird er beschädigt. In Kindern ist er, sie gebrauchen ihre Stärke, ihre Geschicklichkeit und entdecken alles, alle Möglichkeiten. Ich glaube, daß wir den Schaden bemerken können, den die meisten von uns irgendwo erleiden, und daß wir ihn überwinden können. Wir sind alle Einmischungen, Entmutigungen und traumatischen Erlebnissen ausgesetzt. Ich habe junge Autoren getroffen, die bei der ersten ablehnenden Bemerkung aufgaben. Es kommt darauf an, wie sehr wir gewillt sind, zu kämpfen und Hindernisse zu überwinden.

F. Mein Problem ist, daß ich versuche, mich an meine Träume zu erinnern, und immer aufwache, bevor sie fertig sind.

A. N. Zu der Zeit, als wir unsere Träume wirklich aufschrieben und viel träumen wollten, fanden wir heraus, daß wir zwar schlecht schliefen, aber alle unsere Träume behielten, wenn wir etwas schwer Verdauliches aßen! Also aßen wir am Abend Mengen von Käse und tranken Wein, schliefen sehr schlecht, erinnerten uns jedoch an alle unsere Träume. Das ist wirklich wahr. Wenn wir schlecht schlafen, scheinen wir mehr an der oberen Ebene der Träume zu bleiben, als wenn wir sehr tief schlafen. Es gibt auch Studien darüber.

F. Mein Problem ist, daß meine Träume so schrecklich

nüchtern sind. Mir ist klar, daß sie auch eine Bedeutung haben, aber mir fehlt ein gewisser weither geholter, bizarrer Typ von Traumbildern. Ich wüßte gern, wie man das entwickeln kann.

A. N. Das hängt davon ab, was man aufnimmt. Welche Bücher man liest, welche Filme, welche Gemälde man sieht. Meine Träume sind beeinflußt worden von, sagen wir, meiner Liebe zu Lippolds *Sonne*. So etwas anzuschauen, nährt die Träume mit poetischen Bildern, und wenn man poetische Träume haben will, wird man sie bekommen. Aber ich kann Ihr Problem verstehen. Manchmal ärgere ich mich, weil das, was ich schreibe, die Träume, die ich erfinde, besser sind als die, die ich nachts träume. Aber das ist ein Ausgangspunkt. Denn wie wir beide gesagt haben, sie haben alle eine symbolische Bedeutung. Die einfachste Handlung hat eine andere Bedeutung. Es gibt keine prosaische Handlung.

F. Haben Sie bemerkt, daß Ihr Traumleben in Stufen verläuft?

A. N. Ja, aktiv und manchmal passiv. Es gibt passive Phasen. Wenn zuviel von außen eindringt, wird das innere Leben ruhiger. Und wenn ich arbeite, ist das Schreiben wie ein Wachtraum. Ich betrachte das meiste, was ich schreibe, poetische Prosa, als eine Art Wachtraum, den man lenkt, den man entwickelt. Aber wie ich schon sagte, es gab Phasen, wo die Träume sehr aktiv waren und mich stark beeinflußten, wo Wechselwirkungen stattfanden, und dann gab es andere, ruhigere Phasen. Äußerlich aktive Zeiten setzten gewöhnlich dem träumerischen Teil ein Ende; aber wenn ich zu meiner Arbeit zurückkehre, überwiegen wieder die Träumereien. Ich glaube, daß Schreiben zu einem großen Teil Wachträumen ist, jedenfalls meine Art zu schreiben, die auf der freien Assoziation basiert.

F. Führten Sie in Louveciennes ein Traumbuch?

A. N. Ja, ich schrieb viele Träume nieder und zeichnete Gespräche mit Freunden über Schwierigkeiten und Probleme auf. Aber ich fand, daß die Träume nicht interessant waren, wenn sie sich nicht auf etwas bezogen. Träume an sich dünkten mich nicht interessant. Ich merkte das, als ich Michel Leiris las. Er veröffentlichte einfach nur seine Träume, und ich finde sie sehr langweilig zu lesen. Ich weiß nicht, warum. Aus eben diesem Grund redigierte ich viele Träume heraus, die ich nicht entschlüsselt hatte und die ich nicht interessant fand.

F. Können Sie etwas darüber sagen, ob Sie manchmal Angst haben, einen Wunsch zu verfolgen, Angst, daß Sie nicht imstande sein könnten, ihn durchzuführen?

A. N. Diese Angst haben wir alle. Die Angst, daß wir etwas Ersehntes nicht erreichen oder nicht die Fähigkeit haben, es zu erreichen. Die Wünsche, die ich Ihnen mitgeteilt habe, waren nicht zu schwierig. Ein Hausboot zu haben, beispielsweise, ist nicht zu schwierig. Aber andere Wünsche waren schwierig zu verwirklichen; etwa ein Schriftsteller zu werden, der anderen Gefühle weitergeben kann und der erkennt, daß das nicht möglich ist, wenn man es aus einer rationalen Haltung heraus tut und wenn man einen Roman im voraus plant, weil es nicht eine Sache der Logik ist, sondern des Eindringens in das unbewußte Leben, wo aller Reichtum liegt. Ich habe gesagt, daß ich so schreiben möchte, wie einen Musik berührt. Das war kein einfacher Wunsch, und ich brauchte ein ganzes Leben, um es zu erreichen. Man hat Ängste, man hat Zweifel. Ich hatte ganz gewiß Zweifel während der zwanzig Jahre, da Amerika mein Werk mit Stillschweigen überging. Das machte mich unsicher, und ich war von Freunden abhängig, die mich bei meiner Arbeit unterstützten, als es überhaupt keine Reaktionen gab. Also mußte der Wunsch stärker werden. Aber es hat nichts mit Mut oder Heldentum zu tun. Es ist keine heroische Sache. Es ist eine Frage der Eigensinnigkeit. Ich war sehr eigensinnig und hartnäckig.

F. Ihr Werk scheint mir zuweilen sehr traumähnlich. Ist das Ihr Bild von der Wirklichkeit?

A. N. Nein, aber ein Teil meines Lebens *ist* Traum, und ich habe die beiden zusammengeschmiedet, so daß sie vereint sind. Es gibt das nächtliche Träumen, und es gibt die Tagträumerei, und das Schreiben ist eine Art Wachtraum, wie ich es nenne. Es scheint traumähnlich zu sein, aber es ist kein Traum. Es entspricht unserem Leben. Wir leben teils bewußt, teils unbewußt. Unsere Phantasien und Nachtträume beeinflussen uns, und unser Leben am Tag beeinflußt unsere Träume in der Nacht. Es ist wirklich eine Vermählung.

F. Sie sprechen über die Vorteile, sich auf das Unbewußte einzustimmen, und über die Schwierigkeiten, die wir erleben, weil unser kulturelles Erbe das Unbewußte ignoriert hat. Aber ich glaube, das ist etwas irreführend. Es läßt meines Erachtens die grundlegendste Ursache unbeachtet, warum sich die Leute in der Vergangenheit nicht auf ihr Unbewußtes einließen, daß nämlich instinktive Triebe sowohl bei normalen wie anormalen Menschen viele Ängste hervorrufen und daß das Ego Verteidigungen errichtet, um die zerstörerischen Triebe des Unbewußten abzuhalten.

A. N. Ich verstehe Sie. Aber sehen Sie, Sie beziehen die Tatsache nicht mit ein, daß wir inzwischen viel mehr über diese Probleme wissen. Wir denken nicht mehr in Begriffen wie Besessenheit und Hexerei. Wir wissen, daß wir das Unterbewußtsein erforschen und dabei die bösen oder zerstörerischen Elemente erkennen können. Wir können es zwar nicht beherrschen – das wollen wir auch nicht –, aber wir können es orientieren. Sie sehen also, es ist nicht länger ein dunkler und furchtbarer Ort, ein Dantesches Inferno. Das Unbewußte ist jetzt wirklich ein Gebiet, das Wissenschaftler und wir selbst mit Bewußtheit untersuchen und verstehen können. Sie übergehen alle Fortschritte, die wir im Umgang mit dem Unbewußten erzielt haben. Und Sie schmälern seine positive Kraft.

F. Wie bringen Sie das Tagebuch, das Sie schreiben, mit dem Prozeß der Psychoanalyse in Einklang? Stören sie sich gegenseitig?

A. N. Einander stören? Nein, mein Glaube an die Psychoanalyse war sehr gut fundiert und ist fest geblieben. Ich habe eine Philosophie daraus gemacht, habe sie zum grundlegenden Prüfstein meines ganzen Werks gemacht. In den *Tagebüchern* können Sie nachlesen, daß ich mich in gewissen sehr kritischen Momenten an ärztliche Hilfe wandte, weil die Verwirrung sehr groß war, die Schwierigkeit, all die Rollen zu spielen, die der Mann von mir erwartete. Dazu kamen die Rollen, die ich selbst spielen wollte, was ich sein wollte. In all diesen Konflikten half mir die Psychoanalyse sehr.

F. Sie wenden sich also nur in kritischen Momenten an die Psychoanalyse?

A. N. Ja, ich glaube nicht, daß wir uns an sie wenden, außer wenn wir an einem kritischen Punkt angelangt sind. Eine solche Phase war beispielsweise die Beziehung zum Vater, die gelöst werden mußte. Sonst hätte ich mein ganzes Leben damit verbracht, nach einem Ersatzvater zu suchen. Eine weitere Phase war die Beziehung zur Mutter, die mich in eine andere

Art von Schwierigkeit brachte, weil ich die ganze Welt bemuttern wollte. Und dann kamen andere Krisen. Die letzte umfaßte die Frage, ob ich das Tagebuch veröffentlichen sollte oder nicht. Das war eine sehr heikle Angelegenheit. Ich mußte mich mit dem auseinandersetzen, was wir alle fühlen: die Furcht vor der Beurteilung, die Furcht, mißverstanden und nicht geliebt zu werden. Die Psychoanalyse ermöglichte mir also in jeder kritischen Phase, nicht darin gefangen zu bleiben, wie das einem Schriftsteller manchmal passiert, der sein Leben lang über ein und dasselbe Thema schreibt.

F. Aber die Analyse ist ein so langer Prozeß, und ich frage mich, wie Sie es fertigbrachten, das alles hineinzubringen.

A. N. Es war kein so langer Prozeß, weil ich den Freudschen Analytiker sehr schnell verabschiedete, und Ranks Analyse war, wie er selbst es nannte, eine dynamische Analyse. Er wollte sie in kurzer Zeit machen, eigentlich in zwei oder drei Monaten. Das war seine Überzeugung, und ich bin nicht sicher, ob er damit Erfolg hatte oder nicht. Es gelang ihm, den Künstler in mir aufzurichten, den stärksten Teil meines kreativen Willens herauszufinden und das hervorzuheben, um mir zu helfen, die untergeordneten Probleme, die auftauchen könnten, zu lösen.

F. Nicht der Zeitfaktor stört mich so, sondern der Geldfaktor. Wenn Psychoanalyse eine Notwendigkeit ist, so ist sie auch ein Luxus.

A. N. Ja, das ist ein sehr berechtigter Punkt. Aber zwei Dinge haben in Amerika keine Gültigkeit mehr. Wir haben jetzt viele Kliniken, freie Kliniken für Psychoanalyse und Psychiatrie, und der Luxus-Analytiker ist am Verschwinden. Diejenigen, die sich eine Einzelanalyse nicht leisten können, arbeiten nun in Gruppen. Drei Psychoanalytiker, die ich kenne und die in Los Angeles, San Francisco und New York arbeiten, haben Patienten, die zahlen, und auch solche, die nicht zahlen können. Ich denke also, daß dieses Vorurteil, wie auch andere, nicht mehr zutrifft. Zumindest in Amerika.

F. Sind Sie nicht der Meinung, daß Psychoanalytiker häufig mehr Schaden anrichten, als Gutes tun, und daß viele von ihnen mehr an das Geschäft denken und neugierig sind, als daß sie gemeinnützig arbeiten?

A. N. Ja, das ist möglich. Aber wenn Sie über Analyse sprechen, müssen Sie sich vergegenwärtigen, daß es ebenso, wie es schlechte Ärzte gibt, die Fehler machen und Menschen töten, auch schlechte Analytiker gibt. Wir wissen das. Aber man darf nicht einfach nur die negative Seite einer Sache sehen und, wie Kate Millett, ein Vorurteil gegen Freud entwickeln, der schließlich nur den Beginn der Psychoanalyse darstellt. Sie müssen auch einsehen, daß ein großer Teil der Psychoanalyse *frei* in unsere Kultur eingesickert ist. Wir leben heute mit viel mehr Erkenntnissen als vor zwanzig Jahren, und wir haben die Errungenschaften der Psychoanalyse aufgenommen – nicht direkt, nicht als zahlende Patienten, aber durch Bücher, durch die Literatur, durch Schriftsteller und durch viele andere Kanäle. Es ist wie mit dem Einfluß des Surrealismus, dem wir in Paris ausgesetzt waren, auch wenn wir der Bewegung nicht angehörten. Er lag in der Luft, wir atmeten ihn ein, wir betrachteten ihn in jeder Gemäldegalerie, wir nahmen ihn auf, ohne es überhaupt zu wollen. So haben Sie einen großen Teil Psychoanalyse aufgenommen, ohne es zu wissen! Sie können nicht einfach etwas leugnen, das fester Bestandteil unseres modernen Bewußtseins ist. Sie können es nicht einfach beiseite schieben und sagen, es sei ohne gesellschaftlichen Nutzen, weil es einmal ein Luxus gewesen ist.

F. Aber wie steht es mit der breiten Öffentlichkeit? Wie zugänglich ist ihr das alles?

A. N. Wir müssen uns nicht so sehr Gedanken machen über die breite Öffentlichkeit. Die, die es wirklich wollen, werden es immer finden. Und die, die es nicht wollen, das sind die Leute, die den Vizepräsidentschaftskandidaten kritisierten, weil er einen Nervenzusammenbruch hatte, Sie erinnern sich. Als sie herausfanden, daß er einen Psychiater konsultiert hatte, betrachteten sie das als ein Hindernis. Das sind die Ignoranten, die die Verwendung der Psychoanalyse in der Erziehung aufhalten. Ich habe herausgefunden, daß viele Schreibprobleme nicht Probleme des Schreibens waren, sondern Probleme emotionaler Blockierungen und Tabus. Es ist uns zugute gekommen, auch wenn wir es nicht merken.

F. Sie zollen der Therapie viel Anerkennung, aber wie kann die Therapie heute Ihrer Meinung nach der Frau helfen, sich selbst zu finden und zu entwickeln, wo sie doch die Frau meistens dazu zwang, sich den Gegebenheiten anzupassen.

A. N. Das ist eine sehr altmodische Auffassung der Psychoanalyse. Ich bezweifle nicht, daß es heute noch Psychoanalytiker gibt, die sagen, man solle sich den Dingen, so wie sie sind, anpassen. Aber sie müssen die modernen lesen, Sie müssen die Psychologinnen lesen. Sie müssen sich in der Psychologie auf dem laufenden halten und sich vergegenwärtigen, was aus ihr geworden ist, um sie zu verstehen. Sie ist immer noch das einzige Mittel, das wir haben, um von Bedingungen, Dogmen und Programmen loszukommen. Wir haben keinen anderen Weg.

F. Sie können mit anderen Frauen sprechen!

A. N. Nein, denn sie besitzen nicht die Objektivität und das Wissen, das ein Fachmann hat. Sie würden mit einer physischen Krankheit auch nicht einen Freund um Hilfe angehen. Wenn man eine Neurose entwickelt, aufgrund von Traumata, Komplexen, Mangel an Vertrauen, all den Dingen, die einen bedrängen, dann braucht man ärztliche Hilfe. Man kann nicht einander helfen.

F. Ich denke, Ihr Werk hat anderen Frauen geholfen, sich klarzumachen, daß sie mit ihren Gefühlen nicht allein sind. Das war wahrscheinlich der therapeutische Prozeß, den sie nicht durchgemacht hatten, weil sie nie mit anderen Frauen sprachen.

A. N. Das ist wahr, das ist wirklich wahr. Aber *warum* haben sie nicht mit anderen Frauen gesprochen? Ich habe immer tiefe und sehr dauerhafte Freundschaften mit anderen Frauen gehabt. Warum hatten das nicht alle Frauen? Das ist Bestandteil der Neurose oder mangelndes Vertrauen, von dem ich sprach.

Irgendwie, weil ich eine sehr hingebungsvolle Mutter hatte, habe ich immer Vertrauen zu Frauen gehabt. Ich mißtraute ihnen nicht. Ich habe durch die Freundschaften gewonnen. Wir hielten einander an der Hand und halfen einander durch Krisen. Ich leugne nicht, daß Frauen einander helfen können. Das habe ich nicht gesagt. Aber ich meine, wenn wir tatsächlich sehr verwirrt und in etwas verstrickt sind, ist das wie eine körperliche Krankheit. Dann brauchen wir wirklich eine sehr kluge und sehr objektive Person, um das Trauma zu überwinden. Meine Scheu, öffentlich zu sprechen, lernte ich nie dadurch überwinden, daß ich mit meinen Freunden sprach.

Sehen Sie, ich mußte tiefer gehen. Ich mußte sehr tief in meine Kindheit eindringen, um den Ursprung solcher Ängste zu finden. Wir brauchen immer noch fachliche Hilfe, und ich bitte die Frauen, sich von den alten Freudschen Auffassungen nicht aufhalten zu lassen. Wir sind schon lange, lange weiter, haben das überschritten. In der Psychologie ist Neues entwickelt worden. Es gibt jetzt Frauen auf diesem Gebiet, die Hervorragendes schreiben. Ich bekomme beinahe jede Woche ein Buch von Psychologinnen, die den Frauen helfen. Das alte Rollenbild kann nur mit Hilfe der Psychologie beseitigt werden.

F. Das hat mit dem Problem zu tun, daß Frauen ihre eigene Psychologie finden müssen, eine Notwendigkeit, die Sie im vierten Teil der *Tagebücher* betonen. Können Frauen ihre eigene Psychologie überhaupt durch die Psychoanalyse suchen, wenn neunzig Prozent der Analytiker Männer sind und die meisten stereotype Ansichten über das Wesen der Frau und ihre begrenzten Möglichkeiten haben?

A. N. Ich bin diesem Typ Analytiker begegnet, der die Welt der Frau einengt und ihre Kunst nicht ernst nimmt. Aber ich bin auch von einem sehr kreativen Analytiker behandelt worden, Dr. Otto Rank, der sich sehr interessierte für den Künstler und der in einer Frau wie in einem Mann Kreativität erkennen konnte. Ein überlegener Analytiker ist an Entwicklung interessiert. Es spielt keine Rolle, ob sein Patient ein Mann oder eine Frau ist, er würde sie nicht einschränken, einengen oder sonst etwas tun, um irgendeine Entfaltung zu hemmen, emotional oder psychologisch. Es handelt sich einfach darum, diese Eigenschaft in einem Analytiker zu finden. Und der Patient kann sehr schnell merken, ob der Doktor von der Art ist, daß er die umfassendste Persönlichkeitsentwicklung fördert.

F. Könnten Sie etwas sagen über den Unterschied zwischen Ihrem Verfahren und dem Dr. Freuds bei der Entdeckung der inneren Welt der Patienten. Das heißt, ich möchte gern wissen, was für ein Unterschied besteht zwischen Ihrer Art, inneren Einblick zu entwickeln, und der psychoanalytischen Methode.

A. N. Ich kann sie unmöglich vergleichen, denn das eine ist eine psychoanalytische Technik, und die habe ich im Tagebuch nicht angewandt. Ich habe unter der Aufsicht von Dr. Rank fünf Monate lang Psychoanalyse ausgeübt, aber ich war keine ausgebildete Psychoanalytikerin. Um mich dem Porträt meiner Personen anzunähern, strebte ich danach, in die Tiefe zu gehen; ich wollte das unbewußte Selbst kennenlernen. Ich wollte tief eindringen, wollte die Leute nicht auf einer eindimensionalen Ebene kennenlernen. Aber das ist ganz verschieden von der psychoanalytischen Methode, nach der Freud die Leute behandelte. An erster Stelle kamen Menschen zu ihm, die in Schwierigkeiten waren, aber nicht alle meine Freunde waren in innere Probleme verstrickt.

F. Wo liegt der Unterschied zwischen Ihrer Untersuchung Ihres Inneren und Jungs Untersuchung seines Inneren?

A. N. Da gibt es keinen Unterschied, außer daß ich meine Aufzeichnungen länger und ausführlicher führte. Außerdem war meine die Geschichte einer Frau. Frauen haben wohl Tagebücher geschrieben, aber sehr selten haben sie so früh begonnen und es so konsequent bis zur Erfüllung ihrer Anlagen fortgeführt. Aber einen Unterschied gibt es nicht. Wie ich Ihnen schon sagte, lernte ich von der Psychologie, wie man in sich hineingeht und mehr über sein Selbst erfährt.

F. Wenn Frauen Ihnen schreiben, enthält Ihre Antwort vermutlich Ihre eigenen Gefühle und Reaktionen. Aber ermutigen Sie sie jemals, einen Psychoanalytiker aufzusuchen oder sich einer Frauengruppe zur Bewußtseinserweiterung anzuschließen?

A. N. Das hängt vom Inhalt des Briefes ab. Es gibt Frauen, die begabt sind; gute Schriftstellerinnen, denen es einfach an Vertrauen fehlt, und alles, was sie wollen, ist ein Urteil über ihre Arbeit, Hilfe, Ermutigung oder eine Stellungnahme. Andere Frauen sind wirklich in *tiefen* emotionalen Schwierigkeiten. Sie fragen mich sogar nach einer Therapie. Es kommen ganz verschiedene Anliegen. Manchmal haben mir Frauen geschrieben, die fühlen, daß ich ihnen geholfen habe, über ihre Depressionen hinwegzukommen – daß es nicht immer so bleiben, daß es ein Morgen geben würde. Andere haben mit Selbstmord gedroht, und ich mußte ihnen antworten und helfen.

F. Ich wollte darauf hinaus, daß Frauengruppen zur Bewußtseinserweiterung doch denselben Zweck erfüllen, dieselbe Hilfe leisten können wie ein Psychoanalytiker, und ohne die fünfundsiebzig Dollar.

A. N. Das mit den fünfundsiebzig Dollar ist lächerlich. Denn es gibt jetzt erstens viele freie Kliniken und auch viele, viele Analytiker, die in ihrer Praxis zur Hälfte zahlende und zur Hälfte nichtzahlende Patienten haben. Das ist wirklich nicht mehr wahr.

F. Liberale, radikale, frauenrechtlerische Psychologen?

A. N. Ja, das können Sie in jeder Klinik haben, und es gibt auch viele Psychologinnen. Auch die Psychologie selbst hat sich gewandelt. Wir leben keineswegs mehr in den Tagen Freuds. Deshalb ist es so lächerlich, alle Energien zu verschwenden mit dem Versuch, Freud zu verwerfen. Wir leben nicht mehr in der Freudschen Ära. Wir sind schon lange darüber hinaus.

F. Wir sind aber auch nicht in Laings Ära. Er hat nicht die Macht, die viele andere Leute haben.

A. N. Schon, aber alle von uns haben Laing gelesen. Wir sind von ihm beeinflußt worden, wir haben ihn sprechen hören. Damit hat er Einfluß genommen. Man muß die Gedanken der heutigen Psychologie aufnehmen – Laing ist eine sehr befreiende Kraft, er macht keinen Unterschied zwischen Mann und Frau. Und ich kenne eine Menge guter Psychologen und Psychoanalytiker, die Frauen helfen. Ich glaube, diese Haltung gehört mit zu der Verschiebung der persönlichen Verantwortung; daß wir dem Psychologen, dem Ehemann oder der Gesellschaft die Schuld zuschieben für die Lage, in der wir uns befinden. Der erste Psychologe, der erste Psychoanalytiker, den ich hatte, war eine sehr engstirnige Verbindung aus Freud und Marx – können Sie sich etwas Dogmatischeres und Unpassenderes für mich vorstellen? Nun, ich verließ ihn! Das heißt, ich lernte etwas von ihm, und dann erkannte ich seine Grenzen und ging.

F. Was halten Sie von dem *Intensive Journal*, das Ira Progoff entwickelt hat?

A. N. Es ist sehr interessant. Er ist in der Tat der einzige Mann, den ich in diesem Jahr getroffen habe, der mich inspiriert hat, weil er weiß, wie man das Tagebuchschreiben entwickeln kann. Für mich war es eine so natürliche Sache, daß ich gar nicht ganz erklären kann, wie ich es manchmal machte. Aber er kann einem mitteilen, wie man es anpacken soll. Ich finde ihn wunderbar und habe alle seine Bücher gelesen.

Und dann mag ich natürlich Laings Idee, sich seine Zukunft vorzustellen. Das einzige, was mir nicht gefällt – vielleicht gibt man es später auf –, ist die Trennung zwischen, sagen wir mal, unseren Träumen oder unserer Vergangenheit und unserer Gegenwart. In meinem Tagebuch floß das alles zusammen. Es war wie ein breiter Strom, der alles mit sich zog, sowohl die

Rückblicke wie die zukunftweisenden Träume. Die Art, wie das jetzt im *Intensive Journal* getrennt ist, stört mich – die Träume, dann was heute geschehen ist, die Vorstellungen von der Zukunft oder mit wem man sich unterhalten möchte. Aber ich finde, er ist ein wunderbarer, sehr anregender Mann und gewiß über die reine Psychologie hinausgelangt.

F. Wenn sich ein von Angst und Verwirrrung zerrissener Künstler, dessen Energien dadurch aufgestaut sind, schließlich in einem Kunstwerk befreit, glauben Sie, daß dieses Kunstwerk einer guten Sitzung bei einem Analytiker gleichkommt?

A. N. Nein. Wir kennen zu viele Geschichten von tragischen Künstlerleben. Ein Kunstwerk ist nicht notwendigerweise etwas, das andere rettet. Es mag uns Kunst vermitteln, aber es befreit den Künstler nicht von seiner Qual. Wir sprechen jetzt über Menschenleben, und die sind oft geopfert worden. Wie Artaud, der ins Irrenhaus kam. Ich halte es für eine romantische Idee, daß Leiden Kunst hervorbringt und daß eine Therapie dem Künstler nicht guttut. Es gibt Leiden, die positiv sind, aber es gibt auch solche, die den Menschen verzehren und zerfressen.

F. Welches sind Ihrer Meinung nach die besonderen Eigenschaften eines guten Therapeuten?

A. N. Ich werde es Ihnen sagen. Aber dies vorweg: Ich glaube, daß wir alle einander helfen könnten, wenn wir es fertigbrächten, das anzunehmen, was gut für uns ist, und den Rest nicht zu beachten. Statt dessen reagieren wir sofort negativ: »Ich verwerfe das, es paßt mir nicht, es entspricht mir nicht.« Ich habe irgendwie ein Talent, alles, was ich gerade brauche, herauszukristallisieren, so zum Beispiel das Wissen, das ich von Männern erhalten habe, oder die Erziehung, die mir Psychologen gaben. Ich nahm, was ich auf mich als Frau und Schriftstellerin übertragen konnte. Ich habe nie daran gedacht, die Psychoanalyse aufzugeben, weil Allendy, der erste Analytiker, den ich jemals traf, beschränkt und zu seiner Zeit ein altmodischer Freud-Anhänger war. Es störte mich nicht. Ich habe etwas von ihm gelernt und bin dann weitergegangen. Ich glaube, alle von uns könnten das tun – vorausgesetzt, daß wir wissen, wonach wir uns orientieren wollen. Es ist wie bei einer Biene, die genau das auswählt, was sie braucht. Auch Rank befand sich in einem gewissen Irrtum – weil, wie er selbst an einer Stelle sagte, wir nicht sehr viel über Frauen wissen, da die

Frauen in der Psychologie zu wenig deutlich geworden und die meisten Patienten Männer waren. Auch er machte eine Feststellung, die sich als falsch erwies. Er glaubte, daß alle Frauen, die sich einer Analyse unterzogen hatten und ihre Neurose los waren, ins Leben zurückgingen und nicht schöpferisch sein würden. Natürlich hatte er unrecht, aber es störte mich nicht.

Menschliche Irrtümer sind für mich kein Grund, die gesamte Wissenschaft zu negieren. Ich nahm, was gut und fruchtbar war, was mich inspirierte, und untersuchte dann wieder etwas Neues. Ich glaube, daß diese offene Einstellung, statt einfach alles zu verurteilen, uns befähigt, weiterzuforschen. Wir hören nicht auf, alles Neue, das auftaucht, zu erforschen, neue Wissenschaften, neue Tatsachen, neues Wissen, neue Versuche. Damit fährt man fort, bis man die Gegenwart einholt, und danach beginnt man eine zukünftige Psychologie zu schaffen.

F. Wenn Sie von der Bedeutung des Psychologen als Dolmetscher sprechen, meinen Sie das im wörtlichen Sinn, das heißt, der Psychologe als Analytiker? Ich verstehe die Bedeutung der Therapie in einem besonderen Sinn und die der Psychologie in einem weiteren Sinn, aber ich hasse die Vorstellung, daß die Psychologie unbedingt notwendig sei, daß die Leute sich nicht selbst helfen und zurechtkommen können.

A. N. Es gibt drei Aspekte. Da ist die Therapie, wenn man sie wirklich braucht, wenn man wie gelähmt ist; dann gibt es die Psychologie, die man jeden Tag durch Bücher, Erziehung, Ausbildung aufnimmt und die in der Luft liegt; und da ist drittens die Philosophie der Psychologie, die sehr tiefgründig ist und viel tiefer geht als sogar die Philosophie. Lou Andreas-Salomé, eine Frau, die ich bewundere, studierte Philosophie und fand, daß das nicht ausreichte, um die Menschen zu verstehen. Also wandte sie sich der Psychologie zu.

Wir brauchen sie also, und es ist nichts Demütigendes daran, nichts Falsches. Wir gehen zum Arzt, wenn wir Schmerzen haben, und früher hat es religiöse Wege gegeben, das Selbst zu heilen. Jetzt haben wir die Psychologie. Es gibt die verschiedensten Möglichkeiten, Probleme zu behandeln. Dies ist unsere Art, die *westliche* Art.

Das eigene Leben bewußt gelebt

Ich weiß, daß Sie denken, Sie hätten *mich* entdeckt, als ich die *Tagebücher* veröffentlichte, tatsächlich aber habe ich *Sie* entdeckt. Als ich sie veröffentlichte, dachte ich, das sei die Geschichte *einer* Frau – man hält sich oft für einen Einzelfall und eine Ausnahme. Aber plötzlich stellte ich fest, daß mein Tagebuch nicht mir gehörte, daß es auch das Tagebuch anderer Frauen war. Und als dann die Briefe kamen, wurde ich einer ganzen Gruppe von Frauen gewahr, von der ich nichts gewußt hatte. Ich war zuvor mit Frauen sehr eng, sehr lange und dauerhaft befreundet gewesen, aber ich wußte nichts von diesen verschiedenartigen Leben und von den Schwierigkeiten der Frauen in Kleinstädten. Ich entdeckte buchstäblich Tausende von Frauen, und es wurde mir bewußt, daß dies ein verwirrender Augenblick war, ein wunderbarer Augenblick für alle Frauen.

Aber die Briefe, die ich erhielt, weil ich mich exponiert und alle meine Schwierigkeiten mitgeteilt hatte, kamen, weil ich das Tagebuch als etwas Heimliches begonnen hatte. Ich dachte nie an Zensur, hatte nie das Gefühl, daß mir jemand über die Schulter schaue, und deshalb war ich aufrichtig. Ich schrieb nicht wirklich an jemanden, auch wenn ich es als Brief an meinen Vater begann, der uns verlassen hatte. Das Tagebuch sollte eine Beschreibung des neuen Landes geben, in das ich kam, eine Beschreibung von Amerika, um ihn zurückzulocken, denn ich glaubte nicht, daß er für immer fort war. Ich begann es eigentlich für jemand anders. Es wurde wirklich für jemanden geschrieben, aber dann wurde es etwas Heimliches, weil meine Mutter es mich nicht abschicken ließ. Fortan schrieb ich es für mich selbst. Ich hatte keine Gefährten, weil ich im Alter von elf Jahren nicht Englisch sprechen konnte, und das Tagebuch wurde mein Begleiter. Im Lauf des Lebens veränderte es immer wieder seine Rolle, übernahm es die verschiedensten Aufgaben: es war das Notizbuch des Schriftstellers, es war der Aufbewahrungsort für Träume, und es war das Skizzenbuch über jeden in meiner Umgebung.

Ich machte mehrere Entdeckungen zu Beginn des Tagebuchs, beim Weiterschreiben und als ich es der Öffentlichkeit übergab. Aber die wichtigste Erkenntnis war die, daß Beziehungen nur möglich sind, wenn man den geheimsten und tiefsten Teil seines Selbst preisgibt. Das ist etwas, was man sehr selten gibt. Ich konnte es tun, weil ich es unter diesem Schutzdach aufbauen konnte, in diesem geistigen Haus, in dem ich mich vor der Zensur, der Kritik und meiner Verwundbarkeit geschützt fühlte. Schließlich wurde dieses geheime Selbst stark genug, so daß ich 1966 einen gewissen Punkt erreichte – sehr spät, wie Sie sehen –, wo ich das Gefühl hatte, ich könnte der Öffentlichkeit damit unter die Augen treten. Dennoch hatte ich große Angst. Ich hatte Angst, wovor wir alle Angst haben; nämlich getadelt, falsch beurteilt, kritisiert und mißverstanden zu werden.

Um Ihnen das Ausmaß meiner Angst zu zeigen: Kurz vor der Veröffentlichung hatte ich einen schrecklichen Traum. Ich träumte, daß ich meine Haustür öffnete und von tödlichen Strahlen getroffen wurde. In Wirklichkeit öffnete ich meine Haustür und erhielt statt dessen das Gefühl, Anschluß an die Welt und Verbindung zu anderen Frauen zu haben. Statt mich vernichtet zu finden, entdeckte ich den Beginn einer Gemeinschaft mit der ganzen Welt.

Es war genau das geschehen, was Ira Progoff in einer Metapher ausdrückt: Wir müssen in einen Brunnen hinabsteigen und tiefer und tiefer graben, um die tiefsten Schichten unseres Selbst zu finden. Denn wenn wir tief genug graben, sagt er, erreichen wir das Wasser, das alle sich teilen, das universale Wasser, das kollektive Unbewußte. Wir erreichen die Flüsse, die die Brunnen speisen. Es gibt eine Beziehung in den Tiefen, eine Art von Beziehung, die man niemals erreicht, wenn man mit anderen oberflächlich verkehrt. Darum war es mein Wunsch, mein tiefstes Selbst zu finden, mein echtes Selbst, das die Verantwortung trug. Auch R. D. Laing beschrieb das, als er sagte, daß wir nur echte Begegnungen haben können, wenn wir unaufhörlich übernommenes Verhalten abstreifen, das, was uns beigebracht worden ist, die Rolle, die wir uns als Persönlichkeit zugelegt haben, das falsche Gesicht, das wir der Welt zeigen in dem Bemühen, uns selbst zu schützen. Um uns vor Leid zu schützen, bauen wir eine Festung, und in dieser Festung verwelken wir und sterben; wir sterben vor Einsamkeit wie die Frauen aus den Kleinstädten, die diese Briefe geschrieben haben. Indem wir uns schützen wollen, begraben wir uns oft.

Als ich die Schutzversuche, das Rollenspiel aufgegeben hatte, als ich das Tagebuch herausgab und der Öffentlichkeit darbot, was ich mit zwanzig, dreißig und vierzig empfunden hatte, da erkannte ich, daß wir kommunizieren konnten, weil wir uns auf der tiefsten Stufe der Gefühlsebene begegneten. Deshalb spielte es keine Rolle, ob ich aus einem anderen Kulturkreis kam oder ob sie eine andere Vaterfigur hatten. Diese Tatsachen besagten gar nichts. Was zählte, war diese Suche nach dem Selbst, die Entwicklung des Gefühls, das Bewältigen von Hindernissen, die Ängste, die wir teilten, die Schüchternheit, die Verwirrungen, die Konflikte und dann, Schritt um Schritt, das Ringen, damit man schließlich aus all dem heraus in einen Zustand der Freiheit und Harmonie gelangte. So entdeckte ich, daß das ganze Geheimnis der menschlichen Beziehungen darin besteht, daß man sein tiefstes Selbst offenbart, denn nur dann wird einem das tiefste Selbst der anderen gegeben.

Als ich das Tagebuch schrieb, hatte ich jedoch das Gefühl, etwas Selbstsüchtiges, Egozentrisches, Narzißtisches zu tun – weil ich das die ganze Zeit zu hören bekam. Ich wußte damals nicht einmal, daß es eine Tradition des Tagebuchschreibens gibt, die aus dem Jahr 900 datiert und aus Japan kommt, wo die Frauen ihre Gefühle nur ausdrücken konnten, indem sie ein Tagebuch führten. Sie legten sie in ihre Kissen hinein, weshalb sie »Kopfkissenbücher« genannt wurden. Tagebuchaufzeichnungen haben also immer eine bedeutende Rolle in der Entwicklung der Frau gespielt, und meine beruhen besonders darauf, daß ich ganz besessen bin von der Vorstellung des Wachstums.

Ich hatte früher einen Garten und pflanzte immer etwas an. Und dann kratzte ich die Erde von den Pflanzen weg, um die Wurzeln anzuschauen, weil ich sehen wollte, wie sie wuchsen. Natürlich zerstörte ich damit die armen Pflanzen, aber ich war von dem Wunsch besessen, Dinge wachsen zu sehen. Natürlich realisierte ich, daß ich als nächstes mich selbst beim Wachsen beobachten konnte.

Als Schriftstellerin habe ich Sie vielleicht hintergangen, als ich den Zeitpunkt in meinem Leben auswählte, wo ich mit der Veröffentlichung des Tagebuchs einsetzen wollte. Ich traf die Auswahl wie ein Romanautor, als ich mir sagte, daß ich dort beginnen wolle, wo mein Leben sich ausweitete und interessanter wurde. Die unbedeutenden, langweiligen und verwickelten Abschnitte habe ich Ihnen nicht mitgeteilt. In gewisser Weise sind Sie also ausgeschlossen worden von der Geschichte, wie man aus einem sehr eingeengten Leben mit einschränkenden Normen in ein ausgeweitetes hineinwachsen kann. Manchmal haben Leute mir gesagt: »Natürlich, in Paris und mit solchen Freunden, da war doch alles so leicht, so offen und reich.« Aber so ist es nicht gewesen. Das war ein viel späterer Abschnitt der Reise, die unter sehr einengenden Bedingungen begann.

Ich bin oft sehr überrascht und zugleich beunruhigt über einige Meinungen und Haltungen, die ich mit zwanzig vertrat. Vielleicht habe ich deshalb bei der Publikation nicht mit meinem Tagebuch als Fünfzehnjährige begonnen. Es gab Dinge, von denen ich wünschte, ich hätte sie nicht gedacht und gesagt, aber sie waren nun einmal da, und ich mußte sie annehmen, denn das ist Teil der Konfrontation mit dem Ich, dem sich wandelnden Ich. Es läßt einen auch die Tatsache akzeptieren, daß wir uns ändern und uns ändern können und daß gewisse Härten, gewisse ererbte Charakterzüge und manche Dinge, die uns beigebracht worden sind, sich auswachsen können. Es tat mir dann leid, daß ich gegen einiges, was mich meine lateinische Kultur und Religion gelehrt hatte, nicht früher rebelliert habe. Beim Lesen habe ich mich aufgeregt über das, was ich geschrieben hatte, als ich diesem Einfluß noch verpflichtet war.

Ich war auch überrascht, als ich das Tagebuch aus meinem elften Lebensjahr öffnete und fand, daß ich wirklich gedichtet und behauptet hatte, ich hätte den wunderbarsten Pianisten der Welt zum Vater und die größte Sängerin der Welt zur Mutter. Ich stellte alles so hin, wie ich es haben wollte. Unbeabsichtigt, unwissentlich war es doch Dichtung. Die Wahrhheit konnte ich nur aussprechen, indem ich, wie jetzt, zurückschaue und darüber rede. Beim Führen eines Tagebuchs besteht die Gefahr, daß man sich gewissen schmerzlichen Wahrheiten nicht stellen will. Mit elf Jahren wollte ich die Realität unseres Familienlebens nicht wahrhaben. Sogar als Erwachsene kennen wir die Schwierigkeit, daß wir schmerzliche Angelegenheiten gar nicht oder in veränderter Weise darstellen wollen. Aber ich glaube, unser größtes Problem – und ich bin sicher, Ihnen geht es genauso – ist die Furcht, daß jemand über unsere Schulter mitliest, daß jemand über unser geheimstes Inneres ein Urteil fällt.

Nach dem Tod meiner Mutter hatte ich auch einen bezeichnenden Traum. Ich träumte, daß ich das Tagebuch veröffentlicht hatte und sie es las; ein Beweis, daß ich sie als Leserin meines Selbst am meisten fürchtete. Sie hatte einmal gesagt: »Seit du über das Ungeheuer Lawrence schreibst, bist du nicht mehr das nette kleine Mädchen, das mit neun so ein lustiges Tagebuch führte.« Sie fällte damit ein Urteil über mich als Autorin und hat nie wieder etwas von mir gelesen. Sie sehen also, wie lange Ängste und Tabus anhalten.
Sie wissen, daß das Tagebuch über lange Zeit geschrieben wurde, weil ich Angst hatte, mit einem Roman vor die Welt zu treten. Ich hatte furchtbare Angst vor einem formgemäßen Werk, wie ich es nennen möchte. Die Idee, vor einer Schreibmaschine zu sitzen und mir zu sagen: »Jetzt fange ich mit einem Roman an«, genügte, um mich zu Eis erstarren zu lassen. Das Tagebuch war also sowohl eine Leistung wie auch ein Akt meiner Furchtsamkeit.
Deshalb nahm ich mir soviel Zeit, den Unterhaltungen anderer zuzuhören, und deshalb ist das Tagebuch so voll von Gesprächen, die geführt wurden. Ich beobachtete aufmerksam, aber ich glaubte nicht, daß ich eine eigene Arbeit zustande bringen könnte, bis ich mich endlich entschloß, über D. H. Lawrence zu schreiben, weil ich ihn liebte. Mir ging es wie allen jungen Menschen, ich fand ein Vorbild. Ich fand einen Autor, dessen Werk ich weiterentwickeln wollte, denn er versuchte sehr oft, über die Gefühle der Frauen zu schreiben. Er schrieb beinahe wie eine Frau. Und dann schrieb ich ein Buch, das sich aus Träumen zusammensetzte, aber ich hatte immer noch Angst vor einem formgemäßen Werk, vor der Welt, der ich mich stellen und sagen sollte: »Ich bin Schriftstellerin, ich bin Romanautorin.« Also versteckte ich mich immer im Tagebuch; die Tagebücher dienten als Zufluchtsort für einen schüchternen Menschen, der nicht in die Welt hinaustreten will.
Ich schrieb wie besessen an meinem Tagebuch, bis Dr. Rank mich aufforderte, eine Zeitlang aufzuhören, damit ich nicht, wie er es nannte, unter der Herrschaft des Tagebuchs stehe, statt es zu beherrschen. Er hatte den Eindruck, daß das Tagebuchschreiben etwas Zwanghaftes geworden sei, und wollte mich davon befreien. Er nahm es mir weg, und ich fühlte mich unruhig und unglücklich. Ich kam mir vor wie ein Opiumraucher, dem das Opium entzogen wird. Er dachte

damals, er brächte mich auf diese Weise weg vom Tagebuch und hin zum Romanschreiben, ich würde so einfallsreicher, kreativer werden und nicht so viel Zeit dem Tagebuch widmen. Und mir war es mit dem Tagebuch so gut gegangen! Mit ihm ließ es sich so mühelos und ungehemmt umgehen, daß ich es genoß. Ich wollte mich der wirklich dichterischen Arbeit gar nicht aussetzen – was ich Ranks Meinung nach tun sollte.
Statt dessen machte ich etwas ziemlich Schlaues. Als Rank mir das Tagebuch gänzlich verbot, verbrachte ich meine Zeit damit, ein Porträt von Rank zu schreiben. Als ich es ihm dann zeigte, sagte er: »Na ja, machen Sie mit dem Tagebuch weiter.« Aber er befreite mich doch von dem Gefühl einer Pflicht, einer Verpflichtung, eigentlich von der Besessenheit, am Tagebuch schreiben zu müssen. Er hatte recht damit. Von da an konnte ich viel freier ein Ereignis auswählen, das mir etwas herzugeben schien, und ich fühlte mich immer weniger an eine Zeit gebunden. Ich hatte nicht mehr das Gefühl, daß ich jeden Tag etwas aufzeichnen müsse. So versuchte er mein dichterisches Selbst zu befreien, weil er den Eindruck hatte, daß die Beschreibung des täglichen Geschehens der Kreativität im Wege stand.
Ich war jedoch letztlich nicht dieser Meinung. Zuerst war es ein Konflikt: die Aufzeichnungen, die ich Tag für Tag machte, wie ein Journalist, hielten mich von der eigentlichen dichterischen Arbeit ab. Aber später fand ich heraus, daß sie einander neue Nahrung gaben, daß die Arbeit am Roman mich ein besseres Tagebuch schreiben ließ und daß ich durch das Tagebuchschreiben viel enger in Verbindung blieb mit der grundlegenden gefühlsmäßigen Wahrheit. Ich wollte nicht Realist sein in unserem Sinn von realistischer Literatur, aber ich bezog meine Dichtung aus der Realität, aus der Realität des Gefühls, und schließlich harmonierten die beiden.
Da ich die Genauigkeit des Gedächtnisses anzweifelte, schrieb ich von meinem elften Lebensjahr an täglich genau auf, was ich alles sah und hörte. Ich spürte, daß die Erfahrung durch die Erinnerung gestört, gehemmt und verdreht wurde; daß alles durch unsere heutige Sicht umgewandelt, neu geordnet und neu gestaltet wird. Ich aber wollte sehen, wie das Leben sich fortentwickelt, wie Erfahrungen wachsen und sich erweitern im Sinn einer fortlaufenden Evolution, wollte alle ihre Umformungen beobachten. Das Wachsen eines Menschen, eines Schriftstellers und eines Künstlers zu verfolgen, wie ich das

sehr sorgfältig und genau tat, machte mir bewußt, daß das Gedächtnis trügerisch ist und daß dieses Augenblicksporträt ein Element enthielt, das bei Memoiren und gewiß bei Prosadichtungen fehlt. Wie D. H. Lawrence einmal sagte, besteht das größte Problem der Dichtung darin, die lebendige Substanz, die lebendige Erfahrung in eine vorgefertigte Kunstform umzusetzen. Und die Gefahr dieser Umsetzung, dieser Übertragung von Erfahrung in Dichtung, liegt darin, daß die Erfahrung bei diesem Vorgang ausgelöscht werden könnte. Im Tagebuch nun gibt es kein solches Auslöschen, weil es keine Distanz gibt. Das lebendige Moment ist eingefangen, und durch seine Summierung ersteht eine Persönlichkeit mit all ihren Mehrdeutigkeiten, Widersprüchen und paradoxen Seiten, und schließlich in ihrer höchst lebendigen Form.
In Europa wurde die Form des Tagebuchs sehr geschätzt. Jeder Schriftsteller hatte sein Tagebuch, es schien zu seiner Entwicklung als Autor zu gehören. Wir haben es nie als eine rein subjektive Beschäftigung angesehen; es war ein Bestandteil des literarischen Lebens, war ein kultureller Beitrag. Amiel, Gide, George Sand und Virginia Woolf – unsere Schriftsteller führten alle ein Tagebuch. Aber in Amerika hat es nur wenige gegeben. Die amerikanische Tradition regte nicht an zum Tagebuchschreiben. Jetzt haben wir jedoch aus einem anderen Grund auch damit angefangen; wir sehen in ihm ein Mittel, um uns selbst kennenzulernen, um uns selbst zu formen.
Heutzutage werden Tagebücher ernster genommen. Eine Gruppe junger angehender Psychologen mußte als Teil ihrer Ausbildung Tagebuch führen. Nach sechs Wochen benachrichtigten sie mich und sagten, sie seien vollständig gelähmt vor Angst. Ich antwortete: »Wie kann das sein? Sie sind Männer, die sich die ganze Zeit mit den Verwicklungen der menschlichen Natur beschäftigen; Sie sind Psychologen, Sie werden sich mit allen menschlichen Schwierigkeiten und Problemen befassen. Wie können Sie Angst haben?« Sie sagten: »Nun, wir haben bisher über alle diese Probleme in Gruppen diskutiert, aber wir haben nie allein in einem Zimmer vor den leeren Seiten eines Tagebuchs gesessen, mit keinem anderen Gegenüber als uns selbst.« Sie waren erwachsen, aber sie hatten Angst.
Auch diese Angst ist sehr natürlich, denn wir sind mit dem Gefühl aufgewachsen, daß uns immer jemand über die Schulter zusieht. Entweder sind es die Eltern oder die Lehrer – und

einige sagen sogar, Gott sähe alles, was wir tun. Diese Schrekkensvorstellung, ständig überwacht zu werden, begleitet unsere Kindheit, und sie beruht sicher auf Tatsachen. Genau dieser Eindruck, daß einen die Welt beobachtet, macht es notwendig, daß wir uns einer geheimen Beschäftigung zuwenden, wo wir wirklich einmal uns selbst gegenüberstehen können, ohne das Gefühl zu haben, der Rest der Welt sehe uns dabei zu. Wir haben zu stark mit dem Bewußtsein gelebt, daß uns die Welt beobachtet. Wir denken, das sei immer ein Vorzug, aber es ist keiner, wenn er uns daran hindert, echt zu sein und uns zu entfalten.
Der Wert des Geheimen liegt darin, daß wir nie ganz aufrichtig sind, wenn wir etwas schreiben, von dem wir denken, ein anderer könne es lesen. Das Geheimnis ist dabei eine notwendige Bedingung. Ich reifte genug, um zu spüren, daß mein Tagebuch nicht mehr länger ein Geheimnis bleiben mußte, aber seine eigentliche Voraussetzung war die Tatsache, daß ich niemals dachte, daß es jemand lesen würde, und deshalb war ich völlig aufrichtig mit mir selbst. Es half mir auch die Trennung herzustellen zwischen meinem wirklichen Selbst und dem Rollenspiel, das uns Frauen nachgesagt wird. Ich erfüllte die Rollen, die mir als Frau von meiner Kultur auferlegt wurden – von zwei verschiedenen Kulturen, der lateinischen und später der amerikanischen. Ich tat meine sogenannte Pflicht. Aber gleichzeitig hielt das Tagebuch mein anderes Selbst lebendig; es zeigte, was ich wirklich wünschte, fühlte und dachte.
Das war meine eigene Entdeckung, und deshalb glaube ich so fest daran und kann jetzt so eifrig darüber sprechen. Indem ich allmählich das Tagebuch als Schutz um mich aufbaute, baute ich mir einen Platz, wo ich immer die Wahrheit sagen, wo ich meine Freunde wahrheitsgemäß zeichnen und wo ich die schwankenden Phasen einer Beziehung festhalten konnte, die uns manchmal verwirren und vor denen wir manchmal gern weglaufen würden. Das Tagebuch verpflichtete mich, dazubleiben, ganz zu bleiben und weiterhin aufnahmebereit zu sein. Ich mußte dem Tagebuch alles mitteilen. Ich konnte es mir nicht leisten, auszusteigen, gleichgültig zu werden, denn dann hätte ich dem Tagebuch nichts mehr zu sagen gehabt.
Es geschehen auch komische Dinge. Das ist ein Anreiz, das Leben interessant zu machen, damit das Tagebuch nicht langweilig wird. Wir haben manchmal darüber gesprochen. Ich

erinnere mich an einen Abschnitt im dritten Teil der *Tagebücher,* wo ich sagte: »Was ist los? Ich habe wirklich nichts sehr Interessantes zu sagen, und ich muß etwas dagegen tun. Das ist wirklich mein Fehler, es liegt an mir, mein Leben zu gestalten.« Sie sehen also, daß das Schaffen der Ausdrucksweise mit der Schöpfung des eigenen Lebens verknüpft ist.

Die Beschäftigung mit der inneren Welt ist sehr wesentlich; lassen Sie niemanden sagen, daß das selbstsüchtig oder narzißtisch sei. Ein Kritiker, Leon Edel, hat gesagt, die *Tagebücher* seien nichts anderes als ein Teich des Narziß. Darauf habe ich geantwortet: »Ich habe nie einen Teich des Narziß gesehen, in dem sich tausend Persönlichkeiten gleichzeitig spiegeln.« Das stimmt vollkommen; wirklich, ich habe sie gezählt! Aber unsere Kultur betrachtet mißtrauisch, was die Leute tun, wenn sie sich nach innen wenden. Die Furcht beruht wahrscheinlich auf der Annahme, daß sie sich nach innen wie in eine Muschel zurückziehen und nicht wieder herauskonmen würden. Nun, manchmal haben wir gute Gründe, nicht hervorzukommen. Ich habe jedoch festgestellt, daß ich am anderen Ende wieder herauskam, daß die Muschel eine Öffnung hat.

Ich schreibe meinem Tagebuch diese Fähigkeit zu, auf andere eingehen zu können; die Bereitschaft, ihre Gesichter oder ihre Stimmen, ihre Gegenwart, ihre Worte aufzunehmen. Das ist eine Form von Liebe, von Aufmerksamkeit. Und wenn manchmal die Studenten zu mir sagen: »Natürlich, Sie haben so viele berühmte Leute gekannt«, dann antworte ich: »Vergessen Sie nicht, die waren überhaupt nicht berühmt, als wir uns kennenlernten; wir waren zufällig zusammengewürfelt, und keiner von uns hatte etwas geleistet; wir haben einander aus echter Sympathie ausgesucht, wegen der Möglichkeiten, die wir einander zutrauten.« Wir waren keine fertigen, keine berühmten Autoren; wir waren wie Studenten, die nebeneinander sitzen. Aber wir schenkten unserem Nebenmann Aufmerksamkeit. Wir suchten nicht die berühmten französischen Dichter. Wir ermutigten uns einfach gegenseitig und machten unseren eigenen Reifeprozeß durch. So lernten wir, miteinander zu leben, anderen zu helfen, kreativ zu sein oder ihr Werk zu vollenden. Wir ermutigten einander sehr, lebten sehr gemeinschaftlich miteinander. Und dann war es natürlich unvermeidlich, daß ich alles, was ich hörte, niederschrieb. Es war wie bei diesen kleinen japanischen Blumen, die man ins Wasser legt. Ich lernte schließlich, es erblühen zu lassen; statt hastige Beschreibungen zu geben, wollte ich tiefer und immer tiefer gehen.

Heutzutage, wo wir so ein beschleunigtes Leben führen, wo wir denken, daß Bekanntschaften vorübergehend, flüchtig und oberflächlich sind, müssen wir mehr als je zuvor die Ängste untersuchen, die wir davor haben, uns selbst zu offenbaren. Ein Teil dieser Angst fand Ausdruck im Roman. Trotzdem schrieben Frauen weiterhin ihre Tagebücher. Wir wissen, daß George Sand, obwohl sie so viele Romane verfaßte, es dennoch für nötig hielt, ein Tagebuch zu führen, in dem sie sich über ihr eigenes Leben äußerte.

Die Heimlichkeit, die ich so viele Jahre aufrechterhielt, bis ich mich entschied, das Tagebuch mit Ihnen zu teilen, verriet mir etwas, das meines Erachtens für uns alle gilt. Sie zeigte mir die Angst, die wir davor haben, unser innerstes Selbst bloßzulegen, und genau diese Angst spielt in der sogenannten verfremdeten Gesellschaft eine sehr bedeutende Rolle. Ich denke nicht, daß das von der äußeren Ursache herrührt, der Flüchtigkeit des amerikanischen Lebens, der Tatsache, daß wir eine mobile Gesellschaft sind, daß wir uns schnell entwurzelt fühlen. Denn gerade die Tatsache, daß ich entwurzelt war, brachte mich noch einmal zum Schreiben.

Als ich nach Amerika kam, beherrschte ich die Sprache nicht, und ich hatte keine Freunde. So wurde das Tagebuch Freund und Beichtvater. Es war auch der Ersatz für den abwesenden Vater. Auf diese Art erfuhr ich den lebenswichtigen Wert von dem, was ein Monolog zu sein schien, ein innerer Monolog. Doch es war nicht nur das. Es war auch die Art, wie ich daranging, die Brücke wieder aufzubauen, die durch die Scheidung meiner Eltern und durch die Umpflanzung in ein fremdes Land zerbrochen war. Das Tagebuch begann eine belebende, lebenswichtige Bedeutung zu haben, die mit Literatur nichts zu tun hatte. Es wurde nicht nur ein Begleiter, damit ich nicht verloren war in einem fremden Land, dessen Sprache ich nicht sprechen konnte, sondern auch eine Quelle der Berührung mit mir selbst. Es war ein Ort, an dem ich die Wahrheit aussprechen konnte und wo ich das Gefühl hatte, von niemandem beobachtet zu werden.

Diese Gewohnheit, die ich zufällig als Ergebnis eines psychischen Traumas annahm, wurde ein leitendes Element in meinem Leben und nahm nach einiger Zeit eine andere Farbe

an. Es ist nicht nur die Geschichte von mir, sondern auch die des Abenteuers, in ein neues Land zu kommen. Es wurde das Tagebuch einer Abenteuerin. Es ließ mich mein Leben betrachten, die sorgenvollen Augenblicke, die Momente großer, auflösender Erfahrungen, und es erinnerte mich ständig daran, daß es ein Abenteuer, eine Erzählung war. Irgendwie gab mir die Übertragung in Geschriebenes genau das kleine bißchen Freiraum, das ich brauchte, um das Schmerzliche der Erfahrung zu ertragen. So gab es immer diese beiden vorrangigen Ziele. Das eine hieß Wachstum – mein eigenes Wachsen zu beobachten; und dem folgte natürlicherweise, daß ich auch auf das Wachsen der anderen um mich acht hatte und es aufmerksam beobachtete. Die Aufmerksamkeit, die Sorge um das, was geschieht, die Wachsamkeit, das Nachdenken über das Geschehene, die Überprüfung der Ereignisse, die Tatsache, daß man andere beobachtet und daß man nicht nur sein eigenes Leben aufschreibt, sondern sich ebenso selbstverständlich mit der Entwicklung der Menschen um einen herum befaßt, machen einen notwendigen Teil unserer Existenz aus. Denn was wir nicht aufschreiben, bleibt oft in unserem Gefühl ziemlich unbestimmt. Und an diesem Punkt – besonders wenn Frauen wirklich versuchen, ihre Identität zu finden – stellte ich fest, daß es am meisten am Vermögen fehlt, ausdrücken zu können, was man in einer gewissen Situation fühlt, was man denkt und glaubt, was man anderen mitteilen möchte.
Heute abend wurde ich gebeten, über das Schreiben zu sprechen, nicht über Schreiben als Literatur, sondern über das Schreiben, das eng mit unserem Leben verbunden ist – ich würde sogar sagen, das lebensnotwendig ist... Und nun möchte ich Ihnen von Anfang an erzählen, wie es kam, daß für mich das Schreiben so mit dem Leben verflochten wurde, und in welcher Weise es für mich lebensnotwendig war. Als ich neun Jahre alt war, stellte ein Arzt eine Fehldiagnose und sagte, ich würde nie wieder gehen können. Meine erste Reaktion war, nach Papier und Bleistift zu fragen und Porträts von meinen Familienangehörigen zu machen. Das setzte sich in Notizen fort, die ich in einem kleinen Notizbuch sammelte und auf das ich sogar schrieb »Mitglied der französischen Akademie«. Ganz offensichtlich wandte ich mich damals dem Schreiben als einer neuen Lebensweise zu, weil ich dachte, ich sei nunmehr von den normalen Aktivitäten eines Kindes oder jungen

Mädchens ausgeschlossen. Ich benütze das als ein Beispiel für die Bedeutung des Schreibens als eine Möglichkeit, leben zu lernen; denn als ich wieder gehen konnte und keine Rede von einer Behinderung war, blieb das Schreiben eine Quelle der Berührung mit mir selbst und mit anderen.
Es ist auch sehr symbolisch, wie ich mich anzog, als ich einmal zu einem Maskenfest eingeladen wurde. Wir sollten uns unserer Verrücktheit entsprechend verkleiden, und ich steckte meinen Kopf in einen Vogelkäfig. Aus dem Käfig kamen eine Art Fernschreibbänder des Unbewußten, lange Papierstreifen, auf die ich viel Geschriebenes kopiert hatte. Das war natürlich ein sehr deutliches Symbol, auf welche Art ich hoffte, meinem Käfig zu entrinnen.
Wenn Sie die *Tagebücher* jetzt lesen, kann es sein, daß Sie sagen: »Für Sie war es ja leicht, Sie konnten gut schreiben.« Aber Sie müssen wissen, daß ich mit zwanzig sehr schlecht geschrieben habe. Ich habe absichtlich meinen ersten Roman der Bibliothek der Northwestern University gegeben, damit die Studenten sehen können, was für ein Unterschied besteht zwischen meinen Arbeiten mit zwanzig und denen von heute. Wenn wir uns jemanden zum Vorbild wählen, machen wir den Fehler, daß wir den Punkt wählen, wo er angekommen ist. Wir haben keine Ahnung von den Hindernissen, die zu überwinden waren, wie Schüchternheit oder die Unfähigkeit, öffentlich sprechen zu können. (Ich konnte nicht einmal mit Leuten sprechen, die ich kannte.) Wir sehen nur das Ergebnis und sagen dann: »Es hat keinen Zweck, uns den oder jenen Schriftsteller zum Vorbild zu nehmen, denn wir haben nicht seine besondere Begabung.« Ich hatte kein besonderes Talent, als ich etwa zwanzig war. Ich hatte keine außergewöhnlichen Qualitäten. Es war die Ausdauer und die große Liebe zu meiner Arbeit, die mich erzog und mich letztlich zu einem Künstler und Schriftsteller machte.
Der einzige Grund, warum ich schließlich imstande war, genau das zu sagen, was ich fühlte, bestand darin, daß ich – wie ein Pianist, der übt – jeden Tag schrieb. Mehr tat ich nicht. Ich habe weder das Schreiben noch Literatur studiert, ich habe nur gelesen und Erfahrungen gemacht. Und ich mußte offen sein, weil ich etwas in das Tagebuch schreiben mußte.
Ich möchte jedem das Gefühl nehmen, daß nur wenige Begabte schreiben können. Ich möchte das sofort ausräumen. Sie

sollten nicht denken, daß jemand, der im Schreiben Erfüllung findet und eine gewisse Kunstfertigkeit im Schreiben erlangt, notwendigerweise ein Mensch mit ungewöhnlichen Talenten ist. Ich habe immer gesagt, daß es Hartnäckigkeit war: nichts konnte mich daran hindern, nach den Geschehnissen des Tages jede Nacht noch zu schreiben.
Es sind nicht nur die ungewöhnlich Begabten, die ihr Leben interessant aufschreiben. Es hat eigentlich nichts mit dem literarischen Wert der Arbeit zu tun. Wichtig ist, daß man dabei beginnt, viel tiefer in die Schichten des Bewußten und Unbewußten einzudringen. Ich habe alles festgehalten. Ich habe Intuitionen, Prophezeiungen festgehalten. Ich schaute ebenso in die Zukunft wie zurück und überprüfte die Vergangenheit noch einmal. Ich möchte nicht aus Ihnen allen Schriftsteller machen, aber ich möchte sehr, daß Sie Ihre Anlagen erkennen, vor allem, wieviel Kontakt Sie mit sich selbst haben. Wenn Sie sich erinnern, in den ersten Tagebüchern sprach ich von meinem Gefühl, daß ich all die Rollen spielte, die von einer Frau verlangt wurden, die zu spielen ich programmiert worden war. Aber ich wußte auch, daß ein Teil meines Selbst daneben stand und eine andere Art von Leben wollte, eine andere Authentizität. R. D. Laing beschreibt diese Echtheit als einen Prozeß des ständigen Abschälens der falschen Ich-Formen. Man kann das auf viele Arten tun, aber man kann schon damit beginnen, den Dingen ins Gesicht zu sehen, denn es gibt so vieles, das wir *nicht* sehen wollen. Ich wollte nicht genau sehen, wo ich stand in Louveciennes, bevor ich Freundschaften schloß, bevor ich in das literarische Leben eintrat, bevor ich mein erstes Buch schrieb. Ich wollte nicht sehen, daß ich nirgendwo war, aber es ist außerordentlich wichtig für unsere Richtung, daß wir sehen wollen. Um diese Richtung zu finden, habe ich alle nur möglichen Mittel benutzt. Nicht nur Freundschaft, Psychologie und Psychotherapie, ich habe auch immense Mengen gelesen, Untersuchungen gemacht, anderen zugehört. All das trug dazu bei, daß ich entdeckte, wer ich wirklich war. Es war nicht so endgültig, so abschließend, wie es jetzt klingen mag, weil es nicht an einem Tag geschieht und weil es nie einen Abschluß findet. Es vollzieht sich kontinuierlich während des ganzen Lebens. Aber als ich meinen Möglichkeiten einmal auf der Spur war, begannen die Hindernisse zurückzutreten. Niemand konnte es mir geben, ich mußte es in mir selbst finden.

Ich spreche jetzt vom Tagebuch nicht als literarischem Werk, sondern als etwas Lebensnotwendigem, als einem Mittel, wie man sich auf sein Selbst ausrichtet. Es kommt nicht darauf an, in welcher Form man es tut, ob es Meditation ist oder Schreiben oder einfach ein Moment des Nachdenkens über die Richtung, den Lauf des eigenen Lebens. Es ist, als ob man einen Augenblick lang das Leben anhalte, um seiner bewußt zu werden. Diese Art von Bewußtwerdung ist in unserer heutigen Welt bedroht durch die Schnellebigkeit und die Mechanisierung.
In seiner Einleitung zum ersten Teil der *Tagebücher* sagt Gunther Stuhlmann, daß mein wirkliches Leben als Schriftstellerin und Frau in den Seiten dieses Buchs enthalten sei. Ich sollte dem hinzufügen: mit meinem »wirklichen« Leben meinte ich, daß ich, wie viele Leute, zwei Rollen spielen mußte. Eine in der Welt, in der ich bestrebt war, jedermann zufriedenzustellen, in der ich zu begeistern suchte, in der ich nur das Beste von mir geben wollte; und dann im Tagebuch die andere Wahrheit: was ich gegenüber diesen Leuten, gegenüber all den Ereignissen empfand. In gewisser Beziehung hat diese Spaltung ihren Ursprung in der philosophischen Ansicht, daß Wahrheit zerstörerisch ist. Ich wenigstens glaubte, daß gewisse Wahrheiten zerstörerisch seien, und diese Dämonen sollten im Tagebuch geheimgehalten werden. Meine Einstellung änderte sich, als mir bewußt wurde, daß gerade die Dinge, die ich mißbilligt hatte, eigentlich die wertvollsten waren; daß die geheimen und intimen Porträts, die ich sowohl von anderen wie von mir selbst schrieb, viel tiefgründiger waren und viel mehr zeigten als diese Rollen, die wir alle im Leben spielen. Das Tagebuch haben nur die mißverstanden, die von der Idee besessen waren, daß jede Innenschau, jede Beachtung der individuellen Entwicklung, jede Beschäftigung mit persönlichen Konflikten narzißtisch sei. Wir sahen eine Menge dieser hysterischen, gedankenlosen Massenbewegungen in unserer Zeit, weil wir das Selbst aufgaben. Das Selbst muß mit kollektiven Interessen oder allgemeiner Menschlichkeit verschmelzen, aber zuallererst muß es *vorhanden sein*, damit es eine Wahl treffen und einen Beitrag leisten kann. Der Verlust der persönlichen Identität, diese Entpersönlichung, führte zu einem sehr gefährlichen Zustand der Entmenschlichung, wie wir das an einigen Erscheinungen des amerikanischen Lebens gesehen haben. Die Menschen, die sich in dieser Periode dem Tagebuch

zuwandten, taten es, um ihr innerstes Selbst zu finden oder um etwas zu finden, mit dem sie gestalten, etwas, an das sie sich halten konnten; eine Basis des Verstehens, die Fähigkeit der Wertbestimmung, ein Wissen von der Bedeutung der Qualität – diese Dinge, die in einer Art anonymer Massengedankenlosigkeit verlorengegangen waren.

Das Tagebuch ist nicht aus Nostalgie veröffentlicht worden. In einem gewissen Moment wurde mir klar, daß es sehr stark mit dem zeitgenössischen Leben verbunden ist. Ich denke nicht, daß ich es veröffentlicht hätte, wenn es einfach Erinnerungen an Leute gewesen wären, die gestorben und verschwunden sind und die in der Gegenwart keine Rolle spielen. Aber ich stellte fest, daß die Gedanken von Rank, das Werk von Henry Miller und der sehr starke Einfluß von Artaud heute wirksam sind. Deshalb sind die *Tagebücher* keine »Suche nach der verlorenen Zeit«. Sie stellen vielmehr ein Bestreben dar, Vergangenheit, Gegenwart und Zukunft zu vereinen. Mein Leben heute ist noch genauso, wie es war, als ich das Tagebuch schrieb; es ist immer sehr erfüllt und sehr reich. Ich erforsche immer neue Erfahrungsbereiche, ich bin immer neugierig, immer bereit zu einem Abenteuer.

Ich wollte nicht die Vergangenheit zurückholen. Aber ich war erfreut zu sehen, daß die Dinge, die Menschen und Orte, die ich geliebt hatte, für immer lebendig bleiben konnten. Es war mir eine Freude festzustellen, daß ich auf die Dauer zum Leben erwacht war. Dies war eine Entdeckung, die mich wirklich dazu drängte, das Tagebuch zu veröffentlichen. Ich hatte dabei ein unsicheres Gefühl, weil ich fand, daß es keine eigentliche Biographie sei, sondern viel mehr ein Porträt von anderen. Natürlich ist es nötig, ein Einzelwesen zu sein, der richtige Spiegel für andere zu sein. Mit einem kleinen Spiegel kann man nicht große Persönlichkeiten reflektieren. Bei meinem Bemühen, mich als ein feinfühliges Instrument mit großer Reichweite zu vervollkommnen, stellte ich immer den Vergleich mit dem Spiegel an. Der Spiegel muß in dem, was er wiedergibt, Identität beweisen, Wirklichkeit und Intelligenz. Und darüber bin ich stolz, was das Tagebuch betrifft; ich hielt die wesentlichen Dinge fest.

Das eigene Leben, bewußt gelebt, trägt einen über das Persönliche hinaus. Diese Entdeckung machte ich, als ich das Tagebuch, das mein Geheimnis war, der Öffentlichkeit überließ. Ich sah ein, daß es jedem gehörte, nicht nur mir.

Statt entdeckt zu werden, als die *Tagebücher* erschienen, war ich es, die eine Entdeckung machte. Die Entdeckung von Tausenden von Frauen, die ich nicht gekannt hatte, die Entdekkung eines ganzen Teils des amerikanischen Lebens, den ich nicht gekannt hatte. Aber das ist vielleicht das einzig Wichtige, was Ruhm mit sich bringt: daß er einem dazu verhilft, mit einer weiteren Welt in Verbindung zu treten.

F. Hat die Veröffentlichung der *Tagebücher* Ihr Gefühl gegenüber dem Tagebuch verändert – setzen Sie sich mit einem anderen Gefühl hin und schreiben, seit Sie es uns zum Lesen gegeben haben?
A. N. Ich habe sehr jung damit angefangen, vergessen Sie das nicht. Das ist sehr wichtig. Ich habe mit elf angefangen. Es war eine so feste Gewohnheit, und ich hielt es so lange geheim, daß ich Vertrauen in meine Fähigkeit habe, Geheimnisse zu bewahren. Wenn ich also über heute oder gestern und vorgestern schreibe, dann sage ich mir, daß das niemals gelesen wird, und ich glaube es! Ich kann es glauben, weil ich fähig war, ein Geheimnis so lange zu hüten.
F. Die *Tagebücher* sind eine so persönliche Sache, daß ich mich frage, warum ich sie ohne inneren Abstand, eher mit einem Gefühl der Identifikation gelesen habe. Wie kommt es, daß so viele Frauen sich damit identifizieren konnten?
A. N. Ich denke, es hat nichts mit Literatur zu tun, es hat nichts damit zu tun, daß ich Romanautorin gewesen bin. Es hat mit der Feststellung zu tun, die ich zu machen versuchte – daß, wenn wir tief in das Persönliche eindringen, wir über das Persönliche hinauskommen. Wir erreichen etwas Kollektives. Mit anderen Worten, indem ich tief in mein persönliches Leben hineinging, beschrieb ich nicht eine einmalige Erfahrung oder eine besondere Art von Frau, sondern habe eher eine gemeinsame emotionale Identität berührt. Frauen sagen mir, daß, obwohl ihre Väter nicht wie meine waren, obwohl sie nicht in Europa geboren wurden – obwohl also die Sachverhalte nicht eigentlich übereinstimmen –, die emotionalen Reaktionen doch die gleichen seien. Wenn mir Frauen schreiben, sagen sie nicht: »Ich mag die Art, wie Sie Ihr Tagebuch geschrieben haben«; sie sagen: »Es ist wie *mein* Tagebuch«, oder auch: »Ich habe das Gefühl, als seien Sie eine Freundin und ich könne Ihnen alles erzählen.« Anders ausgedrückt, es ist wie Jung sagte: Wenn

wir tief genug in das Individuelle eindringen, individualisieren wir nicht ausschließlich. Ich bin nicht eine außergewöhnliche oder einmalige Erscheinung. Das dachte ich, als ich zwanzig war. Weil niemand anders das gleiche dachte oder las wie ich, glaubte ich, ich sei exzentrisch. Aber Sie sehen, ich fand heraus, daß, wenn man tief genug eindringt, das persönliche Leben darüber hinausgreift und Allgemeingültigkeit erreicht.

F. Ich führe im Augenblick kein Tagebuch, aber manchmal spüre ich das Bedürfnis, mich hinzusetzen und meine Empfindungen aufzuschreiben. Ich beschließe dann, daß ich Tagebuch schreiben will, mache alles fertig, öffne das Buch, und dann kommt die Frage: Wo beginne ich?

A. N. Stellen Sie sich ganz in die Gegenwart. Das war mein Prinzip, als ich das Tagebuch schrieb – das aufzuschreiben, was mich an dem Tag am stärksten bewegte. Fangen Sie dort an, und das setzt dann das ganze Entwirren in Bewegung, denn das hat Wurzeln in der Vergangenheit und Zweige, die in die Zukunft reichen. Die Hauptsache ist, daß das, was Sie heute stark beschäftigt, aufzeigt, wo Sie im Moment stehen. Andernfalls würden Sie Ihre Memoiren schreiben; ich würde heute über meine Vergangenheit schreiben. Wichtig ist das *Jetzt; jetzt* aufzugreifen, wo Sie jetzt stehen, was Sie heute fühlen, welches Gefühl das stärkste ist. Ich habe diesen Weg gewählt; deshalb steht nicht alles im Tagebuch. Ich wählte das Ereignis des Tages, das mich am meisten bewegte, das lebhafteste, innigste, nächstliegende, stärkste. Das war meine Auswahlmethode. Man kann nicht einen ganzen Tag wiedergeben, und ich konnte gewiß nicht aufschreiben, was ich alles während eines ganzen Tages gedacht hatte. Denn wir denken wirklich Universales innerhalb eines Tages. Wichtig ist das *Heute.* Dann mag es sein, daß man sich eines Tages an etwas erinnert. Gelegentlich tauchte im Tagebuch etwas aus der Vergangenheit auf, und ich pflegte es aufzunehmen. Oder ein Traum kann einen zurückwerfen, wie er einen auch weiterbringen kann.

F. Das scheint aber nicht in das übliche Muster eines Tagebuchs zu fallen. Wissen Sie, es wird doch angenommen, daß alle Teenager ein Tagebuch führen und es vor der Mutter verschließen.

A. N. Das sind Kalender.

F. Ich versuche beim Tagebuchschreiben die negativen Gefühle zu verarbeiten, die ich nicht direkt abbauen kann. Aber ich finde, es funktioniert nicht immer, es läßt mich nicht los. Manchmal scheint es, als müßte ich es weiter mit mir herumschleppen, und das macht mir wirklich Angst. Wie trenne ich das, was ich im Tagebuch verarbeiten kann, von dem, was ich mit den Menschen ausmachen muß?

A. N. Nun, ich glaube, daß folgendes geschieht: Wenn wir unsere blinde Wut etwas aufdecken, erkennen wir nachher, worüber wir wirklich echt wütend sind. Wenn wir uns dann unserem Gegenüber stellen, ist es geklärter und offensichtlicher. Das ganze Tagebuch betont diesen Läuterungsprozeß. Statt meine jüngeren Brüder für das, was sie taten, zu schlagen, klärte ich jeweils auf, was mich wütend gemacht hatte, und nachdem die blinde Wut vorbei war, konnte ich mit ihnen sprechen und mir die Situation zunutze machen, worum es auch immer ging. Aber ich weiß, daß wir das Tagebuch auch aus negativen Gründen brauchen können. Ich erinnere mich, daß ich jedesmal, wenn ich die Feuerwehr hörte, dachte: »Die Tagebücher brennen!« Ich wußte nicht, warum, bis ich mit einem Arzt sprach und mir einfiel, daß meine Freunde mich am Tag zuvor gefragt hatten, wo mein Dämon sei. Offenbar steckte mein dämonisches Selbst in meinem Tagebuch – falls das Tagebuch verbrannte, war ein Teil meines wirklichen Selbst verloren. Ich habe dieses Gefühl nicht mehr. Mein wirkliches Selbst ist nicht in den Tagebüchern, es ist hier! Aber das ist alles Teil des Prozesses. Wir neigen dazu, uns zu beklagen und zu jammern, wie ich das in dem Tagebuch tat, das ich der Öffentlichkeit wirklich nicht zugänglich machen wollte. Aber dann beginnt man alles zusammenzufügen.

Das Wunderbare am Tagebuch ist, daß es einem hilft, diese innere Reise zu unternehmen und dann schließlich einen Zusammenhang zwischen allen Teilen seines Selbst herzustellen, so daß sie vereint werden. Das Tagebuch hilft uns dabei. Andernfalls erleben wir negative Gefühle, ohne sie loswerden zu können.

F. Es ist für mich sehr schwierig, über meinen Mann zu schreiben und dabei ehrlich zu sein. Ich halte nur seine guten Seiten fest, und ich bin sicher, das hängt mit meiner Angst zusammen, daß er es lesen könnte.

A. N. Natürlich. Es ist Ihre Angst, das auch nur zu denken. Aber die Tatsache, daß Sie es aufschreiben, bedeutet schon, daß Sie es klarer und genauer denken.

F. Trotzdem hätte ich gerne, daß es ihm möglich wäre, es zu lesen. Bis jetzt herrscht in unserer Beziehung immer vollkommene Ehrlichkeit, und ich habe Angst, sie zu zerstören, wenn ich Geheimnisse habe.

A. N. Das ist sehr schwierig. Es mag uns, nach den Begriffen unserer konventionellen Auffassung von Loyalität, treulos scheinen, einen Menschen, den wir lieben, mit völliger Ehrlichkeit zu betrachten. Aber ich habe gemerkt, daß das viel weniger schädlich ist, als nicht ehrlich zu sein. Denn die Gedanken sind da, und die Eindrücke sind da. Sie werden nur unterdrückt. Und dann kommen sie in feindseliger Form an den Tag. Wie ich Ihnen erzählt habe; wenn ich mich sehr über meine Brüder ärgerte und dann im Tagebuch ausdrückte, worüber ich wütend war, zeigte mir das oft, wie albern oder ungerecht meine Wut war. Es hat tatsächlich die Verhältnisse geklärt. Statt zu schaden, hat es also das Gegenteil bewirkt. Sie haben vielleicht den Eindruck gehabt, daß ich Schaden anrichtete, indem ich meine Beschwerden aufschrieb oder festhielt, was sie mir Schädliches antaten. In Wirklichkeit aber erwies es sich als gut. Es ist eine andere Art von Loyalität. Wenn man so lebt, wie man fühlt, dann hat man nicht diese versteckten zerstörerischen Neigungen, die wir manchmal erlangen, weil wir Gefühle verdrängen.

F. Haben Sie Ihr Tagebuch versteckt?

A. N. Ja, das habe ich getan. Sobald ich entdeckte, daß meine Brüder es lasen und sich dabei köstlich amüsierten. Denn immer wenn ich wütend war auf sie, ließ ich die Wut im Tagebuch aus. Ich wollte sie nicht schlagen, weil sie jünger waren. Natürlich haben sie das mit großem Vergnügen gelesen.

F. Es ist trotzdem ein merkwürdiges Gefühl für mich, es verborgen zu halten.

A. N. Es ist notwendig. Ich habe von jungen Tagebuchschreibern gehört, die sagen, daß sie alles öffnen und alles mit andern teilen wollen. Sie versuchen zu erzählen, offen und vertrauensvoll zu sein und zur gleichen Zeit ein geheimes Dokument zu schreiben. Aber ich glaube, daß für die Selbstentfaltung, um sich wirklich ein Bild von sich selbst zu machen und eine Identität und Persönlichkeit zu schaffen, zuerst einmal Zurückgezogenheit nötig ist. Ich fühlte, daß ich das allein tun mußte, weil ich sonst entweder die Weltanschauung meiner Eltern oder die des Buches, das ich gerade las, übernommen hätte. Ich spürte, daß ich wirklich einen abgesonderten Platz brauchte, wo ich mein Selbst schaffen konnte, und daß es gar keine Einmischung geben sollte. Deshalb würde ich sagen, daß es am Anfang, im verletzlichen Stadium gefährlich ist, andere daran teilhaben zu lassen, daß es da gefährlich ist, für jemand anderen zu schreiben. Später ist das natürlich anders. Jetzt habe ich Freude daran, Beziehungen herzustellen im Sinne der *Tagebücher*, denn jetzt kennen Sie mich, und ich werde Sie schließlich besser kennen, als ich andere Leute kenne. Aber am Anfang ist es gefährlich, weil wir noch eine ungeformte Vorstellung davon haben, wie wir fühlen.

F. Wenn Sie etwas anschauen, was Sie früher geschrieben haben, finden Sie es belanglos oder unwichtig?

A. N. Nicht, wenn man es unter dem Gesichtspunkt des organischen zellularen Wachstums betrachtet. Es ist nicht belanglos, wenn man in Form von Entwicklung denkt. Als ich zwanzig war, machte ich mich jeweils lustig über Dinge, die ich im Tagebuch schrieb. Es gefiel mir eigentlich nichts, was ich darin fand. Aber ich weiß, das war Teil des Reifeprozesses – das arrogante Alter, das schüchterne Alter oder all die mißlichen Stadien unserer Entwicklung. Ich habe es nie belanglos gefunden. Zuweilen fand ich es in menschlicher Hinsicht pathetisch, und ich hieß es nicht gut. Aber sehen Sie, es ist Teil eines Ganzen, und ein Schritt führt zum nächsten. Es ist die Bereitschaft, den schrittweisen Fortschritt zu sehen, die Beschäftigung mit der Entwicklung.

F. Müssen Sie ein wenig Abstand von sich nehmen und zurückschauen?

A. N. Ja. Und die Tatsache, daß etwas geschrieben ist, ermöglicht einem, darauf zurückzuschauen.

F. Als Sie die Verantwortung auf sich nahmen, das Tagebuch geheimzuhalten, hatten Sie da je das Gefühl, daß Sie sozusagen verwundbar wurden, daß Sie sich selbst verraten könnten – nicht notwendigerweise durch das Tagebuchführen, sondern durch die Art, wie Sie sich dann den Leuten gegenüber verhielten?

A. N. Nein, zwischen meinen Gedanken und meinem Verhalten gab es keine so große Trennung; sie bestand nur zwischen dem, was ich dachte und fühlte, und dem, was ich offen sagte – oder nicht sagte! Aber wissen Sie, wenn man das tut, beginnt man, merkwürdig genug, doch den Leuten zu vertrauen. Man bringt sich selbst das Reden bei. Ich spreche oft

vom Schreiben nicht als einer Kunst, sondern als etwas, das einen wesentlichen Einfluß auf unser Leben hat, weil wir durch das Schreiben lernen, uns deutlich auszudrücken und anderen mitzuteilen, was wir ihnen sagen wollen. Ich lernte, mit meinen Freunden zu reden, weil ich schrieb, und das Schreiben erzog mich dazu, meine Gefühle in Worte zu fassen.
Aber es gab doch eine Zeit, wo ich mich davor fürchtete, gewisse Dinge mitzuteilen oder jemandem anzuvertrauen, weil ich sehr stark das Gefühl hatte, ich müßte einem Image, einem Rollenbild entsprechend leben. Man erwartete allgemein von mir, daß ich der »Beichtvater« sei, derjenige, dem die anderen sich anvertrauten. Niemand erwartete von mir, daß ich etwas anzuvertrauen gehabt hätte. Das schien meine Rolle im Leben zu sein, und deshalb waren meine Erkenntnisse im Tagebuch ein natürlicher Ausgleich dazu. Und ich erinnere mich an einen Psychologen, der mich sehr beeindruckte mit der Frage: »Wie fühlen Sie sich, wenn die Leute aus sich herausgehen und Ihnen alles über sich erzählen?« Ich antwortete: »Ich liebe sie, denn dann kenne ich sie wirklich und richte nicht über sie.« Und dann sagte er: »Warum haben Sie nicht das Gefühl, daß Sie dasselbe tun können?« Mit anderen Worten, wenn andere Menschen sich mir öffneten, bewirkte das, daß ich sie liebte und sie sehr genau kennenlernte. Meine Schwierigkeit zu dieser Zeit war, daß ich nicht realisierte, daß es anderen mit mir ebenso gehen könnte.
F. Nach der Erfahrung, die ich gemacht habe, fand ich es zwecklos; denn um dieses Tagebuch zu führen, zog ich mich von den Menschen zurück, und indem ich das Tagebuch führte, hielt ich zugleich mein wahres Selbst verborgen.
A. N. Nun, ich denke, Sie haben nicht lange genug gewartet, daß die beiden zueinanderfanden. Das Tagebuch hilft einem zuerst, das wirkliche Selbst zu schaffen. Wenn Sie spüren, daß Sie dieses wirkliche Selbst tatsächlich aufweisen und ausleben können, dann entfällt gewissermaßen eine Funktion des Tagebuchs. Wenn Sie lange genug gewartet hätten, wäre wahrscheinlich eine Synthese zwischen dem Rollenbild in der Welt und dem Du im Tagebuch zustande gekommen. Die meisten Menschen können diese Verschmelzung nie machen. Sie passiert nie. Aber dann kann man das geheime Selbst ebensogut irgendwo bewahren. Und eines Tages wird das Du im Tagebuch im anderen aufgehen und bewirken, daß man sich im Leben gibt oder spricht wie im Tagebuch. Deshalb fordert Ira Progoff,

daß man ein Zwiegespräch führen soll mit einem verstorbenen Schriftsteller oder Elternteil oder mit jemandem, den man nie getroffen hat – mit ihnen einen Dialog führen, um weiter vorwärtszukommen, wie man es wünscht. Das spornt einen an, jene beiden Teile zusammenzubringen, so daß das Tagebuch und man selbst schließlich eine vollendete Person abgibt.

F. Haben Sie bei der Beobachtung Ihrer eigenen Entwicklung, der Erforschung Ihres Selbst, jemals die Erfahrung gemacht, daß Sie ablehnten, verwarfen oder kritisierten, was Sie früher gedacht hatten, was Sie für Ihr wahres Selbst gehalten hatten?

A. N. Der schöpferische Prozeß *ist* Selbstkritik. Es gibt kein Reifen ohne Kritik. Man würde sich nicht weiterentwickeln, wenn man nicht wirklich fände, daß das gestrige Selbst nicht gut genug war. Das ist in dem Prozeß eingeschlossen. Wenn man etwas aufgibt, macht man das doch, weil man überzeugt ist, daß man sich weiterentwickeln kann. Kritisieren ist ein Teil dieser Entwicklung. In den Tagebüchern gibt es viel davon.

F. Ich habe schon lange große Schwierigkeiten, weil man mir sagt, ich sei egoistisch und unsozial und würde mich von den anderen und vom Leben absondern, weil ich viel über mich nachdenke. Und das macht mir sehr zu schaffen.

A. N. Das soll es *nicht* tun. Denn wenn man sich isoliert, werden nicht nur die persönlichen Ziele klarer, es geht auch über das Persönliche hinaus. Es ist schon so, daß manche Leute in ihrer kleinen subjektiven, persönlichen Welt bleiben. Einige werden immer darin bleiben. Aber ich habe festgestellt, daß man, wenn man mit der persönlichen Welt fertiggeworden ist, wenn man bewältigt hat, was einen daran hindert, Beziehungen zu anderen aufzunehmen – Furcht, Ängste, Mißtrauen (so wenn ich im Tagebuch zu Anfang sagte, daß ich niemals wieder jemanden lieben würde, weil mein Vater uns verlassen hatte) –, wenn man all dies gelöst hat, man dann auf andere zugeht und über das Persönliche hinauswächst.

F. Das klingt einleuchtend. Aber ich habe jetzt das Gefühl, daß ich so sehr mit mir selbst beschäftigt bin, daß kein Platz für jemand anders bleibt.

A. N. Wenn Ihre Absicht aufrichtig ist – meine war es, nämlich die Brücke wiederaufzubauen, die mein Vater zerbrochen hatte –, dann wollen Sie sich wirklich anderen zuwenden und sollten keine Schuldgefühle haben. Aber natürlich, wenn die Leute einem das sagen, beginnt man, ihnen zu glauben. Ich wußte seinerzeit nicht, was ich tat. Ich war nicht stark genug, zu denken: »Nun, ich tue etwas, das über das Persönliche hinausreicht.« Doch dann und wann hatte ich eine dunkle Ahnung, daß ich vielleicht auch für andere Frauen spreche. Wenn Sie wirklich nach etwas streben, das über das Persönliche hinausreicht, dann werden Sie schließlich aus Ihren Schwierigkeiten herausfinden. Aber Sie können es nicht, solange Ihre Neurose Ihnen zu schaffen macht. Denn wenn Sie sich nicht damit beschäftigen, mit den persönlichen Schwierigkeiten, finden Sie auch keinen Ausweg. Der Schmerz eines Traumas ist wie ein körperlicher Schmerz. Jemand, der einen physischen Schmerz hat, kann anderen keine Aufmerksamkeit schenken, weil er so von seinem Schmerz geplagt wird. Sie sehen also, meine Aufmerksamkeit wurde freigesetzt, konnte sich anderen zuwenden in dem Augenblick, da ich all meine seelischen Probleme gelöst hatte. Die Abszesse der Seele sind genau wie jeder andere physische Schmerz, und Sie wissen sehr gut, daß ein Mensch, der krank ist, sich auf sich selbst konzentriert und anderen gewöhnlich keine Beachtung schenkt. Gewissermaßen ist es genauso, wenn wir ein seelisches Problem haben. Wir müssen es lösen, bevor wir uns, gebend und aus uns herausgehend, in einer Gemeinschaft bewegen können.

F. Ich habe den Eindruck, daß viele Leute, mit denen ich gesprochen habe und die Tagebücher schreiben und Ihres gelesen haben, denken, Tagebuchschreiben verlange das Aufgeben jeder kritischen Haltung und Anlage, während ich finde, daß Ihre kritische Haltung und Schulung wesentlich waren für Ihre Entwicklung der Klarheit des Gedankens und der Klarheit der Prosa.

A. N. Ja, ich verstehe, was Sie meinen. Aber meine kritische Klarheit entstand nicht durch Übung. Denn erstens begann ja das Tagebuch, als ich elf war. Es war also eine spontane, gefühlsmäßige Handlung. Die Leute haben recht, wenn sie sagen, ein emotionaler Fluß sei die Haupttriebfeder des Tagebuchs. Das kritische Moment war ganz verschieden von dem, woran Sie denken, nämlich der wissenschaftlichen Kritik.

F. Ja, aber ich spreche nicht von wissenschaftlicher Kritik. Ich spreche von einer wirklich subjektiven Kritik der ästhetischen Qualität und Natur der Erfahrung.

A. N. Wenn man anfängt, hat man Angst, seine Einheit mit den Dingen zu verlieren, indem man daneben steht und kritisiert. Ich erinnere mich, daß ich, bevor die Millers in mein Leben traten, dachte, ich würde zu scharfsichtig, zu klar – daß diese Fähigkeit zu stark zum Zuge kam, ohne viel darunterliegende Erfahrung, die sie nähren könnte. Deshalb war ich glücklich über das, was ich dieses Mondlicht und Chaos nenne. Ich war glücklich über die Menschen, die wie die Natur lebten, sehr irrational, und die diese Fähigkeit nicht besaßen. Doch es war immer ambivalent für mich: klar zu sehen, aber dann leidenschaftlich zu leben. Wenn man leidenschaftlich lebt, gerät man auf jeden Fall in verworrene Situationen. Das gibt es immer. Aber ich hatte dann auch das Bedürfnis, das zu ordnen und zu verstehen. Sie haben recht mit dem Verlangen, verstehen und klären zu wollen. Denn das führt einen zum nächsten Schritt. Bei Verwirrung und Ambivalenz gibt es eine Stockung. Wenn man in Ambivalenz gefangen ist, bleibt man wirklich darin stecken. Zum Beispiel das Hin und Her der Entscheidung, ob ich mich nun dem Tagebuch zuwenden oder einen Roman schreiben sollte. Da kommt man nicht weiter.

F. Was ich eigentlich meine, ist, daß, wenn das Tagebuch einfach ein Mittel zur Selbstfindung wird, es genausogut zur Falle werden kann wie viele andere mißliche Lagen. Man muß fähig sein, selbst kritisch zu unterscheiden und zu beurteilen, oder man wird nie in der Lage sein, zu einer anderen Kunstform zu finden.

A. N. Sie haben völlig recht. Ich habe im Tagebuch eine Methode der Synthese angewandt, die ich der Psychologie verdanke. Erfahrung zerbricht uns, aber die Psychologie hilft uns, diese scheinbar unvereinbaren Elemente zusammenzufügen. Die Psychologie zeigt uns, daß sie nicht hoffnungslose innere »Entweder-oder«-Kämpfe werden müssen wie bei der Wahl, ob ich nun das Tagebuch oder einen Roman schreiben sollte. Ich merkte, daß ich beides tun konnte; das eine nährte das andere, eines half dem anderen. Als ich Romane schrieb, vermochte ich das Tagebuch besser zu schreiben, und das Tagebuchschreiben ließ mich die Romane aus spontaneren Quellen entwickeln. Was wir als Konflikte ansehen, kann gelöst werden – zur gegenseitigen Bereicherung.

F. Als ich anfing, mich meiner Familie zu entziehen, auf mein Zimmer zu gehen und zu schreiben, wurden sie ganz bekümmert wegen mir. Ich glaube, sie waren wahrscheinlich über meine Selbstbeobachtung beunruhigt. Ich würde gern wissen, wie Ihre Mutter reagierte, als Sie anfingen, am Tagebuch zu schreiben.

A. N. Oh, sehr schlecht, sehr schlecht. Zuerst sagte sie, was die Romanen immer sagen – daß eine Frau nicht intellektuell sein sollte. Dann sagte sie, ich würde mir die Augen verderben und ich würde nie einen Mann bekommen. Ich sollte nähen und kochen lernen – was ich gar nicht mochte –, ich sollte alle häuslichen Dinge lernen, mich darauf vorbereiten, Frau und Mutter zu sein. Denn meine Mutter fand auch, daß das Schreiben eine Gefahr für meine Zukunft, für mein Leben als Frau sei. Ich weiß nicht, wie mein Vater reagiert hätte, denn ich wohnte nicht bei ihm. Aber ich weiß, als ich ihm sagte, daß ich mich für Tanz interessiere, antwortete er: »Die Frauen in unserer Familie haben nie getanzt!« Es gab also viele Tabus, wirkliche Tabus. Wissen Sie, die Spanier haben eine Redensart, wonach die Frau durch besonderen Charme wiedergutmachen muß, daß sie intelligent ist, damit die Leute ihr das vergeben.

F. Wieviel Zeit Ihres Lebens schenkten Sie dem Tagebuchschreiben?

A. N. Immer den Abend, wenn der Tag vorüber war. Einfach was vom Tag übrigblieb. Tagsüber schrieb ich an meinen Romanen, widmete mich meinen Pflichten oder dem Haus. Erst wenn der Tag jeweils vorbei war, gehörte dieser kleine Teil des Abends mir. Es war also nicht viel. Ich habe nie Stunde um Stunde am Tagebuch geschrieben.

F. Sie sprechen von Spontaneität, und ich denke, daß sie unbedingt nötig ist, damit Sie Ihre Gedanken auf diese Weise niederschreiben können. Aber Ihre Bücher sind so wunderbar geschrieben, daß ich einfach gern wissen möchte, ob Sie hinterher nicht noch einiges umschreiben und daran feilen.

A. N. Nein, im Tagebuch nicht. In den Romanen schon.

F. Nicht im Tagebuch? Sie scheinen jedesmal das richtige Wort zu treffen, die gewünschte Bedeutungsnuance zu finden. Es scheint mir unmöglich, daß Sie das auf Anhieb tun könnten, ohne es noch einmal vorzunehmen und daran zu feilen.

A. N. Nun, ich würde das mit Bauchtänzerinnen vergleichen, die anfangen zu tanzen, wenn sie drei Jahre alt sind. Ihre Technik geht so in sie über, daß sie sich dessen gar nicht bewußt sind. Ich denke, es liegt wirklich daran, daß ich *so früh* begann, Erfahrung in Worten festzuhalten und in Wort- oder Bildbegriffen zu denken. Ich glaube, daß die Spontaneität durchaus mit der Tatsache zu tun hat, daß das Schreiben eine Gewohnheit wurde.

F. Ist es möglich, daß Sie einige Teile verändert und begonnen hätten, das Geschriebene zu rationalisieren, wenn Sie es sich noch einmal vorgenommen und daran gefeilt hätten?

A. N. Ja, es hätte eine andere Qualität erhalten. Ich weiß nicht, warum ich das eigentlich wollte, warum ich die Echtheit bewahren wollte. Manchmal hatte ich das Gefühl, es hätte ein wenig damit zu tun, daß ich so viel mit Künstlern und Schriftstellern zusammen war. Ich sah, wie ihnen alles sofort zu Dichtung wurde; sie erfanden Geschichten, bogen die Gegenwart zurecht, richteten anderer Leute Persönlichkeit her. Als Frau wollte ich aus irgendeinem Grund das wache Gefühl für andere bewahren. Ich wollte Einblick statt Einbildung. Bei den Künstlern um mich herum sah ich soviel Einbildungskraft, und ich wollte irgendwie grundlegende Wahrheiten aufgezeichnet haben. Ich weiß nicht genau warum, aber das wurde zu einem Selbstzweck, ein weibliches Verhalten, das ich oft mit Psychologen diskutiert habe. Rank sagte immer, ein Mann sei schöpferisch, weil er keine Angst hätte, die Nabelschnur zu durchschneiden und seine Einbildungskraft zu gebrauchen. Frauen aber haben Angst vor der Trennung. Das habe ich in Kreativität umfunktioniert. Vom menschlichen Leben nicht getrennt sein wollen – das wurde die Grundlage meiner Kunst.

F. Haben Sie dann überhaupt die Tagebücher noch überarbeitet?

A. N. Nein. Ich konnte die Tagebücher nicht überarbeiten, weil das ihre Spontaneität beeinträchtigt hätte. Es hätte auch die Tatsache verwischt, daß sich das Schreiben mit meiner Entwicklung veränderte. Sie können sehen, daß der erste Teil der *Tagebücher* nicht so gut geschrieben ist wie der zweite oder dritte. Meine Festigkeit machte Fortschritte. Ich konnte nicht da drin herumpfuschen, weil ich dann den Charakter der *Tagebücher* verändert hätte.

F. Wie steht es mit dem Überarbeiten zur Zeit, als Sie sie schrieben? Ich würde gern wissen, ob Sie etwas schrieben und es dann überarbeiteten, oder versuchten Sie einfach, etwas gleich so niederzuschreiben, ohne sich Gedanken zu machen über den Stil des Schreibens oder Tippens?

A. N. Ja. Ich hatte keine radierten Stellen. Im Original ist nichts radiert, nichts ist wirklich ausgefeilt. Da habe ich

Spontaneität gelernt. Ich glaube, unsere Unfähigkeit, schöpferisch zu sein, ist vor allem Ängstlichkeit. Es ist wie bei Kindern, die spontan etwas erschaffen, bis ihnen gesagt wird, sie machten es nicht richtig oder so etwas ähnliches. Sie tanzen, sie schreiben Gedichte, sie zeichnen. Das Tagebuch war mein Mittel, die Verbindung zur Spontaneität zu bewahren: niemand würde es sehen. Ich dachte und glaubte das viele Jahre lang. Wenn ich es einem Freund zeigte, dann höchstens ein Fragment. Das half mir, den Zensor zu besiegen.

F. Haben Sie offen über die Tatsache gesprochen, daß Sie jahrelang Tagebuch schrieben, und waren sich Ihre Freunde ihrer Rolle bewußt?

A. N. O ja, ich pflegte darüber zu sprechen. Und Sie wissen ja, immer wenn man ein Geheimnis hat, möchte man gern, daß es aufgedeckt wird. Es gab Zeiten, wo Freunde mir sagten: »Bring das nicht in deinem Tagebuch.« Zu anderen Zeiten mußte ich lernen, es zu verschließen, weil meine Brüder es mir immer wegnahmen und natürlich viel Spaß damit hatten. Die Heimlichkeit hat sich nicht am Anfang eingestellt. Zu Beginn dachte ich, meine Familie sollte alles wissen, was ich aufschrieb. Aber wenn man ein Teenager wird, fängt man an, Geheimnisse vor der Familie zu haben, und ich begann, es zu verschließen. Wenn sich Freunde bekümmert fühlten, pflegte ich ihnen ihr Porträt vorzulesen. So machte ich es mit Henry Miller, dem es zuerst zusetzte, später nicht mehr.

F. Ich würde gern wissen, ob das Schreiben über ein Erlebnis im Tagebuch Sie in einer Weise verändert hat, wie es die bloße Erfahrung des Erlebnisses, ohne darüber zu schreiben, nicht vermocht hätte.

A. N. Das hängt wohl davon ab, ob das Schreiben spontan ist und mit dem unbewußten Teil unseres Lebens verbunden ist oder ob es ein befangener, intellektueller, analytischer Prozeß ist. Das ist ein Unterschied. Nun, wenn ich in den Tagebüchern analysiere, weil ich verwirrt, verloren, beunruhigt bin und mich in einem Konflikt befinde, dann ist mein Schreiben ein Weg, um da herauszukommen. Aber wenn ich ein Erlebnis beschreibe und mich darin versenke, beispielsweise die Beschreibung von Fez in Marokko, eine Stadt, in die ich mich versenkt fühlte, dann ist das Schreiben kein Akt von Befangenheit – vorausgesetzt, die Fertigkeit ist vervollkommnet, ist spontan geworden. Dann ist es ebenso ein Teil von mir wie beispielsweise jemandes Gesang.

Es ist, als singe jemand, nachdem sich etwas ereignet hat. Dann ist es, wie ich gesagt habe, eine natürliche Ausdrucksform, eine Lebensweise, wirklich.

F. Sie erwähnten, daß Sie sich beim Tagebuchschreiben gehemmt fühlten durch die Meinung der Leute, es sei eine egoistische Beschäftigung. Hatten Sie noch andere Befürchtungen in bezug auf diesen Selbstbeobachtungsaspekt des Tagebuchs?

A. N. Wir stehen immer in einem Konflikt, weil wir gern verschieden wären von anderen, aber wir möchten anderen auch nahe sein. Wenn man also an seiner Persönlichkeit arbeitet, hat man Angst, sich dabei von den anderen abzusondern und eine Distanz zu schaffen. Man versucht, eins zu sein mit den anderen und seine Freunde zu behalten, und gleichzeitig versucht man, anders zu sein – das ist gewöhnlich das Problem des Teenagers. Mein Problem war zum Beispiel, daß ich gerne las und meine Schulkameraden nicht. Alles, was mich von ihnen unterschied, machte mir Angst, weil es eine Trennung verursachte. Ich wollte die Dinge ausfindig machen, die sowohl ich wie sie gerne taten, die wir zusammen machen konnten. Wir liefen zusammen Schlittschuh, wir tanzten zusammen, aber wir lasen nicht miteinander. Also stand immer ein Teil von mir außerhalb. Ich glaube, wir alle teilen diese doppelte Furcht: Wir wissen, wir wären gern wir selbst, wir wissen, wir wären gern anders als die anderen, aber wir möchten auch gern anderen nahe sein und Menschen haben, die wie wir denken und die Bücher lesen, die wir auch lesen.

F. Würden Sie allen jungen Leuten empfehlen zu schreiben?

A. N. Ich sehe nicht ein, warum nicht; denn auch, wenn sie nicht berühmt werden, glaube ich, daß ihr Leben ungeheuer bereichert würde. Wir müssen nicht alles auf eine vollbrachte Leistung hin betrachten. Ich dachte nie an mein Schreiben als ein eigentliches Arbeiten auf eine Leistung hin. Ich hätte mir beispielsweise nie die Situation von heute vorgestellt. Es war nicht das, was ich besonders wollte. Ich wollte einfach, daß die Brücke zur Welt wiederhergestellt wird, die mein Vater zerbrochen hatte. Seit ich das Trauma hatte, furchtsam oder sonst etwas war, eine Fremde in einem fremden Land, wollte ich, daß diese Brücke geschaffen würde, und ich schuf sie durch mein Werk. Aber ich tat das nicht aus einem literarischen Grund.

F. Haben Sie den Eindruck, daß diese innere Suche nur über das Tagebuchschreiben gemacht werden kann, oder denken Sie, daß es auch andere Möglichkeiten gäbe?

A. N. O ja. Diese Reise nach innen kann auch auf andere Weise gemacht werden als über das Schreiben. Schreiben hilft, weil es uns anregt, deutlich zu sein, und es fungiert als Spiegel unseres Lebens. Es ist keine Sache des Sich-Hinsetzens und etwas Schönes schreiben. Ich glaube, wir sollten nicht in Begriffen der Literatur darüber denken. Als ein Mittel für eine innere Reise scheint es mir sehr wertvoll. Natürlich gibt es auch andere Wege. Einige haben sie durch Meditation gefunden, andere machen ihre innere Reise auf religiöse Art oder sogar, indem sie sich in fremde Kulturen begeben.

F. Ihr Tagebuch ist wirklich beides: Tagebuch und Journal, was ich eine Art Super-Tagebuch finde. Denn die meisten Tagebücher, oder viele Tagebücher, führen einfach nur Fakten auf, was geschehen ist, aber Sie schreiben auch, was Sie denken.

A. N. Ja, es sollte wirklich ein »Journal« genannt werden, nach dem französischen Wort *journal*. Ich weiß nicht, wieso es zu *Tagebuch* übersetzt wurde.

F. Wie stark haben Sie das Tagebuch redigiert?

A. N. Beim Redigieren hatte ich zweierlei zu bedenken. Der eine Grund war moralischer Art: Während ich mein eigenes Leben mit anderen teilen kann, hatte ich nicht das Recht, das Leben anderer zu enthüllen, die das nicht wollten. Es gab einiges, das vertraulich war und das ich deshalb nicht bringen konnte. Ein weiterer Grund, warum ich das Tagebuch redigieren mußte, waren die Wiederholungen. Es ist ganz ähnlich wie bei einem Maler, der viele Skizzen von einer Person macht, bevor er das endgültige Porträt malt. Im Original hielt ich jeden Tag meine Eindrücke von einer Person fest, so wie sie heute war, morgen; ich tat das immer wieder. Schließlich gelang es mir, jeweils das richtige Porträt zu treffen. Es gab also ungeschickte, tastende Versuche, und ich habe das Ihretwegen redigiert. Es gibt auch Wiederholungen im Tagebuch, weil man jeden Tag von neuem beginnt. Aber eines Tages werden Sie es in seiner Ganzheit sehen.

F. Sind die Romane eine Erweiterung des Tagebuchs?

A. N. Das sind sie. Sie sind Realität, gestellt in die mythische andere Dimension – die größere Dimension. Wenn man einem Porträt gegenüber ehrlich ist, kann man nicht über dieses Porträt hinausgehen, und Ehrlichkeit gehört zum Tagebuch. Aber im Roman kann man diese Entdeckung in viele Dimensionen stellen. Es macht nichts, man ist frei. Diese Freiheit nimmt sich der Künstler, und ich lernte, sie nicht mehr zu fürchten, weil die Erfahrung an sich im Tagebuch verankert war. Ich glaube, wenn ich nicht das Gefühl gehabt hätte, in meiner realen Existenz als Mensch fest verankert zu sein, hätte ich immer noch Angst vor dieser imaginären, mythischen Welt gehabt.

F. Schreiben Sie immer noch Romane?

A. N. Ich mag den Roman nicht mehr. Denn der Roman ist zu indirekt. Er ist eine Art Mythologie der Frau; seine Gestalten sind konstruiert. Aber ich bin der Ansicht, daß wir heute den Menschen besser kennenlernen müssen, als wir es durch den Roman können. Wir interessieren uns für die Entschleierung. Ein Teil des Romans muß immer interpretiert werden, und das ist eine gewagte Sache – während ich nicht glaube, daß es über die Funktion des Tagebuchs viele Mißverständnisse geben kann. Wir brauchen diese direkte Ausdrucksweise, das ist die einzige Erklärung, die ich habe. Wir lesen Literatur nicht objektiv, wir lesen sie im Hinblick auf das, was wir brauchen. Und gerade jetzt brauchen wir das Wissen, daß Wachstum manchmal langsam ist, aber immer organisch.

F. Legen Sie an das Tagebuch einen anderen künstlerischen Maßstab an?

A. N. Beim Schreiben des Tagebuchs versuchte ich, den Vorgang des Schreibens zu übersehen, zu vergessen. Ich wollte keine Forderungen an mich stellen, ob ich das jetzt gut oder nicht gut geschrieben hatte. Ich wollte das alles abschütteln, und es gelang mir, weil ich das Gefühl hatte, daß nie jemand anders es lesen würde.

F. Sind nicht die ersten englischen Romane als von Frauen geschriebene Tagebücher verfaßt worden wie etwa *Pamela?*

A. N. O ja, das hatte ich vergessen. Eine andere interessante Sache: Wußten Sie, daß D. H. Lawrence sein Wissen um die Frauen, trotz Kate Millett, von einer Frau erhielt? Seine erste Freundin führte ein Tagebuch, und er las es. Und natürlich wissen wir, daß Fitzgerald nicht wenig aus Zeldas Tagebuch gestohlen hat.

F. Wie denken die Menschen, die Sie in den *Tagebüchern* porträtierten, darüber, daß ihre Porträts veröffentlicht wurden?

A. N. Ich muß sie ihnen vorher zeigen. Die Regeln der

Tagebücher verlangen, daß die Porträts vorgezeigt werden müssen. Die größeren Porträts – nicht die kleinen Charakterzeichnungen – müssen von den porträtierten Personen freigegeben werden. Jeder, der im Tagebuch vorkommt, hatte mir die Erlaubnis zur Veröffentlichung seines Porträts zu geben. Da meine Absichten nie zerstörerischer Art waren, wurden die meisten meiner Porträts von den Betroffenen kaum verändert. Sie merkten, daß der Leser zumindest abwägen und nicht richten konnte, wenn ich alles weitergab. Ich mußte nur sehr wenig Wichtiges herausnehmen.

F. Viele Frauen identifizieren sich mit Ihnen, wenn sie die *Tagebücher* lesen. Einige ändern sogar ihre Lebensweise, wie eine junge Dame, die ich traf. Nachdem sie Ihre *Tagebücher* gelesen hatte, zog sie mit ihrem Liebhaber von zu Hause weg. Andere fangen an, selbst Tagebuch zu schreiben. Wie erklären Sie das?

A. N. Ich leiste für sie, was für mich die Bücher getan haben. Sie haben mich aufgeweckt. Als Teenager war ich eine unersättliche Leseratte und bin es heute noch.

F. Haben Sie nicht Bedenken, so viele Ihrer Gedanken und Erlebnisse der Prüfung einer ganzen Welt auszusetzen?

A. N. Nein, denn ich glaube, daß das Persönliche an einem gewissen Punkt aufhört, persönlich zu sein, und es das Tagebuch von jedermann wird. Das Tagebuch deckt den Entwicklungsprozeß auf, das Suchen nach dem Sinn. Deshalb spricht es zu und für jeden, und die Identifikation wird möglich.

F. Einige Leser waren enttäuscht, weil Ihre *Tagebücher* keine Intimitäten und Skandale enthüllten. Welche Überlegungen bestimmten Ihr Redigieren?

A. N. Gewisse Intimsphären des eigenen Lebens und des Lebens anderer sollten gewahrt bleiben. Skandale verdunkeln den tieferen Sinn eines Erlebnisses eher, als daß sie es erhellen.

F. Wie werden die Ereignisse im Tagebuch in der Alchimie der Kunst verwandelt?

A. N. Die Antwort liegt in der Aufgabe der Kunst, die darin besteht, Wesen und Bedeutung zu suchen. Dabei weicht man vom Realistischen ab, um durch Fähigkeit, Fertigkeit, Erfahrung und Technik tiefere und umfassendere Erkenntnisse zu gewinnen.

F. Die *Tagebücher* sind nach Monaten gegliedert. Sind die Original-Tagebücher tageweise oder auch nach Monaten geführt?

A. N. Am Anfang habe ich jeden Tag geschrieben. Wenn ich als Elfjährige einen Tag übersprungen hatte, mußte ich mich beim Tagebuch entschuldigen. Ich hatte dann das Gefühl, es vernachlässigt zu haben. Damals war ich übergenau mit der Datierung, nichts sollte verlorengehen. Aber später wurde ich viel freier, und dann schrieb ich nur noch, wenn ich etwas zu sagen hatte. Es gab Perioden, wo ich mehrere Tage lang nichts schrieb. Es war kein sorgsam geführtes Tagebuch.

F. Haben Sie im Tagebuch – dem Original, das Sie führten – den Tag hingeschrieben, oder hielten Sie es wie in den veröffentlichten Bänden, wo Sie nur den Monat angeben, ohne die Tage zu unterscheiden?

A. N. Ja, denn es wäre sehr ermüdend gewesen, immer zu sagen, sechster Oktober, achter Oktober. Sehr schwerfällig. Deshalb habe ich mich nicht damit herumgeplagt, wenn es nicht wichtig war. Aber wichtige Daten, wie die Veröffentlichung eines Buches oder ein bestimmtes Zusammentreffen mit jemandem, habe ich schon angeführt. Aber wenn ich die Daten immer angegeben hätte, wäre das Tagebuch stark überladen worden. Wenn Sie die Biographie von Strawinsky gelesen haben, wissen Sie, was ich unter exakter Aufzeichnung und Überladung durch Fußnoten verstehe.

F. Sie erwähnten, daß Sie sich vor der Veröffentlichung des Tagebuchs nicht bewußt waren, wieviel Sie mit anderen Frauen gemeinsam haben, und daß Sie große Angst hatten, sich bloßzustellen. Was hat Sie denn damals veranlaßt, es zu veröffentlichen?

A. N. Ich realisierte plötzlich, daß das Tagebuch nicht nostalgisch war, aber voller Themen, die jetzt in der jungen, der neuen Generation sehr zentral, sehr gegenwärtig wurden. Das, was ich immer für Amerika gewünscht hatte, geschah jetzt, die Menschen, die ich beschrieben hatte, spielten in der Gegenwart eine dynamische Rolle. Artaud, zum Beispiel, wirkte auf das Theater; das Interesse an Rank erlebte eine Renaissance. Alles, womit ich mich beschäftigt hatte, war aktuell. Ich hatte also schon vor Jahren über Dinge geschrieben, die jetzt aktuell sind. Ich sah diese Verbindung zwischen der Vergangenheit und der Gegenwart. Mir wurde klar, daß die Vergangenheit – die wir gewöhnlich mit den Worten beiseite schieben, das, was in den dreißiger Jahren geschehen ist, hat nichts mit uns zu tun – plötzlich ganz eng mit der Gegenwart verknüpft war. Dann erkannte ich, daß das Tagebuch etwas Dynamisches, etwas Lebendiges war. Da habe ich mich entschieden, daß ich es veröffentlichen wollte, weil eine Beziehung zur Gegenwart bestand. Wenn es nostalgisch gewesen wäre, hätte ich es nicht getan und abgewartet, daß es nach meinem Tod veröffentlicht würde.

F. Haben Sie das Gefühl, daß ein großer Widerspruch besteht zwischen Ihrem Leserkreis, der vor allem aus Frauen besteht, und Ihrem Privatleben, das mehrheitlich von den Beziehungen zu Männern bestimmt ist?

A. N. Sie meinen, daß in den *Tagebüchern* die Beziehung zum Mann sehr wichtig ist. Ich mache mir nicht so viele Gedanken darüber, daß Frauen in größerer Zahl auf das Tagebuch reagieren als Männer. Es liegt wohl daran, daß die Frauen jetzt versuchen, zu sich selbst zu finden. Die Männer beschäftigen sich nicht so sehr damit; ich glaube, das ist nicht ihre große Sorge. Aber für die Frauen ist es sehr wichtig, die Geschichte eines mehr oder weniger organischen und recht vollständigen Entwicklungsprozesses zu haben. Ich glaube, deshalb liegt der Akzent auf den Frauen; weil sie versuchen, herauszufinden, was sie fühlen.

F. Während Sie das Tagebuch schrieben und als Sie es für die Veröffentlichung vorbereiteten, haben Sie es da je besonders redigiert oder revidiert, um es einem neuen Trend oder Stil anzupassen?

A. N. Diese Frage sollte mir überhaupt nicht gestellt werden! Wenn Sie es gelesen hätten, hätten Sie das nicht gefragt. Es ist doch klar und ganz offensichtlich, daß das Tagebuch nichts künstlich Erschaffenes ist.

F. Nein, aber ich habe nur gedacht, daß Sie vielleicht heute einiges, was Sie geäußert hatten, unwesentlich finden. Und als Sie es schrieben, gab es vielleicht einige Dinge, die Sie nicht preisgeben wollten.

A. N. Dann wäre es kein Tagebuch. Ich mußte allem gegenüber treu sein, auch wenn es mir nicht gefiel, was ich geschrieben oder gedacht hatte.

F. Sie verhalten sich gewissermaßen so, als würde Ihr jetziges Tagebuch zugänglich gemacht. Aber wenn alles unverändert ist, könnten Sie es nicht dem Verleger einfach so in den Schoß werfen?

A. N. Nein. Es muß redigiert werden. Es gibt ein paar

moralische Gründe, ein Tagebuch zu redigieren – es gibt einige Menschen, deren Leben ich nicht enthüllen darf, und es gibt einige Wiederholungen im Tagebuch, die sehr ermüdend sind. Das Tagebuch muß redigiert werden, doch das Redigieren besteht nur darin, gewisse Dinge auszulassen, nicht etwas zu ändern. Man muß einiges auslassen, weil gewisse Personen noch am Leben sind, die wünschen, daß ihr Leben nicht gestört wird.

F. Könnten Sie uns mitteilen, was wir im nächsten Band Ihres Tagebuchs alles lesen werden?

A. N. Sie drängen mich, aber ich weiß es wirklich nicht! Denn ich lese nie voraus oder zurück. Ich möchte mich selbst überraschen, ich möchte etwas Neues haben, auf das ich mich freuen kann. Ich lese nie der Zeit voraus, ich lese nur, während ich fortschreite. Deshalb weiß ich wirklich nicht, was ich im nächsten Band finden werde.

F. Schreiben Sie noch an den Tagebüchern?

A. N. Nein, und das ist Ihre Schuld. Ich beantworte Briefe. Aber ich glaube, das ist vielleicht die natürliche Folge eines Tagebuchs. Ich bin nicht besorgt darüber, weil ich andere Tagebücher erhalten habe; ich habe Briefe bekommen, die wie Tagebücher sind; ich habe sehr persönliche Bekenntnisse bekommen und sie beantwortet. Vielleicht ist das die letztliche *raison d'être* des Tagebuchs: daß es aufhört, eine einsiedlerische Beschäftigung zu sein, und ein allgemeines Werk wird. Vielleicht sollte es auf diese Art abgeschlossen werden. Ich mache noch Einträge, aber ich schreibe nicht mehr soviel darin wie früher. Wäre es Ihnen lieber, ich würde die Briefe nicht beantworten?

Ich habe über die Kontinuität des Tagebuchs gesprochen, obgleich es verschiedene Formen annimmt. Mit zwanzig ist es anders als mit dreißig, und mit dreißig anders als mit vierzig. Und jetzt hat es sich wieder verändert. Dieses Jahr ist es ein Briefwechsel mit der Welt geworden, und das ist wahrscheinlich das angemessene Ende für ein Tagebuch; daß es als ein Fluß beginnt, dann in ein Weltmeer fließt und Austausch unserer geheimen und privaten Erlebnisse wird – denn das sind die Briefe, die ich beantworte. Deshalb bin ich nicht beunruhigt über die Metamorphose des Tagebuchs, das nun weltumfassend geworden ist, das – mit anderen Worten – *unser* Tagebuch geworden ist.

Der Künstler als Magier

Früher oder später wird ein Magier immer nach dem Ursprung der Kunst gefragt, die er ausübt. Durch welche Formeln, Worte, Mittel habe ich nicht nur die unzerstörbare Gewißheit erworben, daß das Leben voller Magie ist, sondern wie war ich fähig, diese Gewißheit auch an andere weiterzugeben? Wie konnte es geschehen, daß es nach dem Erscheinen von Goethes *Werther* zu einer Selbstmordwelle kam und beim Erscheinen meiner *Tagebücher* eine Antiselbstmordwelle einsetzte? Was ist die Erklärung?
Ich erinnere mich noch, daß wir als Kinder sehr unglücklich waren, weil sich die Eltern nicht verstanden. Mein Vater war Pianist und meine Mutter Sängerin. Die Auseinandersetzungen erschreckten uns zutiefst und ängstigten uns. Aber dann kamen plötzlich wieder ruhige Perioden. Das Klavier setzte ein, meine Mutter fing an zu singen, und es herrschte wieder Frieden. Freude erfüllte das Haus, die Kinder fühlten sich befreit und tanzten. Und dies wurde für mich zu einem Symbol und zum Ausgangspunkt meiner ungeheuren Dankbarkeit und Verehrung für das, was ich den Geist der Kunst nenne, den wir heute preisen wollen. Was immer unsere Lebensbedingungen waren, in was für Kriege und Höllen uns unsere Diktatoren auch immer gestürzt haben mögen, stets gab es diesen Ausweg, diese Kraft, die Dinge zu verlagern, zu verwandeln, zu verändern.
Ich habe daraus gelernt, daß wir eine andere Welt brauchen, um dem Leid des Daseins standzuhalten. Leider hat unsere Kultur diese andere Welt beharrlich als Ausflucht bezeichnet und sie zu etwas höchst Lasterhaftem, nämlich einer Flucht aus der Gegenwart, gemacht. Allem zu entfliehen, bedeutet in Wirklichkeit, nicht am Leben teilzunehmen, sich nicht für andere einzusetzen. Ich weiß eigentlich nicht, wieso diese Idee von uns Besitz ergriffen hat, aber sie gehörte zu unserer Ideologie, und jeder, dem es gelang, sich von einer Katastrophe zu distanzieren, wurde mit einem großen Tabu belegt. Man erkannte nicht, daß die Distanzierung von Katastrophen, von Traumas, Häßlichkeiten und allen Arten von Monstren als *Gegengift* notwendig war. Wir brauchen solche Gegengifte,

wir brauchen einen Ort, wo wir unsere Wunschträume wiederfinden, wir brauchen einen Ort, wo wir uns nach niederschmetternden Erlebnissen wiederaufrichten können. Meine Magie lag einfach in der Kraft, mich von lähmenden, destruktiven Erlebnissen zu distanzieren.

Als erstes half mir das Lesen. Meine Mutter vermietete Zimmer, und während ich mit Handtüchern herumlief und all die Arbeiten verrichtete, die verrichtet werden mußten, hatte ich immer ein Buch dabei, denn wo das Buch war, wollte ich sein. Ich lernte weiterzukommen. Das erste Stadium des Wachstums ist Bewegung auf etwas zu oder von etwas fort. Aber in unserer Zivilisation haben wir aus der Wegbewegung – der Distanzierung – ein Verbrechen gemacht; wir müssen verharren, wo wir sind. Und deshalb haben wir auch eine Literatur hervorgebracht, die besagt, daß die Dinge sich gleichbleiben und daß nichts veränderlich ist. Das bringt mich nun auf eine ganze Reihe magischer Wörter, die Sie bitte niederschreiben und sich für immer als Formeln merken wollen; die magischen Wörter stehen alle im Wörterbuch unter der Vorsilbe *trans*, was ein Verändern oder ein Hinübergehen bedeutet: transformieren, transportieren, transzendieren, transparent, Transfiguration, transmittieren. Alle Wörter mit dem Präfix *trans* führen weg vom Jetzt, weg von dem, was uns im Leben schmerzt und lähmt. Darum erwidere ich Leuten, die behaupten, ich zöge Künstler vor, daß ich sie gar nicht anderen Menschen vorziehe, daß ich jedoch von Künstlern gelernt habe, mich umzuwandeln. Von Musikern habe ich gelernt, daß die Musik einen mitten aus Sorgen, Krieg und Zwietracht, Scheidung und Trennung heraustragen und einem neue Kraft verleihen kann. Das dürfen wir nicht vergessen, aber wir taten es, als wir die Notwendigkeit, die unentbehrliche Bedeutung der Kunst für unser Leben geringschätzig betrachteten.

Ich weiß nicht, wie es dazu kam, aber auf einmal hieß es, daß Lesen uns nicht zu leben half und auch die Musik nicht, und auch die Maler halfen uns nicht zu leben. Lange Zeit haben wir den Künstler wahrhaft verunglimpft. Nicht die jetzige Generation; sie versucht, all jene Überzeugungen wieder geltend zu machen. Ich sprach von der Vergangenheit, während wir in eine neue Periode eintreten. Den wirklichen Grund für den Selbstmord von Sylvia Plath finden wir nicht, wenn wir ihr Leben oder ihre Dichtung untersuchen. Der wirkliche Grund lag darin, daß ihr die Kraft fehlte, sich über die Gegenwart hinwegzusetzen und über den Augenblick der Sorge hinauszusehen.

Dieses *trans* – *trans*formieren, *trans*ponieren, *trans*zendieren – ist nicht nur für unser menschliches Leben, sondern auch für unsere Kreativität von vitaler Bedeutung. Und Kreativität ist für unser Leben so notwendig, weil sie uns zeigt, daß wir zu Veränderungen fähig sind. In gewissen Momenten der Politik, wenn wir hoffnungslos sind und uns außerstande sehen, das äußere Geschehen zu verändern, müssen wir uns daran erinnern. Mit der Zeit werden Menschen heranwachsen, die nicht mehr eine solche infernalische Wirklichkeit hervorbringen, wie wir sie jetzt durchleben. Dazu brauchen wir aber den Glauben, daß es eine transzendentale Wahrheit gibt, daß unser Leben nicht schlechthin aus einer Krise, einem Trauma oder irgendeinem schrecklichen Erleben besteht, so daß man glaubt, verschwinden oder sich davonstehlen oder alles vergessen zu müssen. Wir müssen an eine Kontinuität glauben, wir müssen glauben, daß das Leben weitergeht. Und das habe ich von den Künstlern gelernt. Vor allem die Musiker haben mir gezeigt, wie man getröstet und vom Augenblick erlöst werden kann, so daß man neue Kräfte sammeln oder die geistige Stärke bewahren kann, die einem den Weg nach innen ermöglicht.

Da ist auch die Macht und Magie des Geschichtenerzählens, die einen am Leben erhält, so daß man nie der schrecklichen Verzweiflung erliegt wie diejenigen, die nicht über das Tagesgeschehen hinaussehen können. Die Magie des Geschichtenerzählens liegt in der Freude an einem Flug der Gedanken, der einen in ein anderes Reich trägt. Wir betreten das Reich der Poesie und Kunst und entdecken voller Freude, daß wir zu fliegen fähig sind. Vom Dichter lernen wir, der Schwerkraft zu entfliehen und uns über die Dinge zu erheben, die uns sonst in das ganz prosaische, fest verstrickte Leben des Alltags herabziehen, ein Leben, das in der Geschichte verfangen ist.

Wir haben diese wunderbare Kraft zu fliehen, aber es ist nicht Flucht im negativen Sinn des Wortes; es ist eine Flucht wie die von Olivier Messiaen, der in einem Konzentrationslager das herrliche Stück für Klarinette komponierte, »Die Seele eines Vogels«. Diese Art der Flucht meine ich. Diese Komposition hat ihm wahrscheinlich geholfen, jene Erfahrung zu überleben, und ich kann mir keine schrecklichere vorstellen. Wenn aber

Menschen nicht über die Mauern hinwegsehen können und ihnen die Perspektive und Gabe des Geschichtenerzählens fehlt, wenn sie sich nicht von den Ereignissen lösen können, dann ist die Zerrüttung die Folge, und wir verzweifeln. Wir resignieren oder begehen sogar Selbstmord wie Sylvia Plath. Wenn wir nicht die Fähigkeit haben, über den Kummer oder die uns bedrückende Erfahrung hinauszusehen, dann ergeben wir uns und sterben.

Ist man negativ eingestellt, finden sich Gründe für diese Negativität. Man konstruiert sich eine Begründung. In der Beziehung sind wir schlau, schlauer, als wir meinen. Wir konstruieren Begründungen unseren Stimmungen entsprechend. Ist man überzeugt, etwas nicht leisten zu können, und man möchte aufgeben, dann finden sich Gründe. Es läßt sich immer etwas konstruieren. Material dazu ist vorhanden. Will man aber beweisen, daß das Leben lebenswert ist, kann man das auch.

Jeden Tag zu weinen, weil Krieg war, erschien mir eine unzureichende Lösung. Ich spürte, daß man sich ein Gegenmittel schaffen mußte, eine andere Welt, doch das wurde als Ausflucht bezeichnet, weil man jene haßte, die sich entziehen wollten. »Die Seele eines Vogels« kann man nicht Ausflucht nennen, obwohl es das war, das schönste Gedicht einer Flucht. Es war ein Beweis dafür, daß der Geist sich nicht töten läßt. Mitten in Krieg und Schrecken entstand etwas, das sich dem Grauen und dem Ungeheuerlichen entgegenstellte.

Ich habe eine Freundin, eine Malerin. Sie rief mich oft an und sagte: »Ich habe gerade die Zeitung gelesen, und ich kann heute einfach nicht mehr malen; es ereignen sich so fürchterliche Dinge in der Welt.« Ich pflegte ihr zu erwidern: »Male erst und lies dann die Zeitung!«

Ich habe die Kunst immer dazu benutzt, um wieder zu mir selbst zu finden, und deshalb liebe ich Künstler, denn von ihnen habe ich gelernt, aus nichts etwas zu erschaffen. Ich habe von Varda gelernt, der Collagen aus Tuchfetzen machte. Einmal hieß er mich sogar mein Mantelfutter zerschneiden, um eine Collage zu machen, und als Collage war es gewiß schöner als nur mein Mantelfutter. Ich habe von Tinguely gelernt, der zu einem Schrottplatz ging und eine Satire auf die Maschine machte. Sie sahen wahrscheinlich »The Machine that Committed Suicide« (Die Maschine, die Selbstmord beging) im Museum of Modern Art. Er nahm Abfälle und bastelte daraus eine Parodie auf die Maschine; statt Deckel auf Flaschen anzubringen, zerbrach die Maschine die Flasche oder beging Selbstmord. Oder er schuf eine andere Satire auf die Maschine und brachte uns darüber zum Lachen. Varda ging auch zum Schrottplatz und baute sich aus ausrangierten Booten ein schönes griechisches Segelboot. Das ist die Kraft, aus nichts etwas zu schaffen, die wir brauchen, um wieder zu gesunden. An Tagen in New York, an denen ich deprimiert war, konnte ich ins Metropolitan Museum of Art gehen und die »Sonne« von Lippold betrachten. Einige von Ihnen haben sie sicher gesehen. Sie nimmt den ganzen Raum ein. Sie ist tatsächlich strahlender als unsere natürliche Sonne. Und indem ich einfach dasaß und Lippolds Sonne betrachtete, pflegte meine Melancholie zu verschwinden. Aus diesem Grunde nenne ich Künstler Magier, weil sie die Gegengifte bereithalten, die uns heilen, wenn wir niedergeschlagen sind oder wenn Verzweiflung und Kummer über das, was draußen geschieht, uns packt. Das Vermögen, etwas aus Ton, Glas, Fetzchen oder Stückchen, Schrotteilen und allem nur möglichen zu schaffen, ist der Beweis für die Kreativität des Menschen und die Magie der Kunst.

Kürzlich habe ich ein Buch gesehen, das mein Vertrauen in die menschliche Natur und in unsere angeborene Kreativität neu bestärkt hat. Es heißt *Handmade Houses: A Guide to the Woodbutcher's Art* (Selbstgemachte Häuser: Ein Führer durch die Kunst des Zimmermanns). Die Verfasser sind Art Boericke und Barry Shapiro, und es ist ein Buch mit Fotografien von Leuten, die ihre Häuser selbst gebaut haben, ohne Hilfe eines Architekten. Die Häuser sind sehr schön und haben alle möglichen originellen und natürlichen Formen. Manche sind wie Märchenhäuser und andere auf phantastische Weise originell. Die Erbauer taten alles und jedes, was sie wollten. Einer von ihnen baute sich ein Teehaus, das über einem Fluß in Oregon hängt. Das Buch ist sehr interessant und beweist die wundervolle schöpferische Kraft, die in fast jedem steckt. Diese Leute nahmen einfach Holz und bauten schöne Häuser.

Wenn wir also das Ästhetische als undemokratisch verwerfen, dann berauben wir uns selbst einer heilenden Kraft, einer Tröstung und Bereicherung unseres Lebens. Wenn man Kummer hat, sich verzagt oder einsam fühlt und plötzlich jemanden sieht, der sehr geschmackvoll gekleidet ist, tut einem das gut. Es ist wirklich schändlich, daß wir das als Luxus, als Symbol einer Klassenanerkennung verworfen haben, denn tatsächlich hat es nichts mit Geld zu tun. Es ist nicht eine Frage des Luxus, und ich schreibe gerade im fünften Teil des Tagebuchs über Künstler, die ich verehrte und die ein sehr schönes Leben ohne Geld oder mit sehr wenig Geld führten. Das ist nicht Luxus, und man sollte es nicht mit Klassenfragen oder Privilegien in Verbindung bringen. Es ist etwas, das wir mit unseren eigenen Händen schaffen müssen, wie es viele der neuen Generation tun. Alles verschönen, was sich verschönen läßt, alles durch die eigene Hand prägen.

Die jetzige Generation und ich gehen da sehr konform in dem Wunsch, den ich schon immer hatte, alles um mich zu verändern, es schöner zu gestalten. Einmal wollte ich sogar einen Fallschirm nehmen und darauf die Art von Umgebung zeichnen, wie ich sie gern haben möchte, und ihn rings um die Welt mitnehmen und ihn in diesen scheußlichen Hotelzimmern an der Deckenlampe aufhängen. Eben, um etwas Schönes um mich zu haben, wie es bei Bildern der Fall ist. Es war der Gedanke, die Umwelt schöner zu gestalten – auf etwas verrückte Weise –, es war auch der Gedanke, meine Umwelt mitzunehmen, gleichsam, um sie anzupassen und ihr den Stachel und den ätzenden Einfluß des Häßlichen zu nehmen. Ich halte wirklich das Häßliche für eine Bedrohung unseres Glücks. Es bedrückt uns, es mindert unseren Wert, es macht uns kleinmütig.

Es ist so eine Ironie, solch ein Widerspruch, daß wir ständig nach Höhepunkten des Erlebens suchen, wenn die Höhepunkte doch in all den Dingen um uns vorhanden sind, die unser Auge entzücken. Sehen wir ein Mädchen in einem schönen Kleid, macht uns das froh, wie uns alles Schöne froh macht. Den natürlichen Weg zur Begeisterung haben wir verlassen und suchen nun auf andere Weise danach. Dabei ist es alles vorhanden und erreichbar für uns, selbst wenn die Umstände schwierig sind.

Natürlich muß der Magier sehr jung beginnen und üben. Es braucht viele Fehlschläge und viele Experimente. Als ich mit etwa neun Jahren Dumas las, wollte ich eine schwarze Tulpe züchten. Bei Dumas kommt doch eine schwarze Tulpe vor. Ich goß immerzu schwarze Tinte und Farbe auf die Wurzeln.

Schließlich brachte ich eine schwarze Tulpe zustande, allerdings nicht ganz schwarz. Leider habe ich die Zauberformel nicht aufgehoben.
Kinder sind so. Kinder folgen ihren schöpferischen Instinkten. Sie tanzen, sie singen, sie schreiben Gedichte. Dann aber passiert etwas in unserer Erziehung, und das hört auf. Ich hatte immer den Eindruck, daß wir alle schöpferischen Anlagen in uns hatten, aber sie dann irgendwie vereitelten, und das hat uns diese Generation Drogensüchtiger eingebracht.
Wenn man Kinder beobachtet hat wie ich, hat man gesehen, zu welch außerordentlichen Dingen sie imstande sind, wie spontan sie reagieren. Später verschwindet diese Begabung, und das muß an unserer Kultur liegen, weil wir in dieser Richtung keine Anregungen geben. Ich erinnere mich an ein sechsjähriges Mädchen, das hervorragend malte, dann in die Schule kam, wo man sie hieß, Tiere nachzuzeichnen. Sie zeichnete Linien *nach*, anstatt frei zu malen. Daher meine ich, daß wir alle mit einer Fülle von Begabungen geboren werden, die später verlorengehen.
Manche von uns finden zu Hause nicht die Bücher, die uns helfen, unsere Kreativität zu entdecken. Hat ein Kind aber diese Kreativität, ohne daß die Eltern kulturell oder künstlerisch gebildet sind oder ihm auf besondere Weise helfen, dann ist diese Kreativität angeboren.
Der Künstler bewahrt das Kind in sich selbst. Man kann das Kindliche in einem Picasso oder Varda und bei vielen mir bekannten Künstlern erkennen. Es ist, wie Wallace Fowlie gesagt hat: »Der Künstler behält die Unschuld der kindlichen Sehweise bis zu seiner reifsten Periode.« Das ist eine andere Antwort auf die Frage, warum wir einen Künstler brauchen, warum er wirklich unentbehrlich ist. Weil er die Anlagen weiterführt, die wir als Kinder haben, und sie auch vervollkommnet.
Denn durch die Reife gewinnen wir etwas, was das Kind nie besitzt, das Wissen um die Kämpfe *der anderen*. Wir wissen, wann der andere Mensch in Schwierigkeiten ist, und das Kind weiß das nicht. Das Kind ist spontan und frei im Umgang und hat die Freiheit, die es will, aber es kann sich nicht in die Lage eines anderen versetzen. Haben wir uns aber durch alle diese Schwierigkeiten durchgekämpft, beginnen wir die Leute zu verstehen, die es nicht geschafft haben. Das kommt mit dem

Reiferwerden. Wir haben also noch etwas, was das Kind nicht hat. Wir haben die Freiheit und doch ein Gefühl dafür, was andere brauchen. Wir haben Mitgefühl mit den anderen, was so wichtig ist. Wir sind uns dessen bewußt, was hinter uns liegt, und wir kennen unseren eigenen Werdegang.
Die erste enge Gemeinschaft, die ich kennenlernte, war die von Künstlern in der französischen Bohemien-Atmosphäre. Konnte jemand seine Miete nicht bezahlen, halfen ihm die anderen beim Umzug; wurde jemand krank, halfen ihm alle; verkaufte jemand ein Bild, feierte jeder mit. Es war die erste enge Gemeinschaft, die ich kennenlernte, und ich habe mein Vertrauen in sie bewahrt. Sie war auch weltoffen: zu unserer Gruppe in Paris gehörte ein schwarzer kubanischer Künstler, der ein Protegé von Picasso war, ein japanischer Dichter, ein Armenier – jede Rasse, jede Nationalität. Und dennoch war die Bindung außerordentlich. Das Verbindende bestand darin, daß wir schrieben, malten, komponierten, wodurch ganz von selbst eine Gemeinschaft entstand, ein gegenseitiges Gefühl der Verantwortung. Es wurde für mich zum Ideal, weil es die Kreativität war, die uns zusammenhielt.
Als Schriftstellerin wollte ich einfach alle die verschiedenen Ausdrucksformen der Kunst in mein Schreiben einfügen, denn ich glaube daran, daß jede Kunst der anderen etwas geben, jede der anderen etwas Zusätzliches bieten kann. Und ich bezog in meine schriftstellerische Arbeit ein, was ich vom Tanz gelernt hatte oder von der Musik, vom Zeichnen, von der Architektur. In jeder Kunstform war etwas, das ich einbeziehen wollte, und ich wollte, daß Schreiben, poetisches Schreiben, dies alles enthalten sollte. Ich hielt die Kunst nicht nur für einen Trost, für Balsam, sondern für mich war sie ein erhabenes Werk der Magie.
Dazu gehört die Sprache, denn für mich ist Sprache wie die Entdeckung einer neuen Welt, wirklich ein neuer Bewußtseinszustand. Ein neues Wort war für mich ein neues Erlebnis. Das Wörterbuch zu lesen, überhaupt zu lesen, erweitert nicht nur das Wissen, sondern auch die Wahrnehmungsfähigkeit. Als ich über Robben las, entdeckte ich eine neue Farbe, die anders ist als die Farben, die wir kennen. Kenntnis der Blumen kann eine Empfindung hervorbringen oder ein neues Gefühl. Und Sprache an und für sich kann zu neuen Erkenntnissen anregen.

Ich erinnere mich, als ich das Wort »rutilfarben« benutzte, fielen die amerikanischen Kritiker über mich her und sagten: »Warum benutzen Sie solche ausgefallenen Wörter? Warum sagen Sie nicht einfach goldfarben?« Nun, rutilfarben ist nicht goldfarben. Es ist Rot und Gold gemischt. Man entdeckt also ein Wort, und das vermittelt einem eine neue Erkenntnis. Wir dürfen die Sprache nicht ärmer machen und sagen: »Benutzen Sie keine ausgefallenen Wörter.« Das Wort bedeutete genau, was ich meinte: Rot und Gold gemischt. Natürlich ist das ein Vorteil der Ausländer. Als Ausländer erforscht man die Sprache, man nimmt sie nicht als selbstverständlich hin. Man muß sie studieren. So machte ich weitere Entdeckungen, weil es etwas Neues war und es mir keine Ruhe ließ, alle neuen Wörter aufzuspüren. Und dann ist man erstaunt, daß die Leute sie nicht alle benutzen.

Wir vergessen, daß man die Sprache für vieles verwenden kann. Die Primitivvölker benutzen sie zur Magie. Man benutzte sie, um zu bezaubern, um zu verführen, um andere fühlen zu lassen, was man selber fühlt. Man benutzte sie für tausend Mitteilungen, die subtiler waren als offene, direkte Erklärungen.

Daher war ich seinerzeit einmal sehr beunruhigt über die amerikanische Literatur, weil wir eindimensional waren und nur Klischees zur Verständigung gebrauchen, nur über das Wetter sprechen, die Sprache vereinfachen, sie farbloser und anspruchsloser machen wollten. Man erinnert sich an diese Zeit, wo die Sprache aller Schattierungen, jedes Rhythmus und jeder Inspirationskraft entkleidet wurde. Wir haben praktisch die ganze Magie aus der amerikanischen Literatur herausgenommen, in der Meinung, auf diese Weise näher an die Wirklichkeit heranzukommen. Wir entfernten uns jedoch immer weiter von ihr, und es gab keinen Rhythmus. Jack Kerouac mußte kommen, um den Jazzrhythmus im geschriebenen Wort wiederaufleben zu lassen. Alles, was unsere Sinne berührt, was gute Literatur uns gab, wurde in dem Augenblick abgelegt, als wir die Sprache zu vereinfachen suchten, um uns leichter verständigen zu können. Als ob wir einfältig wären; als ob man uns wirklich für so einfältig halten konnte!

Der französische Philosoph Gaston Bachelard hat etwas sehr Ergreifendes gesagt. Er hat gesagt, er glaube, worunter wir am meisten litten, sei das *Schweigen*. Das Schweigen, das unser

Tun einhüllt; das Schweigen, das unsere Beziehungen einhüllt; das, was wir nicht sagen, was wir anderen nicht mitteilen können. Es gab eine Zeit in Amerika, wo ich befürchtete, die Menschen hätten sich entschieden, nie wieder zu lesen, sich nie wieder auf die Literatur zu verlassen, nicht einmal mehr zu reden. Ich war sehr beunruhigt, bis ich merkte, daß sie etwas gegen Geschwätz, nicht aber gegen Gespräche hatten. Sie wandten sich gegen eine Literatur, die ihnen nicht das Leben brachte, sondern Abstraktionen. Um also den Roman, das Schreiben vor dem Sterben zu bewahren, mußten wir zu den Quellen des Lebens zurückkehren, und das bedeutete zur Biographie. Es bedeutete, alle Geschehnisse auf Wahrheit aufzubauen, ohne zu vergessen, daß die Kunst dann diese Wahrheit in Dichtung verwandeln würde.

Wir haben zwei klare Bedürfnisse. Zum einen das menschliche Bedürfnis, etwas mitzuerleben, dem Geschehen nahe zu sein, den Ereignissen so direkt wie möglich verbunden zu sein. Und wir glauben, daß wir dieses Bedürfnis durch die Massenmedien befriedigen. Ich halte das für eine Illusion; aber es gibt Leute, die Briefe und Dokumente schreiben und eine bestimmte Art von Journalismus pflegen, der die Illusion vermittelt, beim Geschehen dabei zu sein. Das zweite Bedürfnis der menschlichen Natur ist, etwas von größerer Dauer zu schaffen. Das ist der Mythos unseres Lebens, die symbolische, spirituelle Bedeutung unseres Lebens. Das können wir nur mit einem Begriff erreichen, der ungern benutzt wird: nämlich *Kunst*, und Literatur ist Kunst. Der zweite Schritt ist, unsere Erfahrung durch ein künstlerisches Medium in etwas umzuformen, das Dauer für alle Zeiten hat, überzeugend nicht nur für uns selbst ist – so daß es zeitlos gültig wird. Das sind unsere zwei fundamentalen menschlichen Bedürfnisse. Wir müssen zur Realität unserer Existenz die Intimität der Beziehungen gesellen, und wir brauchen auch den Mythos, denn, wie Malraux gesagt hat, die Kunst ist uns gegeben, um unseren Lebensbedingungen zu entfliehen und über sie hinaussehen zu können.

Wir brauchen das Dokumentarische; wir brauchen die psychologische Aufzeichnung; wir brauchen die Kenntnis unseres Alltagslebens, die Reise nach innen, die das Tagebuch zuwege bringen kann. Wir brauchen aber auch die Dichtung, weil die Dichtung der Mythos ist. Ein Beispiel dafür, wo das Tagebuch seine Grenze hat und die Dichtung beginnt und mehr erzählt, ist das Erlebnis mit den Lumpensammlern. In den Tagebüchern habe ich, wie ein Journalist dies tun würde, die Lumpensammler beschrieben, die in den Außenbezirken von Paris leben. Ich berichtete genau, was ich sah: die elenden Buden mit Lumpen und was alles auf dem Boden herumlag und wie sie lebten und die Kinder und das Gerümpel, das Zeug, das sie zusammentrugen. Das ist aber alles, was ich sagen konnte. Ich konnte genau sagen, was ich gesehen hatte, aber in den Tagebüchern konnte ich nicht ausdrücken, was ich später sah, als ich die Erzählung zu schreiben begann: Ich sah die Metapher, ich sah, daß die Lumpensammler als Gleichnis verwendet werden könnten, und zwar für unseren Wunsch, Dinge aus der Vergangenheit herauszuwerfen, und unsere Unfähigkeit, sie loszuwerden, weil die Lumpensammler sie wieder auflesen und zurückbringen. Die Lumpensammler waren im Grunde ein Symbol dafür, daß wir die Vergangenheit nicht wegwerfen können. Die Dichtung kann also den Mythos hinter der Erfahrung enthüllen, und wir brauchen beides. Wir brauchen den Mythos, die Dichtung, und wir brauchen auch das menschliche Dokument, um zu uns und unserem inneren Leben zu finden.

Beide Ausdrucksformen sind nötig: die direkte, die das Dokumentarische, die geschichtliche Aufzeichnung unseres Lebens betrifft; und die andere, bei der es um die Umformung dessen geht, was uns zur Wahrnehmung befähigt und uns hilft, nicht *immer* in unseren gegebenen Lebensumständen und in der Gegenwart gefangen zu bleiben, was uns eine historische und auch eine literarische Perspektive eröffnet. Das ist etwas sehr Tröstliches. Die Tatsache, daß es bei uns verlorenging, daß in der amerikanischen Kultur der Literat oder Künstler nicht geachtet wurde, war meiner Meinung nach die Ursache dafür, daß wir in Schwierigkeiten gerieten. Niemand war da, der uns hätte sagen können, daß unser Leben einen transzendentalen Sinn und eine bestimmte Bedeutung hat, daß es eben nicht nur aus dem Tagesablauf bestand, wie es das Fernsehen uns einredete. Die andere Einsicht fehlte, weil wir den Künstler seine Rolle nicht spielen ließen. Denn das ist seine Rolle: uns über die recht verzweifelte und abstumpfende Routine des Alltags hinauszuführen. Diese Rolle hat unsere Kultur lange Zeit verleugnet. Der Dichter hatte kein Prestige, ein Schriftsteller war kein angesehener Mann, die Literatur wurde nicht geachtet. Und selbst heute haftet dem Wort »Künstler« etwas Abschätziges an.

Als ich einmal dieses Wort im Art Institute von Chicago gebrauchte, wurden Einwendungen erhoben. Gegen das Wort »Künstler« herrscht ein Vorurteil. Sie sagen: »Wir sind Kunsthandwerker.« Sie wollen nicht sagen: »Wir sind Schriftsteller.« Ich weiß nicht, woher das kommt, ich kenne den historischen Hintergrund nicht, aber ich weiß, daß in dieser Kultur die Rolle des Künstlers in der Gesellschaft und des Künstlers als nützliches Glied der Gesellschaft gering eingeschätzt und abgewertet wird.

Wir vergessen, daß in der alten Gesellschaft der Indianer in Peru, bei den Inkas, der Dichter eine ungewöhnliche Stellung einnahm. Er war ein halber Prophet. Er war derjenige, der sie über die täglichen Bürden der Existenz schauen ließ. Wir haben das verloren, wir haben das aufgegeben. Nur den politischen Alltag, das Unmittelbare, das sogenannte Praktische hielten wir für wichtig und vergaßen, daß wir, um existieren zu können, eine andere Vorstellung unserer Existenz brauchen, sonst müßte man zu verzweifeln beginnen.

Ich sah also, daß der Künstler seiner Sache ganz ergeben sein mußte, daß er weltlicher Belohnung nicht sicher sein konnte, daß er Geduld haben müßte, daß er die schwierigste Aufgabe von allen hatte, die darin besteht (um mit Otto Rank zu sprechen), unsere zwei Wünsche auszugleichen: zum einen, nahe bei den anderen zu bleiben, und zum anderen, etwas zu schaffen, das uns unserer Kultur entfremden könnte. Der Künstler muß die Entfremdung wagen, wie ich es viele Jahre tat, als meine schriftstellerische Arbeit nicht dem Zug der Zeit entsprach. Ich mußte viele Jahre auf einen Zusammenklang meines Ichs mit den Empfindungen, Einstellungen und Werten der jetzigen Generation warten. Dieses Warten ist bedrückend, aber die meisten Schriftsteller müssen es durchmachen. Sie müssen sich isolieren und gleichzeitig ihre Kultur verstehen und widerspiegeln. Sie müssen zeitnah sein und doch den Blick für die Weite haben. Denn jetzt gestalten sie für uns die Zukunft, die Zukunft der Architektur oder die Zukunft der Musik. Das ist der schwierige Augenblick, wo wir sie nicht selten schmähen, mißachten oder mit großer Gleichgültigkeit behandeln. Der Künstler jedoch hält durch, weil es in ihm liegt, schöpferisch zu sein, und das ist die magische Kraft, die umformen, verwandeln, umsetzen kann und die schließlich an andere weitergegeben wird.

Der Schriftsteller, der Künstler unterliegt einem *Drang*. Wie Rank gesagt hat: Der Neurotiker verbirgt seinen Traum vor sich selbst; der Durchschnittsmensch verbirgt seine Träume vor anderen; der Künstler fühlt sich gezwungen, seine Träume zu offenbaren. Er fühlt, daß das irgendwie eine Selbstrechtfertigung seines Schaffens ist, daß er es weitergeben muß. Und deshalb reichte es nicht aus, daß ich meine Tagebücher nur schrieb. Was mich bewegte, mußte weitergegeben werden.
Bachelard hat vom Künstler gesagt, daß er es uns möglich macht, an die Welt zu glauben, die Welt zu lieben und eine Welt zu schaffen. Ich glaube daran wirklich, denn als ich meine Tagebücher zu schreiben begann, ahnte ich nicht, daß ich eine Welt schuf, die eine Antithese zu der Welt um mich herum war, einer Welt voll von Sorgen, Kriegen, Schwierigkeiten. Ich schuf die Welt, die ich wünschte, und in diese Welt, ist sie einmal geschaffen, lädt man andere ein, und dann fühlen sich Seelenverwandte angezogen, und die Welt wird zum Universum. Es ist keine private Welt mehr, sondern etwas, das das Persönliche überschreitet und Verbindungen zu anderen herstellt. Bachelard sagt, wir leiden unter dem Schweigen. Die Tagebücher indessen sprachen, und sie wurden erwidert. Ich erhalte Tagebücher, ich erhalte Lebensbeichten, ich erhalte Briefe, und dann ist der Dialog hergestellt, der Austausch des geheimen Inneren. Diese universalen Verbindungen kann jeder Künstler schaffen, wenn er sich seiner individuellen Schöpferkraft zuwendet und sich nicht davor fürchtet, die herrschende Mode außer acht zu lassen.
Für jeden Künstler bedeutet es einen Kampf, sich nicht der Kultur anzupassen, sondern etwas hinzuzufügen, die Zukunft zu gestalten. Wenn man das Leben Leonardo da Vincis liest, sieht man, wie er bei jedem Rückschlag nach etwas anderem suchte, das er studieren oder entwickeln konnte, statt verbittert zu werden. Wenn ihn die Arbeit an der Drehbühne, die wir heute noch verwenden, frustrierte, begann er sich mit den Vögeln und den Fliegen zu beschäftigen. Er stand nicht still, sondern er lernte, und er lehrte uns, beweglich zu sein, immer voranzuschreiten, nie zu verzweifeln.
Wenn der Künstler seinen Weg antritt, scheint es ein einsamer Weg zu sein, aber er wagt, ihm zu folgen. Und dieses Wagen ist so wichtig, dieses Gefühl für das Abenteuer. Allein dadurch, daß ich ein Tagebuch anfing, sah ich schon ein, daß das Leben

erträglicher würde, wenn man es als ein *Abenteuer*, als eine Geschichte betrachtete. Ich erzählte mir selbst die Geschichte eines Lebens, und so etwas verwandelt Erlebnisse, die einen sonst zermalmen würden, in Abenteuer. Es wird zur mythischen Reise, die wir alle unternehmen müssen: zur Reise nach innen, zum Weg durch das Labyrinth wie in der klassischen Literatur. Und dann fängt man an, die Ereignisse als Herausforderungen an den eigenen Mut zu betrachten. Ich sage nicht, daß wir alle Helden sein müssen, aber wir müssen die Reise vollenden, und wir müssen glauben, daß es einen Ausweg aus dem Labyrinth gibt.

Nun habe ich eine Geschichte, die ich erzählen möchte, weil wir von Magie und der Notwendigkeit der Magie reden. Im Jahre 1970 hatte ich Krebs im Anfangsstadium und erhielt zwei Wochen lang Bestrahlungen im Presbyterian Hospital in New York, täglich sechs Minuten. Da befand ich mich nun in diesem schmutzig-gelben Raum mit einer riesigen und abscheulichen Maschine in der Mitte. Es war furchterregend wie in einem Science-fiction-Roman. Man liegt auf dem Bett, und auf den Körper wird eine kleine Zeichnung gemacht, wo die Strahlung hinzielen soll. Am allerschlimmsten ist, daß die Maschine ein schreckliches Geräusch macht. Wie konnte ich das bewältigen? Es war nicht leicht, aber ich beschloß, daß diese Maschine ein Projektor sei und daß ich nun für sechs Minuten einen Film über die schönsten, glücklichsten und freudigsten Tage meines Lebens sehen würde. Sobald die Maschine angestellt wurde, schloß ich die Augen, und der Film begann, ein Bild nach dem anderen von jedem Ort, an dem ich glücklich gewesen war, von jeder Begebenheit, einer nach der anderen. Zumeist war es das Meer und der Strand und Tahiti und Südfrankreich und Mexiko. Die Landschaft wechselte nicht so sehr, aber die Szenen taten es, und ich wählte sie immer aus. Nach sechs Minuten, wenn das Geräusch verstummte, war der Film zu Ende, und ich ging nach Hause. Meine einzige Sorge war, daß ich nicht genug Filmmaterial haben könnte, aber die automatische Folge der Bilder wurde so wirklichkeitsnah, daß ich mich einmal sah, wie ich eine Straße in Südfrankreich entlangfuhr und in meiner Erinnerung Durrell besuchen wollte, mich aber plötzlich besann und mir sagte: »Ich mag nicht diese Straße fahren, weil der Besuch nicht sehr glücklich verlief. Ich werde die andere Straße nehmen.« So ging es weiter; ich hatte genug

Filmstoff für die täglichen sechs Minuten zwei Wochen lang, und ich wurde völlig geheilt. Heute bin ich vollkommen überzeugt davon, daß ich psychologisch sehr zur Heilung beigetragen habe. Das nenne ich Magie. Denn seitdem hatte ich keine Beschwerden mehr.

Es ist meine Überzeugung, daß es keine Situation und keinen Anlaß gibt, wo die psychische Lebenskraft, die Liebe und Freude zum Leben, uns nicht irgendwie verändern und ein Erlebnis so umformen kann, daß wir gern daran zurückdenken. Die Erfahrung zeigte mir auch, daß mir ein natürliches Leben am meisten lag und daß die Natur für mich sehr wichtig war, denn ich habe mir nie eine Stadt vorgestellt, auch mich selbst als Schriftstellerin nicht.

Ich habe Freunde gehabt, die meine Liebe zu Künstlern tadelten und sagten: »Liebst du eigentlich auch den Nichtkünstler?« Ich sagte: »Ja, aber ich gebe dem Wort Künstler eine sehr weite Bedeutung. Für mich ist jeder ein Künstler, der etwas erschaffen will, der etwas zustande bringt – einen Garten oder ein Kind oder eine Freundschaft oder ein Leben.«

Das also sind die Gegengifte. Es sind die Gedanken, die uns helfen, irgend etwas zu nehmen und etwas von Wert daraus zu schaffen. Sie können schöne Städte schaffen; sie können schaffen, wiedererschaffen, womit jedes Kind zur Welt kommt: die Fähigkeit, ein Gedicht zu schreiben, zu tanzen oder zu malen, Fähigkeiten, die wir später zu verlieren scheinen, aber jetzt wiedergewinnen können. Es ist so wichtig für uns, einzusehen, daß Künstler zu unterstützen einfach bedeutet, für die Schöpfung und gegen die Zerstörung einzutreten. Es bedeutet, den Ideen und Beweggründen des Künstlers den Vorzug zu geben gegenüber denen anderer Menschen, die sich meist nicht für eine Sache einsetzen, die über ihre eigenen Interessen hinausgeht. Eine Schöpfung wird am Ende weitergegeben werden, sie muß weitergegeben werden. In diesem Sinne hat Dr. Kuntz so schön in *Art as Public Dream* (Kunst als öffentlicher Traum) geschrieben: »Nur wenn die Träume durch die Kunst offenbar werden, können sie die Alpträume beeinflussen, die wir tagtäglich erleben.«

F. Haben Sie in der Persönlichkeit von Künstlern spezielle Wesenszüge entdeckt, die sie so einzigartig, ausgeprägt und allgemein bekannt machen – so wie wir viel mehr über Jesus

Christus hören oder über Hitler? Ob sie nun destruktiv oder kreativ sind, was verleiht diesen Menschen die Kraft zum Aufstieg, und was macht ihre Namen in aller Welt bekannt? Ist es etwas Narzißtisches oder eine gewisse Unzulänglichkeit, die solche Menschen dazu treibt, sich für auserwählt zu halten?

A. N. Das ist eine zu lange Frage, um darauf zu antworten, aber eines kann ich sagen: Sie gehen von einer falschen Voraussetzung aus. Der Künstler strebt nicht danach, bekannt zu werden. Er tut seine Arbeit, und zuweilen stirbt er unbekannt, zuweilen stirbt er berühmt. Aber darauf richtet er sich nicht aus. Sie stellen es so dar, als ob der Ruhm vom Willen oder konzentrierten Drang des Künstlers danach abhängt. Eine große Zahl von Künstlern sind unbekannt gestorben, unbeachtet und ohne Ruhm.

F. Deshalb frage ich mich, was die berühmt gewordenen von den anderen unterscheidet.

A. N. Das hat mit der Parteilichkeit der Massenmedien zu tun. Ich mag eigentlich gar nicht darauf eingehen. Wir ziehen oft einen Künstler dem anderen vor und treffen manchmal eine schlechte Wahl. Wir sind blind, und oft brauchen wir hundert Jahre, um die prophetischen Eigenschaften eines Künstlers zu erkennen. Ich möchte die Frage auf andere Weise beantworten. Für mich war der Künstler immer wie ein Alchimist, der die Fähigkeit hat, den gewöhnlichen Alltag, die Umstände unseres Lebens zu verwandeln. Was er besitzt, nennt Rank den schöpferischen Willen und ich die schöpferische Hartnäckigkeit. Ich habe in Künstlern eher die Gabe entdeckt, aus wertlosem Zeug Gold zu machen.

F. Schreiben Schriftsteller demnach nur für sich selbst oder weil sie eine Leserschaft suchen?

A. N. Nein, man schreibt weder für sich selbst noch für andere. Man schreibt aus einer tiefen inneren Notwendigkeit. Ist man Schriftsteller, muß man schreiben, genau wie man atmen muß; oder ist man Sänger, muß man singen. Aber man ist sich nicht bewußt, es für jemanden zu tun. Dieser Drang zum Schreiben war für mich genauso stark wie der Drang zum Leben. Ich wollte leben, aber ich wollte auch festhalten, was ich erlebte. Es war ein zweites Leben, es war eine überhöhte Art zu leben. Mit Bezug darauf konnte man sagen, daß man es für sich selbst tut, aber was ist der Unterschied? Sie sind ein Teil von mir, und ich bin ein Teil von Ihnen. Also tut man es auch für andere.

F. Welche Funktion hat Ihrer Meinung nach die Kunst für die Gesellschaft? Ich habe den Eindruck, daß Sie sie als eine Art Therapie für den Künstler betrachten.

A. N. Nein, nein. Das habe ich nicht gesagt.

F. Nun, was steckt denn mehr dahinter als das persönliche Bedürfnis des Künstlers, schöpferisch zu sein?

A. N. Ich glaube nicht, daß der Künstler etwas schafft, weil er sich in diesem Sinne zum schöpferischen Schaffen gedrängt fühlt. Er schafft, weil er hofft, sich der Welt mitzuteilen, das zu erreichen, was ich die ozeanische Dimension nenne, eine universale Verständigung, und danach strebt er mit dem Talent, das ihm gegeben ist. Meiner Ansicht nach hat das nichts mit Therapie zu tun. Die Tatsache, daß wir etwas tun, weil es uns dazu drängt, bedeutet nicht, daß es therapeutisch ist.

F. Sind wir auf die Kunst beschränkt, um die tiefere Wirklichkeit wahrzunehmen?

A. N. Nein. Der Künstler hilft, denn er widmet sein Leben der Kunst, die ihn befähigt, die tiefere Wirklichkeit für andere verständlich zu machen. Wie der Geiger das Geigenspiel für Sie erlernt, so versucht der Schriftsteller immer ausdrucksfähiger zu werden. Dem widmet er seine ganze Zeit. Es gibt auch andere Wege. Wir haben die Religion, die Philosophie, wir haben tausend Möglichkeiten, unserem Leben eine neue Dimension zu geben.

F. Gibt es nicht auch etwas im Alltag, das wir als eine Art Ausflucht benutzen könnten?

A. N. *Nicht Ausflucht! Nicht Ausflucht!* Das ist das Wort, mit dem wir diesen Vorgang verdammten. Es ist das Wort, das vom *Feind* gebraucht wurde. Zwischen Flüchten und Sich-über-den-Alltag-Erheben besteht ein Unterschied.

F. Aber gibt es nichts anderes in unserem Alltag als die Philosophie, Religion oder Kunst, was uns über die Bedeutungslosigkeit des Lebens hinausgelangen lassen könnte?

A. N. Wenn wir gar keine Bedeutung darin sähen? Es war eines der schrecklichen Probleme der Studenten der vorigen Generation – nicht der Ihren –, daß man das Leben überhaupt für bedeutungslos hielt. Alles war absurd, alles, was in der Welt geschah, war bedeutungslos, auch ihr privates Leben. Das lag aber daran, daß sie nicht über die Ereignisse des Alltags hinwegschauen konnten. Mit anderen Worten: wir brauchen etwas, das dem Leben Bedeutung gibt, oder besser gesagt, das diese Bedeutung offenbart. Der Sinn ist da im menschlichen Leben, was wir brauchen, ist die Offenbarung dieses Sinnes.

F. Ist der Sinn absolut, universell oder individuell?

A. N. Ich halte ihn für individuell, und am Ende wird das Individuelle kollektiv. Das ist dasselbe. Sie sind zugleich kollektiv und individuell. Das vermengt sich. Die Aufgabe des Künstlers ist schwierig, denn er soll seiner Zeit ganz nahe sein, aber auch über sie hinaussehen, und manchmal schafft er etwas, wofür wir noch nicht reif sind. Sein Blick geht in die Ferne, und das war manchmal schwer für uns, weil er ein wenig weiter als wir blickte: in die Zukunft wie in Science-fiction-Romanen. Ich war mit Jules Verne großgeworden und hielt das für eine reine Phantasiewelt, aber was er sich ausgedacht hatte, wurde Wahrheit. Zuweilen verstehen wir den Künstler nicht, weil er gegen den Strom schwimmt, den allgemeinen Strom.

F. Aber wir lernen auch oft Künstler kennen, deren weitsichtige Anschauungen sich nicht in die Tat umsetzen.

A. N. Das ist eine negative Einstellung. Auch der Wissenschaftler hat sich schon geirrt. Manchmal kann er nicht voraussehen, was sich in der Zukunft ereignet, und kann darum auch nicht darauf eingehen. Wir haben alle unsere Fehler gemacht. Wir sind alle schon mit Blindheit geschlagen gewesen, nicht nur die Künstler. Aber für den Künstler ist es mitunter schwerer, denn er *hat* eine visionäre Sicht. Hätte ich mich beispielsweise der Kultur und der Denkweise der vierziger Jahre, die ich gar nicht mochte, ausgeliefert; hätte ich nachgegeben und wäre eine der Schriftstellerinnen geworden, die damals geformt wurden, dann wären nicht zwanzig Jahre vergangen, ehe ich anerkannt wurde, dann hätte ich mit dem Strom schwimmen können. Dann hätte ich aber nicht vorhersagen können, was Sie heute beseelt. Wir wären uns gar nicht begegnet. Daß zwanzig Jahre vergangen sind, bedeutet gar nichts. Wenn alle Schriftsteller ihrer Zeit nachgeben und genauso werden wie ihre Zeit, dann hätten wir nie den Schriftsteller, den wir brauchen, der uns zu einem höheren Bewußtsein verhilft.

F. Sie unterstreichen den subjektiven Charakter der Kunst. Meinen Sie nicht aber doch, daß man auch etwas objektiv schaffen kann?

A. N. Was halte ich von einem Künstler, der nicht selbst in seiner Schöpfung aufgeht? Wir haben das oft beobachtet, beispielsweise in der abstrakten Kunst. Aber das Selbst ist immer noch vorhanden. Auch die Schöpfung einer Abstraktion bedeutet immer noch die Quintessenz einer individuellen Betrachtungsweise. Wir kommen stets darauf zurück, daß die Vision des Künstlers individuell ist. Daß die fertige Arbeit dies nicht verrät, bedeutet gar nichts. Die Tatsache, daß ein Mensch hinter der Abstraktion steht, bleibt unbestritten. Der Künstler offenbart seine Träume, und ob sie eine abstrakte Form annehmen wie in der Wissenschaft oder Malerei, spielt keine Rolle. Es bleibt Ausdruck einer persönlichen Vision, und wenn die Vision schlecht ist, sieht der Künstler eben nichts.

F. Ihre Tagebücher halte ich für einen direkten Ausdruck Ihres Selbst, und ich frage mich, ob es ebensogut möglich ist, etwas Kreatives zu leisten, ohne das eigene Ich hineinzugeben?

A. N. Aber ja. Ich will nicht sagen, daß jeder nur Tagebücher schreiben sollte. Das meine ich gar nicht. Meiner Meinung nach kann das Tagebuch einen Kontakt zu einem selbst und schließlich zu anderen herstellen. Es kann etwas sehr Nützliches sein, abgesehen von seinem literarischen Wert, seinem Kunstwert. Es hängt davon ab, was Sie anstreben. Suchen Sie eine objektive Aussage, dann ist das auch gut. Wir finden die objektiven Aussagen bei Wissenschaftlern, bei Vertretern aller Berufe und Beschäftigungen und gewiß auch in den abstrakten Künsten.

F. Ich denke, man kann über sich lernen und dasselbe erreichen, ohne sich auszudrücken.

A. N. Nun stellen Sie den Wert der persönlichen Erfahrung im Gegensatz zur objektiven Erfahrung in Frage. Wollten Sie das sagen? Sie haben nicht ganz verstanden, was ich meinte. Ich sagte, wir brauchen die persönliche Erfahrung, weil unsere Welt zu objektiv geworden ist, zu wissenschaftlich, zu technologisch, und daß wir in Abstraktionen schwimmen. Ich habe gesagt, und das haben Sie offenbar nicht ganz erfaßt, daß es notwendig ist, ein persönliches Leben zu haben. Ob Sie es in Ihrer Kunst ausdrücken oder nicht, spielt keine Rolle. Man braucht es, weil wir in einer zu abstrakten Welt leben.

F. Da stimme ich zu. Mein Gedanke war, daß es möglich ist, aus einem objektiven anstatt aus einem subjektiven Selbst heraus schöpferisch zu sein.

A. N. Ihre Frage ist mir nicht ganz klar. Meinen Sie die

Spaltung in ein Selbst und in ein rein objektives Selbst, das sich weigert, darauf einzugehen? Meinen Sie das?

F. Nein, ich meine, man kann etwas vollbringen, ein künstlerisch und schöpferisch wertvolles Objekt, in dem nichts vom inneren Selbst enthalten ist.

A. N. Überlassen wir das den Kunstkritikern, den Wert und die Möglichkeit rein objektiver Kunst zu bestimmen.

F. Gegenwärtig scheinen wir eine solche Unterscheidung zwischen dem Roman als streng dichterischer Form und der Autobiographie als streng persönlicher Form zu treffen. Glauben Sie, daß wir im Roman der Zukunft diese Unterscheidung überwinden?

A. N. Ja, ich hoffe es. Ich hoffe, daß sie verschmelzen, damit unsere Dichtung nicht so unglaubwürdig, so eindimensional, so psychologisch unwirklich bleibt. Ich mache eine solche Unterscheidung auch zwischen der Wirklichkeit des realistischen Romans und der psychologischen Wirklichkeit bestimmter Romane oder bestimmter Filme. Wenn die beiden Begriffe sich etwas näher kommen, werden wir wieder Romane lesen können, dann, wenn wir wissen, daß der Roman in der psychologischen Realität verwurzelt ist. So viele unserer sogenannten realistischen Romane sind völlig unmöglich, weil sie einfach unglaubhaft sind. Sie sind psychologisch *unrealistisch.*

F. Was hat Sie bewogen, vom Tagebuch zum Romanschreiben überzugehen?

A. N. In mir steckte immer eine Schriftstellerin, die der Welt mit ihrer Kunst ins Gesicht blicken wollte, und das Tagebuch war meines Erachtens etwas, das für immer verborgen zu bleiben hatte, und nicht etwas, das ich herausgeben konnte. Während der Neurotiker seine Träume vor anderen verbirgt, fühlt sich der Künstler gedrängt, seine Träume zu offenbaren. Ich mußte irgendwie einen Weg finden, mich auszusprechen, und das war möglich mit dem Roman, weil ich spürte, daß ich das Tagebuch nicht weitergeben konnte. Ich wußte nicht, wie ich das Problem lösen sollte, die mir von anderen anvertrauten Geheimnisse zu bewahren und nicht gegen ethische Regeln zu verstoßen. Ich wußte damals nicht, wie sich das lösen ließ, und dachte nur an eine Veröffentlichung nach meinem Tode.

F. Wenn Sie heute lesen, interessieren Sie dann Romane und Erzählungen mehr oder Tagebücher und Biographien?

A. N. Biographien fesseln mich mehr. Aber heute herrscht eine Richtung im Roman vor, die dem Tagebuch nahezukommen versucht und sich auf die grundlegende Wirklichkeit der Erfahrung besinnt. Der Roman ahmt das Tagebuch nach, versucht sich der Biographie zu nähern, um neue Lebenskraft zu gewinnen. Die Romane hatten sich so weit vom Leben entfernt, daß sie nichts mehr auszusagen hatten.
F. Das ist interessant. Ihre Kritiker werfen Ihnen vor, Sie seien romantisch, lebten in einem Elfenbeinturm, seien dem Leben entrückt, aber Sie sagen, daß Sie von den Romanen gefesselt sind, die der Biographie ähneln, weil sie dem wirklichen Leben nahekommen.
A. N. Der offenbare Widerspruch stammt von den Kritikern, die mich als sehr weltfremd abgestempelt haben. Ich war überhaupt nicht weltfremd: Ich war wie Cousteau, wenn er auf dem Meeresgrund ist, auf einer Ebene, wohin sie nicht folgen konnten.
F. In den *Tagebüchern* erwähnen Sie Dali, wie er zu einer Vorlesung in einem Taucheranzug erschien.
A. N. Das hat mich sehr amüsiert. Er hat es nicht erklärt, und ich dachte mir, er wolle sagen, daß der Künstler in einer anderen Atmosphäre leben müsse, zu der die Kritiker sehr oft keinen Eingang fanden.
F. Das ist dem Ausspruch Vardas sehr ähnlich, daß der Künstler im Grunde genommen das Wasser wiedererschaffen will. In dieses Wasser-Dasein einzugehen, ist, so besehen, für Dali, Varda oder Sie ein bedeutungsvoller Vorgang.
A. N. Ja. Wasser ist der Ursprung des Entstehens, und Wasser war schon immer ein Symbol des Unbewußten. Der Künstler muß darin immer seine Wurzeln finden. Und daher kommt das Mißverständnis, daß Kritiker meine Arbeit weltfremd nennen, weil diese Tiefen nicht der Wirklichkeit entsprechen, in der sie leben.
F. Glauben Sie, daß bestimmte Romanformen zu kulturellen Werten und Haltungen in Beziehung stehen?
A. N. Ja. In einer bestimmten Phase unserer Kultur wurde das Individuum fast tabu. Europa hat den anderen Weg eingeschlagen. Als der Krieg kam, gab es psychologische Schriftsteller wie Proust, aber es gab keine Schriftsteller für die Gewalt, keine Schriftsteller für unbändiges Geschehen, keine Schriftsteller, die dem Geheimnis des Krieges gewachsen

waren. Und so wandten sie sich der amerikanischen Literatur zu. Sartre schrieb einen Essay über dieses Thema – wann Frankreich von der amerikanischen Literatur abhängig wurde, weil die amerikanische Literatur imstande war, Krieg und Aktion zu behandeln. Damals fingen sie an, Hemingway zu lesen. Sie wandten sich der amerikanischen Literatur zu. Die Franzosen haben sich, soweit es ging, in das Subjektive vertieft. Bei uns stand die Handlung, die *Aktion*, so sehr im Vordergrund, daß wir keine Muße zur Besinnung hatten, denn *Aktion* drängt zur Eile. Keiner hat recht, kein Extrem hat recht. Wir könnten heute nicht mit Proust leben. Wir können weder Proust lesen, noch unser Leben nach ihm richten. Weder der Rhythmus noch der gänzlich subjektive Aspekt seiner Schriften würde uns ansprechen.

F. Wie steht es mit einem Autor wie Céline, der mehrere zeitgenössische amerikanische Schriftsteller beeinflußt haben soll. Was halten Sie von ihm? Hat er amerikanische Schriftsteller beeinflußt oder ist das nur eine Legende?

A. N. Nein, er hat amerikanische Schriftsteller beeinflußt. Er hat Henry Miller beeinflußt, und er war eigentlich der erste französische Autor mit Blick für den realen Alltag. Er war Arzt im Armenviertel. Céline war selbst in seiner eigenen Art nicht so stark wie die amerikanischen Erzähler. Er blieb immer eher ein Intellektueller als ein Mann der Tat.

F. Im dritten Teil der *Tagebücher* sprachen Sie von Ihrem Eindruck, daß die amerikanische Dichtung im Gegensatz zur französischen und spanischen sehr trocken und prosaisch wurde. Sind Sie immer noch dieser Meinung?

A. N. Ich kann nicht abstreiten, was ich sagte, aber ich finde, daß es nicht länger zutrifft. Das war eine eindimensionale Periode, und ich hatte den Eindruck, daß die Dichter Prosaschriftsteller zu sein versuchten. Wir haben immer einen Unterschied gemacht: Prosa war nüchtern, und Poesie war erhebend. Ich fand damals nichts Erhebendes in der Poesie. Heute ändert sich das wieder.

F. Ich weiß, Sie wollen nicht die Gefühle Ihrer Freunde verletzen, aber erinnern Sie sich an die Lektüre von Dichtern, sagen wir, in den letzten zehn Jahren, deren Werke erhebend sind?

A. N. Ich kann wirklich nicht über Gedichte urteilen, denn es war mein besonderes Anliegen, die Dichter für die Prosa zu gewinnen und den Roman der Dichtung zu öffnen. Ich wurde beinah eine Spezialistin für Prosagedichte. Ich entfernte mich von der Dichtkunst, weil ich wollte, daß die Dichter Romane schrieben. In *The Novel of the Future* (Der Roman der Zukunft) habe ich alle Schriftsteller erwähnt, die meiner Meinung nach die zwei Dimensionen verbanden: das Erhebende der Dichtung und die Bilderwelt des Unbewußten, aber auch das andere, die Aktion und die Bewußtheit der Prosa. Ich erwähnte William Goyen, dessen Werke jahrelang vergriffen waren. Man beklagte sich, daß alle von mir genannten Autoren vergriffen seien. Aber sie wurden alle wieder gedruckt, was sehr bezeichnend ist. William Goyen wird neu aufgelegt, und Anna Kavan ist gerade wiederentdeckt worden. Ich stieß auf sie in den dreißiger Jahren, und jetzt hat sie ein neues Buch *Ice*. Ich erwähnte Nathanael West, der, was ich nicht wußte, damals in Frankreich war und von den Surrealisten beeinflußt wurde. Er war ein Schriftsteller, den ich immer mochte, weil er meiner Meinung nach mehrere Dimensionen besaß.

F. Glauben Sie, daß ein Dichter auch Musik in die Dichtung bringen kann?

A. N. Ja. Ich habe kein bestimmtes Gedicht im Kopf. Ich lese nicht so viel Poesie und studiere sie nicht. Aber der Dichter hatte immer Musik, mit Ausnahme der Zeit, als man Dichtung zu Prosa machte. Das machte mir damals Sorgen. Die Gedichte wurden sehr, sehr nüchtern. Die Dichter sperrten sich vor der Metamorphose. Sie lehnten Umformung, Umwandlung, Hinausheben über das Gegebene ab. Sie wollten ihre Gedichte nicht symbolisch machen. Aber das ist vorüber.

F. Als Sie mit Henry Miller und einigen anderen Erotika für Privatsammler schrieben und Miller darauf bestand, daß Sie mit der anspruchsvollen Dichtung aufhörten, führte das bei Ihnen zu einer Art geistiger Verkrampfung?

A. N. Nein. Es gelang mir gar nicht, die Dichtung auszuschalten, und nach einiger Zeit gab man mir nichts mehr zu tun.

F. Was ist daraus geworden?

A. N. Es ist nun einmal vorhanden. Wir sprachen darüber in der Frauenbewegung, weil wir sagten, daß von einer Frau geschriebene Erotika anders wären als die von einem Mann geschriebenen. Ich schrieb etwa tausend Seiten, und die gibt es. Sie sind unveröffentlicht, aber ich fügte ein paar Proben in den

Tagebüchern ein, um zu zeigen, wie verschieden es von dem ist, was Miller oder einige andere Autoren männlichen Geschlechts geschrieben haben; aber wir kommen vielleicht auf diese Art des Schreibens zurück, denn ich unterscheide zwischen erotischer Literatur, die schön und sehr poetisch sein kann, und Pornographie. Man sollte sie auseinanderhalten, und es liegt kein Grund vor, warum wir nicht zur *Kunst* der erotischen Literatur zurückkehren sollten. Die Europäer hatten darin eine große Tradition, und ihre besten Schriftsteller haben sich daran beteiligt. In unserer Kultur waren es die schlechtesten, die sich daran beteiligten. Hier galt es als etwas Unwürdiges, während in Frankreich sehr gute Autoren mit Freuden daran teilnahmen. Das gehörte dort einfach dazu. Daher hatten wir sehr gute erotische Literatur, ausgezeichnet geschrieben und wundervoll zu lesen.

F. Das liegt wohl daran, daß Sie nicht diese puritanischen Moral- und Tabuvorstellungen gegenüber der Sexualität haben.

A. N. Das stimmt. Es lag kein Tabu darauf. Die Kultur betrachtete die erotische Literatur nicht herablassend, und so war nichts Beschämendes damit verbunden. Hier jedoch wurde das Sexuelle immer abschätzig und als etwas Unwürdiges behandelt, und wenn Autoren über Sex schrieben, geschah es in diesem Sinne. Sie selbst betrachteten das Thema von oben herab.

F. Glauben Sie, daß im Roman der Zukunft der Erzähler selbst eine Rolle spielt, statt Beobachter von außen oder objektiver Berichterstatter zu sein?

A. N. Wie im japanischen Film *Rashomon*, erinnern Sie sich? Wenn man ganz ehrlich ist, gibt es keinen objektiven Standpunkt; es handelt sich immer nur um den Standpunkt eines einzelnen. Der Historiker und der Philosoph können zwischen verschiedenen Perspektiven die Verbindung herstellen und sie dadurch objektiv behandeln, aber Erfahrung bleibt stets subjektiv. Bis jetzt waren wir nicht bereit zuzugeben, daß jeder von uns die Welt anders sieht. Hätten wir mehr Interesse für die individuelle Linse aufgebracht und zu verstehen versucht, was die Linsen so verschieden macht, könnten wir einander viel besser verstehen. Aber das wollen wir nicht. Wir wollen uns vormachen, daß es eine objektive Geschichte gibt. Die gibt es aber nicht. Historiker und Philosoph können Einzelheiten aufgreifen und sagen, in der und der Periode, in dem und dem Zeitalter wurden bestimmte Interessen von verschiedenen Menschen geteilt, und das bedeutete dies und dies – die Psychologie der Handlungen und die Philosophie der Ideen und Strömungen. Die kommen aber alle aus grundlegend subjektiven Erfahrungen. Meines Erachtens lesen wir subjektiv, wir beurteilen Filme subjektiv. Wenn wir ganz aufrichtig sind, gibt es keine Objektivität.

F. Was halten Sie von James Joyces Werken?

A. N. Ich habe mir nie viel aus James Joyce gemacht, obwohl ich weiß, wie viele Dimensionen seine Sprache hat. Was er schrieb, war eine *tour de force* und sehr kunstvoll, aber mir schien es auf gewisse Art geistig unbewußt. Ich hatte nicht den Eindruck einer echten, ozeanischen, freien Assoziation von Bildern. Es war die Phantasie eines Gelehrten, und das sagte mir nicht so viel wie eine frei strömende Erzählung. Es war intellektuell und gelehrt, aber ich vermißte irgendwie den wirklichen Fluß des Bewußten. Denselben Eindruck hatte ich auch von den Surrealisten, nämlich, daß vieles, was sie taten, bewußt und selbstbewußt surrealistisch war. Wir versuchten uns immer klarzuwerden, ob Dali wirklich verrückt war oder nur so tat. Es gehörte zur Theorie des Dadaimus, das Absurde zu tun. Aber Rousseau vermittelt uns ein bedeutend wahreres Bild vom Unbewußten, das unseren Träumen viel näher kommt als Dalis Träume.

F. Was halten Sie von den absurden Stückeschreibern, die nur die Nichtigkeit des Lebens zeigen und die Träume der Menschen darstellen und wie sie sie verwirklichen möchten, was ihnen aber nie gelingt?

A. N. Es gibt eine ganze Anzahl solcher Autoren, und ich mag sie nicht. Ich weiß, wie begabt Beckett ist, aber ich lese seine Sachen nicht gern, weil er ständig über den Tod schreibt. Er schreibt immer über den Tod und die negative Seite des Lebens. Nein, ich kann nicht sagen, daß sie mir liegen. Ich weiß, daß einige von ihnen große, sehr große Genies sind. Ionesco ist in gewisser Hinsicht weniger negativ als Beckett, aber er hat denselben Mangel an Glauben.

F. 1947 schrieben Sie in Ihrem Essay *On Writing* über das, was Sie die kollektive Neurose der Gesellschaft nannten, und gaben der Befürchtung Ausdruck, daß die Schriftsteller Ihrer Zeit nicht imstande wären, darüber hinwegzukommen. Ist das auch heute noch Ihre Ansicht?

A. N. Ich denke, wir setzen uns noch damit auseinander, ja. Wir sind uns aber dessen jetzt sehr bewußt, damals waren wir das nicht. Jeder Künstler jener Zeit wurde damals als Psychopath angesehen, wenn er nur über Neurose schrieb, statt als Interpret, der widerspiegelte, was mit der Gesellschaft geschah. Heute wissen wir, daß der neurotische Typ, der immer mehr in der Literatur auftauchte, eine Vorwarnung darstellte, ein Vorzeichen für die kollektive Neurose, die wir schließlich erlitten. Der Unterschied besteht nur darin, daß wir uns heute dessen bewußt sind, und deshalb haben wir eine Art Philosophie der Psychologie geschaffen. Wir mußten aus der kollektiven Neurose herauskommen, aber wir mußten auch begreifen, daß ein Schriftsteller nicht über solche Probleme schrieb, weil er zwangsläufig krank war, wie man es von Tennesse Williams behauptete. Wie er selber gesagt hat: »Wenn immer man ihre Krankheit berührt, wenden sie sich gegen einen.« Wenn ein solcher Autor versuchte, uns zu warnen, von zukünftigen Ängsten sprach, von der Furcht vor der Bombe und all dem, was um uns geschah, versuchte er damit, uns vorzubereiten, aber wir hörten nicht auf ihn. Wir dachten nicht daran, uns innerlich zu wappnen. Wir dachten an Luftschutzkeller! Es war immer draußen, wir glaubten immer, die Gefahr läge draußen. Der Gedanke an die Gefahr, psychisch zerrüttet zu werden, kam uns nie.

F. Sie sprachen von dem Interesse, das die Jugend an Hermann Hesse hat. Hatte er irgendeinen Einfluß auf Ihr Werk?

A. N. Ich muß gestehen, daß ich ihn erst sehr spät las und daß er keinen Einfluß hatte. Ich erkannte eine gewisse Ähnlichkeit in unseren Wegen, wenn man das Interesse am Osten und an östlicher Philosophie ausnimmt, das ich nicht teile. Aber er hat mein Werk nicht direkt und wesentlich beeinflußt. Ich habe ihn sehr, sehr spät gelesen – erst vor ein paar Jahren.

F. Könnten Sie noch etwas über Ihre Beziehung zu Artaud sagen und was er und seine Kunst für Sie bedeutete?

A. N. Ich konnte mich in Artauds Visionen, Halluzinationen, in seine Augenblicke der Verrücktheit und in seine genialen Momente einfühlen. Leider weiß man nicht genug über sein Werk, weil die sieben Bände, die er zwischen den Phasen des Wahnsinns schrieb (auch Virginia Woolf schrieb in Abständen), nicht ins Englische übersetzt sind. Ich fürchte, man hat einen ziemlich einseitigen Eindruck von Artaud bekommen,

obwohl er großen Einfluß auf das Theater hatte und sich sehr prophetisch über Theater und über Film geäußert hat. Auch über Dichtung. Sein Briefwechsel ist interessant, wie sein ganzes Leben. Es gibt ein Buch von Bettina Knapp, das ihn uns verständlich macht.
Im Tagebuch drückte ich meine sich widersprechenden Gefühle aus, Künstlern gegenüber, die über den Bereich des menschlichen Lebens hinausgingen, die den Kontakt mit dem menschlichen Leben verloren. Er sagt in dem Tagebuch an einer Stelle: »Es gibt einen Moment, in dem ich einen absoluten Verlust allen Kontaktes mit den Menschen empfinde.« Diese Art von Verrücktheit machte mir stets Sorge, weil das etwas ist, dem wir immer sehr nahe sind. Es könnte jedem von uns zustoßen. Und so war mein Gefühl gemischt aus Mitleid und Angst, was ihm zugestoßen sein könnte. Das wollte ich aber nicht, ich wollte nicht den Boden unter den Füßen verlieren. Ich wollte kein verrücktes Genie werden. Wenn ich einen Künstler sehe, der seine Kunst nicht mit Menschlichkeit verbindet, habe ich große Bedenken.
F. Können Sie erklären, was die Pariser Atmosphäre der dreißiger Jahre schuf, die der künstlerischen Leistung und der Zusammenarbeit so förderlich war?
A. N. Man besaß eine große Freiheit des Ausdrucks in Frankreich, die Originalität wurde ermutigt und die Kreativität des einzelnen. Es gab sehr belesene und intelligente Kritiker, und unter den Künstlern herrschte der traditionelle Zusammenhalt. Der kommerzielle Konkurrenzdrang fehlte. Daher zog es Künstler aus der ganzen Welt an und wurde für sie zum magnetischen Mittelpunkt.
F. Die Surrealisten spielten damals eine große Rolle in Paris.
A. N. Ich kenne viele von ihnen. Breton, Artaud, Ernst. Aber als Dogma unterschreibe ich es nicht. Ich habe surrealistische Stilmittel benutzt, wann immer ich subtile Träume und Gefühlszustände zu beschreiben suchte, mit anderen Worten, wenn es nicht um Handlung ging.
F. Wie würden Sie Ihr Verhältnis zum Surrealismus definieren?
A. N. Obschon ich mich der surrealistischen Gruppe in den dreißiger Jahren nie anschloß, lag doch der Surrealismus in der Luft, die wir atmeten. Alles war surrealistisch – alle Bilder, die

wir sahen, alle Filme. In gewisser Weise ist meine schriftstellerische Arbeit auch surrealistisch, aber nur soweit ich die Dinge übertrage und mich mit dem Leben auf einer Vielzahl von Ebenen beschäftige. Ich habe nicht immer surrealistische Stilmittel benutzt, und die Surrealisten glaubten ohnehin nicht an den Roman. Aber ich anerkenne die Bedeutung dieses Einflusses, in erster Linie das Gewicht, das auf Träume gelegt wurde. Das war die Inspiration für mein *House of Incest*, aber ebenfalls die von Breton betonte Notwendigkeit, die Liebe wiederzuentdecken.

F. Wenn Sie nie vom Surrealismus gehört hätten, wären Sie dann denselben Weg gegangen?

A. N. Mit zwanzig ging ich ihn ja schon. Aber der Surrealismus, das war ein Brennpunkt, es gab einem Gewißheit.

F. In den *Tagebüchern* erwähnten Sie häufig Marcel Proust. Hat sein Werk Ihre Arbeit beeinflußt?

A. N. Proust war sehr wichtig. Er war der erste, der mir zeigte, wie man das chronologische Nacheinander durchbricht (das ich nie gemocht habe) und wie man den Geboten und Eingebungen der Erinnerung, der gefühlten Erinnerung folgt, so daß man nur über Erlebnisse schreibt, wenn man sie fühlt, und nicht unbedingt dann, als sie sich ereigneten. Dieses Element wurde natürlich sehr entscheidend in meinen Arbeiten. Es gab aber noch andere Einflüsse. Ich wollte einen poetischen Roman schreiben, und dafür wählte ich Vorbilder wie Giraudoux, Pierre Jean-Jouve und die amerikanische Schriftstellerin Djuna Barnes, die Verfasserin von *Nachtgewächs.* Später war es D. H. Lawrence. Lawrence lehrte mich, die Worte für Gefühl, Instinkt, Ambivalenz und Intuition zu finden.

F. Mir fällt an Ihren Schriften auf, daß Sie nicht auf die schmutzigen, brutalen und besonders häßlichen Seiten des Lebens oder Erfahrungen dieser Art eingehen. Soll das heißen, daß Sie darin weniger magische Möglichkeiten sehen, und lassen Sie diese Dinge ganz aus?

A. N. Das hängt von unserem Schicksal ab, wo wir als Kind aufgewachsen sind, welche Art von Kindheit wir hatten. Es traf sich halt so, daß ich kaum schmutzigen und häßlichen Erfahrungen ausgesetzt war. Einige wenige häßliche Erfahrungen hatte ich – unsere Armut und als Ausländerin in Amerika und meine Mutter, die nicht wußte, wie sie ihren Lebensunterhalt

verdienen sollte. Solche Probleme hatte ich. Aber die Erfahrungen eines Dahlberg, eines Henry Miller oder eines Mailer hatte ich nicht. Ich war nie der Gewalt ausgesetzt. Diese Erfahrungen wurden in den *Tagebüchern* nicht *weggelassen*, sie waren einfach nicht vorhanden. Es war keine gewollte Auswahl der Erlebnisse. Viele Studentinnen haben mir erzählt, wie schwierig ihre Kindheit war, und eine meiner besten Freundinnen in den *Tagebüchern*, Sie werden sich erinnern, war Frances, deren Vater Taxifahrer war. Sie waren sechs Kinder, und sie waren immer hungrig. Sie war meine engste Freundin, und wir waren immer erstaunt, daß wir trotz unserer verschiedenen Herkunft doch das gleiche erreichten. Aus ihr ist eine sehr gute und sensible Künstlerin geworden, und wir sind noch sehr eng befreundet. Wir haben wahrhaft vergiftende und destruktive Erlebnisse, aber entscheidend ist, sich darauf zu konzentrieren, sie umzuformen, so daß sie uns nicht schaden.
Jede Erfahrung kann schaden. So können zum Beispiel eine Trennung der Eltern und die Entwurzelung eines Kindes schicksalsschwere Erfahrungen sein. Sie werden gewaltsam nach innen verdrängt, und manchmal bleibt das so, und man kann sich nicht mehr davon lösen. Die Erfahrungen wurden nicht gesucht, aber man war ständig bemüht, das Destruktive in etwas anderes umzuformen. Den Roman über meinen Vater schrieb ich, um ihn aus mir zu vertreiben, weil ich den schlechten Einfluß auf mich fühlte. Mein ganzes Leben wäre ich sonst auf der Suche nach Ersatzvätern gewesen und hätte mich vom Lehrer oder Professor oder Psychiater oder jeder anderen Vaterfigur unterjocht gefühlt. Manche von uns haben schreckliche und brutale Erfahrungen durchmachen müssen, aber das sollte kein Grund sein, destruktiv zu werden und der Gesellschaft mit gleicher Münze heimzuzahlen. Wir müssen uns diesem alchimistischen Prozeß unterziehen, so daß selbst schreckliche Dinge, die wir erlebt haben, zu kreativen Erfahrungen umgeformt werden können. Wir können fast alles umformen, aber einige Schriftsteller in Amerika haben von ihrer Erfahrung der Kindheit aus den Eindruck, daß wir alle *dort bleiben* müssen und uns nicht davon freimachen dürfen. Ich suchte immer herauszukommen. Wenn es etwas Schmutziges und Schwieriges gab, wollte ich weg davon.

F. Die Geburtsgeschichte betrifft sicher ein schreckliches Erlebnis, aber sie ist schön geschrieben.

A. N. Ja, deshalb hätte eine meiner Freundinnen beinahe ihre Stellung als Lehrerin an einer höheren Schule in New York verloren, einer Schule für technisches Zeichen. Es ist eine Schule für Kinder, die nicht ins College gehen können, die aber besonders begabt sind und von dort aus ins Berufsleben treten. Sie verlor beinahe ihre Stellung, weil sie die Geburtsgeschichte im Unterricht verwendete und Eltern kamen und protestierten. Sie erklärte aber: »Es ist eine Schande, daß Sie sich gegen die Geburtsgeschichte einer Schriftstellerin auflehnen, wenn Ihre Kinder im Laden um die Ecke über dasselbe in einem schmutzigen Magazin lesen können. Sie sollten sich freuen, daß es ihnen in dieser Form geboten wird, die Kindern einen geistigen inspirierenden Sinn vermittelt. Die Geschichte ist zwar tragisch, aber nicht abstoßend, und sie gehört zu unserer Erlebniswelt und hat eine tiefere Bedeutung.« Schließlich sahen sie das ein. Die Ausdrucksform ist entscheidend. Man hätte das *häßlich machen* können. Will man es abstoßend machen, ohne tiefere Bedeutung, dann werden eben nur die physischen Einzelheiten betont, der Schrecken und all das. Man könnte abstoßend gestalten. Man kann alles abstoßend machen.

F. Wie stehen Sie zur modernen Gewaltliteratur und zum sogenannten »Kult der Häßlichkeit«?

A. N. Das ist ein Teil des negativen, destruktiven Erlebens unserer Zeit. Es gibt aber auch eine andere Seite. Einige Mitglieder der jüngeren und mittleren Künstlergeneration suchen durch eine neue Bewußtheit dagegen anzukämpfen.

F. Was halten Sie von der »Sprache der Gosse«, wie Sie das nannten?

A. N. In bestimmten Fällen, wenn es natürlich, organisch und Teil des Geschehens ist, kann sie berechtigt sein. Aber oft ist es eine bewußt offensive und aggressive Handlung. Und es ist unaufrichtig. Ich glaube nicht, daß das an Stelle artikulierter Sprache eingesetzt werden kann.

F. Wie erklären Sie sich, daß diese Erscheinung in der modernen Literatur so häufig auftritt?

A. N. Geschäftsinteressen zum einen, dann Werbung, auf die Ungebildeten zugeschnitten. Bei bestimmten Dichtern ist es eine Rebellion gegen die herkömmliche Literatur, die eine dem Volk entfremdete Sprache benutzte. Es ist eine Perversion der demokratischen Idee.

F. In Ihren *Tagebüchern* haben Sie geschrieben, daß Ihr

Lehrer Sie populäre Zeitschriften im Süßwarenladen kaufen ließ, damit Sie die sogenannte Umgangssprache studieren konnten, weil Ihr Wortgebrauch zu gewählt war, und daß das wegweisend auf Ihren Entschluß war, die Schule ganz zu verlassen.

A. N. Von Anfang an habe ich gegen die Verarmung der Sprache angekämpft. Ich weigerte mich, Umgangssprache zu brauchen, wenn es mir unnatürlich erschienen oder nicht Teil des Werkes war.

F. Glauben Sie, daß der Film den Roman beeinflussen wird?

A. N. Ich denke, der Einfluß ist gegenseitig. Eine Menge Schriftsteller sind darüber beunruhigt, daß die Literatur ganz verschwinden könnte und in den Bibliotheken Filme statt Bücher zu finden sein werden. Meiner Meinung nach wird der Roman sich dem Film nähern. Er wird weniger raumfüllende Beschreibungen haben und den Dialog auf das wesentliche Gespräch beschränken – nicht nur reden, um die Zeit auszufüllen, wie es in vielen Romanen geschieht, sondern das aussagen, was für die zwischenmenschliche Beziehung wichtig ist. Die Filme haben uns auch die Bedeutung der Bildersprache und der Traumdeutung wiedererkennen lassen. Die Träume werden jetzt von Wissenschaftlern untersucht und werden sehr ernst genommen. Früher war das auf das Psychologische beschränkt und galt als esoterisch.

Aber heute sagen die Wissenschaftler, Träume seien ernst zu nehmen. An der Universität von Kalifornien, in Los Angeles, wurde gesagt, daß wir träumen müssen, um gesunde Menschen zu sein, und es wird jetzt auch zugestanden, daß es sich dabei um einen ganz natürlichen Vorgang handelt. Traum und Film ähneln sich sehr stark, und ich glaube, sie beeinflussen sich bereits gegenseitig. Fellinis 8½ ist für mich wie ein langer Traum, und auch einige Filme von Bergman. Wir gestehen uns jetzt ein, daß wir unbewußt in Bildern denken und daß Symbolismus und Bildersprache nicht nur zur romantischen Bewegung gehörten, sondern einen Teil unseres Wesens ausmachen, da wir trotz unseres naturwissenschaftlichen Zeitalters noch in Symbolen träumen. Ich bin überzeugt, daß die Romane die Filme nachahmen werden. Sie werden kürzer sein, wie integrierte Schaltkreise. Sie werden viel weniger dick sein und hoffentlich nur das Wesentliche enthalten, im Unterschied zur alten Romanform, wo jedes Möbelstück seinen Platz hatte, ob das nun nötig war oder nicht. Man wird sich am modernen Theater messen, das nur die zum Drama gehörigen Elemente bringt, statt alles aufzuzeichnen, was gesagt wurde. Denn meist dient das, was wir sagen, eher dazu, unsere Gefühle zu verschleiern, als etwas zu enthüllen. Wenn wir einen Film machen, sind wir gezwungen, die Dialoge auf das Wesentliche zu beschränken, und dasselbe wird hoffentlich mit dem Roman geschehen.

F. Was könnten sich für Probleme ergeben, wenn man Ihr Werk verfilmt?

A. N. Ich finde, daß sich meine Arbeit sehr eignet für den Film, wie er eigentlich sein soll, nämlich als Abbild des inneren Lebens, der Phantasie, des Traumes. Bis man aber Filme in dieser Art dreht, dürfte es sehr schwierig sein, meine Bücher zu verfilmen.

F. Gibt es irgendwelche zeitgenössischen Filme, die Ihrer Vorstellung vom Kino als Kunstform entsprechen?

A. N. Ja. Es gibt den Film *A Safe Place* von Henry Jaglom, in dem alle Ebenen gleichzeitig gezeigt werden. Der Film war nicht leicht zu verstehen, aber mir gefiel er sehr. Er hatte eine magische Kraft. Ich hatte auch den Eindruck, daß der neue Film *Women in Love* der Ambivalenz und Doppeldeutigkeit von Lawrence gerecht wird.

F. Ich würde gern etwas über die Handlung, Planung und die Struktur Ihrer Romane wissen. Wie geht das praktisch vor sich?

A. N. Darauf antworte ich immer, indem ich sage, ich wurde *modern geboren*. Da ich die Schule sehr früh verließ, hatte ich kaum eine Grundausbildung. Ich lehrte mich selbst, und ich las sehr viel, aber die Disziplin in der Romanform kannte ich nicht. Ich habe nie etwas über die Form einer Sache gelernt. Ich ging also meinen eigenen Weg, und mein eigener Weg war zufällig der Weg des Dichters. Meine Romane begannen stets, wie ein Gedicht anfängt: eine Zeile, die ein Bild enthielt; und ich wußte nicht einmal, wie es weitergehen würde. Der einzige konkrete Ausgangspunkt für einen Roman war immer, eine Person zu nehmen, die ich kannte, gewöhnlich jemanden aus den *Tagebüchern*, und während des Schreibens kam anderes dazu, die Person veränderte sich und war nicht mehr die gleiche, mit der ich begonnen hatte.

F. Sie bedienen sich oft eher eines psychologischen als chronologischen Zeitablaufs. Machen Sie das bewußt?
A. N. Ich weiß es, aber ich tue es nicht bewußt im »intellektuellen« Sinne. Es ist der *rêve éveillé*. Unterscheidung, Bewertung – das sind sekundäre Schritte. Zwischen Bewußtsein und Wissen besteht ein Unterschied. Wissend zu sein, bedeutet ein Verschmelzen von Intuition, Beobachtung, Erkenntnis, und dahin gelangt man durch Jahre der Arbeit und geistiger Disziplin.
F. Welche anderen Schriftsteller behandeln die Zeit in dieser Weise?
A. N. Proust hat hierzu einen entscheidenden Beitrag geliefert. Die Wirklichkeit bestand für ihn eher in dem, was wir empfinden, als in den äußeren Ereignissen. Ein gutes Beispiel hierfür ist die Folge, wo er den Tod der Großmutter erst lange Zeit nach dem Ereignis empfindet. Es gibt eine Chronologie der Empfindung, der Erinnerung. Auch Giraudoux wußte von dieser Auflösung der Chronologie.
F. Sie scheinen sich französischen Autoren verwandt zu fühlen. Halten Sie sich für eine amerikanische Schriftstellerin? Wenn nicht, wofür?
A. N. Nein. Ich halte mich für eine internationale Schriftstellerin. Ich sehe mich gern unter denen, die über das Land, die Nation hinausreichen – die universal sind.
F. Hat Ihnen außer mir schon jemand gesagt, daß Ihr Stil manchmal an den Poe von *A Dream Within A Dream* oder *Eleanor* erinnert?
A. N. Nein. Aber es ist interessant, weil die Symbolisten Mallarmé und Baudelaire Poe ins Französische übersetzt haben, lange ehe die Amerikaner ihn zu schätzen begannen. Rimbaud kannte sein Werk und wurde davon beeinflußt, ebenso wie andere Vorläufer des Surrealismus. Rimbauds *Illuminations* beeinflußten mein *House of Incest.*
F. Henry Miller schrieb *Into The Night Life* zur selben Zeit, als Sie mit *House of Incest* beschäftigt waren, nicht wahr?
A. N. Ja. Wir waren in Paris. Zwischen beiden Werken besteht eine gewisse Ähnlichkeit.
F. Ich weiß nicht, ob das eine Frage ist, aber es betrifft zwei Dinge, die Sie sagten. Das erste bezieht sich auf die Bilderwelt, die aus dem Unbewußten dringt und die jeder hat, die man dann aber in eine bestimmte Perspektive bringen muß. Sie

sprachen von Ihrer Wort- und Sprachbesessenheit, die wie ein Werkzeug wurde, um damit etwas aus Ihrem Unbewußten zu machen. Könnten Sie mehr darüber sagen?

A. N. Beides ist nötig. Um ein Beispiel zu nennen: Das einzige, was ich den vielen Studenten vorwerfe, die heute Gedichte schreiben, ist ihr Gefühl, alles, was aus dem Unbewußten kommt, sei unterschiedslos interessant und brauche weder poliert noch gestrafft oder überarbeitet zu werden. Das nenne ich die schlampige Schule, und daran glaube ich wirklich nicht. In einem gewissen Augenblick muß das handwerkliche Können hinzukommen. Ein frei strömender Fluß muß da sein, ungehindert durch den kritischen Verstand, aber für die zweite Phase ist der disziplinierte Künstler nötig, der sagt: dieser Teil ist unscharf, dieser trivial, dies ist unwichtig, dies nicht klar formuliert; nein, das ist noch nicht reif. Es ist wie einige der Fragen gestern abend, die keine Klarheit und keine Schärfe hatten. Beide Prozesse sind nötig: das Unbewußte frei strömen zu lassen, aber dann zu wählen, was bezeichnend, was wichtig und was bedeutsam ist. Ich habe einen Freund, der tagelang in ein Tonbandgerät diktierte und zu guter Letzt sechshundert Seiten hatte von allem, was ihm durch den Kopf gegangen war, und das hielt er für den echten Bewußtseinsstrom. Aber das meiste war bedeutungslos und wertlos. Es brauchte eine Form, es brauchte Bearbeitung. Das ist der Punkt, wo der Könner, der Künstler ansetzen muß. Durch die Bearbeitung wird dann manchmal das Unklare klar, wie beim Schneiden eines Films. Der Vorgang ähnelt sehr dem Schneiden eines Films, wo der Nachdruck auf dem Überarbeiten liegt. Ohne das hätte man nur eine Menge formloses, absolut bedeutungsloses Material. Wir brauchen einen Brennpunkt, und zum Brennpunkt kann natürlich etwas sehr Wahres und Ehrliches werden. Wenn man dem Unbewußten folgt, formt das Unbewußte selbst Strukturen, sehr starre Strukturen. Wenn man spontan ein Gedicht oder einen Roman geschrieben hat, erkennt man schließlich eine Struktur. Sie kommt am Ende zum Vorschein. Am Anfang sieht man sie nicht, erst am Ende. Das ist sie. Dann kann man das Gedicht oder den Roman ungehemmt bearbeiten, um diese Struktur, die sich von selbst geformt hat, beizubehalten.

F. Können Sie die Struktur erkennen, wenn Sie erst die Hälfte geschaffen haben?

A. N. Nein, sicher nicht. Man sieht sie nicht, bis alles vor einem liegt. Es ist fast wie mit Collagen, wie Varda seine Arbeit beschrieb. Er schnitt kleine Stoffstücke aus und steckte sie hier und dort mit Nadeln fest; er wußte nicht, was daraus entstehen würde. Aber dann sah er plötzlich eine Frau und ein Haus und eine Burg oder eine Fahne. Man weiß nicht recht, wohin man geht, aber am Ende erkennt man die vorhandene Struktur.
F. Wenn Sie zum Ende kommen, müssen Sie dann zurückgehen und alles von Anfang an überarbeiten?
A. N. Ja, das muß man. Dann findet man die Stellen, die nicht hineingehören oder verschwommen sind, wo die Sprache versagt hat.
F. Wenn die Struktur offenkundig ist, bedeutet das dann das Ende, so als ob man ein Buch mit Collagen anschaut?
A. N. Ja. Als ich *Seduction of the Minotaur* abschloß, hörte ich mit einer Definition von »Wendekreis« auf, was Wechsel bedeutet, und da sprang es mir in die Augen: das war es, das war der Sinn des Buches. Es ist das Gegenteil von Kontrolle, vom Aufzwingen einer Bedeutung. Natürlich weiß man nicht, was beim Schreiben des Buches in meiner Vorstellungskraft, meinem Gedächtnis vorging und wie das Buch im einzelnen zustande kam. Wir kennen nicht die unterirdische Kraftquelle, aus der diese besondere Struktur geboren wurde. Das aufzuspüren, ist für uns zu schwierig. Im Falle von *Seduction* könnte ich sagen, daß Reisen nach Mexiko Lillian entstehen ließen und diese Figur mit einem Ort verknüpften, aber ich wußte nicht, worauf das Buch hinauslaufen würde.
F. Gibt es einen Moment, wo eine Sache Gestalt gewinnt und Sie fühlen, daß Sie jetzt zu schreiben bereit sind? Ist das Ihre Art vorzugehen?
A. N. Ja. Nehmen wir zum Beispiel mein Buch *Collages*, das dafür typisch ist. Zu *Collages* wurde ich dadurch angeregt, daß ich Varda mit seinen kleinen Materialstücken arbeiten sah. Mir fielen die Leute ein, die ich in Los Angeles kannte, und plötzlich schlossen sie sich zu einem Kreis von Träumern zusammen. Sie waren alle besessen von einem Mythos oder einem Traum, und ich nahm andere dazu, die nicht aus Los Angeles waren, wie Nina de la Primavera, die eine Art Ophelia war und eine Frau, die fabulierte. Ich nahm sie alle zusammen, und daraus formte sich eine Collage von Träumern, die nicht miteinander reden

konnten, weil jeder seiner eigenen Phantasie nachhing. Sie waren also wie kleine Teile einer Collage. Sie konnten sich nie richtig begegnen, und jeder war von einer anderen Phantasie völlig besessen. Ich hatte die Japanerin, und Varda war auch eine der Persönlichkeiten, die sich ihre eigene Welt schufen. Als ich anfing, sah ich weder einen Plan noch eine Struktur. Aber plötzlich wurde mir klar, daß Struktur und Thema eine Collage waren.

F. Was sagen Sie zu Leuten, die behaupten, Schreiben sei schwere Arbeit? Es ist mein Eindruck, daß Sie die Freude am Schreiben und die fast therapeutische Wirkung, die es auf Sie persönlich hat, stark hervorgehoben haben. Würden Sie sagen, daß Ihre besten schriftstellerischen Arbeiten mehr durch Streß oder durch Entspannung gefördert wurden?

A. N. Als ich an den Tagebüchern arbeitete, hatte ich das Gefühl, frei zu sein, aber wenn ich mich hinsetzte und einen Roman beginnen wollte, dann ging es mir wie so vielen anderen, und ich war vor Angst und Lampenfieber wie gelähmt. Das war schrecklich. Aber dann kam ich zur Überzeugung, daß der Roman das Tagebuch und das Tagebuch den Roman bereichern mußte. Um die Angst zu überwinden, die mir die Form des Romans und der Gedanke, der Welt ein formales Werk zu präsentieren, einflößte, nahm ich manchmal Personen aus dem Tagebuch und arbeitete mit ihnen. Das half mir, die Angst vor dem Anfangen des Romans zu überwinden, und dann konnte ich fortfahren. Aber jedes Handwerk ist schwierig, ich sage nicht, daß Schreiben leicht ist. Jede Kunst, die man verbessern möchte, ist schwierig, und ich wollte mein Schreiben verbessern. Schon mit elf Jahren, als ich die Ankunft in New York beschrieb, sagte ich mir: »Das muß ich umschreiben; das habe ich nicht gut genug erzählt.« Da war also schon das Bemühen vorhanden, etwas gut zu erzählen. Man könnte sagen, hier begann das Interesse des Künstlers am Ausdruck.

F. Unterstützen Sie noch Künstler wie früher?

A. N. In Amerika ist es heute nicht so notwendig, da ist es nicht so akut. Aber die Verantwortung für den Künstler ist in mir noch sehr stark. Mein Verantwortungsgefühl deckt sich mit dem, was John Pearson gestern gesagt hat: »Warum zahlen wir nicht dem Dichter statt dem Psychoanalytiker fünfundzwanzig Dollar die Stunde?« In Europa besaß der Künstler mehr Vertrauen, und es gab immer das Caféhausleben, dem er sich zuwenden konnte. Das Caféhaus erwies sich immer als Lebensretter. Ein Künstler wußte, wenn er abends ins Caféhaus ging, würde sich ein Freund finden, der ihm ein Abendbrot zahlte. Das war immer ein Ort, wo er hingehen konnte, wenn er niedergedrückt war. Und trotzdem sind viele Künstler in Frankreich an Hunger oder Einsamkeit gestorben. Wenn sie krank wurden und in ihren kleinen Buden blieben, wußte niemand, was mit ihnen los war. Satie war einer von ihnen und der peruanische Dichter Vallejo ein anderer. Seine Freunde wußten nicht, daß er krank war, weil er nicht ins Café kam. Wir hatten keine Ahnung, daß er langsam verhungerte. Das passierte also mitten unter uns, und wir wußten es nicht. Mein Verantwortungsgefühl für die Künstler rührt daher, daß mein Vater ein Künstler war, und irgendwie fühle ich mich in hohem Maße für jeden kreativen Menschen verantwortlich – solange er kreativ ist. Wenn ich jemand schöpferisch ringen sehe, erweckt das in mir den Wunsch, ihn zu beschützen.

F. Ich habe festgestellt, daß Sie immer mehr als großzügig zu jungen Autoren waren. Jungen Schriftstellern und Malern haben Sie doch immer besonderes Interesse entgegengebracht, und Sie haben ihnen immer geholfen. Sind Sie je Leuten begegnet, die Ihnen gesagt haben: »Wir wissen nicht, ob diese Leute schon Künstler sind, sie sind nicht ausgereift; es gibt keine Maßstäbe, sie zu beurteilen?«

A. N. Ja. Aber mein Helfenwollen mag auf meinem weiblichen Gefühl beruhen für etwas, das geboren wird, das im Entstehen begriffen ist, ob es nun erfolgreich sein wird oder nicht. Sie wissen, daß viele meiner »Kinder« nicht die größten Künstler oder Schriftsteller der Welt wurden. Aber bedeutendere Kritiker haben auch Fehler gemacht.

F. Wie wird Ihnen klar, daß etwas ein feines Kunstwerk ist?

A. N. Das ist schwierig. Ich habe mich auch schon geirrt.

F. Nun, ja, natürlich. Meine Frage ist aber eigentlich, was ist es, das Sie anspricht, wonach suchen Sie, um darauf einzugehen? Welche Eigenschaften erscheinen Ihnen wichtig, wenn mir auch klar ist, daß Sie sie nicht anderen aufzwingen werden?

A. N. Gewöhnlich bin ich bei jungen Autoren weniger am Können interessiert als an ihrer Einstellung, ihrem Humanismus, ihrer Humanität. Mir ist das lieber als die glatte intellektuelle Art zu schreiben, denn die anderen werden mehr zur menschlichen Erfahrung beitragen können. Ich bin also nicht so kritisch in bezug auf das handwerkliche Können, den Stil, denn beides wird mit der Zeit vom Inhalt, von der Bedeutung geformt. Wäre ich Lehrer, würde mich nicht als erstes das stilistische Können interessieren. Die Einstellung der Studenten wäre mir wichtiger, ob sie zuhören, ob sie aufmerksam sind, ob sie feinfühlig sind, aufnahmefähig, die Eigenschaften haben, die mit menschlichen Beziehungen zu tun haben. Das macht meines Erachtens den guten Schriftsteller aus.

F. Wenn heute ein Buch herausgebracht wird, das Stil hat und flott und gekonnt geschrieben ist, wird es ernsthaft beachtet, selbst wenn es überhaupt nichts aussagt. Könnten Sie an einem Buch interessiert sein, das inhaltlich wertvoll ist, aber handwerklich ungenügend?

A. N. Es tut mir leid, wenn das der Fall ist, aber ich denke, daß mit der Zeit das Handwerkliche durch den Inhalt besser wird. Mich fesselt gerade das Buch eines jungen Mannes, der eine neue Sprache zu finden sucht für das Rock and Roll, für die Drogenerfahrung, wie Kerouac eine neue Sprache für seine Generation fand. Das Manuskript ist mitunter unbeholfen, aber es interessiert mich mehr als einige Neuerscheinungen, die vorgeben, die Subkultur zu beschreiben, die aber grausam, kalt und wahre Zerrbilder sind. Das führt meiner Meinung nach zu nichts. Sie sind sehr flott geschrieben und führen all das auf, was die Verleger mit der Subkultur in Verbindung bringen. Für mich ist aber dieses Manuskript die wirkliche Beschreibung der Subkultur, weil hier der Autor die Sprache für diese besondere Erfahrungswelt zu finden sucht, eine eigene Sprache, wie die Musiker des Rock and Roll sie besitzen.

F. Haben Sie je davon geträumt, einen Verlag zu leiten?

A. N. Das wäre wunderbar. Das wäre wirklich wunderbar, weil ich Neuerungen und Experimente zuließe, Unvollkommenes, das aber unterstützt werden muß. In der Wissenschaft, zum Beispiel, haben wir die Forschung, und zuweilen erforschen die Wissenschaftler etwas, das nirgendwohin führt. Das gibt es nicht unter Schriftstellern, aber es sollte es geben. Mitunter ist das erste Buch weit davon entfernt, das zu sein, was es sein sollte, aber es verrät Intuition oder eine Art gefühlsmäßigen Futurismus.

F. In der Wissenschaft sind es die Fragen, nicht die Antworten, die wichtig sind. Wer eine neue Frage formuliert, wird als wirklich wichtig angesehen.

A. N. Das sollte auch für die schriftstellerische Arbeit gelten.

F. Das sollte es, aber wir warten so sehr auf Antworten.

A. N. Und die Verleger handeln auch nach so überlebten Maßstäben. Denken Sie nur an die Zeit, als sie mich baten, so etwas wie *Die gute Erde* zu schreiben. Dabei gab es doch gar keine Möglichkeit für Sachstudium, für Experimente in einer völlig anderen Richtung. Es gab keine Möglichkeit, das zu tun. Und heute ist das mehr oder weniger noch genauso.

F. Das ist natürlich sonderbar. Warum sollten Sie *Die gute Erde* schreiben, wenn es schon geschrieben war?

A. N. Das machen sie im Film auch so. Es gibt stets die zweiten *Women in Love*. Es wird immer einen zweiten *Bloody Sunday* geben. Es gibt immer einen zweiten und dritten Film. Es wird auch weitere *Easy Riders* geben. Und in der Welt des Buches ist das sehr üblich, sehr, sehr üblich.

F. Sie fühlten sich immer stark vom Film angezogen. Nach dem Roman hat Sie wahrscheinlich der Film am meisten interessiert. Haben Sie darüber nachgedacht, warum das so ist?

A. N. Das ist eine noch unerfüllte Seite meines Lebens. Ich liebe Filme, ich liebe es, mit bildlichen Vorstellungen zu arbeiten. Wir haben schon über Bergman gesprochen. Ich liebe die Ausdrucksform des Films an sich. Wenn ich meine Romane lese, habe ich einen Filmeindruck. Ich erhalte einen visuellen Eindruck, und ich habe einen visuellen Eindruck von Menschen, wenn ich Szenenfolgen sehe. Mein Empfinden ist sehr am Film orientiert. Das Problem jedoch, meine Romane in ein wohlgegliedertes Drehbuch zu verwandeln, verwirrt jeden.

F. Sie haben nie einen Filmproduzenten gefunden, der mit diesem Fließenden, Strömenden, Bildhaften hätte arbeiten können?

A. N. Es gibt sie, aber bisher war ich nicht imstande, an sie heranzukommen.

F. Im vierten Teil der *Tagebücher* kommen Sie etwas mit Dreharbeiten in Berührung.

A. N. Ja. Ich habe mit Maya Deren gearbeitet, und später spielte ich in einem Film mit, dem das *House of Incest* zugrunde lag. Es hat mir Freude gemacht, an diesem Film mitzuarbeiten und zu spielen. Es gab verschiedene Leute, die *A Spy in the House of Love* verfilmen wollten, aber bis jetzt ist es noch nicht dazugekommen. Ich habe zwar Leute getroffen, die das Feingefühl besitzen, ein Buch in angemessener Weise und im gleichen Stil zu verfilmen. Wenn jedoch der Film in ein Geschäftsobjekt umgemodelt werden muß, gelingt das nicht mehr. Ich oder ein anderer müßte dann um den Film kämpfen, wie ich für die *Tagebücher* oder die Romane gekämpft habe.

F. Betrachten Sie sich jetzt als eine amerikanische Schriftstellerin?

A. N. Ich schreibe in der Tat für Amerika und auf Englisch, aber ich würde gern einen Schritt darüber hinaus tun. Ich kann nicht sagen, daß ich eine amerikanische Schriftstellerin bin, obwohl ich mit dem neuen Bewußtsein identifiziert werde. Ich sehe mich lieber in einem umfassenderen internationalen Rahmen, zumal ich zu zwei Kulturen gehöre.

F. Mallarmé sprach von der Agonie, sich einer leeren Seite gegenüberzusehen. Manche Schriftsteller haben das Gefühl zu »versiegen«, wie sie es nennen. Haben Sie jemals solche Dürreperioden gehabt? Oder vielleicht solche des »Schwangerseins«?

A. N. Nie! Das weiße Papier ist für mich wie ein Skihang. Es regt mich enorm an. In Schreibwarengeschäften werde ich auch ganz verrückt. Ich brauche nur schönes Papier zu sehen, und schon habe ich das Verlangen zu schreiben.

F. Aus welcher Quelle schöpfen Sie?

A. N. Was meinen Sie damit?

F. Nun, einige Autoren schöpfen aus ihrem Glauben an das Göttliche, andere aus eigenen gefühlsmäßigen Erfahrungen. Aus welcher Quelle stammt Ihr Wille, schöpferisch zu sein?

A. N. Aus der Freude, aus dem Sichfreuen. So wie die Vögel singen. Ich schreibe, wenn ich in etwas verliebt bin – in ein Geschehnis, einen Menschen, ein Buch, ein Land. »Malen bedeutet, wieder zu lieben«, hat Henry gesagt. Für mich ist Schreiben, wieder zu lieben – zweifach zu lieben.

Vertrauliches Gespräch

Als ich zum ersten Mal gefragt wurde, was ich aus meinem Leben machen wolle – ich glaube, ich war ungefähr vierzehn und sprach mit einer Gruppe Franzosen – antwortete ich, ich wolle viele Abenteuer erleben. Das ließ sie ziemlich zusammenzucken, denn für Franzosen sind Abenteuer gleichbedeutend mit Liebesaffären. Aber ich meinte es im weitesten Sinn, und ich glaube, dieses Gefühl von Abenteuer ließ mich jeweils meinen Kummer, meine Schwierigkeiten, Tragödien und all die Dinge überstehen, die jeder von uns erfährt, Verlust eines Menschen oder Schmerz. Hinter alledem muß in mir die Überzeugung gewesen sein, daß dies ein mythologisches Abenteuer sei und daß man über das Leid hinaussehen kann, weil das Leid nur einen Teil dieser Reise ausmacht. Ich habe niemals auch nur einen Augenblick lang die Empfindung einer Sylvia Plath gehabt – daß es kein Morgen geben würde. Das Gefühl von Abenteuer ist für unsere Lebenskontinuität ungeheuer wichtig, damit wir das Tragische, das Gefühl von etwas Tragischem und Verluste überwinden können, während wir unseren Weg gehen.

Wenn wir einmal die Tatsache akzeptieren, daß Erfahrung schmerzhaft sein kann, daß Beziehungen zu Ende gehen, daß es Dinge gibt, von denen wir herausgefordert werden, und solange wir einen Ort haben, der besagt, dies ist unser Leben und es wird weitergehen, werden wir nichts von diesem schrecklichen Pessimismus oder von Selbstmordregungen verspüren. Wenn wir unser Leben als ein Ganzes betrachten würden, wenn wir doch einsehen könnten, daß nicht alles gerade heute geschieht, daß es immer ein Morgen gibt und daß man immer etwas überwinden muß, dann gibt uns das Schwung und Mut für den andauernden Kampf und bereitet uns vor auf die zweite Geburt mit ihren großen Freuden und Entschädigungen.

Wie Sie aus der Mythologie wissen, war die äußere Reise voller Gefahren und voller Ungeheuer. Wir müssen uns vor Augen halten, daß das Bild der äußeren Reise dasselbe ist wie das Bild unserer inneren Reise. Es ist ein Labyrinth, manchmal ist es dunkel, wir können nicht um die Ecken sehen, manchmal fühlen wir uns wie blind. Aber wir müssen weitermachen.

Wir können nicht vergessen, daß jedes einzelne Leben ein Abenteuer ist. In jedem Leben gibt es eine Möglichkeit zur Flucht, zur Erweiterung, zur Entwicklung, zur Veredelung und zur Überwindung von Hindernissen., die unverrückbar scheinen. Das Hindernis, von dem ich glaubte, ich könne es nie aus dem Weg räumen, war meine durch ein traumatisches Erlebnis zerbrochene Verbindung mit der Welt. Aber ich glaubte ernstlich an das, was Joseph Campbell als die mythologische Reise des Helden beschreibt, und ich faßte das Wort »Held« nie wörtlich auf in der Bedeutung von jemandem mit außergewöhnlichen Gaben oder außergewöhnlichem Mut. Für mich bezeichnete es jemand, der sehr beharrlich auf der Suche war. Joseph Campbell spricht in *Mythen der Welt* über diese mythologische Reise, und dieselbe Reise, die der Held unternimmt, wird, wie wir wissen, auch von den Schizophrenen unternommen. In einem gewissen Augenblick gibt es einen Bruch im Leben; etwas geschieht, das die Verbindung zum Leben unterbricht – wie etwa viele Studenten seit längerem das Gefühl haben, daß eine Abwendung von einer Kultur, einer Gruppe oder Menschen, die einem nahestehen, stattfindet. Ebenso geht es dem Künstler, geht es dem mythologischen Helden, und so geschieht es auch im Wahn. Der Unterschied besteht darin, daß in der Mythologie der Held die Reise beendet und aus dem Labyrinth herauskommt.

Heute herrscht eine nachdrückliche Tendenz, keine Helden und keine Vorbilder zu haben. Ich denke, das entsprang dem Gefühl, daß der Held besondere Fähigkeiten und besondere Privilegien hatte, die wir unmöglich besitzen können. Aber als ich vierzehn oder fünfzehn war, wählte ich unverzüglich Heldinnen aus, die mir halfen, zu leben. Und ich möchte die Tatsache betonen, daß wir alle in der Mythologie feststellen, daß der Held nicht derjenige ist, der besondere Begabungen oder besondere Kenntnissse hat. Er ist einfach ein sehr hartnäckiger Mensch, der beschließt, die Reise zu vollenden, ganz gleich, ob das bedeutet, den höchsten Berg der Welt zu besteigen oder die Reise ins Leben hinaus oder ins Innere zu unternehmen.

Sehen Sie, der Mythos half mir. Er half mir, das zu realisieren, die Umlagerung zu vollziehen und mein Leben nicht einfach als ein schlichtes menschliches Leben voller Schwierigkeiten zu betrachten, sondern als Teil einer mythologischen Reise, an der wir alle beteiligt sind. Sie sehen, ich nahm die ganze Vorstellung vom Helden ernst. Der Mythos war mir tatsächlich nützlich, denn er zeigte mir, daß die Reise lang, mühsam und kompliziert ist, ungeachtet ob es sich um die Abenteuer des Odysseus oder das innere Abenteuer handelt. Das verhalf mir dazu, mein Leben nicht nur als etwas Persönliches und Emotionales anzusehen, sondern auch als eine Geschichte. Meine Rettung war immer, zu sagen: »Nun, das ist ein Abenteuer.« Daß ich es auf die mythologische Ebene hob, rettete mich jeweils vor einer Katastrophe, vor dem Gefühl, einfach nicht alles bewältigen zu können.

Ich finde es sehr traurig, daß Sie aus jemandem wie Sylvia Plath ein Symbol machen, denn wenn auch ihre Dichtung schön ist, ihr Leben war es nicht. Sie brach bei der ersten Herausforderung an ihren Mut zusammen. Und ich bedaure, mitansehen zu müssen, daß Sie ein Symbol aus ihr machen und ihre Verzweiflung lieben, wie die Leute in den Tagen der Romantik Werther liebten, der Selbstmord beging. Ich bedaure es, weil ich nicht glaube, daß unsere erste Herausforderung und unser erstes Leid wirklich eine solche innere Auflösung verursachen sollten. Das würde nicht geschehen, wenn wir darauf vorbereitet wären, wenn wir nicht die Forderung nach einem glatten und glücklichen Leben ohne Hindernisse stellten. Wenn es eine Entwicklung ohne Schwierigkeiten gäbe, würden wir in nichts hineinwachsen. Das Streben zum Leben, zur Kunst, zu anderen Menschen ist wahrlich Teil des Wachstumsprozesses, der Stärke von uns verlangt, der die Reise nach innen fordert. Und damit kommen wir zu der Reise nach innen. Wie habe ich eine Widerstandskraft entwickelt, die mich befähigte, den Kopf jeweils nicht in den Sand zu stecken, wenn sich etwas ereignete, das mich kaputtmachte?

Die erste Katastrophe, die mich traf und die viele Kinder trifft, war die Trennung der Eltern und dann das Herausgerissenwerden aus dem Land, in dem ich mich zu Hause fühlte, die Verpflanzung in ein neues Land. Gewöhnlich ist das genug, um eine sogenannte Entfremdung zu verursachen. Wie aber bekämpfte ich das? Wie bekämpft man das? Ich schuf mir mit meinem Tagebuch eine kleine Insel. Ich machte mich daran, von der Reise nach Amerika zu erzählen, und ich wollte sie als ein Abenteuer ansehen, so wie das in all den Abenteuerbüchern beschrieben wurde, die ich gelesen hatte. Mit anderen Worten, indem ich mein Leben in Dichtung umwandelte, half ich mir gegen den Schmerz, gegen die Entwurzelung. Die Lösung bestand darin, es als ein Abenteuer zu betrachten. Es war für mich schmerzlich, meine spanische Großmutter zu verlassen; es war sehr schmerzlich, Spanien zu verlassen, das sehr fröhlich war und voller Musik und wo die geschirrwaschenden Frauen den ganzen Tag sangen. Viele solcher Dinge vermißte ich. Aber umgekehrt konnte man die Übersiedlung nach Amerika auch als ein Abenteuer betrachten, und so begann das Tagebuch.

Später wurde es deutlicher, daß mein Kampf jeder Falle galt, jeder Verstrickung durch Erlebnisse, jeder Begrenzung, jeder Beschränkung, entweder hervorgerufen durch die Armut, die ich in meiner Kindheit erlebt hatte, oder dadurch, daß ich entwurzelt war und die Sprache meines neuen Landes nicht beherrschte. Ich mußte sofort einen Weg da heraus finden, und – wenn ich es auch erst kürzlich entdeckte – der ursprüngliche Sinn des Wortes Edukation (Erziehung) ist ja »herausführen«.

Wir alle fühlen uns manchmal durch die Ereignisse überwältigt und betäubt. Aber zwei oder drei Dinge können uns helfen. Einmal kann man bedenken, daß, wie tragisch uns die Situation im Augenblick auch erscheinen mag, dies eine Reise ist, die Kontinuität und Fortgang hat. Und deshalb wird man nicht immer an diesem Punkt bleiben. Man wird sich weiterbewegen. Zum anderen kann man sich sagen, daß alles verheilt, und wenn man, drittens, seine Gefühlsfähigkeit aufrechterhält, wenn man weiterhin fühlt, dann wird sich auch der Bereich und die Art der Erfahrungen, die man hat, ändern. Es kommt nur darauf an, eben gerade diesen einen Augenblick zu überwinden. Schreiben Sie das Wort »überwinden« hundertmal. Es bedeutet mir viel. Ich pflegte es tatsächlich aufzuschreiben und an meine Wand zu heften. Schreiben Sie alle diese Worte, denn sie helfen einem vorwärtszukommen. Wenn wir in einem psychischen Schmerz gefangen sind, dann ist es, als stürben wir für eine Weile, oder wenn jemand stirbt, den wir lieben, dann sind wir selbst eine Weile wie gestorben. Was wir tun müssen, ist, die Kontinuität des organischen Lebens beizubehalten.

Das Leben ist ein Abenteuer, und man wird auf große Schwierigkeiten stoßen, auf große Hindernisse, Monstren und Minotaurus. Aber wenn man darauf gefaßt ist, dann ist man auch bereit, sie als Teil des Abenteuers zu betrachten. Es beginnt mit Kummer, und es beginnt mit Verlusten, aber man gibt nicht auf. Ich schuf mir ein kleines Seelenhaus, das Tagebuch, das mein Gefährte war, als ich nicht gut Englisch konnte. Dort konnte ich alle Ereignisse aufschreiben: und das erste Wort, das ich lernte, war sehr symbolisch – *you*. Ich fand, *you* sei ein schönes Wort. Es klang so schön.

So wurde das Tagebuch ein Gefährte, ein Trost, ersetzte mir Dinge, die ich verloren hatte, und veranlaßte mich, das, was geschah, wirklich als eine erlösende Gnade, als ein Abenteuer anzusehen, und ein Abenteuer schließt manchmal viele Gefahren und viele Hindernisse mit ein. So wurde alles, was geschah, Teil des Abenteuers. Es war schmerzhaft, es war schwierig. Ich war auf einer verlassenen Insel namens Richmond Hill, Long Island, gestrandet. Die Insel war so verlassen, wie man sich das nur vorstellen kann. Aber ich mußte da weg. Und wie kam ich weg? So was wird zum Spiel; es wird zum Spiel, indem es die geistige Regsamkeit herausfordert. Wie entflieht man? Symbolisch genug, erinnere ich mich, daß in Frankreich einmal jemand die Pforte verschlossen hatte. Man hat dort für Gartentore diese großen Schlösser und großen Schlüssel, und ich war im Haus eingeschlossen und konnte nicht hinaus. Natürlich nahm ich eine Leiter und stieg über die Mauer. Ich will damit sagen, daß es dieses Forschen und Suchen nach Auswegen aus den Fallen, die das Leben uns stellt, schon immer gegeben hat. Denn das Leben stellt uns nun einmal einige Fallen.

Ich war sehr bestürzt, als ich neulich, nachdem ich einige sehr lebensbejahende Vorträge an zwei Colleges gehalten hatte, beide Male am Ende nach Hemingways und Sylvia Plaths Selbstmord gefragt wurde. Meine Reaktion war folgende: »Was war mein Vortrag für ein Fehlschlag, wenn ich hier über das Leben und seine Bejahung spreche, über alles, was vorwärts weist, und über die Zukunft, und dann stellen mir die Leute Fragen über den Selbstmord.« Ich fühlte mich gar nicht gut. Dann wandte ich mich an Ira Progoff und fragte: »Was bedeutet das?« Natürlich sagte er als objektiverer Zuhörer: »Immer, wenn man sehr lebensbejahend ist, haben die Leute das starke Bedürfnis, das Negative zu bejahen. In uns steckt eine verfluchte Neigung, uns immer dann an das

Negative erinnern zu müssen, wenn jemand zu lebensbejahend ist.«

Auch ich fand mich einmal, wie viele junge Frauen um zwanzig, im Vorortleben gefangen, und ein Vorort von Paris ist nicht anders als einer von New York oder Chicago. Es herrscht dort die gleiche Einsamkeit, die gleiche Isolation. Die Bibliothek hat nicht genug Bücher, und es gibt nicht viele Leute, mit denen man sprechen kann. Als ich dort lebte, hatte ich einen Traum. Ich träumte, daß ich Worte auf mein Haar schrieb und aus diesem Haar einen Zopf flocht, einen langen, langen Zopf mit dem Geschriebenen darauf. Ich warf diesen Zopf über die hohe Mauer meines Gartens, und ich entfloh dem Vorortsleben. Nun, dies war der Traum. Die Realität war so, daß mich das erste Buch, das ich schrieb, mit dem lebhaften literarischen Leben in Paris in Verbindung brachte. Das Schreiben war der Ausweg.

Es gibt immer einen Ausweg, einen Ausweg durch den schöpferischen Willen. Wir sind nur sehr passiv geworden, weil unsere Kultur uns so gemacht hat. Durch das Fernsehen und durch passive Unterhaltung sind wir in einem Maße gefüttert worden, daß wir die Vorstellung des schöpferischen Willens heute kaum noch kennen. Wenn mir junge Leute schreiben, dann schreiben sie so, als biete der Ort der Verzweiflung, an dem sie sich befinden, absolut keinen Ausweg. Und doch, als ich heute »Die Seele eines Vogels« hörte, dachte ich, wenn man aus dem Konzentrationslager entfliehen kann, kann man gewiß auch der Enge jedes Lebens entfliehen.

Genau das möchte ich wiederherstellen. Ich konnte es in hohem Grad mit den *Tagebüchern* tun, indem ich mir zuallererst einmal sagte, daß man als Schriftsteller vielleicht zwanzig Jahre auf Anerkennung warten muß. Das macht nichts. Der Kampf an und für sich ist schön. Die Sorgen sind schön, die Enttäuschungen sind schön, es gehört alles dazu. Man mag ärgerlich, verzweifelt oder deprimiert sein, aber im Grunde sind das Schlachten, die gewonnen werden können. Der Kampf um Selbstvertrauen, um ein abgerundetes Bild von sich selbst ist wunderbar. Es ist ein großes Abenteuer; das Abenteuer der Reise nach innen.

Sobald die *Tagebücher* erschienen waren, erhielt ich Briefe von Frauen (und auch Männern, aber es waren mehr Frauen als Männer), und ich entdeckte viele Dinge. Ich entdeckte die

Einsamkeit der Frauen in den Kleinstädten; ich entdeckte ihre Unschlüssigkeit, ihre Schüchternheit, ihren Mangel an Vertrauen, all die Schwierigkeiten, kreativ zu sein in einer Umgebung, wo man keinen Beistand findet, ohne die Ermutigung etwa von Freunden, die wir hatten, eine Brüderschaft von Künstlern in Paris. Es war eine seltsame Entdeckung. Sie machte mir die Isolation, in der wir leben, geographisch bewußt. Sie machte mir bewußt, wie schwierig es ist, die Reise nach innen allein zu unternehmen. Deshalb möchte ich diesem Abend gern ein Wort voranstellen, das eine Freundin von mir, Bebe Herring, bei James Joyce fand. Es ist das Wort *furrawn*, und sie verwendete es als Titel ihres Romans. *Furrawn* bedeutet die Art Gespräch, die zu Vertraulichkeit führt. Mir scheint, wir haben das sehr nötig. Ich glaube, der einzige Grund, warum die Reaktion auf die *Tagebücher* so viel größer war, als ich es je erwartet hatte, liegt darin, daß wir uns plötzlich vergegenwärtigen, wie wenig wir einander kannten. Man sagte mir oft: »Ich kannte dieselben Leute, die Sie beschreiben, aber ich kannte sie nicht so gut.« Das liegt daran, daß wir uns nie die Mühe machten, uns genauer miteinander zu beschäftigen. Ich hingegen interessierte mich immer viel mehr für das geheime Selbst, das verborgene Ich, für sein innerstes Wesen. Ich widmete meinen Freundschaften immer viel Zeit, denn das andere fand ich wirklich nicht sehr interessant, das Eindimensionale, mit dem wir uns im allgemeinen abgeben.

Jetzt möchte ich, daß Sie sich mit mir unterhalten und mir Fragen stellen, ganz gleich, was Sie wissen wollen. Das einzige, was ich nicht beantworten werde – ich weiß, Sie wollen mich danach fragen –, betrifft das, was nicht in den *Tagebüchern* steht. Eines Tages, in einigen Jahren, werden Sie das Ganze lesen und dann die ganze Geschichte kennen. Aber Sie müssen bedenken, daß ich wohl das Recht habe, Sie an meinem Leben teilnehmen zu lassen, daß ich aber nicht das Recht habe, über andere zu verfügen. Der Schriftsteller und der Künstler haben das Gefühl, daß ihr Leben notwendigerweise der Öffentlichkeit, Ihnen, gehört. Es ist die Überzeugung des Künstlers, daß das, was er tut, nicht für ihn selbst sei, sondern weitergegeben werden muß. Der Maler fühlt so, der Filmemacher. Der Künstler ist dazu bestimmt, zu sagen: »Was ich auch tue, selbst ein Werk, das ich jahrelang geheimhielt, muß ich schließlich weitergeben.« Unser Traum muß allgemein bekannt werden, denn das ist unsere Rolle. Aber ich kann das nicht Leuten aufdrängen, die keine Künstler sind oder die ihr Leben nicht auf diese Art publik machen wollen und die nicht – wie ich es bin – überzeugt sind, daß ihr Leben Ihnen allen gehört.

F. Was ist das für ein Gefühl, als bedeutende Persönlichkeit des literarischen Lebens anerkannt zu werden?
A. N. Ich hatte mir niemals vorgestellt, daß das geschehen würde. Es ist ein wunderbares Gefühl. Man verliert das Empfinden, isoliert zu sein, und man kann sein allumfassendes Leben ausleben. Man steht mit der ganzen Welt in Kontakt, was wahrscheinlich der Wunsch jedes Schriftstellers ist. Ich habe das Gefühl, mit der ganzen Welt in Berührung zu sein.
F. Glauben Sie, daß die Erfahrungen, die Sie in den dreißiger Jahren in Paris gemacht haben, sich wesentlich von denen anderer Künstler und Schriftsteller unterscheiden?
A. N. Nein. Sehen Sie, deshalb habe ich ja die *Tagebücher* veröffentlicht. Ich glaube, es waren so wesentliche und tiefe Erfahrungen, daß sie weiterwirken und heute noch bestehen – die widersprüchlichen Ansichten über den Krieg, über das Arbeiten, über unsere Verpflichtung, über männliche und weibliche Kunstwerke und die Beziehung zwischen Männern und Frauen. Das alles waren grundsätzliche Dinge, die auch weiterhin sehr, sehr wichtig sind. Die Probleme sind heute noch dieselben. Darum machen die seither verstrichenen Jahre keinen Unterschied aus. Wenn man eine bestimmte Ebene berührt, bleiben trotz der Zeitspanne, die dazwischenliegt, gewisse grundsätzliche Dinge relevant.
F. Als Sie Carlos Castaneda halfen, sein Buch zu veröffentlichen, wie vertraut waren Sie mit seinem Manuskript, und was war der Grund, daß Sie ihm halfen? Warum hatten Sie das Gefühl, er sollte es veröffentlichen?
A. N. Weil ich fühlte, daß er sehr bewußt in die Welt der Halluzinationen und Drogen eintrat. Auch war er zur Hälfte, was Sie einen westlich gebildeten Menschen nennen mögen – er hatte an der UCLA (University of California, Los Angeles) studiert –, zur anderen Hälfte aber war er Indianer. Als er mich besuchte, hatte er eben ein Buch beendet, das die UCLA als Magisterarbeit abgelehnt hatte. Sie fanden, es sei nicht genü-

gend anthropologisch, es sei keine genügend objektive Arbeit. Ich brachte das Buch dann nach New York. Ich fühlte mich indirekt dafür verantwortlich. Ich glaubte an seine Aufrichtigkeit und daran, daß er versuchte, uns eine andere Dimension jenseits kultureller Objektivität zu erschließen. Als ich dann das Buch mit nach New York nahm, breitete sich an der UCLA Unbehagen aus, und es wurde beschlossen, das Buch doch zu veröffentlichen. Das ist alles, was geschah. Aber ich fand das erste Buch sehr interessant, Sie auch?

F. Wie wirkte sich Ihre Tätigkeit an der Druckerpresse auf Ihre schriftstellerische Arbeit aus? Gab Ihnen das ein Gefühl für die öffentliche Dimension des Schreibens? Entfernte es Sie möglicherweise vom Tagebuch, drängte Sie das auf ein anderes Gebiet?

A. N. Natürlich ging anfangs die Energie, die ich in die Druckerpresse steckte, dem Tagebuch verloren. Das ist menschlich. Aber es gibt noch einen anderen Aspekt dieser Arbeit. Wenn man mit einer Seite, mit einer einzigen Seite vier oder fünf Tage lang lebt, wenn man sie setzt, was einen Tag dauert, und sie dann druckt, sie so oft anschaut, daß man ein sehr strenger Kritiker wird, dann beginnt man das Buch als etwas Außenstehendes zu betrachten. Man muß diese Erfahrung gemacht haben, wenn man etwas gedruckt sieht, das man selber geschrieben hat. Die Arbeit an der Druckerpresse ermöglicht es, ein Buch aus ganz anderer Sicht zu betrachten, als etwas, das in die Welt gelangt. Ich sah die Bücher jeweils in die Welt hinausgehen, ich hatte eine Party bei Gotham Book Mart, und die Verbindung zur Welt wurde mir bewußter. Denn Sie erinnern sich, vor der Arbeit an der Druckerpresse sprach ich davon, daß vom Veröffentlichtwerden ausgeschlossen zu sein für mich bedeutete, von der Verbindung mit der Welt ausgeschlossen zu sein. Ich konnte mir nur das Schreiben als Bindeglied zur Welt vorstellen.

F. Ein Buch ist für die Welt gedacht. Wie kommt der Künstler mit der Situation zurecht, wenn er ein Buch beendet und es in die Schublade legt?

A. N. Es ist sehr verheerend für junge Schriftsteller, ein Buch, zwei Bücher zu schreiben und dann nichts veröffentlichen zu können. Das ist, als seien alle Verbindungen abgebrochen. Sie können nicht weiterarbeiten. Deshalb versuche ich zu helfen; denn ich weiß, daß dies für einen Schriftsteller den Tod bedeuten kann. Es kann ihn völlig blockieren. Neulich bekam ich einen Brief von einem jungen Mann, der ein geschichtliches Werk, einen Roman und einiges andere geschrieben hatte, und aus irgendeinem Grund wurde nichts gedruckt. Das bringt die jungen Leute buchstäblich um. Deshalb war die Druckerpresse für mich symbolisch wichtig, und ich wünschte, jeder würde da arbeiten. Ich wollte, daß jeder von uns am Buch des anderen arbeitete. Auf diese Art hätten wir eine Menge Bücher machen können. Ich wollte *Die schwarze Chronik* von Durrell herausbringen. Aber niemand wollte arbeiten. Es war eine mühsame Arbeit. Es hätte damals eine wunderbare Druckerei sein können, denn es gab eine Menge Bücher, die vergriffen waren.

Das ist also die Bedeutung des Selber-Druckens. Heute tun das viele junge Leute. Einige Frauen in Connecticut haben eine eigene Druckerei eingerichtet; ich weiß von vier oder fünf, einschließlich Rochelle Holt, die eine eigene Druckmaschine hat. Ich glaube, das bereichert einen am Anfang sehr.

F. Wurde Ihr erstes Buch nicht in dreihundert Exemplaren auf den Markt gebracht?

A. N. Ja, und Miß Steloff von Gotham Book Mart, deren Geschichte Sie wahrscheinlich kennen, nahm sie und verkaufte sie. Und sie gingen sofort weg. Ich traf einmal einen Verleger, der mich fragte: »Wie haben Sie es fertiggebracht, mit nur dreihundert Exemplaren eines Buches bekannt zu werden?«

F. Haben Sie noch eins von diesen dreihundert?

A. N. Ja, ich habe noch einige, aber sie sind heute sehr rar. Es sind Sammlerstücke. Ich machte häufig Fehler bei der Trennung von Wörtern. Wissen Sie, Ausländer lernen es nie, englische Wörter richtig zu trennen. Ich wurde dann von den Kritikern jahrelang damit geneckt, wie ich das Wort *love* trennte. Ich hatte »lo-ve« gesetzt.

F. Miß Nin, Edmung Wilson sagt in seiner Besprechung eines Ihrer Bücher, daß Sie spezifische Konflikte von Frauen behandeln, die einerseits in einer von Männern kontrollierten Welt leben, gegen die sie einfach rebellieren müssen, und andererseits auch in einer Welt, die sie sich geschaffen haben, mit der sie aber nicht völlig zufrieden sind.

A. N. Das ist ein Thema des vierten Teils der *Tagebücher*. Ich glaube, eigentlich zieht es sich durch alle Bände. Ich war mir damals der Entwicklung der Frau nicht so bewußt, wie wir das heute sind. Ich war mir der Schwierigkeiten nicht so bewußt, die ich hatte, um mich zu entwickeln, zu wachsen. Ich glaube, Wilson hatte recht, wenn er sagte, daß ich noch nicht meine eigene Welt geschaffen hatte, in der ich fühlte, daß ich mich unabhängig bewegen konnte. Zugleich wollte ich aber auch in der Beziehung zum Mann weiterkommen, und ich glaubte an eine Beziehung, so daß ich alles in Einklang bringen, den Mann in meine eigene Entwicklung mit einbeziehen mußte. Es war schwierig; es war schwierig, das zu tun.

F. Sie wollen offensichtlich sagen, daß Ihnen die Schwierigkeiten *damals* nicht so klar waren wie jetzt rückblickend?

A. N. Nicht so bewußt, scheint mir. Ich drücke sie im Tagebuch ganz spontan aus, beinahe unbewußt. Mir war nicht klar, daß es so vielen Frauen gleich erging. Ich wußte, daß es Schwierigkeiten gab; meine Freundinnen hatten Probleme – wenn sie malen wollten, gingen doch die Hingabe an den Mann und die Familie und die persönlichen Beziehungen vor. Mir wurde in den letzten Jahren etwas viel klarer, viel bewußter, das damals mehr unbewußt war.

F. Hat das etwas damit zu tun, daß heutzutage so viele Dinge mit einem Etikett versehen sind? Die Frauenemanzipation hat allen Schwierigkeiten ein Etikett gegeben, und deshalb werden sie häufiger erkannt als früher?

A. N. Ja. Heute sind die Probleme der Frauen organisierter. Die Frauen in der Emanzipationsbewegung haben vieles zur Sprache gebracht, wovon ich nichts wußte – die Gesetze, Ungleichheit bei der Arbeit. Sie sind sich der Situation als Ganzes bewußter, historisch und politisch.

F. In *The Four-Chambered Heart* dramatisieren Sie eines der Themen, die in den *Tagebüchern* immer wiederkehren; die Komplexität der weiblichen »Güte«, ihre Gewohnheit – angeboren oder anerzogen –, die Bedürfnisse und Wünsche anderer vor die eigenen zu stellen. In welcher Beziehung steht diese »Güte« zu der Suche der Frau nach ihrer eigenen Psychologie?

A. N. Ich glaube, sie wurde der Frau auferlegt. Diese Idee wurde sie von der jüdisch-christlichen Moral gelehrt. Man erwartete von ihr, daß sie selbstlos, hingebungsvoll, hilfreich sei, immer bereit, andere aufzurichten. Und wenn sie von diesem Verhalten für einen Augenblick abwich, fühlte sie sich schuldbeladen. Doch Djuna beginnt, diese Haltung in Frage zu stellen. »Bin ich wirklich gut«, fragte sie, »oder versuche ich nur, mich einer Form anzupassen, einer Struktur, einem Verhaltensmuster, das mir gegeben wurde?« Sie fragt sich, warum sie immerzu in Beziehungen mit Menschen verwickelt ist, die sich auflehnen, die nicht so an das Herkömmliche gebunden sind wie sie selbst, verantwortungslose Menschen, die einfach tun, was sie wollen. Endlich versteht sie, daß sie versuchte, ihre eigenen Mängel loszuwerden, indem sie sie anderen zuschob. Wenn wir das tun, fühlen wir uns für diese »schlechten« Menschen verantwortlich, weil wir wissen, daß sie etwas für uns tun. Sie leben unsere dunkle Seite aus. Wir können unterdessen weiterhin glauben, daß wir »gut« sind. Djuna aber entdeckt, daß diese anderen Menschen ehrlicher sind als sie, daß sie unaufrichtig ist, wenn sie sich weigert, ihre dunklen Wünsche auszuleben. Das ist kein leichtes Eingeständnis, aber es bringt Entschädigungen. Wenn man seinen Schatten oder sein Ebenbild auf jemand anders wirft, wird man von großer Angst gequält. Man ist verantwortlich für das Leben dieses Menschen und weiß, daß es selbstzerstörerische Formen annimmt, und doch kann man nicht eingreifen. Andererseits, wenn es der eigene zerstörerische Drang ist, kann man ihn erkennen und steuern. Deshalb fühlte sich Djuna als Opfer von Rango und Zora. Die ganze Zeit mußte sie mit ihrer schöpferischen Kraft gegen deren Zerstörungstrieb ankämpfen. Sie spielten ein aufreibendes und unnatürliches Spiel.

F. Was hat Sie veranlaßt, den Namen Djuna zu wählen? War es Ihre Verehrung für Djuna Barnes?

A. N. Meine Bewunderung für Djuna Barnes mag etwas damit zu tun gehabt haben. Eigentlich fand ich den Namen in einer Anthologie walisischer Namen. Und es ist ein Männername. Djuna Barnes hat mir das nie verziehen. Sie schrieb mir in einem zornigen Brief, daß ihr Vater diesen Namen für sie erfunden hätte, und nun, in *Winter of Artifice*, hätte ich ihren Namen, ihren Vater und ihr Leben gestohlen. Ich antwortete ihr, daß der Name walisisch sei, der Vater mein eigener Vater und die Frauen solche, die ich kannte. Aber ich liebe Djuna Barnes und ihr Werk.

F. Plötzlich ist mir aufgegangen, daß Sie in jungen Jahren in Verbindung standen mit unglaublich dynamischen Menschen wie Miller, Artaud, Rank und Gonzalo, und daß, als Sie in die

Staaten kamen, diese Energie irgendwie nachläßt und schwächer wird. War das schwierig für Sie?

A. N. Zum Teil war es das übliche Welken, das eine Entwurzelung mit sich bringt. Man muß seine Welt wiederfinden. Andererseits lag es daran, daß die jungen Schriftsteller zu mir kamen, und nicht die reifen. Ich hatte es nicht so gewählt, wie Sie aus dem Tagebuch ersehen können. Ich sehnte mich danach, mit Menschen wie James Agee zusammenzusein, mit Menschen meines Alters, aber daraus wurde nichts. Sie kamen nicht zu mir.

F. Und Sie konnten sie nicht aufsuchen?

A. N. Nein, dafür war ich nicht der Typ. Es war mir rätselhaft, warum die Jungen zu mir kamen und meine Welt formten. Natürlich hörte das später auf, und ich hatte wieder mehr Verbindungen zu Leuten, die meiner Reife entsprachen.

F. Sie sagen, daß wir Vertrautheit erlangen, wenn wir anderen vertrauen. Doch wenn das so ist, warum gibt es dann so viele Lücken in den *Tagebüchern,* Dinge, über die Sie nicht sprechen oder die Sie auslassen?

A. N. Sie vergessen, daß ich ein Recht habe, Sie an *meinem* Leben teilnehmen zu lassen, aber ich habe nicht das Recht, das von anderen zu verlangen, die unbehelligt bleiben wollen. Alles, was ich Ihnen geben konnte, habe ich Ihnen gegeben. Wenn Sie das Gefühl haben, daß mehr weggelassen als gegeben wurde, kann ich nichts dafür. Sie haben mich so zu nehmen, wie ich bin, und ich bin ein Mensch, der sehr darauf bedacht ist, andere nicht kaputtzumachen. Was Sie die Lücken im Tagebuch nennen, ist da, weil ich nicht andere Menschen zerstören wollte.

F. Im ersten Teil der *Tagebücher* machen Sie Anspielungen auf »mein Kindheitstagebuch«, und ich verspüre so etwas wie Eifersucht deswegen. Es ist, als hätte alle Welt Freude an diesem Tagebuch, aber ich bekomme es nicht zu Gesicht.

A. N. Nun, um Ihnen die Wahrheit zu sagen, als ich eine Auswahl, eine Entscheidung zu treffen hatte, wo ich anfangen sollte, entschied der Romancier in mir, um *Ihretwillen* dort zu beginnen, wo mein Leben interessanter wurde. Ich ließ all die schlechten Zeiten aus, die kleinen Städte in Amerika, wo ich zum Beispiel nicht genug Bücher zum Lesen fand. Ich dachte einfach, das sei nicht interessant. Aber ich verstehe jetzt, daß man natürlich auch die Vergangenheit kennen will, wenn man, wie der Wissenschaftler, ein Leben zusammenhängend studiert. Das war mir nicht bewußt. Ich entschied als Schriftstellerin, »von hier an wird es wirklich interessant«. Das Ergebnis ist natürlich, daß Ihnen das wie ein Wunder erscheint. Ich komme in Paris an. Es ist so einfach. Aber es war überhaupt nicht so. Es gab Zeiten, wo ich mich wie Sylvia Plath fühlte, und es gab eine Zeit, wo ich in Richmond Hill lebte – Sie können sich keine schrecklichere Kleinstadt vorstellen – oder in Queens. Das auszulassen, bedeutet eine Verzerrung, ich weiß. Deshalb will ich es jetzt noch veröffentlichen, ich muß es tun.

F. Das ist sehr gut, denn ich würde gern wissen, wie Sie das Heranwachsen erlebt haben, wie Sie als Teenager waren.

A. N. Sie werden sich langweilen.

F. Ich glaube nicht. Ich glaube, es wird gut sein, weil es Sie menschlicher machen wird.

A. N. Wahrscheinlich ja. Die Auseinandersetzungen, die ich durchgemacht habe, sogar die Armut, was niemand glaubt. Als wir nach Amerika kamen, kamen wir als richtige Einwanderer mit überhaupt nichts. Dann der Kampf mit der Sprache, der Kampf mit der Kultur, die mir fremd war. Ja, es sollte alles da sein, wenn man eine Entwicklung studieren will.

F. Irgendwie brauche ich für meine eigenen Auseinandersetzungen, daß ich mich mit Ihren identifizieren kann.

A. N. Mir fallen da einige Episoden ein, aber sie sind nicht alle im Tagebuch enthalten. Ich glaube, ich dachte mehr als Schriftstellerin. Aber ich will das Kindertagebuch, das bis in die Teenagerzeit reicht, nun veröffentlichen. Mir ist jetzt klar, daß es notwendig ist, weil wir erfahren müssen, wie sich eine Frau entwickelt, und weil wir die Hindernisse kennen müssen. Wir müssen wirklich wissen, welches die Schwierigkeiten und welches die Errungenschaften sind.

F. Sie nannten Sylvia Plath als Beispiel für eine Frau, die nicht fähig war, über eine zerstörerische Erfahrung hinauszugelangen. Meine Frage lautet: Welche Art von Selbsterkenntnis ist nötig, damit man fähig ist, das zu überwinden?

A. N. Das ist eine sehr gute Frage. Es stellt sich immer die Frage, was wohl jemanden befähigt, eine zerstörerische Erfahrung zu ertragen, und es ist eine sehr vielschichtige Frage. Ich würde sagen, es hängt davon ab, wie groß der innere Widerstand ist, was für einen geistigen Kern man hat. Ich weiß nicht genug über Sylvia Plaths Leben, um sagen zu können, warum ihr diese innere Widerstandskraft gegenüber Schicksalsschlägen fehlte.

F. Aber auch sie benutzte die Technik der Reise nach innen, von der Sie sprachen. Ich meine mit meiner Frage, was für eine Selbsterkenntnis braucht es, um durchzuhalten, um am anderen Ende der Reise anzukommen?

A. N. Ich glaube, da wirken mehrere Faktoren zusammen. Es ist die Einsicht, daß das Leben uns Schläge versetzen und daß Erfahrung zerstörerisch sein kann. Darauf heißt es vorbereitet zu sein. Ich würde sagen, es ist beinahe eine philosophische Haltung, und es ist etwas, das die Psychologie und die Psychotherapie, trotz aller Angriffe gegen sie, uns geben können. Es ist eine Objektivität, eine gewisse Einsicht, daß uns manchmal die idealen und romantischen, die vollkommenen Erlebnisse, die wir immer verlangen oder erwarten, nicht gegeben werden.

F. Miß Nin, ich habe irgendwo gelesen, daß Sie hundertfünfzig Tagebuchbände haben. Sind das hundertfünfzig Hefte?

A. N. Ja. Es sind keine richtigen Bände. Sie sind wie Schulhefte oder die Tagebücher, die überall angeboten werden – Sie kennen sie –, manche sind dünn, manche sind dick. Es ist nicht so eindrucksvoll, wie es klingt. Es sind jetzt schon über hundertfünfzig. Ich zähle sie nicht mehr.

F. Wie viele werden noch hinzukommen?

A. N. Ich weiß nicht, wie weit ich gehen kann. Denn ich finde, die reifen Künstler, über die ich schreibe, sind sehr großzügig mit dem, was ihr Leben betrifft. Es macht ihnen nichts aus, was ich über sie schreibe. Aber die jungen Künstler, die noch nicht bekannt sind, sind sehr empfindlich. Und je näher ich den jungen Autoren komme, desto schwieriger finde ich es, ihre Porträts zu veröffentlichen.

F. Das verstehe ich. Mit anderen Worten: Es könnte sein, daß sich, sagen wir, Gore Vidal bei Ihnen beklagt. Ich weiß nicht, ob er es getan hat, aber Sie erwähnten Vidal. Oder sonst jemand, der jünger ist als beispielsweise Henry Miller oder Edmund Wilson.

A. N. Ja, denn die älteren Künstler sind daran gewöhnt, ihr ganzes Leben mit der Öffentlichkeit zu teilen. Ich will damit sagen, daß ihr Leben allgemein bekannt ist, und sie tragen das mit einem gewissen Humor. Es macht ihnen nichts aus. Aber jemand, der gerade zwanzig ist und eben einen Roman geschrieben hat, ist sehr verletzlich und sehr empfindlich. Natürlich schreibe ich jetzt auch Porträts vieler verschiedener Menschen. Es sind nicht immer Künstler, nicht immer Schriftsteller. Aber ich weiß nicht, wie weit ich gehen kann, ohne Schwierigkeiten zu bekommen.

F. Was geschah schließlich mit Gonzalo?

A. N. Ich werde oft gefragt, wie es mit den Personen in meinen *Tagebüchern* weiterging – und ich merke, daß ich sie selbst als »Personen der Handlung« bezeichne. Ich sollte manchmal Fußnoten anbringen, aber ich möchte das Tagebuch nicht betrügen. Das Ende der Gonzalo-Geschichte kommt viele Jahre später. In den Bänden, die Sie haben, wußte ich noch nicht, was passierte. Er ging nach Paris zurück, doch ich hörte erst viel später, daß er an Krebs gestorben war. Deshalb kann ich nicht gut im vierten Band eine Anmerkung machen: »Gonzalo starb zehn Jahre später.« Das wäre eine Verfälschung der Chronologie. Deshalb bin ich verpflichtet, Sie warten zu lassen, bis Sie selbst herausfinden, was mit den Personen geschehen ist, statt wie Proust, der ein paar Kapitel übersprang, sagen zu können: »Zwanzig Jahre später ...«

F. Haben Sie ein Gefühl von schicksalhafter Bestimmung oder »Berufung?« Ich meine, haben Sie das Schreiben gewählt, oder wählte das Schreiben Sie?

A. N. Darüber habe ich nie nachgedacht. Es hat so früh angefangen. So weit wie ich mich zurückerinnern kann, wußte ich, daß ich Schriftstellerin werde. Es wurde sehr früh eine *idée fixe*.

F. Sie waren schon immer von den sehr Jungen fasziniert. Ich meine Teenager und junge Männer oder junge Frauen um die zwanzig. Liegt das daran, daß sie noch nicht so geformt sind, weniger vorhersagbar, und daß es mehr Spaß macht, mit ihnen zusammenzusein?

A. N. Ich will Ihnen etwas sagen. In Frankreich war die Situation ganz anders. Meine Freunde dort waren älter als ich. Miller war älter, und Durrell war nur wenig jünger. Ich habe das in Frankreich überhaupt nicht erlebt. Als ich aber nach Amerika kam, gefiel meine Art zu schreiben den Jungen, und es waren die Jungen, die zu mir kamen. Das war also nicht eine Frage der Auswahl, die hatte ich eigentlich gar nicht. Aber ich fand, daß Freundschaft mit den Jungen und den Studenten eher möglich war und irgendwie ist es so geblieben. Meine Beziehung zu ihnen war enger, als ich noch keine Anerkennung fand, zu der Zeit, als ich die Romane schrieb, von 1946 bis die *Tagebücher* zu erscheinen begannen.

F. Was wurde aus einigen dieser Jungen, von denen bis zum Erscheinen Ihrer *Tagebücher* niemand etwas gehört hatte und um die es seither wahrscheinlich wieder still geworden ist? Ist es einigen von ihnen einfach nicht gelungen, die in sie gesetzten Erwartungen zu erfüllen?

A. N. Einigen, ja. Einige gaben auf halbem Weg auf. Andere wurden berühmt, wie zum Beispiel James Leo Herlihy, und andere sind einfach verschwunden. Sie gaben das Schreiben auf, waren entmutigt, gaben sich geschlagen. So verliere ich ihre Spur, verliere ich sie aus den Augen. Sie gehen in ein anderes Land.

F. Und Gore Vidal war einer dieser jungen Männer, oder vielmehr, er war ein junger Mann, als Sie ihn zuerst trafen? »Troubadour Vidal« nannte er sich selbst, nicht wahr?

A. N. Ja, aber er hat sich sehr verändert. Er wurde ein ganz anderer Mensch als der, den ich in den *Tagebüchern* beschrieben habe.

F. Aber schon als er jung war, lehnte er es ab, sich auf derselben Ebene zu sehen wie die anderen jungen Leute. Sagten Sie nicht, daß er einmal anrief und sagte: »Schick die Kinder weg, ich komme rüber?«

A. N. Er war sehr arrogant, sehr arrogant und sehr selbstsicher. Und später verlor er die Eigenschaft, die ich an jungen Menschen mag: Sie sind noch beweglich, sie sind noch nicht geformt, sie gehören zur Zukunft, und man hat immer ein Gefühl von Hoffnung, was sie zustande bringen könnten, die Faszination ihrer Möglichkeiten. Vielleicht richtete ich diese Liebe, was wohl aus ihnen werden könnte, auch auf die Jungen, weil ich keine eigenen Kinder hatte.

F. Als ich Ihre *Tagebücher* las, fand ich es störend und unangenehm, daß Sie anderen Geld gaben. Diese Künstler und andere Leute erhalten von Ihnen ihren Lebensunterhalt, und irgendein ungehobelter Typ kommt sogar einfach herein, knurrt herum und schaut in Ihre Handtasche. Könnten Sie uns mehr über Ihre diesbezüglichen Erfahrungen erzählen? Ich finde das einen sehr schwierigen Bereich, Frau zu sein und einige mütterliche Regungen für fast jedermann zu hegen, der etwas braucht, und sich gleichzeitig davor schützen zu wollen, zerrissen zu werden.

A. N. Ich verstehe, was Sie empfunden haben. Bei der Herausgabe hatte ich gewisse Bedenken wegen der Beibehaltung vieler strittiger Punkte. Aber dann wurde mir klar, daß ich sie nicht streichen sollte, um den Leuten bewußt zu machen, daß Schriftsteller und Dichter immer in finanzieller Not sind. Das ist ein Faktum, das ich akzeptiert habe. Außerdem hatte ich ja zwischen meinem zehnten und zwanzigsten Lebensjahr selbst die Armut kennengelernt; die äußerste Armut, wie sie Ausländer erfahren, wenn sie in ein fremdes Land kommen. Meine Mutter wußte nicht, wie sie zurechtkommen sollte; mein Vater hatte uns verlassen. Ich wußte also, was Armut ist. Und als ich dann selbst ein gewisses Einkommen hatte, auch wenn es bescheiden war, kam ich mir reicher vor als irgend jemand sonst, und das konnte ich nicht ertragen. Ich will damit sagen, daß ich mir ein Haus mieten konnte und etwas besaß, während alle meine Freunde Bohemiens waren, die wirklich nichts hatten. Mein Verantwortungsgefühl für sie war sehr groß.

Die Tatsache, daß das den kommerziellen oder praktischen Aspekt betraf – einen kleinen elektrischen Ofen oder Geld zu bringen –, bedeutete mir nichts, denn das war symptomatisch für die Geringschätzung der Kunst. Ich hatte den Künstler immer Not leiden sehen, besonders in Europa. Mein Vater war ein sehr bescheidener Musiklehrer in Frankreich, als ich geboren wurde. Wir befanden uns in einer bescheidenen, ja fast erbärmlichen Lage. Mir schien, daß der Künstler sich immer in einer verzweifelten Klemme befindet. Und ich versuchte zu helfen, bis es zuviel wurde, bis ich – wie im Fall von Patchen – nicht einmal das Schöne einer Freundschaft als Gegengabe erhielt. Da empörte ich mich. Gegen diese Art von Gönnerschaft lehnte ich mich energisch auf. Das andere war einfach eine Unterstützung um der Freundschaft, Liebe und gegenseitigen Arbeit willen. Miller, zum Beispiel, war ein sehr großzügiger Mann auf seinem Gebiet, auf seine Art. In seinen Geschichten gab er sein Leben. Und so ging es mit den meisten, jeder brachte seine Gaben, und es war ein Austausch von Geschenken. Aber mit Patchen war es nicht so.

F. Haben Duncan und Patchen diese Stellen in den *Tagebüchern* gelesen, bevor sie veröffentlicht wurden?
A. N. Ja, natürlich.
F. Was für ein seltsamer Charakter, der so etwas darin haben will!
A. N. Ja. Ich habe Duncan die Chance gegeben, es wegzulassen. (Sie wissen, daß ich das tun muß.) Aber er wollte nicht. Er beanstandete nur eine Ungenauigkeit: Der Wagen, in dem er schlief, war nicht in New York. Er war auf Long Island.
F. Haben Sie beim Schreiben des Tagebuchs den Eindruck gehabt, daß es manchmal leichter wäre, sich in einer anderen Sprache auszudrücken, zum Beispiel auf Französisch oder Spanisch, statt auf Englisch? Oder haben Sie immer englisch geschrieben?
A. N. O nein. Die frühen Tagebücher sind auf Französisch. Ich begann erst mit Englisch, als ich sechzehn war. Ich muß jedoch sagen, daß ich nie wieder auf Französisch oder Spanisch zurückgegriffen habe. Vom ersten Augenblick an, da ich mich mit der englischen Sprache beschäftigte, hatte ich ein Liebesverhältnis zu ihr. Ich liebte die Sprache, ich fand sie zweckmäßig, sehr reich und gerade richtig für das, was ich machen wollte. Deshalb bin ich nie wieder davon abgekommen. Tatsache ist, daß ich gar nicht mehr auf Französisch oder Spanisch schreiben kann. Ich habe Englisch wirklich als meine bleibende Sprache angenommen. Und wissen Sie, man sagt doch, wenn man in einer Sprache zu träumen beginnt, bedeutet das, daß man die dazugehörige Nationalität erlangt hat. Ich glaube, ich bin wirklich Amerikanerin geworden, denn ich träume englisch.
F. Haben Sie eine ähnliche Erfahrung gemacht wie Joseph Conrad, der gesagt hat, er hätte wahrscheinlich nie geschrieben, wäre er nicht zufällig aufs Englische gestoßen?
A. N. Ja, so ähnlich ging es mir auch. Vielleicht hätte ich nie auf die Art geschrieben, wie ich es tat, wenn ich nicht hierher gekommen wäre. Ich entdeckte die englische Sprache, und ich liebte sie. Aber ich hatte wohl auch eine starke innere Beziehung zu ihr.
F. Beabsichtigen Sie, weitere Romane zu schreiben?
A. N. Das kann ich nicht beantworten. Vielleicht Kurzgeschichten. Ihre Form fordert einen heraus. Ich habe das Gefühl, daß ich in meinen Kurzgeschichten kein Wort ändern kann.

Die Romane kann ich hier und dort abändern, aber die Kurzgeschichten nicht.

F. Welche Ihrer Bücher sind am beliebtesten?

A. N. Es scheint, daß die Leute die *Tagebücher* sehr gut mögen. Vielleicht entdecken sie durch diese auch die Romane. Von den Romanen hat *Ein Spion im Haus der Liebe* bis jetzt den größten Leserkreis gehabt.

F. In Ihrem Buch *The Novel of the Future* erwähnen Sie ein Theaterstück, das Sie als Elfjährige geschrieben haben und das Ihre Lebensphilosophie vorwegnimmt. Auf welche Weise?

A. N. Die Geschichte handelt von einem blinden Vater, dessen Tochter ihm die Welt beschreibt. Dann wurde er von seiner Blindheit geheilt. Statt entsetzt zu sein über die Diskrepanz zwischen der wirklichen Welt und derjenigen, die sie ihm in so wunderbaren Farben erschaffen hatte, reagierte er mit den Worten: »Das macht nichts. Nun kann ich die Welt erschaffen, wie du sie gesehen hast; du hast mir einen Traum gegeben, den ich jetzt verwirklichen kann.«

F. Wie würden Sie Ihre Lebensphilosophie definieren, und woher leitet sie sich ab?

A. N. Sie hat keinen Namen. Das heißt, sie ist an keine bestimmte Person gebunden. Ich denke, wir alle eignen uns Dinge an, die wir im Leben gelernt haben. Ich habe sehr viel von der Psychologie gelernt. Wenn das Philosophie ist, würde ich sagen, daß sie mein grundsätzlicher Prüfstein ist.

F. Da wir gerade vom Unbewußten und anderen Dimensionen sprechen – ich habe einmal einigen Psychotherapeuten gesagt, daß Wahnsinn für mich ganz einfach eher eine Stätte ohnegleichen ist als eine Stätte der Krankheit. »Sie sollten eines Tages versuchen, dorthin zu gehen«, habe ich gesagt. »O nein«, antworteten sie. Und da verstand ich, daß sie wahnsinnige Leute behandeln, weil sie sich davor fürchten.

A. N. Sie wollten es unter Kontrolle halten. Es gibt übrigens eine wunderbare Frau, die Frau, die *The Diary of a Schizophrenic Girl* geschrieben hat. Sie tat genau das Gegenteil. Sie entschloß sich, die Sprache dieses Mädchens zu lernen, das, was es mit seinem Benehmen und seinen Gebärden ausdrücken wollte. Statt zu versuchen, das Mädchen unverzüglich in unsere Welt zurückzubringen, ging sie in ihre hinein, und indem sie das tat, brachte sie das Mädchen in unsere Welt zurück.

F. Diese Männer, die ich getroffen habe, hätten das nicht tun können. Außerdem hatte ich sie gebeten, doch zu erwägen dabeizubleiben, wenn jemand die Todesqualen durchmacht, es durchzustehen, jemandes Gefährte zu sein in diesem Zustand.

A. N. R. D. Laing tut das. Laing ist der einzige Fachmann, den ich kenne, der bereit ist, mit einem Patienten Perioden der Verwirrung durchzumachen.

F. Ich wüßte nicht, daß er bei den Fachleuten der Medizin in unserer Gesellschaft einen großen Ruf hätte.

A. N. Nein.

F. Die Studenten lesen ihn natürlich.

A. N. Weil er bereit ist, unbekanntes Land zu betreten und danach zurückzukehren und darüber zu schreiben. Er hat diese Furcht überwunden.

F. Lassen Sie mich eine Frage stellen, die Sie vielleicht nicht beantworten mögen, weil sie zu trennend scheinen mag. Glauben Sie, daß es für Sie als Frau leichter ist, jenes unbekannte Land zu betreten?

A. N. Ich habe Ihre Frage fast vorhergesehen. Ich kenne die Antwort darauf nicht. Ich habe versucht, sie für mich selbst zu beantworten. Anstelle von Furcht hatte ich das Bedürfnis zu erfahren, was die Dinge bedeuten. Ich war davon überzeugt, daß ich weniger in Gefahr wäre, wenn ich untersuchte, wenn ich wüßte, was die Dinge in der Welt bedeuten: die Dinge, die mich erschreckten, all das irrationale Geschehen, Krieg und alles. Ich hatte den entgegengesetzten Instinkt. Ich wollte den Sinn kennen. Ich wollte keine Erfahrungen, die ich nicht verstand, vor denen ich Angst hatte. So wurde ich in diesen Bereich hineingedrängt, so weit ich gehen konnte. Wenn sich ein Angstgefühl einstellte, wollte ich ihm auf den Grund gehen. Dieser Trieb war sehr stark. Nun weiß ich nicht, ob ich so fühlte, weil ich eine Frau bin, weil die Frau ihrem nichtrationalen, emotionalen Selbst ein wenig sogar verhaftet ist, oder weil ich versuchte, mich davor zu retten, emotional zu sein, in chaotische Situationen zu geraten, betrogen oder verraten zu werden oder irgend so etwas, das uns passiert. Aber ich wollte wissen, was die Dinge bedeuten.

F. Wir sprachen über die zweite Geburt. Gibt es einen besonderen Augenblick, wo man weiß, daß dieser Prozeß stattfindet, oder geschieht es unmerklich, allmählich und organisch?

A. N. Ich würde sagen, daß es organisch und unmerklich geschieht, daß Sie sich dessen gar nicht richtig bewußt sind, bis Sie plötzlich auf eine Herausforderung stoßen und feststellen, daß Sie sich verändert haben. Ein Beispiel dafür ist die Angst, die ich früher hatte; meine Unfähigkeit, mit anderen zu sprechen, als ich zwanzig war, meine Angst davor, öffentlich zu sprechen, als ich dreißig war. Und dann, viel später, wurde ich eines Tages geradezu gezwungen zu sprechen. Ein Freund von mir, ein Professor, sagte: »Willst du kommen und zu fünfzehn Studenten von mir sprechen?« Natürlich ging ich, so wie ich war, ohne Notizen oder irgend etwas. Und dann schob er mich in einen Hörsaal mit dreihundert Personen. Ich mußte eine Stunde lang sprechen, und ich entdeckte, daß ich es konnte! Das war für mich ein Zeichen der zweiten Geburt, als ich zufällig eine Schwierigkeit überwand. Es ließ mich entdecken, daß ich es konnte, daß die Angst nicht gerechtfertigt war. Aber in der Regel haben wir nicht so klare Kennzeichen unserer zweiten Geburt. Wir wissen von Höhen und Tiefen; wir merken sehr genau, wenn wir zurückfallen und wenn wir zurückrutschen, und manchmal sind wir sehr streng mit uns selbst.

F. Ich habe mich einmal sehr eingehend mit Psychologie beschäftigt, und es war so ähnlich wie bei Dante: Sie führte mich zu einem Tor, und von dort ging ich allein weiter.

A. N. Ich habe dasselbe getan. Ich nahm, was ich brauchte, um mit einer traumatischen Verwicklung fertig zu werden, die mit einem Konflikt zusammenhing, der mich lähmte und mir alle Energie nahm – wie es uns allen in einem bestimmten Moment ergeht. Ich nahm das, und dann wollte ich mit alledem nichts mehr zu tun haben. Ich nahm mein U-Boot und ging zurück in die Tiefe, wie ich zu sagen pflege. Ich will nicht in einer analytischen Welt leben. Sie haben ganz recht. Aber wir brauchen sie, weil wir modern sind. Wir scheinen nicht in eine Tradition geboren zu sein, die uns mit anderen Mitteln hilft.

F. Glauben Sie, daß es möglich ist, zu unterrichten und dabei schöpferisch zu sein, ein kreativer Lehrer zu sein, oder gibt es da eine grundlegende Unvereinbarkeit?

A. N. Kreativität und Unterrichten? Nein, vor einem solchen Konflikt habe ich nie gestanden. Aber ich gehörte auch nicht zum Lehrkörper einer Universität! Ich blieb sehr frei, am Rande. Jetzt interessiere ich mich für den Lehrberuf, weil es neuerdings in Los Angeles ein internationales Community College gibt, wo jeder auf seinem Gebiet – Mythologie, Architektur oder Philosophie – nur fünf oder sechs, oder höchstens zehn Studenten übernimmt, und die werden einzeln angeleitet. Das geht zurück auf die Idee von Lehrer und Schüler; es ist ein Kampf gegen die Idee der Massenproduktion in der Erziehung. Man wählt sich für sein Arbeitsgebiet den jeweils besten Lehrer aus und arbeitet dann acht Monate mit ihm. Es entwickelt sich eine intensive Beziehung zu dem Schriftsteller, Philosophen, Mythenforscher – zu dem Lehrer also, den man sich für die Zusammenarbeit gewählt hat. Es wird versucht, das auf der ganzen Welt zu machen, so daß wer will, nach Italien, England oder Frankreich gehen und dort studieren kann. Es wird versucht auf der ganzen Welt und für alle Gebiete Leute zu bekommen. Sogar ein Medizinmann wird dabei sein, der das überlieferte Wissen der Indianer lehren wird. Der Konflikt zwischen Unterrichten und Kreativität rührt von zwei Dingen her. Es ist manchmal gefährlich zu unterrichten, denn man neigt dabei zu formelhaften Wendungen, die die Studenten zuweilen in ein bestimmtes Schema einschließen und sie entmutigen, nach Veränderungen zu suchen. Aber manchmal, wenn ein Lehrer den Studenten heute etwas so und morgen anders sagt, kann es für die Studenten ein wenig schwierig sein, dem Wechsel zu folgen; aber es gibt viele Lehrer, die ihre Aussagen verändern, und ihre Studenten können diesen Änderungsprozeß mitverfolgen. Ich nehme an, das würden Sie unter einem schöpferischen Lehrer verstehen.

F. Deutet man die Romane anders, wenn man die *Tagebücher* gelesen hat? Brauche ich die *Tagebücher*, um die Romane zu verstehen?

A. N. Es fällt mir schwer, das zu beantworten. Viele Leser, die sich mit den *Tagebüchern* beschäftigten, haben die Romane dann besser verstanden. Ja, ich glaube, das trifft zu, weil die Prosadichtung poetische Erzählung war, also eine Art Mythologie, und die *Tagebücher* lieferten den menschlichen Schlüssel dazu. Denn obgleich sich der Charakter während des Dichtens veränderte und er vermischt und mythisch wurde, haben Sie in den *Tagebüchern* den Schlüssel dazu. Und wenn man von den Menschen gehört hat, aus denen die Charaktere entwickelt wurden, scheint das diese verständlicher zu machen. Das stimmt. Aber ich denke nicht, daß die *Tagebücher* die Interpretation ändern oder daß die Romane auf sie angewiesen sind.

F. Wenn Sie ein Seminar über Ihre eigene schriftstellerische Tätigkeit durchführten, womit würden Sie beginnen, mit den Romanen oder den *Tagebüchern*?

A. N. Ich würde die beiden im Sinne eines schöpferischen Umwandlungsprozesses miteinander in Verbindung bringen. Ich würde versuchen zu zeigen, wie man aus jeder Situation Dichtung machen und wie man jeder Situation einen Sinn abgewinnen kann.

F. Was ist es für ein Gefühl, wenn man seine Werke in so viele Sprachen übersetzt sieht?

A. N. Im Japanischen kann ich nicht einmal die Namen der Personen erkennen, und ich signiere das Buch am falschen Ende. Es ist immer sehr interessant, übersetzt zu werden. Man hat irgendwie das Gefühl, daß man beginnt, ein neues Land in Besitz zu nehmen.

F. Sie haben Ihre Furcht überwunden, Ihr Leben mit anderen zu teilen; und da Sie Ihre Identität aufgebaut haben, welche Probleme, wenn überhaupt, haben Sie jetzt?

A. N. Jetzt bin ich in einem andern Teufelskreis, habe andere Dämonen, die mich beunruhigen. Das größte Problem ist jetzt: wenn man die Erlebnisse anderer sprachlich umsetzen kann, dann besteht die Gefahr, daß die Sache durch die Vervielfachung verwässert und entstellt wird. Wie kann man ihre Geschlossenheit bewahren? Wenn man an allem Anteil nehmen will, kommt ein Punkt, wo vieles die Geschlossenheit dieses Engagements bedroht. Ich stehe jetzt vor der Auseinandersetzung zwischen Vielfältigkeit und Geschlossenheit. Weil das, woran ich glaube, so vertraulich ist, besteht die Gefahr, daß ich versuche, es anderen mitzuteilen, und daß ich mich an Uneingeweihte wende.

F. Das klingt wie eine neue Furcht davor, daß Sie Ihre Identität an die Menschen verlieren könnten, die Sie Anteil nehmen lassen.

A. N. Es ist eine neue Art von Gefahr. Es ist nicht die Furcht vor dem Identitätsverlust, es ist die Furcht, daß die Sache selbst entstellt sein könnte, wenn sie die Außenwelt erreicht. Sehen Sie, *hier* haben wir eine gewisse Geschlossenheit, eine gewisse Verbindung zueinander. Es gibt eine gewisse Beziehung zwischen uns als Gruppe. Hier gibt es kein zerstörerisches Element, aber draußen in der Welt gibt es diese destruktiven Faktoren, und sie können eine Sache, die sich ausbreitet und andere Menschen erreichen will, völlig entstellen. Das ist der neue Teufelskreis, den ich überwinden muß. Ich weiß nicht, ob ich es sehr gut ausgedrückt habe, denn es ist so neu.

F. Worin liegt der Unterschied zwischen dem Kreis, in dem Sie sind, und jenem, den Sie verlassen haben?

A. N. In dem Kreis, den ich verlassen habe, dominierte das private, persönliche Leben, nicht das öffentliche. Ich wurde von der Frauenbewegung aufgerufen, eine Frau der Öffentlichkeit zu sein. Aber davor habe ich nie am öffentlichen Leben teilgenommen. Meine einzige öffentliche Tätigkeit war die Arbeit mit den Studenten an den Colleges. Ich war nicht eine Frau der Öffentlichkeit.

F. Was hat das bei Ihnen bewirkt?

A. N. Ich sinne darüber nach. Ich will sehen, ob es gefährlich ist für das, woran ich glaube. Mein Kreis ist noch nicht recht überschaubar. So ist es Künstlern und vielen Menschen ergangen. Ich glaube, Leute wie Huxley haben es so erlebt. Jeder, der ins Licht der Öffentlichkeit gerät, ist auch in Gefahr, sich selbst zu verraten. Ich achte sehr darauf, und ich weiß, daß ich mich nicht ändern werde, aber ich muß entscheiden, wie ich mit dem in Einklang leben will und was ich ausschließen muß. Das Problem besteht darin: Wie kann ich mich als integre Persönlichkeit weiterentwickeln, in Beziehung zu anderen leben, ohne aber wieder Teil eines neuen Dogmas, einer anderen Massenbewegung oder einer anderen blinden Art von Aktivität zu werden. Mir scheint, D. H. Lawrence drückte das ungemein treffend aus, als das Kriegsproblem aufkam; ob man am Krieg teilnehmen solle oder nicht. Er sagte, es sei manchmal schwerer, an sich selbst festzuhalten, als mit der Menge mitzulaufen. Es war viel leichter, am Krieg teilzunehmen, als einfach auszuhalten. Ich muß mich auf ähnliche Art behaupten, damit ich die Dinge, über die ich spreche, bewahren kann.

F. Tillich sagte einmal: »Es ist sehr schwierig, nicht sein eigener Anhänger zu werden.«

A. N. Ich glaube nicht, daß das passieren kann. Dafür ist es zu spät. Ich weiß, daß ich hartnäckig an meiner Auffassung von Veränderungen festhalte. Aber sprechen wir nicht über meinen Standort, sondern über Ihren.

F. Unter Ihren Zuhörern sind viele, die gern Ihre Anhänger werden und Sie zu einem Idol machen wollten, zu einer Kultfigur, einem Therapeuten oder was sie sonst brauchen. Sie lehnten das ab.

A. N. Das lehnte ich ab.

F. Sie taten das, indem Sie sie auf sich selbst zurückwiesen. Es war, als sagten Sie: Wenn ich gegangen und nicht mehr hier bin, müssen Sie etwas in sich selbst finden. Das ist das gleiche, was Sie über Ihre Bücher sagten, daß Sie vielleicht eines Tages nicht mehr persönlich auftreten, weil wir alle Ihr Werk so gut kennen werden. Ich glaube, das wäre ein Fehler, aber ich weiß, was Sie gemeint haben.

A. N. Ja, sehen Sie, das ist mir klar. Das ist nicht Bescheidenheit. Ich bin mir völlig bewußt, daß der einzige Unterschied darin besteht, daß ich mein ganzes Leben damit verbracht habe, für Sie etwas deutlich auszudrücken; als »Fachmann«, der die Sprache liebte und der es liebte, seine Erlebnisse niederzuschreiben. Ich bin nur ein Sprecher. Ich stelle mir mein Werk nicht als etwas vor, das aus *mir* kam. Aber irgend etwas ließ mich denken, daß ich fähig sei zu formulieren, was mir widerfuhr. Das ist alles. Deshalb spricht mein Werk Sie an und gehört Ihnen.

F. Ich denke, das ist sehr selten. Die meisten, die nicht so zuversichtlich in sich ruhen oder die die Probleme in sich selbst nicht wirklich gelöst haben, klammern sich an die Möglichkeit, aus sich selbst ein Idol zu machen.

A. N. Ja, aber das muß sein, wenn man glaubt, besondere Talente zu haben. Ich denke nicht, daß ich das habe. Ich hatte gewisse Vorstellungen, die mich zwangen, künstlerische Fertigkeit zu erlangen, die es mir notwendig machten, mich ausdrücken zu können. Ich denke, der Künstler ist nichts anderes als ein überempfindliches Instrument. Ich stelle es mir wirklich so vor. Daß er offen ist und empfänglich und manchmal prophetisch werden kann, weil er einen Sinn für das Kommende hat. Das scheint mir keine persönliche Leistung zu sein. Ich fühle mich nicht verantwortlich dafür. Ich lehne jede persönliche Verantwortung ab, besondere Talente zu haben. Ich glaube nicht, daß ich sie hatte. Ich war ein stummes Kind, das sprechen wollte, das schreiben wollte und das einsam war. Was auch immer die Gründe waren – es waren viele, und sie waren sehr komplex –, irgend etwas ließ mich meine Gedanken auf diese, für uns alle lebenswichtige Fähigkeit richten: zu schreiben, wie wir fühlten.

F. Sie leiten gleichsam weiter.

A. N. Ja, das glaube ich. So ist es. Ich habe das Bild der integrierten Schaltkreise gebraucht. Ich denke, es ist einfach so, weil ich ein eingestimmtes, empfängliches Instrument bin. Diese Empfindungsfähigkeit des Künstlers ist etwas Seltsames. Wir kennen ihren Ursprung nicht, und wir wissen auch nicht, wie sie erhalten bleibt. Aber ich glaube nicht, daß man sagen kann: »*Ich* habe das getan.« Bei allem, was ich getan habe, ist mir geholfen worden. Ich habe von den Philosophen gelernt, ich habe aus Büchern gelernt. Wie kann ich sagen: »*Ich* bin eine besondere Frau?«

F. Ich habe das Gefühl, daß einige Ihrer Zuhörer sehr hohe Erwartungen an Sie stellen, beinah so, als wären Sie ein Halbgott.

A. N. Ein Halbgott! Wie könnten sie das erwarten, nachdem sie mich gelesen haben?

F. Das ist das Problem. Früher, als Sie noch nichts veröffentlicht hatten und niemand die *Tagebücher* gelesen hatte, konnten Sie wenigstens eine kleine Zahl von Zuhörern haben, die in wirklich tiefem Einvernehmen mit Ihnen standen. Jetzt werden Sie sich wahrscheinlich etwas ausdenken müssen, um das Problem zu lösen.

A. N. Ich glaube, das möchte ich nicht. Ich wünsche mir einen Dialog mit jemandem, der mein Werk gelesen und Fragen dazu hat, weil ich doch mein Leben als Geschichte verwende, die Ihnen zeigen soll, wie man Hindernissen begegnet und sie überwindet. Jede mögliche Art von Schwierigkeit taucht früher oder später in den *Tagebüchern* auf, und genau diese Geschichte erzähle oder benütze ich. Denjenigen, die nicht an das Werk herankommen, habe ich nichts zu sagen. Ich verstehe nicht, warum sie kommen.

F. Mir scheint, daß Sie sehr bewußt versuchen, Vertrautheit und Aufgeschlossenheit zu einer unglaublichen Zahl von sehr verschiedenen Leuten herzustellen, und ich möchte gerne wissen, was das für ein Gefühl ist, denn dies ist ja sogar einem einzelnen Menschen gegenüber schwierig.

A. N. Ich habe nie beabsichtigt, das zu tun, es war nie meine Absicht. Mein Anliegen war der Dialog mit Studenten, die mein Werk durchgearbeitet hatten. So begann es. Die

Neuigkeiten- und Prominentenjäger oder die dogmatischen Feministinnen, die jetzt erscheinen, wurden von mir weder gebeten zu kommen noch erwartet. Als ich es bemerkte, setzten wir uns zusammen, um eine Art Studie oder Entwicklungsplan für Frauen zu diskutieren. Ich hatte nie gedacht, daß diese Art von Zuhörern kommen würde. Warum sollten sie kommen?

F. Ich hatte das Gefühl, daß Sie sich sehr bewußt bemühten, nicht abzubrechen, trotz allem, was geschah.

A. N. Ich bin in der Tat nicht sehr glücklich darüber, weil ich glaube, daß das wie ein Fluch ist. Er besteht darin, daß immer mehr kommen und mit mir sprechen wollen, die noch gar keine persönliche Auswahl aus meinem Buch getroffen haben. Sie erliegen einer Art von Ansteckung. Und darin sehe ich die Gefahr des Massendenkens, der Massenmedien oder was immer es ist: daß Leute kommen, die keinerlei Beziehung zu der Sache haben, der sie sich anschließen. Ich würde viel lieber jenen begegnen, die wirklich ein Gespräch über meine besondere Lebenseinstellung suchen. Ich mache mir wegen der Außenseiter Sorgen, denn wie Tennessee Williams gesagt hat: »Wenn du zu anderen auf unbewußter Ebene in Beziehung stehst, werden dir einige auch weh tun wollen, weil sie diese Art von Beziehung ablehnen.« Deshalb antwortete ich auf Ihre Frage, wie ich mich fühle, daß ich mich einzig dann wirklich gut fühle, wenn tatsächlich jene kommen, die eine innere Beziehung zu mir oder meinem Werk haben.

F. Ich bin trotzdem erstaunt, wie Sie es fertigbringen, innerhalb einer großen Gruppe eine gewisse Vertraulichkeit herzustellen.

A. N. Wie kann etwas in Amerika überhaupt vertraulich bleiben, wenn sich doch immer eine Menge Leute hinzudrängen, die gar keine echte organische und persönliche Beziehung zur Sache haben und nur kommen, weil sie gerade deinen Namen gehört oder dich im Fernsehen gesehen haben! Diese Beziehungslosigkeit finde ich sehr verwerflich. Sie kommen, ohne ein Verhältnis dazu zu haben. Das ist eine gefährliche Haltung, etwas, wogegen ich in der Regel gekämpft habe und was ich die Massenbewegungen nenne, die orientierungslos sind. Sie haben keine Beziehungspunkte und wenden sich den Ideen nicht aus innerer Gesetzmäßigkeit zu. Worauf es aber bei den *Tagebüchern* ankommt und bei der Art, wie wir sie für unser jetziges Leben nutzen können, ist ja gerade, daß sie einer inneren Gesetzmäßigkeit folgen, daß sie sich Zelle um Zelle, Tag um Tag entwickelt haben, ohne eine bewußte Struktur. Deshalb müssen diejenigen, die sich ihnen zuwenden, es unbewußt tun und eine Beziehung dazu herstellen; erst dann können sie argumentieren und fragen, so wie wir es gestern erlebt haben.

F. Ihr Wunsch, sich gedruckt zu sehen, ging so lange nicht in Erfüllung, und dann kam schließlich die Anerkennung. Haben Sie jemals das Gefühl, daß Sie benutzt wurden, daß die Verlage Sie auswählten und dann allerlei um Sie herum erfanden, um die Bücher zu verkaufen?

A. N. Oh, sie versuchen es. Aber ich glaube, daß wahrscheinlich nur ein junger Autor dafür empfänglich ist und Opfer einer solchen Einstellung wird. Ich bin zu erfahren, um mich davon täuschen zu lassen, was die Zeitungen oder die Medien aufbauen. Aber sie versuchen es. Nur beachte ich sie nicht, ich richte mich nicht danach, und ich glaube nicht daran. Das ist die Hauptsache. Ich stelle mir vor, wenn man zwanzig ist und die Zeitungen über einen schreiben, dann glaubt man es. Aber ich nicht. Und interessanterweise sind die Briefe, die ich erhalte, nicht schmeichlerisch. Ich bekomme keine Briefe, in denen steht, wie gut ich die *Tagebücher* geschrieben hätte oder daß ich eine gute Autorin sei. Es sind Briefe, die als Reaktion auf die Darstellung meines Lebens sagen: »Hier ist *mein* Leben.« Es ist also durchaus keine Vergötterung. Sie sagen nur einfach: »Nach der Art, wie Sie geschrieben haben, habe ich das Gefühl, daß ich Ihnen schreiben und von mir erzählen kann.« Ich bin ein Geschenk. Es ist interessant und bezeichnend, daß ich nie einen schmeichlerischen Brief erhalten habe. Deshalb besteht für mich keine Gefahr. Ich glaube, das trifft nur die, die nicht genau wissen, welchen Sinn ihr Dasein hat oder wie sie damit umgehen sollen.

F. Mir scheint, ich habe einen gewissen Zynismus entwickelt, weil so viele Menschen sich vom Rummel um sich beeinflussen lassen, auch wenn sie gar nichts dafür können. Man möchte, daß sie die Stärke gehabt hätten, darüber hinwegzusehen, ihn zu ignorieren.

A. N. Ich weiß. Es ist eine gefährliche Sache, eine sehr gefährliche sogar, weil sie die Menschen hindert, mich und mein Werk wirklich kennenzulernen. Tatsächlich ist Popularität meist ein Hindernis. Ich glaube nicht, daß sie die wirklich Interessierten zu einem bringt.

F. Schreiben Sie noch Tagebuch?

A. N. Nein, ich sagte gestern abend, daß in diesem Jahr das Briefeschreiben an die Stelle des Tagebuchs getreten ist. Mir ist das auch keinen Augenblick bedenklich erschienen, denn es mag die logische Folge des Tagebuchs gewesen sein. Denn das Tagebuch war, wie ein russischer Dichter gesagt hat, in mancher Hinsicht ein einsamer Gesang, aber dennoch ein Gesang, an dem auch andere teilhaben sollten. Heute ist es so, daß ich durch Briefe mit anderen verbunden bin. Ich beantworte diese Briefe, weil sie höchst persönlich sind, weil sie eine Antwort verdienen. Das hat den Platz des Tagebuchschreibens eingenommen, und vielleicht ist das wirklich der Zweck des Tagebuchs gewesen. Statt ein Geheimnis zu sein oder etwas der Welt Vorenthaltenes, wurde es zu einem hin und her fließenden Strom. So daß nun ich Tagebücher erhalte. Ich bekomme wirkliche Bekenntnisbriefe, offenherzige Briefe, keine nichtigen Schreiben oder Komplimente für etwas, das ich geschrieben habe. Damit hat das alles überhaupt nichts zu tun. Es bezieht sich auf den Fluß des Lebens, den die *Tagebücher* in Gang gesetzt haben.

F. Finden Sie, daß Ihre Briefe in der Art ähnlich sind wie Ihre Tagebücher?

A. N. Ja, außer daß sie an ein Gegenüber gerichtet sind, genauso wie wir gerade miteinander sprechen. Das heißt, ich schreibe nicht, was mit mir geschieht, darüber bin ich in gewissem Sinn hinausgewachsen. Jetzt ist es ein Gespräch *mit* anderen. Aber ich führe das Gespräch in der Annahme, daß es einen Austausch gibt, daß eine gewisse Kenntnis meines Werkes vorhanden ist und daß wir auf der gleichen Wellenlänge miteinander verkehren. Deshalb weiß ich nicht, wie ich die Außenstehenden, die Außenseiter davon ausschließen soll. Ich weiß nicht, was sie wollen, weiß nicht, was sie suchen. Ich finde, daß diejenigen, denen es wirklich ein inneres Bedürfnis ist, wegen meiner schriftstellerischen Arbeit kommen sollten. Das scheint mir wichtig.

F. Ich muß gestehen, daß ich nicht viel gelesen habe. Ich bin gekommen, weil Sie mich interessieren.

A. N. Mit anderen Worten, Sie bewerteten den Menschen höher als den Künstler. Das ist sehr gefährlich. Bei manchen

Künstlern kann das Werk viel tiefer, umfassender und wichtiger sein als die Person.

F. Ist das denn nicht ebenfalls in Ordnung? In gewisser Weise geht auch das, was Sie sagen, über Ihr schriftstellerisches Werk hinaus. Gerade das, worüber Sie sprechen, Ihre Art, Beziehungen herzustellen, und Ihre Fähigkeit, so offen und ehrlich mit Menschen in Verbindung zu treten wie bei Ihrem Gespräch gestern abend, das verbindet die Leute mit Ihnen, und ich halte das für ebenso bewegend und für ungeheuer persönlich.

A. N. Aber nehmen Sie einmal an, ich könnte mich nicht so verhalten. Mein Werk wäre trotzdem dasselbe. Es gibt Künstler, die schrecklich zurückhaltend und scheu sind. Sehen Sie, ich wollte eine gewisse Übereinstimmung zwischen allem erreichen, zwischen dem, was man innerlich ist, und dem, wie man sich im Leben gibt. Das war mein Ideal; aber viele Künstler halten sich sehr scheu nur in ihrem Werk verborgen. Ich bin sicher, wenn Sie mit Kafka hätten sprechen wollen, wäre das nicht gegangen, und ich bin auch sicher, daß ich nicht ein Wort hätte sagen können, wenn Sie mit mir gesprochen hätten, als ich dreißig war.

F. Aber Sie sagen doch, daß Ihre Identität in diesem Bereich in erster Linie die des Künstlers ist.

A. N. Ja, vom Künstler in mir habe ich gelernt, mit Ihnen zu sprechen. Das Schreiben, das Gefühl fürs Lesen, das Gefühl für die Sprache haben mich befähigt, zu Ihnen zu sprechen. Ich glaube nicht, daß das stumm getan werden kann. Es ist ein Kindertraum, daß wir uns manchmal ohne Worte miteinander verständigen. Freilich könnte es, *nachdem* Sie etwas von mir gelesen und *nachdem* ich Sie gesehen habe, so etwas wie eine Übertragung von Mitempfinden und Einfühlung geben. Aber am Anfang brauchen wir die sprachliche Formulierung; wir müssen gewisse Dinge, die ausgesprochen werden müssen, anderen mitteilen können.

F. Manchmal denke ich, die Leute kommen aus einer Art aggressiver Neugier. Sie kommen, um Sie auf die Probe zu stellen, um zu sehen, ob Sie ihren Widerstand brechen können.

A. N. Der Grund, warum ich so großen Wert darauf lege, daß man zuerst die *Tagebücher* liest, ist der, daß dadurch eben diese Schranken durchbrochen werden. Nach den *Tagebüchern* traut man mir. Deshalb sage ich, es wäre mir lieber, man würde über die *Tagebücher* zu mir kommen. Denn man kann etwas, an das man mit feindseligen Gefühlen herangeht, niemals wirklich kennenlernen, man kann ihm niemals nahe kommen. Feindseligkeit verzerrt, und wer sich einer Sache so nähert oder sie nur auf die Probe stellen will, dem wird niemals eine Übertragung zuteil.

F. Ich glaube, daß die meisten Leute kommen, um sich unterhalten zu lassen. Sie sind Konsumenten.

A. N. Wie können wir das herausfinden? Ich halte es für wirklich wichtig, das herauszubekommen, wenn wir zu einem lebendigen Gespräch kommen wollen. Ich bin nur für wenige Tage hier in dieser Stadt, und dies mag das einzige Gespräch sein, das wir miteinander führen. Wenn es also einigermaßen eine Bedeutung haben soll, können wir diesen anderen Faktor nicht dabei haben. Das ist, als begäbe man sich in ein feindliches Land.

F. Ich glaube, manchmal geht es einem auch darum, seine eigenen Erwartungen zu überprüfen. Ich bin hergekommen, habe verschiedene Ihrer Bücher gelesen und hege daher ganz bestimmte Erwartungen.

A. N. Ja, aber darauf haben Sie ein Recht. Sie haben sich auf mein Werk eingelassen und sind mit Recht erwartungsvoll. Und wenn ich Sie enttäusche, können Sie mit Recht sagen, daß Werk und Person nicht übereinstimmen, daß sie sich nicht decken, nicht dasselbe verkörpern. Das ist in Ordnung, denn Sie haben einen Zugang zum Werk gefunden, und im Werk haben Sie nach der Person gefragt, die es verfaßt hat. Aber diejenigen, die weder das Werk noch den Künstler kennen, sind das wirklich feindliche Element, das für mein Gefühl in der amerikanischen Kultur so stark vertreten ist. Es ist so gefährlich, so negativ, und es ist so schwierig, damit fertig zu werden. Genau das ist es, was uns Angst macht; es ist um uns, wenn wir es so formulieren wollen, nicht unbedingt in diesem Raum, aber es existiert durchaus.

F. Ich glaube, diese Gruppe hier hat gerade noch die richtige Größe, aber Ihr Auftritt beim Fernsehen, wo Sie sich mit einer kleinen Gruppe auseinandersetzten, während andere zusehen konnten, war auf einen größeren Rahmen zugeschnitten. Vielleicht hat das etwas mit der Menge zu tun?

A. N. Ich mochte diese Fernsehsache nicht. Ich bin jetzt soweit, die Einmischung der Medien, wie ich es nenne, abzulehnen, denn sie geben ein verzerrtes Bild wieder. Wenn wir uns einander gegenüberstehen wie hier, dann ist das echt. Aber die andere Art ist schon von vornherein falsch; die ganze Situation ist falsch, wenn die Person neben mir keine Beziehung zu mir hat und ich keine zu ihr. Ich halte das für eine Kraftverschwendung.

F. Sie und Edmund Wilson haben einander viele, viele Jahre gekannt.

A. N. Ich kenne ihn noch immer. Ich sehe ihn auch noch immer.

F. Gelegentlich schrieb er sehr ablehnende Kritiken über Ihre Bücher. Aber das hat Sie nie sonderlich beunruhigt, nicht wahr? Ich meine, Sie beherrschen selber das Metier so gut, daß –

A. N. Nun, die zweite Kritik hat mich schon getroffen. Deshalb hatten wir ja die Auseinandersetzung, die ich im vierten Teil der *Tagebücher* beschreibe.

F. Das war, nachdem er sich von Mary McCarthy getrennt hatte.

A. N. Ja, als ich meinen ersten Roman schrieb. Er fand, ich sollte wie Jane Austen schreiben. Deshalb schickte er mir eine Jane-Austen-Ausgabe, aber ich ging auf diesen Wink nicht ein. Ich sagte nein, ich würde nicht so schreiben, wie früher geschrieben wurde, ich fände, daß die Frauen anderes, Neues zu sagen hätten. So waren wir ganz verschiedener Meinung. Wir waren Freunde, aber wir stimmten gar nicht immer überein.

F. Nun ja, ich glaube, er wollte, wie er selber sagte, Sie für sich beanspruchen, wollte mehr oder weniger Ihr Mentor werden und Ihnen beibringen, wie man schreibt. Aber das wollten Sie auch nicht.

A. N. Ich war eine sehr unabhängige Frau.

F. Das sind Sie doch noch immer, nicht wahr?

A. N. Ja.

F. Man sagt, daß Somerset Maugham die Absicht hatte, über seinen Tod zu schreiben. Haben Sie Pläne dieser Art?

A. N. Nein, ich muß sagen, das Gefühl des Todes hat mich nie besonders interessiert. Schriftsteller, die davon besessen sind, wie Beckett, haben mich nie besonders angezogen. Das ist etwas, das meinem Temperament und meiner Natur fremd ist. Ich denke sehr selten daran.

F. Was haben Sie aus Ihrer Vortragsreise zu den 56 Colleges gelernt, aus Ihrem Auftreten in der Öffentlichkeit? Warum haben Sie es getan, und welche Erfahrungen haben Sie dabei gewonnen?

A. N. Ich wurde eigentlich durch die Studienobjekte betreffend Frauenfragen dazu gedrängt. Jedesmal, wenn ein entsprechender Kurs an einem College angesetzt wurde, wollte man mich auch dabei haben. Das hat mich in diesem Jahr hauptsächlich beschäftigt. Ich fand, ich müßte dazu anregen, daß man sich mehr mit Autorinnen und Künstlerinnen beschäftigt, weil wir im Moment einen solchen Nachdruck nötig haben. Nicht, daß ich ständig mit dieser Betonung der Frau gegenüber dem Mann leben möchte, aber gewisse Dinge fordern einfach eine Gleichstellung. Außerdem werde ich immer wieder gebeten, zu jungen Autoren zu sprechen. Bei diesen Gelegenheiten lerne ich stets etwas. Zum Beispiel, daß viele Wertmaßstäbe der jungen Generation meine eigenen sind. Das läßt mich hoffen und stimmt mich für Amerikas Zukunft optimistisch. Ich lerne auch viel über die Zukunft.

F. War Ihre ungewöhnliche Schönheit ein Vorteil oder ein Nachteil?

A. N. Manchmal war sie schon von Vorteil, wenn man damit einen Kritiker bezaubern konnte, aber manchmal stand sie mir wirklich im Weg. Denn sogar Frauen halten hartnäckig an der Meinung fest, daß hinter einem schönen Gesicht nicht viel Verstand stecken kann. Ich habe nie an meine Schönheit geglaubt, das machte es einfach für mich.

F. In den *Tagebüchern* sprechen Sie mit großer Anhänglichkeit von Ihrem Haus in Louveciennes. Glauben Sie, daß die Umgebung ebenso Ausdruck der Persönlichkeit ist, wie in Ihren Romanen die Kleidung symbolischer Ausdruck des Charakters ist?

A. N. Ja. Ich glaube auch, daß wir mit unserer Weiterentwicklung auch unsere Umgebung verändern müssen. Ich weiß, daß Louveciennes zu einer bestimmten Zeit für mich zu Ende war. Wenn ich zurückschaue, war es genau die richtige Zeit. Auch wenn es schmerzt und man sich nicht unbedingt bewußt ist, daß eine Erfahrung zu Ende ist, weiß man dennoch, daß irgend etwas einen vorwärtstreibt. Mich hat es so von verschiedenen Orten, die mir ein Zuhause bedeuteten, weggetrieben. Wenn ein gewisser Lebensabschnitt beendet ist, erscheint auch das Haus selbst tot. Ich glaube, es spiegelt unsere jeweilige Situation wider.

F. Tanzen Sie noch?

A. N. Nein, ich kann nicht Rock and Roll tanzen. Ich habe spanische Tänze einstudiert, und ich habe gern zum echten Jazz getanzt, der dem Rock vorausging.

F. Bitte, erzählen Sie uns etwas von sich selbst, was nicht im Tagebuch steht. Wie leben Sie, wie behalten Sie Ihre Figur? Tun Sie etwas, um sie zur Geltung zu bringen, oder sind Sie von Natur aus so, von Geburt an?

A. N. Ich tue nichts Besonderes. Ich esse wenig, deshalb nehme ich nie zu. Ich schwimme gern. Ich gehe gern spazieren.

F. Aber Sie leben nicht nach festen Regeln?

A. N. Nein, ich mache ein paar Yoga-Atemübungen, und manchmal benutze ich ein Gymnastikbrett, aber ich betreibe sehr wenig bewußte Gymnastik. Ich schwimme gern, und ich gehe gern spazieren. Ich würde niemals einen Bus benutzen, wenn ich gehen kann. Ich esse und trinke nicht viel, aber das ist das einzige. Sonst tue ich nichts.

F. Haben Sie ein Lieblingslied, und spielen Sie ein Instrument?

A. N. Ich habe Lieblingslieder zu verschiedenen Zeiten meines Lebens. Im Augenblick ist es Dore Previn, die Gedichte geschrieben und vertont hat. Ich mag sie und ihre Stimme sehr gern. Ich spiele kein Instrument, aber ich bin Tänzerin gewesen.

F. Mögen Sie Henry Miller noch ebenso gern wie er Sie?

A. N. Oh, ja. Wir sind sehr gute Freunde. Diese Freundschaft ist niemals zerbrochen. Es war mir schrecklich, als ihn sein Geburtstag so deprimierte. Darum haben wir ihm das französische Lied gesungen, in dem es heißt, daß du die besten Jahre deines Lebens mit zwanzig hast. Und jetzt bist du viermal zwanzig, also kann es nur noch besser sein.

F. Wie lange waren Sie und Henry Miller befreundet?

A. N. Oh, wir sind immer noch befreundet.

F. Aber Sie haben erzählt, wie Sie Henry wiedertrafen, nachdem Sie New York endgültig verlassen und die lange Reise quer durch das Land gemacht hatten und endlich nach Los Angeles oder Kalifornien kamen. Sie fanden ihn doch ziemlich verändert und fühlten sich ihm nicht mehr so eng verbunden.

A. N. Das ist wahr, das ist wirklich wahr. Es war nicht mehr so wie zu unserer Pariser Zeit. Diese enge Verbundenheit bestand nicht mehr so, und ich sagte, daß unsere Freundschaft hinfort von allgemeinerer Art sein würde. Aber es sind uns gemeinsame Interessen geblieben. Es gab gewisse Dinge, die uns wirklich immer gemeinsam waren. Beispielsweise sein großes Interesse an Japan, an japanischer Literatur.

F. Er war ein sehr großzügiger Freund in finanzieller Hinsicht, nicht wahr?

A. N. Er war in jeder Beziehung großzügig, mit seinen Ideen, seinen Erzählungen, seinem Leben. Ja, er war sehr großzügig. Er ist es immer gewesen, auch gegenüber anderen Schriftstellern. Das haben wir seit den Pariser Tagen beibehalten. Als wir nach New York kamen, konnten wir nie verstehen, daß es hier diese Brüderlichkeit nicht gab. Natürlich war die New Yorker Szene anders. Die französischen Schriftsteller haben nie etwas verdient, mit Schriftstellerei war kein Geschäft zu machen. Wir haben einander immer geholfen, uns gegenseitig inspiriert und Mut gemacht. Das fehlte uns in New York, aber Henry fuhr fort, Schriftsteller zu ermutigen, und ich auch. Wir hatten immer das Gefühl, daß die Geschichte der Kunst, wie einmal jemand gesagt hat, eine Geschichte der Freundschaft ist oder sein sollte.

F. Unterhalten Sie sich viel über die Vergangenheit, wenn Sie zusammen sind?

A. N. Niemals. Wir haben viel Zeit miteinander verbracht, als der Film über Henry gemacht wurde. Wir haben nur von der Gegenwart gesprochen. Unsere Gegenwart ist so reich.

F. In welcher Hinsicht?

A. N. Ich bin jetzt ungeheuer an der Beziehung der Wissenschaft zur Dichtung interessiert. Sie wissen, daß die Studenten des elektronischen Laboratoriums der Stanford-Universität einen Kursus haben über das Thema: »Anaïs Nin. Integrierte Schaltkreise und die Poetik der Wissenschaft.« Außerdem interessiert mich jetzt speziell, die japanische Literatur zu entdecken. Und ich interessiere mich für Reisen.

F. Wie steht es mit dem Filmemachen? Machen Sie noch Filme im Auftrag?

A. N. Nein, ich habe niemals Filme gemacht.

F. Ich meine, Sie und Ihre Gruppe.

A. N. Sie meinen, wir spielten darin. Nun, man kann es nicht einmal spielen nennen. Wir waren sehr schlechte Schauspieler, aber die Filmemacher, die wir kannten, hatten kein Geld für richtige Schauspieler. Deshalb mußten sie sich mit uns begnügen. Maya Deren war eine von den ersten, wenn Sie sich noch erinnern.

F. Sie sprechen immer etwas bitter über diese Zeit, als Sie von ihr herumkommandiert wurden und –

A. N. Ja, ja. Aber ich glaube, seitdem habe ich mehr Verständnis für den Regisseur.

F. Können Sie sich an den Vorfall im Central Park erinnern, wo sie wollte, daß der Ballettänzer einen Sprung machte, und Sie beinah gegangen wären?

A. N. Ja, uns schien das eine sehr gefährliche Angelegenheit zu sein. Seine Existenz hing davon ab, daß er tanzen konnte, und Maya Deren sah nur einen wunderbaren Sprung von einem Felsen zum anderen, einen Ballettsprung. Wir aber fanden, daß er damit sein ganzes Leben gefährden würde, daß er ein Bein brechen könnte. Deshalb haben wir Maya gesagt, daß sie das unserer Meinung nach nicht verlangen sollte. Doch sie war unerbittlich. Wie ein guter Regisseur bestand sie darauf.

F. Sie versprach Ihnen ja auch, daß sie zum Beispiel keine Großaufnahmen machen würde und auch dies nicht und das nicht, und dann ignorierte sie alle diese Versprechungen völlig.

A. N. Ja. Nur würde ich ihr heute deshalb keine Vorwürfe mehr machen. Inzwischen habe ich erlebt, wie Filme gemacht werden, und mir ist bewußt geworden, daß der Film wichtiger war als wir. Wir wollten in gewisser Weise nur uns sehen. Wir machten es ja nicht berufsmäßig.

F. Woran arbeiten Sie augenblicklich?

A. N. Ich bereite die Herausgabe des sechsten Teils der *Tagebücher* vor. Die Herausgabe des siebten Teils bringt mich dann zum Briefwechsel und zu Tagebüchern anderer Frauen. Danach werde ich zurückgehen und meine Kindheit und Jugend noch einmal überarbeiten, weil die Leser sagen, daß ich mit den *Tagebüchern* an dem Punkt eingesetzt habe, wo mein Leben sich ausweitete. Sie möchten gern sehen, wie ich den Schritt vom begrenzten zu dem erweiterten Leben tat.

F. Haben Sie in Ihren Tagebüchern genug Stoff für, sagen wir, weitere zehn, fünfzehn, zwanzig Bände?

A. N. Ich habe genug Stoff. Ich habe mehr Material, als ich Zeit habe.

F. Wissen Sie, wieviel Bände noch gedruckt werden?

A. N. Ich weiß nicht, wie viele ich noch machen kann. Einige müssen vielleicht nach meinem Tod herausgegeben werden, einige kann ich jetzt noch fertigstellen. Aber es ist so viel, daß ich wirklich nicht weiß, wie lange ich daran arbeiten werde.

F. Hoffen Sie, in den nächsten sieben, acht oder zehn Jahren einen Band pro Jahr herausgeben zu können?

A. N. Ich weiß es wirklich nicht.

F. Wie reagieren die Menschen, die darin vorkommen? Sie sagten, daß einige ablehnend seien, aber ist es, alles in allem, nicht doch ein freundliches Echo?

A. N. Alles in allem ist es immer sehr gut gewesen. Ich habe nie irgendwelche Schwierigkeiten gehabt. Es hat Leute gegeben, die mich gebeten haben, sie aus Gründen der Diskretion herauszulassen, Menschen, die nicht gern ihr Leben der Öffentlichkeit ausgesetzt sehen, was natürlich ist. Aber es hat niemals Einwendungen gegen die Porträts gegeben; die Änderungen, die verlangt wurden, waren unbedeutend. Sogar Gore Vidal war mit seinem Porträt einverstanden und machte nur einige sehr unerhebliche Änderungen. Im ganzen gesehen, liegt es, glaube ich, daran, daß ich die Lebensbilder nie gemein oder vernichtend angelegt habe. Das war niemals meine Absicht, und weil ich mir Mühe gab, das vollständige Persönlichkeitsbild zu entwerfen, konnten sie es akzeptieren. Denn es enthielt beides, das Gute ebenso wie das andere.

F. Glauben Sie, daß die Menschen, wenn sie sich so langsam und entspannt wie die Schildkröten bewegen würden, auch ebenso alt würden?

A. N. Das frage ich mich auch.

F. Sie erscheinen nämlich sehr entspannt und sehr jung. Aber ich weiß, daß Sie nicht mehr sehr jung sind.

A. N. In jungen Jahren war ich weder entspannt, noch fühlte ich mich sehr jung.

F. Aber ich finde, Sie sind es jetzt.

A. N. Ja, ich glaube, mit der Zeit gelangt man allmählich zu einer gewissen Gelassenheit, einer Anpassung, einem Einklang mit seinem Leben. Ich bin jetzt in Übereinstimmung mit meinem Leben. Aber wenn Sie die *Tagebücher* lesen, können Sie sehen, daß ich nicht immer so war.

F. Sehen Sie Widersprüche zwischen Ihrer persönlichen Moral und Ihren künstlerischen Phantasien? Ich denke dabei an *Ein Spion im Haus der Liebe*, wo die Frau unbedingt ausgehen und Affären haben wollte und dann deswegen Schuldgefühle hatte. Wie kommen Sie mit Ihren Phantasien zurecht?

A. N. Sie dürfen nicht verallgemeinern. Ich habe mich mit einer Frau, Sabina, genauer beschäftigt, und ich habe gesagt, daß ihre Anstrengung, sich ganz und gar in dieser Hinsicht auszuleben, sie einfach zerstörte. Es war also eine Studie, die zeigte, daß man nicht zur Ganzheit gelangt, wenn man nur die Leidenschaft sucht. Nur darum geht es in dieser Geschichte. Aber das hat nichts mit Moral selbst zu tun. Sabina hatte eine traditionelle Vorstellung von Moral übernommen, und das war es, was ihr so sehr schadete.

F. Sehen Sie manchmal einen persönlichen Konflikt zwischen der Phantasie und dem, was Sie moralisch als richtig empfinden?

A. N. Nun, jeder hat Konflikte zwischen seinen Phantasien und den von unserer Kultur geprägten Sitten.

F. Und wie werden Sie damit fertig?

A. N. Zuerst muß man sich über seine *eigene* Einstellung klarwerden. Das hängt von einem selbst ab. Und die Psychologie hilft gewöhnlich zu erkennen, daß das Schuldgefühl künstlich ist. Es ist künstlich eingeführt worden, von der Religion, der Familie, von jedem, der irgendeine Geltung für einen gehabt hat. Und dann lernt man, diese Schuld zu überwinden. Mir ging es eine Zeitlang so, aber dann gelangte ich darüber hinweg, so daß ich jetzt keinerlei Schuld mehr fühle für das, was ich bin – was immer ich auch sein mag. Sie sehen, Schuldgefühle sind uns eingeflößt worden. Genau das hat D. H. Lawrence so gut ausgedrückt, als er sagte, daß die Religion uns dazu gebracht hätte, ständig über die Kreuzigung und niemals über die Auferstehung nachzudenken. Janko Varda sagte es auf andere Weise: »Wir sprechen immer über die Hölle, nie über das Paradies.« Es liegt also an uns, die Probleme loszuwerden, die nicht echt zu uns gehören.

F. Wenn man tut, was man gern möchte, endet es manchmal damit, daß man Menschen verletzt, die einem nahestehen und denen man auch weiterhin verbunden bleiben will. Das kann einen bisweilen in einen schrecklichen Konflikt bringen.

A. N. Dieser Konflikt besteht immer. Wir werden immer im

Widerstreit stehen zwischen unserer Entwicklung und unserer Furcht, durch diese Entwicklung jemanden zu behindern oder zu verletzen. Man muß einen persönlichen moralischen Maßstab, persönliche Ethik und einen persönlichen Glauben entwickeln, denn es ist selbstverständlich, daß man als sensibler Mensch seine Mitmenschen nicht zugrunde richten kann.

F. Wo liegt die Quelle Ihrer unerschöpflichen Energie?

A. N. Darüber habe ich nicht nachgedacht. Ich vermute in meiner Neugier und daran, daß ich immer noch gleich stark empfinde. Ich glaube, wenn man sich selbst lebendig fühlt, dann wird man in neue Erfahrungen und neue Freundschaften geradezu getrieben, und wenn man empfänglich dafür ist, entwickelt man diese Energie. Sie scheint zur Empfänglichkeit dazuzugehören, zur lebendigen Anteilnahme an allem, was um einen herum geschieht. Solange man dieses Gefühl hat, entdeckt man Neues. Und ich bin immer neugierig. Ich habe einmal ein Flugzeugunglück miterlebt. Eine Seite der Tragfläche hatte Feuer gefangen, und es waren noch sechs Minuten bis Los Angeles. Und ich dachte die ganze Zeit nur an die Orte, die ich noch nicht gesehen hatte. Das war mein Gefühl – welche Schande, daß ich nicht alles gesehen, alles gehört habe, überall gewesen bin.

F. Ich wüßte gern, ob Sie die Idee aufgegeben haben, etwas zu schreiben, das der Höhepunkt Ihres Werkes wäre. Ihre *Tagebücher* fließen einfach so dahin, sie scheinen sich nicht zu steigern oder einem Höhepunkt zuzustreben.

A. N. Wir sind es gewöhnt, uns die Romanliteratur immer mit einer Entwicklung, einer Lösung vorzustellen. Ich glaube nicht, daß Aufbau, Höhepunkt und Lösung, wie wir sie im Roman finden, unserem Leben entspricht. Die *Tagebücher* nehmen aber ihre Form aus dem Leben. Sie haben Höhen und Tiefen, sie schreiten voran wie das Leben, ohne unbedingt zu einem Höhepunkt zu kommen. Warum sollten sie zu einem Gipfel, einem Abschluß kommen? Sehen Sie, Sie sprechen von Endgültigkeit, aber es gibt nichts Endgültiges im Leben außer dem Tod. Deshalb werden auch die *Tagebücher*, die ihre Form aus dem Leben nehmen, nie Endgültigkeit haben. Jeder Band in gewisser Weise sein Thema, sein Drama und seine Entwicklung. Aber nicht wie im Roman. Denn der Roman erzeugt künstliche Erwartungen – daß es Lösungen gibt und Dinge, die endgültig sind, die wir durch Erfahrungen vollenden und abschließen. Jemand fragte mich einmal, ob ich mich nun als Frau vollkommen fühle. Ich habe gesagt: »Nein, mit der Erschaffung unseres Selbst kommen wir nie zu Ende.«

F. Welche Rolle spielte für Sie früher das Schreiben von Briefen? Ich weiß, daß mir zur Zeit das Briefeschreiben große Befriedigung verschafft, was manchmal auf Kosten von anderen Formen des Schreibens geht.

A. N. Ich bin niemals eine große Briefeschreiberin gewesen. Wahrscheinlich war ich haushälterisch mit meinen Kräften oder schrieb am Tagebuch. Heute beantworte ich Briefe, aber die Korrespondenz hat nie einen größeren Teil meines Schreibens ausgemacht. Vielleicht, weil ich soviel Kraft in mein Tagebuch steckte, blieb mir nicht viel für lange Briefe übrig. Henry Miller war ein ungeheurer Briefeschreiber, und man versuchte immer, ihn davon abzuhalten, damit er seine Romane schreibe. Er schrieb vierzig- bis achtzigseitige Briefe. In gewisser Weise tut man damit vielleicht etwas, das einem mehr gefällt als die Arbeit an einem durchgeformten Werk, aber man muß prüfen, ob sich hinter dieser Liebe zum Briefeschreiben nicht ebenfalls ein Schriftsteller verbirgt. Sind Sie sich dessen bewußt? Es kann auch eine Vorbereitung sein für einen zukünftigen Künstler oder Schriftsteller. Das wäre gut.

F. Sie haben eine Liste von Personen, denen Sie gerne begegnet wären. Wissen Sie noch, wer sie waren?

A. N. Jemand, den ich gern näher gekannt hätte, ist Martha Graham, die ich sehr bewundert habe. Ich hätte auch James Agee gern besser kennengelernt, der damals im Village wohnte und dessen Werk ich bewunderte.

F. Aber sind Sie ihm nicht einige Male begegnet?

A. N. Ich bin ihm begegnet, aber wir sind keine Freunde geworden. Mir schien es schwieriger, mit Amerikanern Freundschaft zu schließen. Ich weiß nicht genau, warum, aber ein Grund war, daß ich nicht trank. Das klingt trivial, aber es stimmt. Diese Schriftsteller fühlten sich mit ihren Trinkgenossen wohler. Das war tatsächlich ein Problem und machte manches schwierig.

F. Sie haben sich geweigert, Marshall Field zu treffen, weil er, wie Sie sagten, zuviel Geld hatte.

A. N. Ja, ich habe immer ein Vorurteil gegen die Reichen gehabt.

F. Sie haben irgendwo gesagt, daß die Reichen ihr Geld

weggeben würden, wenn sie wirklich anständige Leute wären.

A. N. Ja, das war meine Vorstellung. Ich habe sie schon von klein auf gehabt. Ich glaube, weil der eine Teil meiner Familie aus lauter Künstlern bestand, und sie waren alle arm; der andere Teil der Familie war reich und selbstsüchtig. Irgendwie habe ich dieses Vorurteil immer behalten.

F. Haben Sie jemals ein Kind gehabt?

A. N. Nein, ich hatte als Neunjährige eine Operation, die das unmöglich machte. Wir wußten davon nichts, bis mein erstes Kind tot geboren wurde – es war durch Verwachsungen erstickt. Damals war man in der Chirurgie nicht sehr fortgeschritten und verursachte Verwachsungen, die das Kind erstickten. Das also versagte mir die Natur. Es war keine von mir getroffene Entscheidung. Aber ich habe nicht das Gefühl, daß das Leben unerfüllt sei, wenn man kein Kind hat. Ich habe nicht das Gefühl, daß mir etwas fehlt. Ich habe das wohl auf andere Beziehungen übertragen. Wie Lawrence sagt, wir brauchen nicht mehr Kinder, wir brauchen mehr Hoffnung in der Welt.

F. Sie sprachen darüber, daß Sie ein tragisches Lebensgefühl gehabt haben, und sagten, das tragische Lebensgefühl bedeute die Fixiertheit an ein Ideal, nicht an ein einfaches, natürliches Dasein, sondern an ein ideales, romantisches Leben. Und Sie fragten sich, wann Sie sich solche Ideale setzten und sich das eigene Leben so schwierig machten.

A. N. Das war zur Zeit der ersten Tagebücher, als ich eine Romantikerin war, oder eine Neurotikerin, wenn Sie eine moderne Bezeichnung wollen, und als ich Außerordentliches erwartete. Das gilt nicht mehr. Reife bedeutet, daß man Möglichkeiten und Wünsche miteinander zu vereinen beginnt, und es bedeutet auch die Einsicht, daß unsere Wünsche oft sehr übersteigert und anderen gegenüber unmenschlich sind.

F. War das eine Ihrer Hauptschwierigkeiten in früheren Jahren?

A. N. Nein, das war ein Problem, das die Psychoanalyse gelöst hat. Sehen Sie, die Psychoanalyse gibt einem das Gefühl für die Realität – ich meine nicht in dem Sinn, daß man etwas Minderwertigeres, qualitativ Geringeres akzeptiert, als man sich gewünscht hatte, sondern in dem Sinn, wie man es sich erfüllt. Was ich wirklich gelernt habe, war, die Dinge zu erreichen, die ich unbedingt wollte, und zu sehen, daß sie nicht unmöglich waren.

F. Und das haben Sie geschafft ohne die großen Mühen, die Sie am Anfang erlebt hatten.

A. N. Die frühen Tagebücher enthalten mehr von den Hindernissen und Mühen als die späteren. Der Band, den ich jetzt herausgebe, ist sogar ein recht fröhlicher.

F. Freude ist ein Wort, das Sie schon in den frühen Tagebüchern benutzen. Sie sprechen über die Freude an den kleinen Dingen.

A. N. Das habe ich gesucht. Ich glaube, daß die Suche nach Freude etwas Wunderbares ist, und ich habe sie immer inmitten aller Schwierigkeiten gesucht. Wenn ich von einem tragischen Lebensgefühl spreche, dann darum, weil ich ein komisches Lebensgefühl nicht mag. Ich glaube nicht, daß die Dinge, über die wir gewöhnlich lachen, sehr spaßig sind. Aber Freude ist etwas anderes. Es ist eine andere Art von Verspieltheit – Spiel in dem Sinn, wie Künstler es gebrauchen. Es ist Einbildungskraft und der Versuch, die Wirklichkeit zu verlagern und zu vervollkommnen. Diese Art von Spiel ist fröhlich.

F. Würden Sie weiterschreiben, auch wenn Sie keine Leser hätten?

A. N. Ja.

F. Sie sind so weit gegangen und so weit gekommen – wovon träumen Sie nun?

A. N. Ich begann als Dichterin mit Traumata, die mich auf mich selbst zurückwarfen. Manche Menschen, die mit einer traumatischen Lebenserfahrung sich selbst verhaftet sind, bleiben zuweilen dort stehen. Aber mein Traum war, das herauszufinden, und das habe ich erreicht – hervorzukommen, in Beziehung zur Welt zu treten und mich allem, was geschieht, verbunden zu fühlen. Ich kann nicht sagen, daß ich darüber hinaus einen anderen Traum habe, denn ich lebe diesen ganz aus. Mein Leben hat sich erweitert, und diese Entwicklung hat nie aufgehört. Ich kann nicht sagen, daß ich jetzt noch einen weiteren Wunsch hätte. Ich bin dabei, diese Wünsche zu vervollständigen – daß ich ein Gefühl der Verbundenheit mit der Welt habe und besonders ein Gefühl der Verbundenheit mit der Selbstfindung und Entwicklung der Frauen. Und ich glaube, das habe ich.

Mein Traum geht jetzt nicht mehr nur mich etwas an, sondern

alle Frauen. Im Augenblick ist es mein Traum, die Frauen sich wirklich entfalten zu sehen zu ihrer vollen, absolut vollen Leistungsfähigkeit. Mir sind alle Hindernisse bewußt, nicht nur, weil ich sie selbst erfahren habe, sondern weil ich so viele Briefe von Frauen bekomme. Das also halte ich für meinen augenblicklichen Traum. Er betrifft die Frauen.

F. Besuchen Sie oft Parties, und falls Sie in New York oder Los Angeles oder San Francisco oder wo auch immer zu Parties gehen, mögen Sie dann die ersten Morgenstunden? Aus einem Ihrer Tagebücher schloß ich, daß Sie diese Art von – sozialer Aggressivität, wie ich sie nennen möchte, nicht leiden mögen. Ich wüßte gerne, wie Sie das seit 1966 physisch durchhalten, wenn Sie bis zum Ende bleiben.

A. N. Es tut mir leid, aber was meine nachlassenden Energien anbelangt – 56 Vorträge seit September bezeugen etwas anderes. Nein, ich mag Parties nicht, und ich rede nicht gern die ganze Nacht hindurch, außer mit einigen wenigen Freunden. Aber ich glaube nicht, daß mich nachlassende Energien beunruhigen. Da sollten Sie lieber Picasso fragen.

F. Könnten Sie etwas mehr über den Tod in physischer Hinsicht sagen?

A. N. Das ist ein Thema, über das ich nie nachdenke. Da bin ich gänzlich unvorbereitet. Ich denke darüber nicht nach. Ich glaube, eher sollte uns unser Tod im Leben beunruhigen. Ich möchte nicht, daß uns das passiert, solange wir am Leben sind. Was danach geschieht, hat mich irgendwie nie berührt, und ich bin wirklich nicht geneigt oder gewandt, darüber zu sprechen. Ich denke niemals darüber nach. Ich bin ganz und gar davon in Anspruch genommen, im Leben so lebendig wie möglich zu bleiben, und deshalb glaube ich wirklich nicht an ein Altern oder das Alter nach Jahren. Ich glaube, man sollte sich lieber darum kümmern, ob wir aufhören zu leben oder zu fühlen, aufhören zu denken oder Neues zu entdecken, denn, wissen Sie, das Leben endet nie. Deshalb sollte dem Tod nicht das Hauptinteresse gelten.

F. Ich glaube mich zu erinnern, daß Sie in Ihren frühen *Tagebüchern* sagen, am meisten hätten Sie zu den Zeiten an den Tod gedacht, da Sie am intensivsten gelebt hätten.

A. N. Ja, das ist so, wenn man um die zwanzig ist. Ich glaube manchmal, wenn man jung ist, beschäftigt man sich stärker damit. Kinder spielen oft Spiele, die vom Tod handeln. Fühlt man sich ihm aber dann näher, denkt man nicht mehr darüber nach.

F. Als Paul Rosenfeld Sie einmal um Rat fragte, wie er seine Autobiographie beginnen sollte, sagten Sie ihm: »Schreib deine Wünsche und Träume auf und frage, ob sie sich erfüllt haben.« Was waren Ihre Wünsche und Träume? Haben sie sich erfüllt?

A. N. Ich war von dem Wunsch nach Liebe und Freundschaft besessen. Das hat sich erfüllt, persönlich und durch mein Werk, als Liebe und Freundschaft mit der Welt. Ich bin glücklich, daß das in Erfüllung gegangen ist.

F. Mich beschäftigt schon lange eine Frage: Wie sprechen Sie Ihren Namen aus?

A. N. Oh, das muß ich Ihnen beibringen, denn kleine Mädchen werden jetzt nach mir benannt. Ich habe fünf Patentöchter. Der Name ist Anaïs. Wenn Sie Anna sagen, geht es leichter, denn das i hat zwei Punkte, und Sie müssen »a« und »i« trennen. Vor etwa dreihundert Jahren war es in Frankreich Mode, den Kindern griechische Namen zu geben. So haben wir eine Thaïs von Flaubert, eine Anaïs bei Colette, und ich glaube, es gibt auch eine Anaïs bei Simenon. Den Kindern wurden diese Namen Generation um Generation gegeben. Und nun werden Sie ein paar Anaïs mehr bekommen. Es wird also Anna-is ausgesprochen.

F. Wenn Sie – Sie kennen die alte Frage – wenn Sie alles noch einmal machen, noch einmal durchleben könnten und mit Ihrer schöpferischen Arbeit noch einmal von vorn beginnen müßten, aber alles das wüßten, was Sie heute wissen, würde Ihr schriftstellerisches Werk dann sehr viel anders sein, würde Ihr Leben anders sein?

A. N. Ich glaube nicht, daß ich diese schwierige Reise nach innen, die ich unternommen habe, würde ändern wollen. Es war alles sehr wertvoll, und ich möchte all die Fehler, die ich gemacht habe, gar nicht ausradieren. Ich glaube nicht, daß ich irgend etwas wirklich anders machen würde. Als einzige Änderung hätte ich gern gehabt, daß alles schneller gegangen wäre, nicht so viel Zeit gekostet hätte. Beispielsweise dauerte es so sehr lange, bis meine schriftstellerische Arbeit anerkannt wurde, und ich kann nicht sagen, daß ich darüber erfreut war. Es dauerte zwanzig Jahre.

F. Aber ist das am Ende nicht schöner?

A. N. Ja, aber ich wünschte, es wäre eher geschehen. Gewisse Zeitfaktoren hätte ich gern geändert. Typisch für diese Generation scheint mir die Zeitbeschleunigung, und das begeistert mich. Bei ihnen geht alles schneller, ihre Bildung, ihre Erfahrungen. Es ist nicht so ein langer Kampf. Die Reise nach innen wird bei ihnen nicht so lange dauern.

F. Als klar wurde, daß der Zweite Weltkrieg unvermeidbar war, schrieben Sie in Ihr Tagebuch, daß der moderne Held jener ist, »der seine eigene Neurose meistert, so daß sie nicht universell wird, der mit seinen Mythen kämpft, der weiß, daß er selber sie erschuf, der das Labyrinth betritt und gegen das Ungeheuer kämpft.« Angenommen, Sie vertreten das noch, können Sie denen, die sich noch davor fürchten, »die schwierige Reise« zu machen, etwas Ermutigendes sagen?

A. N. Behalten Sie das höchste Ziel, die Belohnung immer im Auge. Ein voll entfaltetes Leben, frei von Angst und Konflikt. Vollendung in der Liebe und in der Kreativität. Das Gefühl tiefer Erfüllung.

F. Bevor Sie gehen, würde ich gern etwas klären, was ich vorhin gesagt habe. Ich sagte, daß Ihre *Tagebücher* fast an einem vorbeigehen, weil sie für immer gedacht sind. Ich sagte, sie gehörten nicht zu unserer Zeit, weil sie zeitlos sind. Ich hoffe, Sie verstehen, daß ich nicht gemeint habe, Ihre *Tagebücher* seien der Vergangenheit zugewendet. Ich meinte das Gegenteil.

A. N. Nein. Ich weiß, was Sie meinten, und aus eben diesem Grund habe ich sie auch veröffentlicht. Wenn ich das Gefühl gehabt hätte, sie seien nicht zeitlos, wie Sie es – besser als ich selber – formuliert haben, hätte ich sie nicht veröffentlicht. Wenn sie nur nostalgisch gewesen wären, hätte ich sie geheimgehalten. Nein, ich habe verstanden, was Sie sagen, und es hat mir gefallen. In diesem Sinn der Zeitlosigkeit und des gegenseitigen Verstehens möchte ich Ihnen Gute Nacht sagen.

Dank

Die meisten für diese Ausgabe benutzten Tonbänder stammen von Anaïs Nin. Ich erhielt auch Tonbänder aus dem Besitz von Donna Ippolito (The Swallow Press) und von Judith Citrin. Richard Centing war wie immer hilfreich bei Arbeiten über Anaïs Nin und gab mir die gewünschten bibliographischen Auskünfte. Allen Genannten möchte ich meinen Dank für ihre Hilfe aussprechen.

Für die finanzielle Unterstützung, die mich während der Vorbereitung des Manuskripts von Lehrverpflichtungen entband, gebührt mein Dank der University of Manitoba und der Killam Foundation, deren Gelder vom Canada Council verwaltet werden.

Pat Spakowski war für die Niederschrift der Tonbänder und für die Vorbereitung des Manuskripts für diese Ausgabe verantwortlich. Ich bin ihr dafür sehr zu Dank verpflichtet.

Das Entstehen und Vollenden dieser Ausgabe ist letztlich John Teunissen zu danken. Durch ihn lernte ich Anaïs Nins Dichtung kennen, und als wir Anaïs Nin 1972 nach ihrer Rede für Studienabsolventen in Hampshire College zum Bradley Airport begleiteten, kam von ihm der Vorschlag zu dieser Ausgabe. Während der gesamten Vorarbeiten hat er mir großzügig mit seiner Editionskenntnis und Berufserfahrung geholfen. Überdies hat er mich immerzu ermutigt, indem er mir die Bedeutung dieses Vorhabens und die Dringlichkeit seiner Fertigstellung vor Augen hielt. Anaïs Nin und ich hatten viel Glück mit unseren Männern.

E. H.